*Entre a culpa
e o desejo*

Série O Clube dos Canalhas - 2

SARAH MACLEAN

Entre a culpa e o desejo

2ª reimpressão

TRADUÇÃO: A C Reis

GUTENBERG

Copyright © 2013 Sarah Trabucchi

Título original: *One Good Earl Deserves a Lover*

Publicado originalmente nos Estados Unidos pela Avon, um selo da HarperCollins Publishers.

Todos os direitos reservados pela Editora Gutenberg. Nenhuma parte desta publicação poderá ser reproduzida, seja por meios mecânicos, eletrônicos, seja via cópia xerográfica, sem a autorização prévia da Editora.

EDITORA
Silvia Tocci Masini

ASSISTENTES EDITORIAIS
Carol Christo
Felipe Castilho

REVISÃO
Cristiane Maruyama
Nilce Xavier

CAPA
Carol Oliveira
(Arte da capa por Alan Ayers)

DIAGRAMAÇÃO
Christiane Morais
Andresa Vidal

Dados Internacionais de Catalogação na Publicação (CIP)
Câmara Brasileira do Livro, SP, Brasil

MacLean, Sarah

Entre a culpa e o desejo / Sarah MacLean ; tradução A C Reis. – 1. ed. ; 2. reimp. – São Paulo : Gutenberg, 2020.

Título original: *One Good Earl Deserves a Lover.*

ISBN 978-85-8235-321-9

1. Ficção histórica 2. Romance norte-americano I. Título.

15-07990 CDD-813

Índices para catálogo sistemático:
1. Romances históricos : Literatura
norte-americana 813

A **GUTENBERG** É UMA EDITORA DO **GRUPO AUTÊNTICA** 🌀

São Paulo
Av. Paulista, 2.073,
Conjunto Nacional, Horsa I
23º andar . Conj. 2310-2312
Cerqueira César . 01311-940
São Paulo . SP
Tel.: (55 11) 3034 4468

Belo Horizonte
Rua Carlos Turner, 420
Silveira . 31140-520
Belo Horizonte . MG
Tel. (55 31) 3465-4500

www.editoragutenberg.com.br

Para as jovens que usam óculos.

"Diga-me, Lady Philippa..."

"Em seus estudos de anatomia, você aprendeu o nome do lugar entre o nariz e o lábio?"

Ela resistiu ao impulso de se inclinar na direção dele, de obrigá-lo a tocar nela.

"*Philtrum*", ela respondeu com um suspiro.

"Garota inteligente. Os romanos acreditavam que esse era o lugar mais erótico do corpo." Enquanto falava, ele percorreu com o dedo a curva do lábio dela, mais uma provocação do que um toque, quase imperceptível. "Eles acreditavam que essa era a marca do deus do amor."

Ela inspirou um fôlego breve e curto.

"Eu não sabia disso."

Ele se inclinou, chegou mais perto, e afastou a mão.

"Eu posso apostar que existem algumas coisas sobre o corpo humano que você não sabe."

Ele estava tão perto... suas palavras eram mais respiração do que som; a sensação delas na orelha, depois na face, provocando uma profusão de sensações por todo o corpo.

"Eu gostaria de aprender", ela disse.

"Esta é sua primeira lição..."

Ela queria que ele lhe ensinasse tudo.

"Não provoque o leão", disse ele, as palavras roçando os lábios dela, abrindo-os com seu toque. "Pois certamente o animal irá morder."

Cross

Londres
Começo da Primavera, 1824

Ser o segundo filho tem suas vantagens.

De fato, se existe uma verdade na sociedade, é esta: devasso, malandro ou canalha, um herdeiro precisa tomar jeito. Ele pode fazer muita bagunça, realizar diversas peripécias sexuais e escandalizar a sociedade com as aventuras de sua juventude, mas seu futuro está gravado na pedra pelo melhor dos escultores: ele sempre acabará acorrentado ao seu título, à sua terra e à sua propriedade – um prisioneiro da nobreza ao lado de seus pares na Câmara dos Lordes.

Não, a liberdade não era para herdeiros, mas para os outros filhos. E Jasper Arlesey, segundo filho do Conde Harlow, sabia disso. Ele também sabia, com a perspicácia de um criminoso que escapou por pouco da forca, que – apesar de não ter direito a título, propriedade e fortuna – era o homem mais sortudo da Terra por ter nascido dezessete meses *depois* de Owen Elwood Arthur Arlesey, o primogênito, Visconde Baine e herdeiro do condado. Sobre ele recaía o pesado fardo da respeitabilidade e responsabilidade que vinha com a condição de herdeiro, repousando as esperanças e os sonhos de uma longa linhagem de Lordes Harlow. Era Baine quem precisava atender às expectativas de todos à sua volta – pais... nobres... criados... todos. E o impecável, respeitável e entediante Baine atendia a cada uma dessas expectativas. *Feliz da vida.* E foi por isso que naquela noite *Baine* acompanhou a irmã mais nova em sua primeira visita ao clube Almack's. Sim, Jasper tinha concordado em se responsabilizar por essa tarefa, prometendo a Lavínia que não poderia perder uma noite tão importante na vida da jovem. Mas suas promessas o vento levava – todo mundo sabia disso – e assim coube a Baine bancar o acompanhante. Atendendo às expectativas, como sempre.

Jasper, por sua vez, estava ocupado ganhando uma fortuna em um dos mais sórdidos antros de jogatina de Londres... e depois foi comemorar fazendo exatamente o tipo de coisa que os filhos mais novos estão habituados a fazer: estar na cama de uma linda mulher.

Baine não era o único que atendia às expectativas. Jasper sorriu discretamente para si mesmo quando se lembrou do prazer que teve nos excessos daquela noite, mas depois o sorriso se apagou com a pontada de arrependimento que sentiu ao abandonar os lençóis e os abraços quentes.

Ele abriu a porta dos fundos da cozinha da Casa Arlesey e entrou de mansinho. O ambiente estava escuro e silencioso sob a luz cinzenta de uma manhã dolorosamente fria de março, o suficiente para esconder suas roupas desalinhadas, a gravata aberta e a marca de amor que aparecia por baixo do colarinho frouxo. Quando a porta se fechou atrás dele, uma empregada da cozinha, assustada, ergueu os olhos de onde estava agachada, junto ao forno, acendendo o fogo como preparação para a chegada da cozinheira. Ela ficou em pé e levou uma mão ao seio, lindo, que despontava.

"Meu lorde! O senhor me assustou!"

Jasper lhe lançou um sorriso malicioso e depois fez uma reverência que deixaria qualquer lady orgulhosa.

"Perdão, querida", ele falou, adorando o rubor que nasceu no alto das bochechas da moça.

Ele passou pela garota, perto o bastante para ouvir sua respiração parando na garganta e ver a veia pulsar em seu pescoço. Pegou um biscoito do prato que ela preparava para os serviçais da cozinha, demorando-se um pouco mais do que o necessário, adorando ver como ela tremia de expectativa. Mas Jasper não iria tocá-la, é claro; ele havia aprendido, há muito, que não devia se envolver com as empregadas. Mas isso não o impedia de amá-la só um pouco. Ou de amar todas as mulheres, de todas as formas, todos os tamanhos e estilos de vida. A pele macia e as curvas tenras, a forma como arfavam, davam risinhos e suspiravam. A maneira como as mais ricas faziam seus joguinhos, e a menos afortunadas olhavam para ele, cintilando seus olhos, ansiosas pela atenção dele. As mulheres eram, sem dúvida, a melhor criação do Senhor. E, com vinte e três anos, ele fazia planos de passar a vida adorando essas criaturas.

Jasper mordeu o biscoito doce e sorriu para ela.

"Você não vai contar para ninguém que me viu, vai?"

"N... não senhor. Meu lorde, senhor."

Sim, havia mesmo grandes benefícios em ser o segundo filho. Com mais uma piscada e outro biscoito roubado, Jasper saiu da cozinha para o corredor dos fundos que levava à escada de serviço.

"Onde você estava?"

Com uma capa preta, Stine, o administrador do seu pai, materializou-se nas sombras, com seu rosto longo e pálido estampando condenação e algo muito pior. O coração de Jasper disparou com a surpresa, mas ele nunca admitiria isso. Jasper não respondia a Stine. Já era ruim o bastante ter que responder ao patrão de Stine. Seu pai... O homem cujas expectativas com relação ao filho mais novo eram as menores do que se poderia imaginar. O filho em questão deu meia-volta e sorriu com afetação ensaiada.

"Stern", ele arrastou a palavra, apreciando o modo como a postura do outro ficou rígida ao ouvir o nome propositalmente errado. "Está cedo para bancar a assombração, não acha?"

"Não é cedo demais para você."

Jasper sorriu – um predador diante da presa.

"Você está absolutamente certo. É tarde. Tive uma noite e tanto, e eu gostaria que você não arruinasse... a satisfação que ela me deixou." Ele bateu no ombro do homem e forçou a passagem por ele.

"Seu pai está procurando por você."

Jasper não olhou para trás.

"Tenho certeza que sim. Como também tenho certeza de que isso pode esperar."

"Não acho que possa, Lorde Baine."

Ele precisou de um instante para entender as palavras. Para ouvir o título. Para compreender seu significado. Ele se virou, horror e descrença tomando seu corpo. Quando ele falou, suas palavras saíram abafadas e truncadas, mal um suspiro.

"Do que você me chamou?"

Stine apertou um pouco os olhos, fugazmente... mais tarde, seria esse movimento quase imperceptível sobre olhos pretos e frios que Jasper recordaria. Ele levantou a voz, furioso.

"Eu fiz uma pergunta."

"Ele chamou você de Baine."

Jasper se virou para encarar o pai, Conde Harlow – alto, forte e inflexível até naquele momento. Até quando seu legado desmoronava à sua volta e ele olhava para a decepção de sua vida. Que agora era seu herdeiro...

Jasper se esforçou para respirar, e depois para encontrar palavras, mas seu pai as encontrou primeiro.

"Devia ter sido você."

Capítulo Um

Os caminhos investigativos se tornaram seriamente limitados, assim como o tempo.

Em nome de uma investigação adequada, fiz alguns ajustes em minha pesquisa.

Ajustes ~~secretos~~ sérios.

Diário Científico de Lady Philippa Marbury
21 de março de 1831; quinze dias antes de seu casamento

Sete anos depois

𝒜 mulher estava louca.

Ele teria percebido isso cinco minutos antes se não estivesse meio dormindo, absolutamente chocado por encontrar uma jovem loira de óculos sentada à sua escrivaninha lendo seu livro-caixa. Ele teria percebido isso três minutos antes se ela não tivesse anunciado, com toda segurança, que ele havia errado no cálculo da coluna F, o que fez com que a compreensão dele da loucura da jovem fosse antecipada pelo choque devido a sua audácia e pela admiração por sua competência matemática. Ou talvez o contrário disso. E ele com certeza teria percebido, sessenta segundos antes, que a mulher era completamente insana, se não estivesse tentando desesperadamente se vestir. Por alguns instantes pareceu que sua camisa tinha perdido uma abertura essencial, o que foi de fato uma distração.

No momento, entretanto, ele estava bem acordado, tinha fechado o livro-caixa (com a contabilidade corrigida) e se apresentava vestido (ainda que não adequadamente). O universo havia sido corrigido e o pensamento racional tinha retornado, bem na hora em que ela explicava o que queria. E então, no silêncio que se seguiu às palavras da jovem, Cross compreendeu a verdade. Não havia qualquer dúvida a respeito: Lady Philippa Marbury, filha do Marquês de Needham e Dolby, cunhada do Marquês de Bourne, mulher da mais alta sociedade, era doida de pedra.

"Perdoe-me", disse ele, impressionado com sua própria habilidade de manter a compostura mesmo em face à total insanidade da visitante. "Eu acredito não ter ouvido direito."

"Oh, tenho certeza de que ouviu", a mulher disse simplesmente, como se estivesse comentando o clima, com seus perturbadores olhos azuis por trás dos óculos grandes e grossos. "Eu posso ter chocado você, mas eu acredito que sua audição é muito boa."

Lady Philippa avançou até ele, deslizando por um caminho entre meia dúzia de pilhas de livros e um busto de Medusa que ele andava pensando em tirar dali. A barra de sua saia azul-claro roçou no corpo comprido de uma serpente, e o som do tecido passando sobre o bronze despertou uma pequena sensação nele. *Errado...* Ele não estava sentindo nada em relação a ela. Ele *não* sentiria nada por ela.

Continuava escuro demais naquele quarto maldito. Ele se moveu para acender uma luminária que estava a uma boa distância, junto à porta.

Quando ele ergueu os olhos, foi para descobrir que ela havia alterado seu percurso. Lady Philippa se aproximou, encurralando-o junto ao pesado móvel de mogno, desequilibrando-o. Por um instante ele considerou abrir a porta para ver se ela sairia correndo por ali, deixando-o no escritório, sozinho e livre dela. *Do que ela representava.* Para assim fechar a porta firmemente atrás dela, fingir que aquele encontro não tinha acontecido e recomeçar seu dia.

Ele trombou em um ábaco grande, e o tilintar de ébano o acordou de seus pensamentos. Ele parou de se mover. Ela continuou a se aproximar... Ele era um dos homens mais poderosos da Grã-Bretanha, sócio do antro de jogatina mais famoso de Londres, pelo menos vinte e cinco centímetros mais alto que ela, e bastante assustador quando queria.

Ela não era o tipo de mulher em que ele estava acostumado a prestar atenção, nem o tipo de mulher que esperava receber sua atenção. E, com certeza, ela não era o tipo de mulher que abalava sua autoconfiança. *Controle-se, homem.*

"Pare!"

Ela parou, e a palavra de comando ficou entre eles, ríspida e defensiva. Ele não gostou disso. Não gostou do que aquele som sufocado revelava sobre o modo como aquela estranha criatura o havia afetado instantaneamente. Mas ela não parecia enxergar nada disso, graças a Deus. Ela simplesmente inclinou a cabeça para o lado, do modo que um filhote costuma fazer, curioso e ansioso, e ele resistiu à tentação de dar uma boa e demorada olhada nela. *Ela não era para ser olhada.* Com certeza não por ele...

"Será que eu preciso repetir?", ela perguntou, quando viu que ele não iria falar mais nada.

Ele não respondeu. A repetição era desnecessária. O pedido de Lady Philippa Marbury estava gravado a fogo em sua memória. Mesmo assim, ela ergueu a mão, empurrou os óculos nariz acima e respirou fundo.

"Preciso *me perder*", as palavras tão simples e decididas como da primeira vez em que ela as pronunciou, sem qualquer nervosismo.

Me perder. Ele observou a forma como os lábios dela se curvavam ao redor das sílabas, acariciando as consoantes, esticando as vogais, transformando a experiência de ouvir essas palavras em algo próximo de seu significado.

De repente, o escritório ficou quente demais.

"Você é louca."

Ela parou, visivelmente desconcertada pela afirmação. Ótimo. Já era hora que alguém, além dele, fosse surpreendido pelos acontecimentos daquele dia.

"Eu acho que não", ela disse, afinal, depois de balançar a cabeça.

"Você devia considerar essa possibilidade", ele disse, passando por ela e aumentando a distância entre os dois – algo difícil naquele escritório atravancado. "Pois não existe outra explicação racional para você aparecer desacompanhada no antro de jogatina mais notório de Londres e pedir para *se perder*, ou *ser arruinada*."

"Não quer dizer que se eu trouxesse um acompanhante tornasse isso algo racional", ela retrucou. "De fato, um acompanhante teria tornado toda esta situação impossível."

"Exatamente", ele disse, passando a perna por sobre uma pilha de jornais, ignorando o aroma de tecido limpo e raios de sol que pairava à volta dela. À volta dele.

"De fato, trazer um acompanhante ao 'antro de jogatina mais notório de Londres' teria sido uma loucura maior, não acha?" Ela esticou a mão e passou um dedo pelo enorme ábaco. "Isto é lindo. Você costuma usar?"

Ele se distraiu com os dedos compridos e claros dela brincando com as esferas pretas, com o modo como a ponta do dedo indicador dela se inclinava levemente para a direita. Imperfeito... Por que ela não estava usando luvas? Não havia nada de normal nessa mulher?"

"Não", ele falou.

Ela se virou para ele, curiosidade nos olhos azuis.

"Não, você não usa o ábaco? Ou não, não acredita que vir com um acompanhante fosse loucura?"

"As duas coisas. O ábaco é de difícil manejo..."

Ela empurrou um disco grande de um lado do quadro para outro.

"Você consegue ser mais rápido sem esse dispositivo?"

"Exato."

"O mesmo é verdade para acompanhantes", ela disse, séria. "Sou muito mais produtiva sem eles."

"Eu acho que você é muito mais perigosa sem eles."

"Você me considera um perigo, Sr. Cross?"

"Cross. Não precisa do Sr. E sim, eu considero você um perigo."

Ela não se sentiu insultada.

"Para você?" De fato, ela parecia contente consigo mesma.

"Principalmente para si mesma, mas se o seu cunhado a encontrasse aqui, imagino que representaria algum perigo para mim também." Velho amigo, sócio nos negócios ou não, Bourne arrancaria a cabeça de Cross se Lady Philippa fosse encontrada ali.

Ela pareceu aceitar a explicação.

"Está bem, então vou procurar ser rápida para explicar."

"Eu preferia que você fosse rápida para ir embora."

Ela balançou a cabeça e ergueu o tom só o suficiente para que ele prestasse atenção. *Nela*...

"Ah, não. Receio que isso não seja possível. Sabe, eu tenho um plano muito definido, e preciso da sua ajuda."

Cross conseguiu chegar à escrivaninha, graças aos céus. Ele sentou na cadeira, que rangeu, abriu o livro-caixa e fingiu examinar os números, ignorando o fato de que a presença dela borrava esses números e os transformava em incompreensíveis linhas cinzentas.

"Eu receio, Lady Philippa, que seu plano não faça parte dos *meus*. Você se deu a todo esse trabalho por nada." Ele ergueu os olhos. "Afinal, como foi que você apareceu aqui?"

O olhar resoluto dela fraquejou.

"Do modo normal, imagino."

"Como nós já estabelecemos, o modo *normal* envolve um acompanhante. E não envolve um antro de jogatina."

"Eu vim andando."

Uma pausa.

"Você veio andando."

"Isso", confirmou ela.

"Sozinha..."

"Em plena luz do dia." Havia uma atitude defensiva no tom dela.

"Você atravessou Londres..."

"Nem tanto. Minha casa fica..."

"Quase um quilômetro além do Tâmisa."

"Você fez parecer que ficava na Escócia."

"Você atravessou Londres em plena luz do dia para chegar à porta do Anjo Caído, onde eu acredito que bateu e esperou para entrar."

Ela mordeu os lábios. Ele não permitiu que esse movimento o distraísse.

"Sim."

"Em uma rua pública."

"Em *Mayfair*."

Ele ignorou a ênfase no nome do bairro.

"Uma rua pública que abriga os clubes masculinos mais exclusivos de Londres." Ele fez uma pausa. "Você foi vista?"

"Não sei dizer."

Louca.

"Imagino que seja do seu conhecimento que uma lady não faz esse tipo de coisa?"

Uma ruga minúscula apareceu entre suas sobrancelhas.

"É uma regra tola, você não acha? Quero dizer, o sexo feminino tem acesso à locomoção bípede desde... bem... Eva."

Cross havia conhecido muitas mulheres em sua vida. Ele gostava da

companhia, conversa e curiosidade delas. Mas ele nunca conheceu uma mulher tão estranha quanto aquela.

"Apesar disso, estamos em 1831. Em nossos dias, mulheres como você usam carruagens. E não frequentam cassinos."

Ela sorriu.

"Bem, não mulheres *exatamente* como eu, pois eu caminhei e estou aqui. Em um cassino."

"Quem deixou você entrar?"

"Um homem. Ele pareceu ansioso para me fazer entrar quando anunciei quem eu era."

"É claro que ele ficou ansioso. Bourne teria prazer em destruir o infeliz caso sua reputação seja afetada."

Ela refletiu a respeito.

"Eu não pensei nisso. De fato, eu nunca tive um protetor."

Ele poderia protegê-la. De onde veio aquela ideia? Não importava...

"Lady Philippa, parece que você precisa de um exército de protetores." Ele voltou a atenção para o livro-caixa. "Infelizmente, não tenho tempo nem inclinação para me alistar. Eu acredito que você possa encontrar a saída."

Ela avançou, ignorando a sugestão. Cross ergueu os olhos, surpreso. As pessoas não costumavam ignorá-lo.

"Ah, não precisa me tratar por Lady Philippa, na verdade. Não se considerarmos meu motivo para estar aqui. Por favor, pode me chamar de Pippa."

Pippa. Combinava com ela. Mais do que a versão mais completa e extravagante do nome. Mas ele não tinha nenhuma intenção de chamá-la assim. Ele não tinha nenhuma intenção de chamá-la de qualquer coisa.

"Lady Philippa", ele alongou o nome propositalmente, criando uma barreira entre eles, "está na hora de você ir embora."

Ela deu mais um passo na direção dele, e deixou uma mão descansar sobre o grande globo ao lado da mesa. Ele desviou a atenção para o lugar em que a palma da mão dela esmagava a Grã-Bretanha e resistiu ao impulso de tirar conclusões cósmicas daquele gesto.

"Receio que não possa ir embora, Sr. Cross. Eu preciso..."

Ele achou que não suportaria ouvi-la repetir aquela ideia.

"*Se perder*, ou *ser arruinada*. Sei. Você deixou seu objetivo muito claro. E fiz o mesmo com minha recusa."

"Mas... você não pode recusar."

Ele voltou a atenção ao livro-caixa.

"Receio ter que fazer isso."

Ela não respondeu, mas com o canto do olho ele viu seus dedos – aqueles

dedos estranhos, inconvenientes, passando pela borda da sua escrivaninha de ébano. Ele esperou que eles parassem. Que ficassem quietos. E fossem embora. Quando ergueu o rosto, Pippa estava olhando para ele, os olhos azuis enormes atrás das lentes redondas de seus óculos, como se ela tivesse esperado uma eternidade para que seu olhar encontrasse o dela.

"Eu escolhi você, Sr. Cross. Criteriosamente. Eu tenho um plano muito específico, muito definido, com prazo muito rígido. E o plano exige um colega de pesquisa. Você, como percebe, tem que ser esse colega."

Um colega de pesquisa? Ele não se importava. *Não mesmo.*

"Que pesquisa?"

Droga.

Ela juntou as mãos com firmeza.

"O senhor é uma lenda."

Aquelas palavras fizeram um arrepio percorrer seu corpo.

"Todo mundo fala de você. Dizem que é um perito nos aspectos críticos da ruína pessoal."

Ele cerrou os dentes, odiando aquelas palavras, e fingiu desinteresse.

"Dizem, é?"

Ela aquiesceu alegremente e foi marcando os itens nos dedos enquanto falava.

"De fato: jogatina, álcool, pugilismo e..." Ela parou. "E..."

Suas faces estavam tingidas de vermelho, e ele queria que ela continuasse. Para ouvir como era absurdo. Para parar com aquela loucura.

"E...?"

Ela se endireitou, coluna reta. Ele teria apostado tudo que tinha que ela não continuaria. E teria perdido.

"E coito." A palavra era suave, e saiu firme, como se ela finalmente tivesse dito o que foi até ali dizer. O que não podia ser possível. Certamente ele tinha ouvido mal. Certamente seu corpo estava reagindo da forma errada a ela. E antes que ele pudesse lhe pedir que repetisse, ela tomou fôlego e continuou.

"É nesse aspecto que você é tido como mais habilidoso. E, honestamente, é o aspecto que me é necessário."

Somente a experiência de muitos anos jogando cartas com os homens mais habilidosos da Europa permitiu a Cross não revelar seu choque. Ele deu uma boa e longa olhada nela. Lady Philippa não parecia uma lunática. Na verdade, ela parecia bem comum – o cabelo era de um loiro comum, os olhos de um azul comum, pouco mais alta que a média, mas não alta demais a ponto de chamar atenção, vestindo uma roupa comum que revelava uma pele lisa e pura... tudo muito comum. Não, não havia nada que sugerisse que Lady Philippa Marbury, filha de um dos nobres mais poderosos da Grã-Bretanha, fosse algo que não uma jovem perfeitamente comum. Nada, quer dizer, até ela abrir a boca e dizer coisas como *acesso à locomoção bípede. E coito.*

Ela suspirou.

"Você está dificultando muito isso, sabe."

"Perdoe-me", ele tentou, sem saber exatamente o que dizer.

Ela estreitou ligeiramente os olhos por trás dos óculos.

"Não sei se acredito no seu sentimento, Sr. Cross. Se formos acreditar nas fofocas que correm pelos salões femininos de Londres – e eu posso lhe garantir que correm muitas – você é um verdadeiro devasso."

Que Deus o protegesse das mulheres e suas línguas cruéis.

"Você não devia acreditar em tudo que ouve nos salões femininos."

"Eu geralmente não acredito, mas quando se ouve tanto sobre um cavalheiro em particular quanto eu ouvi sobre você... tende-se a acreditar que há algo de verdade nessa fofoca. Onde há fumaça, há fogo e todo esse tipo de coisa."

"Não posso imaginar o que você ouviu."

Isso era mentira. É claro que ele sabia do que se tratava.

Ela fez um gesto de pouco caso com a mão.

"Bem, parte das fofocas é completamente absurda. Dizem, por exemplo, que você pode retirar as roupas de uma mulher sem usar as mãos."

"Dizem mesmo?"

Ela sorriu.

"É bobagem, eu sei. Definitivamente não acredito nisso."

"Por que não?", ele perguntou.

"Na ausência de uma força física, um objeto em descanso permanece em descanso", ela explicou.

Cross não conseguiu resistir.

"A roupa da mulher seria o objeto em descanso nesse cenário?", ele perguntou.

"Sim. E a força necessária para mover tal objeto seria empregada por suas mãos."

Será que ela fazia alguma ideia do quadro tentador que estava pintando com descrição tão precisa, tão científica? Ele achou que não.

"Me disseram que minhas mãos são muito talentosas", disse ele.

Ela piscou.

"Como já comentamos, disseram o mesmo para mim. Mas posso lhe garantir que elas não podem desafiar as leis da física."

Ah, como ele queria provar que ela estava errada.

Mas Pippa continuou.

"De qualquer modo, a irmã da empregada de uma, a amiga da prima de outra, a prima da amiga ou a prima da empregada... as mulheres conversam, Sr. Cross. E você deveria saber que elas não têm vergonha de revelar detalhes... sobre você."

Ele ergueu uma sobrancelha.

"Que tipo de detalhes?"

Ela hesitou e o rubor retornou às suas faces. Cross resistiu ao prazer que passou por seu corpo ao ver a cor no rosto dela. Existe algo mais tentador que uma mulher corada por pensamentos escandalosos?

"Fiquei sabendo que você é o tipo de cavalheiro que possui um entendimento profundo da... mecânica... do ato em questão." Ela era direta e completamente franca. Como se estivessem discutindo o tempo.

Pippa não tinha ideia do que estava fazendo. Da fera que estava provocando. O que ela tinha, contudo, era coragem – do tipo que causava problemas para mulheres boas e respeitáveis. E ele sabia muito bem que não devia participar disso. Ele apoiou as duas mãos no tampo da escrivaninha, levantou e, pela primeira vez naquela tarde, falou a verdade.

"Receio que não tenham lhe falado a verdade, Lady Philippa. E está na hora de você ir embora. Eu vou lhe prestar um serviço ao não informar seu cunhado de que você esteve aqui. Na verdade, vou esquecer completamente da sua visita."

Ela ficou imóvel por um longo momento, e ele percebeu que a falta de movimento não era própria dela. A mulher não tinha parado desde que ele foi acordado pelos sons suaves de seus dedos deslizando pelas páginas do livro-caixa. O fato de ela estar imóvel o perturbou; ele se preparou para o que viria a seguir – alguma defesa lógica, alguma inversão de frase que o tentaria mais do que ele estava disposto a admitir.

"Suponho que será fácil para você se esquecer de mim."

Não havia nada em seu tom que sugerisse um pedido de elogio ou uma negação. Nada que ele esperaria de outras mulheres. De fato, ele começava a perceber que nada em Lady Philippa Marbury era semelhante às outras mulheres. E ele estava disposto a garantir que seria impossível esquecê-la.

"Mas eu receio que não possa permitir isso", ela insistiu, a frustração evidente em sua voz, e ele teve a impressão de que ela falava consigo mesma, não com ele. "Eu tenho uma grande quantidade de perguntas e ninguém para respondê-las. E só tenho catorze dias para aprender."

"O que vai acontecer dentro de catorze dias?"

Droga. Ele não se importava. Não devia ter perguntado.

Ela ficou surpresa com a pergunta, e Cross teve a sensação de que Lady

Philippa tinha se esquecido dele. Ela inclinou novamente a cabeça, a testa franzida como se a pergunta fosse ridícula. E, é claro, era mesmo.

"Eu vou me casar."

Disso, ele sabia. Por dois motivos. Lady Philippa foi cortejada por Lorde Castleton, um jovem dândi com pouca coisa entre as orelhas. Mas Cross esqueceu do futuro marido dela no momento em que Philippa se apresentou; ousada, brilhante, um tanto bizarra. Não havia nada nessa mulher indicando que ela seria uma Condessa de Castleton minimamente decente. *Não é problema seu.*

Ele pigarreou.

"Felicidades."

"Você nem mesmo sabe quem é meu futuro marido."

"Na verdade, eu sei."

Ela ergueu as sobrancelhas.

"Sabe? Como?"

"Tirando o fato de que seu cunhado é meu sócio nos negócios, e que o casamento duplo das últimas irmãs Marbury solteiras é *o* assunto do momento, você vai descobrir que poucas coisas acontecem, em qualquer nível da sociedade, sem que eu fique sabendo." Ele fez uma pausa. "Lorde Castleton tem mesmo muita sorte."

"É muita gentileza sua."

Ele balançou a cabeça.

"Não é gentileza. É verdade."

Ela retorceu um lado da boca.

"E eu?"

Ele cruzou os braços à frente do peito. Ela ficaria cansada de Castleton vinte e quatro horas após o casamento. E então seria extremamente infeliz. *Não é problema seu.*

"Castleton é um cavalheiro."

"Que diplomático", ela disse e girou o globo, deixando seus dedos percorrerem a topografia elevada da esfera enquanto ela rodopiava. "Lorde Castleton é isso mesmo. Ele também é um conde. E gosta de cachorros."

"E essas são as qualidades que as mulheres procuram nos maridos, hoje em dia?"

Ela não estava indo embora? Então por que ele continuava a conversar com ela?

"São melhores do que algumas qualidades inferiores que certos maridos podem apresentar", disse ela, e Cross acreditou ter ouvido um tom defensivo em sua voz.

"Por exemplo?"

"Infidelidade. Tendência a beber. Interesse em brigas de cães e touros."

"Cães e touros?"

Ela aquiesceu com um movimento breve de cabeça.

"Um esporte cruel. Para o touro e os cachorros."

"Eu diria que não se trata de esporte. Mas, o mais importante, você conhece muitos homens que gostam disso?"

Ela empurrou os óculos para o alto do nariz.

"Eu li bastante a respeito. Houve uma discussão muito séria sobre essa prática no *Notícias de Londres* da semana passada. Mais homens do que você imagina parecem apreciar essa barbárie. Felizmente, não Lorde Castleton."

"Um verdadeiro príncipe entre os homens", disse Cross, ignorando a forma como ela estreitou os olhos ao notar o sarcasmo em sua voz. "Imagine minha surpresa, então, ao encontrar a futura condessa ao lado da minha cama, esta manhã, pedindo para ser arruinada."

"Eu não sabia que você dormia aqui", disse ela. "E também não esperava que você estivesse dormindo à uma da tarde.

Ele ergueu uma sobrancelha.

"Eu trabalho até bem tarde."

Ela anuiu.

"Eu imagino que sim. Contudo, você devia comprar uma cama." Ela apontou para seu catre improvisado. "Isso não pode ser confortável."

Ela estava desviando do assunto e ele queria que ela saísse do seu escritório. Imediatamente...

"Não estou interessado, e você também não deveria estar, em sua ruína pública."

Ela o fitou, o choque expresso nos olhos.

"Eu não estou pedindo ruína pública."

Cross gostava de pensar que era um homem razoável e inteligente. Ele era fascinado por ciências e em geral considerado um gênio da matemática. Ele não conseguia participar de um jogo de vinte e um sem contar cartas, e discutia política e leis com precisão discreta e lógica. Como era, então, que ele se sentia meio imbecil perto daquela mulher?

"Você não pediu, duas vezes nos últimos vinte minutos, para que eu a arruinasse?"

"Três vezes, na verdade." Ela inclinou a cabeça para o lado. "Bem, da última vez *você* disse a palavra, mas acho que pode contar como um pedido."

Ele se sentia um imbecil *completo*.

"Três vezes, então."

Ela concordou.

"Sim, mas não ruína *pública*. É totalmente diferente."

Ele balançou a cabeça.

"Estou voltando ao meu diagnóstico original, Lady Philippa."

Ela piscou.

"Loucura?"

"Exatamente."

Pippa ficou em silêncio por um longo momento, e ele pode ver que ela tentava encontrar as palavras certas para incliná-lo na direção de seu pedido. Ela baixou os olhos para a escrivaninha, encontrando dois pesados pêndulos de prata lado a lado. Ela esticou a mão e os colocou em movimento. Os dois ficaram assistindo aos pesos oscilando em perfeita sincronia durante um bom tempo.

"Por que você tem isso?", ela perguntou.

"Eu gosto do movimento." Da previsibilidade. O que movia em uma direção iria, depois, na outra. Sem dúvidas. Sem surpresas.

"Newton também", ela disse, simples e tranquila, falando mais para si mesma do que para ele. "Em catorze dias eu vou casar com um homem com quem tenho pouco em comum. Vou fazer isso porque é o que esperam de mim como uma lady da sociedade. Vou fazer isso porque é o que toda Londres espera que eu faça. E vou fazer isso porque não acredito que haverá, algum dia, uma oportunidade de eu me casar com alguém com quem eu tenha mais em comum. E, o mais importante, vou fazer isso porque concordei em fazê-lo, e não gosto de desonestidade."

Ele a observava desejando poder ver seus olhos sem o escudo de vidro grosso de seus óculos. Ela engoliu em seco, e algo ondulou ao longo da delicada coluna de seu pescoço.

"Por que você acha que não vai encontrar alguém com quem tenha mais coisas em comum?"

Ela ergueu os olhos para ele.

"Eu sou estranha", ela disse simplesmente.

Ele ergueu as sobrancelhas, mas não falou. Ele não sabia o que responder a tal afirmação. Ela sorriu frente à hesitação dele.

"Você não precisa ser cavalheiro quanto a isso. Não sou tola. Fui estranha minha vida toda. Eu deveria me sentir grata por alguém querer se casar comigo – e graças a Deus que um *conde* me quer. Que ele de fato me *cortejou*. E honestamente", ela continuou, "estou muito feliz com a forma que o futuro está tomando. Vou me mudar para Sussex e nunca mais terei que frequentar a Rua Bond ou os salões de baile. Lorde Castleton se ofereceu para me dar espaço para minha estufa e minhas experiências, e ele até me pediu para que eu o ajudasse a cuidar da propriedade. Acho que ele está feliz por conseguir ajuda."

Levando em conta que Castleton era um homem perfeitamente bom e limitado, Cross imaginou que o conde estivesse comemorando o fato de ter sua brilhante noiva, disposta a tocar a propriedade da família e o poupar dos problemas.

"Parece maravilhoso. Ele vai lhe dar uma matilha de cães, também?"

Se ela reparou no sarcasmo em suas palavras, não demonstrou, e ele acabou se arrependendo de empregar esse tom.

"Espero que sim. Estou ansiosa por isso. Eu gosto muito de cães." Ela parou, inclinando o queixo para o lado, e olhou para o teto por um instante antes de dizer: "Mas estou preocupada com o resto."

Ele não deveria perguntar. As promessas de casamento eram uma coisa sobre a qual ele nunca pensou muito. E com certeza não iria começar naquele momento.

"O resto?"

Ela assentiu.

"Eu me sinto muito despreparada, falando sério. Eu não tenho ideia das atividades que acontecem *depois* do casamento... à noite... no *leito* nupcial", ela acrescentou, caso ele não tivesse compreendido.

Como se ele não tivesse uma imagem muito clara daquela mulher em seu leito nupcial.

"E para ser honesta, eu considero os votos de casamento muito capciosos."

Ele ergueu as sobrancelhas.

"Os votos?"

Ela concordou.

"Bem, para ser precisa, aquela parte antes dos votos."

"Estou sentindo que precisão é algo de grande importância para você."

Ela sorriu e o escritório ficou mais quente.

"Está vendo? Eu sabia que você seria um excelente colega de pesquisa." Cross não respondeu e ela preencheu o silêncio recitando: "*o casamento não deve ser realizado de maneira irrefletida ou superficial, mas com toda a reverência e de acordo com os propósitos de Deus.*"

Ele piscou, confuso.

"É do texto da cerimônia", ela explicou.

Aquela foi, sem dúvida, a única vez em que alguém citou o Livro de Oração em seu escritório. E, possivelmente, no edifício todo.

"Parece razoável", ele disse.

Ela anuiu.

"Concordo. Mas o texto continua. Também não deve ser realizado para *satisfazer os apetites e desejos carnais dos homens, como bestas selvagens que não possuem entendimento.*"

Ele não conseguiu se segurar.

"Isso está na cerimônia?"

"Estranho, não é? Quero dizer, se eu fizesse menção a desejo carnal em uma conversa durante, vamos dizer, o chá da tarde, eu seria jogada para fora da sociedade, mas diante de Deus e Londres, na Catedral de São Jorge, tudo bem." Ela balançou a cabeça. "Não importa. Você pode ver por que estou tão preocupada."

"Você está se preocupando demais, Lady Philippa. Lorde Castleton pode não ser a estrela mais brilhante do céu, mas não tenho dúvida que ele saberá o que fazer no leito nupcial."

Ela juntou as sobrancelhas.

"Eu tenho certa dúvida."

"Mas não deveria."

"Eu acho que você não está entendendo", disse ela. "É crucial que eu saiba o que esperar. Que esteja preparada para isso. Ora, você não vê? Tudo isso está envolvido na tarefa mais importante que terei como esposa."

"Que é...?"

"Procriação."

A palavra – científica e sem emoção – não deveria ter apelo para ele. Não deveria ter evocado membros longos e carne macia, aliada a olhos grandes atrás de óculos. Mas apelou e evocou. Ele se remexeu, incomodado, enquanto ela continuou.

"Eu gosto muito de crianças, assim estou certa de que nesse aspecto vou me dar bem. Mas entenda, eu preciso do conhecimento em questão. E já que você é supostamente um perito nesse tópico, eu não poderia imaginar alguém melhor para me auxiliar nessa pesquisa."

"O tópico seria filhos?"

Ela suspirou sua frustração.

"O tópico seria reprodução."

Ele adoraria ensinar a ela tudo que sabia sobre reprodução.

"Sr. Cross?"

"Você não me conhece", ele disse, depois de pigarrear.

Ela piscou, confusa. Aparentemente, aquilo não tinha lhe ocorrido.

"Bem, eu conheço a seu respeito. É o suficiente. Você será um excelente colega de pesquisa."

"Pesquisa sobre o quê?"

"Eu li bastante sobre o assunto, mas gostaria de compreendê-lo melhor. De modo a poder começar o casamento alegremente, sem preocupações. Para ser honesta, aquela parte sobre as bestas selvagens é bastante perturbadora."

"Eu posso imaginar", ele respondeu, seco.

Ainda assim, ela continuou falando, como se Cross não estivesse ali.

"Eu também entendo que para mulheres que... não têm experiência... algumas vezes o ato em questão não é totalmente... agradável. Nesse caso em particular, a pesquisa irá ajudar, eu imagino. De fato, minha hipótese é que se eu me beneficiar de sua vasta experiência, tanto Castleton quanto eu, teremos momentos mais agradáveis. Nós dois devemos fazer isso várias vezes, imagino, para eu obter plena compreensão, de modo que qualquer coisa que você possa fazer para esclarecer a atividade..."

Por algum motivo estava ficando cada vez mais difícil para Cross escutar o que ela dizia. Para escutar seus próprios pensamentos. Certamente ela não tinha dito...

"Eles são pêndulos acoplados."

O quê?! Ele acompanhou o olhar dela, para as esferas de metal que balançavam, colocadas em movimento na mesma direção, agora se moviam em sentidos opostos. Não importava o quão precisamente eram colocados no mesmo caminho, um dos pesos terminaria revertendo sua posição. Sempre.

"São mesmo."

"Um tem impacto no movimento do outro", ela disse.

"Exato, essa é a teoria."

Ela aquiesceu, e ficou observando as esferas prateadas indo na direção uma da outra, e depois se afastando. Uma vez. Duas. Ela ergueu os olhos para ele, absolutamente séria.

"Se devo fazer um juramento, eu gostaria de compreender tudo o que estou jurando. Desejo carnal é, sem dúvida, algo que quero entender. E você sabe por que o casamento pode fazer homens virarem bestas selvagens?"

Ele teve uma visão fugaz, dedos cravados na carne, olhos azuis o encarando, arregalados de prazer. *Sim.* É claro que ele sabia.

"Não", respondeu.

Ela concordou lentamente enquanto assimilava suas palavras.

"Obviamente isso tem algo a ver com o coito."

Meu Deus!

"Temos um touro em Coldharbor, que é onde fica a propriedade do meu pai. Não sou tão inexperiente como você pensa."

"Se você acha que um touro no pasto é remotamente parecido com um homem, então é tão inexperiente quanto eu penso."

"Está vendo? É exatamente por isso que preciso da sua ajuda."

Merda! Ele caiu direitinho na armadilha dela. Ele se obrigou a ficar parado, a resistir à atração que ela exerce.

"Eu soube que você é muito bom nisso", ela continuou, sem perceber o caos que provocava. Ou, talvez, percebendo perfeitamente. Ele já não sabia dizer. E não podia mais confiar em si mesmo. "É verdade?"

"Não", ele respondeu de pronto. Talvez isso a fizesse ir embora.

"Eu conheço o bastante a respeito de homens, Sr. Cross, para saber que eles nunca admitem uma falta de conhecimento nessa área. É claro que você não espera que eu acredite nisso." Ela riu, o som vivo e alegre deslocado naquele escritório sombrio. "Como você é obviamente um homem da ciência... eu imaginava que estivesse disposto a me auxiliar em minha pesquisa."

"Sua pesquisa sobre os hábitos de reprodução dos touros?"

A diversão dela transpareceu em seu sorriso.

"Minha pesquisa sobre apetites e desejos carnais."

Só havia uma opção. Assustar aquela mulher para que fosse embora. Ou seja, insultar Lady Philippa.

"Está me pedindo para foder você?"

Ela arregalou os olhos.

"Você sabe que nunca ouvi essa palavra ser pronunciada?"

E assim, com sua declaração simples e honesta, ele se sentiu um verme. Cross abriu a boca para se desculpar mas ela falou antes dele, como se Cross fosse uma criança. Como se discutissem algo totalmente comum.

"Percebo que não fui absolutamente clara. Eu não quero que você *execute* o ato, por assim dizer. Eu gostaria simplesmente que você me ajudasse a compreendê-lo melhor."

"Compreendê-lo melhor."

"Exatamente. Sobre os votos, as crianças e todo o resto." Ela fez uma pausa, então acrescentou: "Um tipo de palestra. Sobre cruzamento de animais. Tipo isso."

"Encontre outra pessoa. Ou outro tema."

Ela apertou os olhos ao notar o tom de deboche dele.

"Não há outra pessoa."

"Você procurou?"

"Quem você acha que me explicaria esse processo? Não a minha mãe, com certeza."

"E uma das suas irmãs? Você perguntou para elas?"

"Primeiro, não tenho certeza de que Victoria ou Valerie tenham muito interesse ou experiência no ato. E Penélope... ela fala absurdos quando perguntada sobre qualquer coisa a respeito de Bourne. Ou sobre amor e coisas afins." Ela revirou os olhos. "Não há lugar para amor nesta pesquisa."

Ela ergueu as sobrancelhas.

"Não?"

Lady Philippa pareceu horrorizada.

"Claro que não. Você, contudo, é um cientista com longa experiência. Tenho certeza de que será capaz de esclarecer muitas coisas. Por exemplo, tenho muita curiosidade a respeito do membro masculino."

Ele engasgou. Depois tossiu.

"Tenho certeza de que sim", ele disse quando recuperou a habilidade de falar.

"É claro que já vi desenhos – em textos anatômicos –, mas talvez você possa me ajudar com detalhes? Por exemplo..."

"Não." Ele a interrompeu antes que ela desenvolvesse a questão com suas perguntas científicas diretas.

"Ficarei feliz em pagar você", ela anunciou. "Por seus serviços."

Um som áspero, sufocado, atravessou o escritório. E veio dele.

"Me pagar."

Ela concordou.

"Vinte e cinco libras, digamos, seriam suficientes?"

"Não."

Ela juntou as sobrancelhas.

"É claro, uma pessoa com sua perícia... vale mais. Peço desculpas pela ofensa. Cinquenta? Receio que não possa ir muito além disso. É bastante dinheiro."

Ela pensou que era a *quantidade* de dinheiro que tornava a oferta ofensiva? Ela não percebeu que ele estava quase fazendo aquilo de graça? Quase pagando *a ela* pela chance de lhe mostrar tudo que queria saber? Em toda sua vida, nunca houve algo que Cross quisesse mais do que jogar aquela mulher estranha sobre sua escrivaninha e lhe dar exatamente aquilo que estava pedindo. Mas o desejo era irrelevante. Ou talvez fosse a única coisa relevante. De qualquer modo, ele não poderia ajudar Lady Philippa Marbury. Ela era a mulher mais perigosa que ele já havia encontrado. Ele balançou a cabeça e disse as únicas palavras que confiava em si mesmo para dizer. Conciso, indo direto ao ponto.

"Receio não poder atender sua solicitação, Lady Philippa. Sugiro que consulte outra pessoa. Quem sabe seu noivo?" Ele odiou aquela sugestão no mesmo instante em que a fez. E sufocou o desejo de revogá-la.

Ela ficou em silêncio por um bom tempo, os olhos bem abertos atrás das lentes grossas dos óculos, lembrando a Cross que ela era intocável.

Ele esperou que ela redobrasse seus esforços. Que o abordasse novamente com seu olhar direto e suas palavras francas. Mas é claro que não havia nada de previsível naquela mulher.

"Eu preferia que você me chamasse de Pippa", ela disse, e com isso se virou e foi embora.

Capítulo Dois

Quando Pippa tinha cerca de 6 ou 7 anos, as cinco irmãs Marbury foram chamadas para uma apresentação musical (como as filhas dos anfitriões geralmente o eram), pequenas bonequinhas loiras diante de uma reunião de nobres em uma festa numa casa de campo cujos detalhes ela não mais lembrava.

Ao saírem da sala, um cavalheiro mais velho, de olhos sorridentes, parou Pippa e lhe perguntou qual instrumento preferia tocar. Agora, se o cavalheiro fizesse essa pergunta a Penélope, esta teria lhe respondido, com total segurança, que o piano era seu favorito. Se tivesse perguntado a Victoria ou Valerie, as gêmeas teriam respondido em uníssono que preferiam tocar violoncelo. E Olivia o teria conquistado com seu sorriso de 5 anos – já recatada nessa época – e lhe diria que gostava da trompa. Mas ele cometeu um erro ao se dirigir a Pippa, que orgulhosamente anunciou que tinha pouco tempo para música, pois estava ocupada demais aprendendo anatomia geral. Confundindo o espanto silencioso do homem com interesse, ela foi em frente e ergueu a saia, para em seguida dizer os nomes dos ossos de seus pés e pernas. Ela chegou até a fíbula antes de sua mãe aparecer e gritar seu nome, no que foi acompanhada por um recatado fundo musical de risadas da sociedade.

Essa foi a primeira vez em que Pippa percebeu que era esquisita. Também foi a primeira vez em que ela se sentiu constrangida. Era uma emoção estranha – totalmente diferente das outras, que pareciam sumir com o tempo. Depois de comer, por exemplo, era difícil recordar as características precisas da fome. Certamente se podia lembrar como era querer comida, mas não conseguiu se lembrar de como era desejar comer.

Do mesmo modo, Pippa sabia bem o que era irritação – afinal, ela tinha quatro irmãs –, mas não conseguia lembrar com exatidão como era estar completa e furiosamente irritada com qualquer uma delas. Deus sabia que houve dias em que ela teria, de bom grado, empurrado Olivia de uma carruagem em movimento, mas ela não era capaz de reviver essa emoção agora. Ela conseguia lembrar, contudo, do constrangimento que acompanhou as risadas naquela reunião no campo como se tivesse acontecido ontem. Como se tivesse acontecido momentos atrás.

Mas o que tinha *realmente* acontecido momentos atrás parecia, de algum modo, pior do que mostrar aos 7 anos para metade da sociedade, seus tornozelos. Ser rotulada como a mais estranha das Marbury desde cedo lhe permitiu desenvolver uma casca. Era necessário muito mais que risinhos por trás de leques para fazer Pippa se sentir constrangida.

Aparentemente, era necessário que um homem recusasse seu pedido para a arruinar. Um homem alto, obviamente inteligente e fascinante. Ela havia feito seu melhor – expôs sua proposta em detalhes e apelou ao lado científico dele, que ainda assim recusou. Ela não havia considerado essa possibilidade. Mas deveria, é claro. Ela deveria ter reconhecido, no momento em que pisou naquele escritório – cheio de todo tipo de coisas interessantes – que sua oferta não o instigaria. O Sr. Cross era, obviamente, um homem pleno de conhecimentos e experiências, enquanto ela era a quarta filha de um marquês, e o fato de saber nomear todos os ossos do corpo humano a tornava algo anormal.

Não importava nem um pouco que precisasse de um colega de pesquisa e que ela só tinha meros catorze dias – 336 horas em contagem regressiva – para resolver todas as questões que envolviam seu futuro casamento. Era óbvio que ele havia realizado muitas experiências por conta própria e não precisava de uma parceira de pesquisa. Nem mesmo uma que estivesse disposta a lhe pagar.

Observando o salão principal vazio do cassino, ela imaginou que isso não a devia ter surpreendido. Afinal, um homem, dono de um cassino que lidava com o tipo de finanças registradas naquele grande livro-caixa com capa de couro, que ela encontrou ao entrar no escritório, não era uma espécie que podia ser tentada por vinte e cinco libras. Ou cinquenta. Ela deveria ter pensado nisso.

Era uma pena, na verdade. Ele parecia promissor. Era a opção mais promissora quando ela concebeu seu plano, várias noites atrás, ao ler o texto da cerimônia da qual faria parte em duas semanas. *Desejo carnal. Procriação.* Era errado, não era, que uma mulher fosse levada a participar de coisas assim, sem nenhuma experiência? Sem nem mesmo uma boa explicação dos itens mencionados? E isso vinha antes de o sacerdote chegar às partes relativas a obediência e servidão. Tudo era completamente perturbador. E ficou ainda mais quando ela ponderou como estava desapontada com o Sr. Cross recusar sua oferta. Ela teria gostado de passar mais tempo com o ábaco dele. *Não só o ábaco.* Pippa não acreditava em mentir, fosse para si mesma ou para os outros. Tudo bem se as pessoas à sua volta quisessem esconder a verdade, mas ela havia descoberto, há muito tempo, que a desonestidade só dava mais trabalho a longo prazo. Então não, não foi apenas o ábaco que a intrigou. Foi o próprio homem.

Quando ela chegou ao clube, esperava encontrar o legendário Cross – belo, inteligente, charmoso e capaz de tirar as roupas de qualquer mulher diante dele em uma questão de segundos... sem usar as mãos. Mas o que ela encontrou não tinha nada a ver com esse homem. Sem dúvida ele era inteligente, mas não houve muito charme na interação dos dois, e quanto à beleza... ele era bem alto, com membros esguios e ângulos pronunciados, e um cabelo ruivo penteado com os dedos que ela não teria imaginado. Não, ele não era belo. Não do jeito clássico. Ele era interessante, o que era muito melhor. Ou pior, como parecia ser o caso.

Ele possuía, obviamente, conhecimento nas áreas de física e geografia, e era bom com números – ela podia apostar que a falta de papel de rascunho sobre a escrivaninha dele indicava sua capacidade de fazer de cabeça os cálculos do livro-caixa. Impressionante, considerando a quantidade de números que havia ali. E ele dormia no chão. *Seminu*. Essa parte era bem curiosa. E Pippa gostava de coisas curiosas... Mas ele, aparentemente, não. E isso era preocupante.

Ela teve muito trabalho para elaborar seu plano, e Pippa não deixaria que o antagonismo de um homem – ainda que fascinante – ficasse no seu caminho. Afinal, ela estava em um antro de jogatina. E esse tipo de lugar deveria estar cheio de homens. Certamente haveria outro que acharia seu pedido razoável. Ela era uma cientista, e cientistas tinham que saber se adaptar. Pippa então iria se adaptar e faria o que fosse necessário para conseguir o conhecimento de que precisava para garantir que estivesse absolutamente preparada para sua noite de núpcias.

Suas *núpcias*. Ela não gostava de dizer – ela não gostava nem de pensar nisso –, mas o Conde de Castleton não era exatamente o mais excitante dos maridos em potencial. Ah, ele era agradável de se olhar e tinha um título que sua mãe gostava. E possuía uma linda propriedade. Mas não era muito inteligente. E essa era uma forma generosa de dizer a verdade. Uma vez ele lhe perguntou de que parte do porco vinha a linguiça. Ela não quis nem considerar qual ele acreditava ser a resposta.

Não que ela não quisesse casar com ele. Ele era, sem dúvida, sua melhor opção, fosse idiota ou menos que brilhante. Ele sabia que lhe faltava capacidade intelectual e parecia mais do que disposto – ansioso, na verdade – a deixar que Pippa o ajudasse a administrar a propriedade e a cuidar da casa. E ela se preparava para isso, tendo lido vários textos sobre rotação de culturas, irrigação moderna e cruzamento de animais. Ela seria uma esposa excelente nesse aspecto. Era sobre o resto que restavam dúvidas. E ela tinha catorze dias para esclarecê-las. Isso era pedir muito? Aparentemente, sim... Pippa olhou para a porta fechada do escritório do Sr. Cross e sentiu uma pontada de algo não inteiramente agradável no peito. Arrependimento? Desgosto? Não importa. O importante era que ela precisava reavaliar seu plano. Ela suspirou e o ruído a envolveu e levou sua atenção para o enorme salão vazio.

Ela esteve tão concentrada em encontrar o caminho para os aposentos particulares do Sr. Cross antes, que não teve oportunidade de observar o cassino propriamente dito. Como a maioria das mulheres de Londres, ela ouviu as fofocas sobre o Anjo Caído – que era um lugar impressionante, escandaloso, aonde as mulheres não podiam ir. Que era no Anjo, e não no Parlamento, que os homens decidiam o futuro da Grã-Bretanha. Que eram os donos do Anjo que detinham o poder mais insidioso de Londres.

Considerando o salão quieto e cavernoso, Pippa reconheceu que se tratava, com certeza, de um lugar impressionante... embora o resto da fofoca parecesse um pouco exagerado... não havia muito o que dizer daquele lugar, a não ser que era... Bem escuro.

Uma pequena fileira de janelas perto do teto, de um lado do salão, era a única fonte de luz, pois permitia a entrada de alguns raios errantes de sol. Pippa seguiu um longo raio de luz, salpicado com partículas de poeira lentas e rodopiantes, até onde atingia uma pesada mesa de carvalho, vários metros adiante, e iluminava um grosso feltro verde, no qual letras, linhas e números estavam pintados em branco e amarelo.

Ela se aproximou e pôde ver uma grade estranha de números e palavras impressos na superfície longa e oval. Pippa não resistiu e passou os dedos pelo tecido, por sobre as marcações – hieróglifos para ela –, até encostar em uma fileira de dados perfeitamente brancos empilhados contra uma das paredes da mesa.

Pegando um par, ela examinou as marcas perfeitas que possuíam, e sentiu o peso dos pequenos cubos de marfim na palma da mão enquanto imaginava quanto poder eles continham. Pareciam objetos inócuos – que não mereciam ser levados em consideração –, mas ainda assim homens viviam e morriam quando eram jogados. Há muito tempo, seu cunhado havia perdido tudo o que possuía em uma aposta. É verdade que ele conseguiu recuperar seu patrimônio, mas Pippa refletiu sobre a tentação que levava alguém a fazer tamanha tolice. Sem dúvida, aqueles cubinhos brancos deviam conter muito poder.

Ela os remexeu em sua palma, imaginando que aposta faria – imaginando o que poderia fazer com que ela jogasse. Sua pesquisa. A compreensão dos segredos do casamento, de uma vida de casada. Da maternidade. Expectativas claras a respeito de um futuro nebuloso demais. Respostas. Quando ela não tinha nada. Alguma informação que diminuísse o aperto em seu peito, que piorava toda vez que ela pensava no casamento. Se ela pudesse ganhar tudo isso... ela apostaria.

Pippa revolveu os dados em sua mão, enquanto refletia sobre a aposta que lhe traria revelações antes que estabelecesse seu destino. Contudo, batidas ribombantes na porta do clube chamaram sua atenção com seu clamor incessante. Ela depositou os dados na borda da mesa de jogo e andou na direção do barulho antes de se dar conta de que não tinha nada a ver com a porta em questão e, portanto, não a deveria abrir.

Blam, Blam, blam.

Ela lançou um olhar furtivo pelo grande salão. Alguém *tinha* que ter ouvido as batidas. Uma empregada, uma ajudante de cozinha, o cavalheiro de óculos que permitiu sua entrada...

Blam, blam, blam.

Parecia que ninguém estava ouvindo. Será que ela devia chamar o Sr. Cross? Aquele pensamento a fez parar. Ou, melhor, o modo como o pensamento trouxe consigo uma imagem do cabelo ruivo despenteado do Sr. Cross, revolto em ângulos casuais antes que ele passasse os dedos pelos fios e o assentasse, fez com que ela parasse. O estranho aumento de sua frequência cardíaca a fez parar. Ela franziu o nariz. Pippa não gostou daquilo. Não era nada confortável.

Blamblamblamblamblam.

A pessoa à porta parecia estar perdendo a paciência. E intensificando sua disposição. Obviamente que se tratava de um assunto urgente.

Pippa se dirigiu à porta – escondida atrás de pesadas cortinas de veludo, penduradas a seis metros de altura –, um bloco sólido de mogno entreaberto, guardando o pequeno e escuro corredor; a passagem entre o clube e o mundo exterior. Ela atravessou a negritude do corredor e chegou à porta externa de aço – ainda maior que sua parceira interna –, que fechava o dia lá fora. No escuro, ela passou a mão pela junção onde a porta encontrava o batente, sem gostar de como a escuridão sugeria que uma pessoa poderia estender a mão e tocá-la sem ela nem mesmo saber que havia alguém ali. Pippa abriu uma trava, depois outra, antes de girar a grande maçaneta da porta e a abrir, ao mesmo tempo em que fechou os olhos instintivamente contra o cinza daquela tarde de sábado, que parecia ser o dia mais claro de verão depois do tempo que passou dentro do Anjo.

"Ora, vou lhe dizer, eu não esperava uma recepção tão bela."

Pippa abriu os olhos frente àquelas palavras libertinas e ergueu a mão acima dos olhos para ajudar sua visão a se ajustar à luz. Havia pouca coisa que ela podia dizer com certeza a respeito do homem diante dela – o clássico chapéu preto com faixa escarlate de seda tombado para um lado, bengala com ponta de prata em uma mão, ombros largos e bem vestido, mas ela percebeu uma coisa: não se tratava de um cavalheiro.

Na verdade, nenhum homem, cavalheiro ou não, havia sorrido para ela como aquele fazia – como se ele fosse uma raposa e ela uma galinha. Como se ela fosse um galinheiro. Como – se ela não tomasse cuidado – se ele fosse comê-la e depois passear por St. James com penas presas entre os dentes do seu sorriso. Ele exalava malícia. Qualquer mulher inteligente fugiria dele, e Pippa era acima de tudo inteligente. Ela recuou um passo, voltando para a escuridão do Anjo. Ele a seguiu.

"Você é um porteiro muito melhor do que os habituais. Eles nunca me deixam entrar."

Pippa disse a primeira coisa que lhe ocorreu.

"Eu não sou o porteiro."

Os olhos azuis e gelados dele brilharam quando ela falou.

"Claro que não, querida. O velho Digger sabe disso."

A porta externa fechou com uma batida estrondosa, e Pippa estremeceu com o barulho, recuando mais uma vez para o cassino. Quando suas costas encontraram a porta interna, ela esticou a mão e afastou as cortinas.

Ele a seguiu.

"Será que você é o Anjo Caído em pessoa?"

Pippa negou com a cabeça. Aquela parecia ser a resposta que ele esperava, pois, seus dentes brilharam sob a luz fraca do cassino. Ele baixou a voz até esta ser mais um ronco que um som.

"Você gostaria de ser?"

A pergunta a distraiu, e ficou pairando no espaço entre eles, que a cada instante diminuía. Ela podia não conhecer aquele homem, mas sabia, instintivamente, que por trás daquele sorriso fácil havia um patife, e talvez um canalha, e que ele devia conhecer todos os tipos de depravações – conhecimento que ela estava procurando quando chegou ali há menos de uma hora, para solicitá-lo a outro homem, que não demonstrou nenhum interesse em lhe transferir. Então, quando este homem, perverso e despreocupado, a questionou, ela fez como sempre fazia. Respondeu com sinceridade.

"Na verdade, eu tenho algumas perguntas quanto a isso."

Ela o surpreendeu. Ele arregalou só um pouco os estranhos olhos azuis, antes de estreitá-los em um sorriso satisfeito. Ele riu, alegre e ousado.

"Excelente!", ele exclamou, e estendeu a mão em sua direção, passando um braço forte pela cintura dela e a puxando para si, como se ela fosse uma boneca de pano e ele uma criança impaciente. "Eu tenho muitas respostas, querida."

Pippa não gostou da sensação de ser dominada por aquele homem ousado demais, e ela ergueu as mãos para empurrar o peito dele. Seu coração batia forte enquanto ela percebia que podia ter dito a coisa mais errada para a pessoa mais errada. Ele pensou que ela queria...

"Meu lorde", ela se apressou em detê-lo. "Eu não quis dizer..."

"Embora eu não seja um lorde, boneca, com certeza eu gostaria de ser *seu*", ele riu e pressionou o rosto no pescoço dela. Pippa tentou se defender da carícia, procurando não inspirar. Ele cheirava a suor e algo doce. A combinação não era agradável.

Ela virou a cabeça para o lado, empurrando novamente o peito dele, desejando ter pensado melhor aquela coisa toda antes de começar a conversar com aquele homem. Ele riu e a puxou para mais perto, prometendo a ela mais do que Pippa desejava, apertando os braços e pressionando os lábios macios na curva do ombro dela.

"Vamos, meu amorzinho, o Tio Digger vai cuidar de você."

"Não tenho certeza se o cuidado a que você se refere é digno de um tio", Pippa disse, tentando ser a mais severa possível enquanto tentava se livrar do abraço dele. Ela olhava freneticamente ao redor; com certeza havia alguém naquele edifício imenso que estaria disposto a ajudá-la. Onde estava esse alguém?

Digger começou a rir novamente.

"Você é excitante, sabia?"

Pippa forçou sua cabeça para trás o máximo que podia, sem querer fazer contato com ele outra vez.

"Não sou, não. Na verdade, sou o oposto de excitante."

"Bobagem. Você está aqui, não está? Se isso não é excitante, não sei o que é."

Ele tinha certa razão. Mas até Pippa sabia que ceder a esse argumento a levaria por um caminho desagradável. Em vez disso ela se enrijeceu e usou toda sua educação de lady.

"Senhor!", ela disse com firmeza, contorcendo-se nos braços dele, como uma enguia, tentando forçar sua mão. "Eu insisto que me solte!"

"Vamos lá, minha linda... vamos dar uma voltinha. O que você estiver ganhando aqui... eu dobro no meu clube."

Dobra o quê? Mas não era momento de pensar numa resposta para isso.

"Sua oferta pode ser tentadora, mas..."

"Eu vou mostrar para você algumas coisas sobre tentação. Ah, se vou."

Oh, céus. Aquilo não estava se desenrolando como planejado. Ela teria que começar a gritar por ajuda. Gritar era tão emocional. Não tinha nada de científico. Mas momentos de desespero exigiam... bem. Ela inspirou profundamente, pronta para gritar o mais alto que podia, quando as palavras atravessaram a sala como uma bala.

"Tire suas mãos dela."

Tanto Pippa quanto Digger congelaram ao ouvir a voz, baixa, suave e de algum modo perfeitamente audível. E ameaçadora. Ela virou a cabeça e olhou por sobre o ombro para o Sr. Cross, alto e bem arrumado, com o cabelo ruivo agora perfeitamente penteado, como se ele não o usasse de outra forma. Ele também havia colocado a camisa para dentro da calça e vestido um paletó, no que, ela deduziu, era uma concessão à boa educação, mas isso era irrelevante, pois *bem-educado* era a última palavra que ela usaria para descrevê-lo naquele momento. Na verdade, ela nunca tinha visto alguém tão furioso em sua vida. Ele parecia pronto para matar alguma coisa. Ou alguém... *Possivelmente ela.*

O pensamento fez com que ela voltasse à realidade, e Pippa recomeçou a se debater, movendo-se poucos centímetros frente à força superior de Digger, que a puxou para seu lado como um pedaço de carne.

"Não."

Cross fixou seu olhar cinzento no lugar em que Digger estava com a mão, aberta e possessiva sobre a barriga dela.

"Não foi um pedido. Solte a garota."

"Ela veio até mim, Cross", disse Digger, com a voz risonha. "Ela me conduziu à tentação, isso sim. Eu acho que vou ficar com ela."

"Isso é totalmente falso." Pippa instintivamente se defendeu, lutando contra o aperto, desejando que Cross a fitasse nos olhos. "Você bateu na porta!"

"E você abriu, querida."

Ela fez uma careta e olhou para Cross. Mas ele não procurou os olhos dela.

"A moça não parece interessada em ficar com você."

"Com certeza não estou", Pippa concordou.

"Solte a dama."

"Sempre tão generoso, chamando as gatas do Anjo de damas."

Pippa ficou rígida.

"Com mil perdões. Eu *sou* uma dama."

Digger riu.

"Com esse jeito todo, um dia você vai conseguir enganar alguém!"

A irritação a tomou. Ela estava farta daquele homem. Esticando o pescoço para fitar seus olhos azuis, ela disse:

"Vejo que cometi um imenso erro ao conversar com você, Sr..." Pippa fez uma pausa, esperando que ele providenciasse seu sobrenome. Como ele não o fez, ela continuou. "Sr. Digger. Garanto que sou uma dama de verdade. De fato, em breve vou me tornar uma *condessa*."

"Isso é verdade?", ele ergueu uma de suas sobrancelhas escuras.

Ela concordou.

"Totalmente. E não imagino que você queira ficar do lado oposto ao da boa vontade de um conde, certo?"

Digger sorriu, lembrando-a mais uma vez de uma raposa.

"Não seria a primeira vez, boneca. Qual conde?"

"Não responda", disparou Cross. "Solte-a agora, Digger."

O homem que a segurava a soltou, seu toque deslizando lenta e desagradavelmente por sua barriga. No momento em que se viu livre, ela correu para ficar ao lado de Cross, que agora lhe dava ainda menos atenção, como se isso fosse possível. Ele começou a avançar na direção de Digger, suas palavras casuais, disfarçando a ameaça que transpirava dele com cada movimento.

"Agora que tiramos isso do caminho, que tal você explicar que diabos está fazendo na minha casa?"

Digger continuou focado nela, mais pensativo, mesmo quando respondeu.

"Ora, ora, Cross. Você está ficando esquecido. Eu vim simplesmente para lhe dar uma informação que, eu acreditei, você gostaria de ter. Eu estava apenas sendo um bom vizinho, se quer saber."

"Não somos vizinhos."

"De qualquer modo, tenho uma informação que você vai querer."

"Não existe qualquer informação que você tenha que possa me interessar."

"Não? Nem mesmo informação sobre sua irmã?"

Cross congelou, e a tensão enrijeceu a longa coluna de seu pescoço e dos músculos de suas costas, endireitando-o, deixando-o mais alto que antes.

"Eu acredito", Digger continuou, "que você não só quer essa informação... como está disposto a pagar por ela."

O ar ficou pesado. Sempre que Pippa ouvia essa expressão ela a considerava totalmente imbecil. Certamente que o ar ficava mais pesado com neblina ou fumaça... ela até considerava a hipótese de o ar ficar mais pesado com o fedor dos perfumes de Olivia... mas ela sempre considerou extremamente ridícula a ideia de que a emoção pudesse ter impacto na densidade de um gás; uma frase clichê, tola, que deveria ser banida do idioma. Mas *aquele* ar realmente ficou pesado, ela teve dificuldade para inspirar, e se inclinou para frente na expectativa.

"Deus sabe que ela não virá até você por conta própria, seu trapaceiro", provocou Digger.

Pippa engasgou com o insulto. Com certeza o Sr. Cross não deixaria isso assim. Mas ele pareceu não escutar o ataque pessoal.

"Você não vai tocar na minha irmã."

"Não é meu problema se as mulheres são atraídas por mim", disse Digger. "Um cavalheiro não as manda embora se tudo o que pedem é um ou dois minutos." Os olhos dele procuraram Pippa mais uma vez. "Não é verdade, Lady Em-breve-uma-condessa?"

"Eu acho difícil de acreditar que as mulheres sejam atraídas por você ou, se isso acontecer, que você aja como um cavalheiro", retrucou Pippa.

"Nossa! Escute essa!", Digger riu, e a risada ecoou pelo cassino. "É uma doninha, mesmo."

Pippa apertou os olhos.

"Prefiro que me trate por *lady*; nada de dona e muito menos *doninha*."

"Não, você é mesmo uma doninha – o animal. Dentes afiados e..." O olhar malicioso dele percorreu o corpo de Pippa. "Eu aposto que sua pelagem é muito macia. Conte para mim, Cross, já sentiu a moça?"

Pippa não entendeu o significado das palavras, mas quando o Sr. Cross investiu contra Digger, e levou as mãos até a lapela do outro com vigor excessivo, ela não teve dúvida de que havia sido insultada.

"Você vai pedir desculpas à lady."

Digger se soltou sem fazer muito esforço e endireitou seu casaco castanho.

"Ah, ainda não sentiu, então", ele disse, ferino. "e pelo jeito não vai demorar muito. Mas ela não faz seu tipo, eu diria." Ele fez uma grande reverência, um brilho provocador no olhar. "Minhas desculpas, Lady Em-breve."

Pippa cerrou os dentes ao ouvir o deboche.

Cross então falou, com uma ameaça velada em seu tom.

"Vá embora deste lugar."

"Não quer ouvir o que eu vim dizer?"

Sua hesitação foi mínima... meio segundo... ou menos. Mas Pippa a percebeu.

"Não."

Digger torceu um lado da boca em um sorriso afetado.

"Você vai mudar de ideia. Eu lhe dou dois dias."

Ele esperou um segundo e Pippa teve a nítida impressão de que havia uma faca invisível pairando entre aqueles dois homens, cada um forte à sua maneira. Ela se perguntou qual dos dois segurava a arma. Digger mostrou que sabia empunhá-la.

"Você não consegue resistir a questões de família."

Cross ergueu o queixo, desafiador. Digger tocou o chapéu ao se despedir de Pippa, e aproveitou o momento para mais um olhar lascivo.

"Quanto a você, Lady... esta não vai ser a última vez que nos encontramos."

"Se sabe o que é melhor para você, vai ser." As palavras de Cross soaram frias e decididas, e não deixavam espaço para dúvidas.

"Bobagem. A mulher tem perguntas." Os olhos azuis de Digger penetraram nos dela. "E eu tenho respostas. Ah, tenho."

Cross deu um passo na direção dele, enquanto sua garganta produzia um ronco baixo e ameaçador, o que chamou a atenção de Digger. Ele virou seu sorriso malicioso para Cross.

"Mais um motivo para você ir me ver."

A fúria de Cross era inconfundível, e fazia vibrar ondas de algo não muito agradável através dela.

"Saia", disse ele.

Digger não pareceu amedrontado, mas não se demorou.

"Dois dias, Cross."

Com um piscar de olho insolente para Pippa, ele se foi.

Eles ficaram em silêncio por um longo momento, observando as cortinas de veludo oscilando depois que ele passou por ali, escutando o som pesado da porta principal sendo fechada atrás dele, e Pippa soltou a respiração que não sabia estava prendendo.

Ao ouvi-la expirando, Cross se virou para ela, os olhos cinzentos faiscando, furioso.

"Será que você pode me explicar por que ainda está aqui?"

Capítulo Três

"Ocorre-me que eu deveria ter considerado esta linha de conduta anteriormente. Afinal... se alguém desejar compreender o funcionamento do ganso fêmea, precisa observar o macho.

O ganso-bravo (Anser anser) tem um dos machos mais fáceis de identificar em todo gênero Anser. Eles são maiores que as fêmeas, com cabeças mais largas e pescoços mais compridos, e quando atingem a maturidade sexual, apresentam tendência a um comportamento agressivo perto das fêmeas. É interessante que os machos também demonstram comportamento intensamente protetor para com as fêmeas, embora seja frequentemente difícil distinguir entre os dois tipos de conduta."

Diário científico de Lady Philippa Marbury
22 de março de 1831; catorze dias antes de seu casamento

Com instinto de autopreservação, Pippa disse a primeira coisa que lhe veio à cabeça.

"Ele bateu na porta."

"E não lhe ocorreu que uma pessoa que bate na porta de um antro de jogatina poderia não ser o tipo de pessoa que você gostaria de conhecer?"

Para alguém com a reputação de ser encantador e afável, ele não parecia nada disso.

"Não sou imbecil, Sr. Cross."

Ele cruzou os braços firmemente à frente do peito.

"Falar é fácil, Lady Philippa."

Ela pensou em erguer as saias e dizer os nomes de todos os ossos do pé. Mas em vez disso resolveu permanecer em silêncio.

"Ficar quieta agora pode ter sido a primeira coisa inteligente que você fez hoje."

"Não havia ninguém mais para atender a porta. Eu esperei. De fato, fiquei bastante surpresa que deixaram o cavalheiro esmurrar a porta à vontade."

Ele estreitou os olhos sobre ela.

"Eu posso lhe garantir que essa negligência não ocorrerá novamente. E, para sua informação, Digger Knight não é um cavalheiro."

"Sim. Eu percebo isso agora." Seus olhos azuis ficaram menores atrás das grossas lentes. "É claro que quando percebi isso... ele já tinha entrado."

"Você gostaria de explicar por que as mãos dele estavam na sua pessoa?"

Ela achou melhor não responder àquilo. Pippa não queria que a situação fosse mal interpretada. Ele aproveitou sua hesitação.

"Você *pediu* a ele? Ele foi sua próxima escolha de colega de pesquisa?"

Ela se remexeu e olhou para a porta, pensando em fugir.

"Não... exatamente."

Eu tenho algumas perguntas... Ele não gostaria de saber que ela falou isso. Cross deu um passo na direção dela, bloqueando sua saída.

"Como foi... exatamente?"

Ela ergueu os olhos para ele, sentindo-se mais culpada do que deveria. Afinal, ela não tinha se atirado nos braços daquele homem.

"Você fez a mesma proposta para ele?"

"Não!" Ela não hesitou. Ela não fez. *Não exatamente.*

Ele ouviu o pensamento como se ela o tivesse gritado.

"Não sei se acredito em você. Afinal, você me fez essa proposta há menos de trinta minutos."

"Não é a mesma coisa, e você sabe disso." *Se você tivesse dito sim, eu não teria passado por essa situação.*

"Não?" Ele jogou os ombros para trás.

"Não!" Ela exalou seu descontentamento. "Você fazia parte de um plano." *Um plano que você estragou por completo.*

Ele a observou atentamente, como se pudesse escutar seus pensamentos.

"Imagino que isso faça sentido, de um modo estranho." Ele deu as costas para ela e começou a atravessar o salão do cassino enquanto falava. "Eu sugiro que volte para casa e espere seu cunhado, Lady Philippa; ele sem dúvida irá procurá-la depois que eu contar para ele que você é uma mulher completamente louca."

Ele não podia contar para Bourne. Bourne iria contar para o Pai, e o Pai a trancaria em Surrey até a manhã do casamento. Sem perguntas. E Pippa ficaria sem as informações de que precisava. Sem a segurança que o conhecimento trazia. Ela não podia permitir.

"Não!" Ela exclamou do outro lado do salão.

Ele se virou e falou, em tom sombrio.

"Você está com a impressão enganosa de que eu estou interessado em fazer o que me pede, minha lady."

Ela hesitou.

"Eu não falei com ele. Nada de ruim aconteceu. Eu preciso ir. Por favor... não conte ao Bourne."

Pippa nem precisava ter dito essas palavras, pelo modo como ele a ignorou, quando seu olhar foi para a mesa de jogo. Nos dados que ela deixou, esquecidos, na borda de mogno. Ela deu um passo na direção dele, e o olhar de Cross, poderoso e direto encontrou o dela. Pippa prendeu a respiração. Imóvel.

"Seus dados?", ele perguntou.

"Sim", ela aquiesceu.

"Você apostou?"

"Eu estava para apostar", ela disse, as palavras lhe ocorriam rapidamente. "Já que eu estava aqui..."

"Com o Knight?"

"Comigo mesma."

"Quais os termos?"

"Eu não tinha decidido. Eu pensei... talvez..." ela se interrompeu, o calor do constrangimento a percorrendo toda. "Talvez eu pudesse..."

O olhar dele se tornou lancinante.

"Você pudesse...?"

Ela olhou para os dados.

"Talvez eu pudesse redobrar meus esforços para conseguir sua ajuda."

"Para arruiná-la."

Bem, quando ele falava assim, naquele salão imenso, a coisa soava mais escandalosa do que antes.

"Isso."

"E se você perdesse? O que faria? Iria para casa esperar o casamento, como uma boa garota?"

Ele a fez parecer uma criança. Como se todo seu plano fosse uma idiotice. Ele não entendia como era imperativo? Que se tratava de *ciência*?

"Eu não havia decidido", ela disse prontamente. "Mas eu acredito que teria considerado oportunidades alternativas. Londres está na temporada. Não há escassez de libertinos que possam me auxiliar."

"Você é tão problemática quanto sua irmã", ele disse, sem expressão.

Ela ficou confusa.

"Penélope?"

"Ela mesma."

Impossível. Penélope era correta em todos os sentidos. Ela nunca teria ido até ali sem companhia. Ela balançou a cabeça.

"Penélope não tem nada de problemática."

Uma sobrancelha ruiva subiu, descrente.

"Eu duvido que Bourne concordaria com você. De qualquer modo, Digger Knight não é, de modo algum, candidato viável para algo assim. O melhor que você pode fazer é correr rápido e para longe se o vir novamente."

"Quem é ele?"

"Alguém que você nunca deveria ter encontrado." Cross fez uma careta.

Ótimo. Por que só ela deveria estar contrariada? "Você não jogou os dados."

"Não", ela disse. "Imagino que você se considere com muita sorte por eu não ter jogado. Afinal, imagine se eu ganhasse?"

Os olhos dele ficaram sombrios.

"Eu teria sido o prêmio?"

Ela aquiesceu.

"É claro. Você era o colega de pesquisa escolhido. Mas como eu nunca tive a chance de apostar, você pode se considerar muito sortudo", ela disse, erguendo as saias para sair da forma mais elegante possível.

"Eu não me considero nada disso. Não acredito em sorte."

Ela soltou as saias.

"Você tem um cassino e não acredita em sorte?"

Ele deu um meio sorriso.

"É porque eu tenho um cassino que não acredito em sorte. Principalmente com dados. Este é um jogo de probabilidades. Mas a verdade, Lady Philippa, é que nem mesmo as probabilidades influiriam na sua jogada. É impossível uma pessoa apostar contra ela mesma."

"Bobagem."

Ele se apoiou na mesa.

"Não existe risco nisso. Se o resultado for o que você deseja, não há

perda. E se o resultado não for o que deseja... pode simplesmente ignorá-lo. Sem ninguém com quem manter a palavra, não há motivo para obedecer aos resultados."

Ela endireitou os ombros.

"Eu manteria a palavra *comigo* mesma. Eu já lhe disse, não gosto de desonestidade."

"E você nunca mente para si mesma?"

"Nem para os outros."

"Só isso basta para provar que você não está preparada para o que queria apostar."

"Você considera honestidade um impedimento?"

"Do pior tipo. O mundo é cheio de mentirosos, Lady Philippa. Mentirosos, traidores e todo tipo de canalha."

"Como você?" A réplica saiu antes que ela pudesse impedir.

Ele não pareceu se ofender.

"Exatamente como eu."

"Ora, muito bem, então é melhor que eu continue honesta, para equilibrar sua desonestidade."

Ele ergueu a sobrancelha.

"Você não acha que planejar sua própria ruína, em segredo, seja desonesto?"

"De forma alguma."

"Lorde Castleton não espera que você chegue virgem à cama dele?"

O rubor tingiu as faces dela. Ela imaginou que deveria ter esperado palavras francas da parte dele, mas aquele tópico ainda não havia surgido na conversa.

"Eu tenho a intenção de..." Ela olhou para o lado. "De permanecer assim. Eu simplesmente pretendo ter mais conhecimento a respeito do ato."

Ele ergueu novamente a sobrancelha.

"Deixe-me reformular. Lorde Castleton não espera que você se case inocente?"

"Nunca discutimos isso."

"Então você encontrou uma brecha."

Ela lançou um olhar de indignação.

"Nada disso."

"Desonestidade por omissão continua sendo desonestidade."

Era um espanto que ele tivesse a reputação de ser encantador, coisa que não parecia ser.

"Se ele perguntar, não vou mentir."

"Deve ser uma maravilha viver em branco e preto."

"O que isso quer dizer?" Ela não deveria ter perguntado.

"No mundo real, em que as garotas não estão protegidas de cada parcela da realidade, nós usamos capas cinzentas, e a verdade é relativa."

"Vejo agora que errei ao acreditar que você era um cientista. Verdade é verdade."

Ele retorceu um lado da boca em um sorriso.

"Querida, não é nada disso."

Ela detestou a forma como as palavras saíram dele, com uma certeza absoluta. Tudo aquilo tinha sido, evidentemente, um engano. Ela foi até ali na esperança de conseguir experiência e conhecimento, não receber uma lição de superioridade masculina. Era hora de ir embora. Ele não disse nada quando ela cruzou o salão a caminho da saída. Ele não falou até ela afastar as cortinas e abrir a porta interna, repentinamente ansiosa para sair.

"Se você vai apostar, deve ser com honestidade."

Ela congelou, uma mão ainda segurando a pesada cortina de veludo. Com certeza ela tinha ouvido mal. Pippa virou a cabeça, olhando por sobre o ombro para onde ele estava, alto e esguio.

"Desculpe-me?"

Lentamente, ele retirou uma mão do bolso do paletó e a estendeu para ela. Por um instante, ela pensou que ele a estivesse chamando. Por um instante, ela quase foi...

"Você veio até aqui, Pippa." Foi a primeira vez que ele a chamou pelo apelido, e aquele som a afetou. A repetição rápida das consoantes. A forma como os lábios dele se curvaram. Provocadores... E mais alguma coisa. Algo que ela não sabia explicar. "Você devia fazer uma aposta de verdade, não acha?"

Ele abriu a mão, revelando dois cubos pequenos de marfim. Ela enfrentou seu olhar calculista.

"Pensei que você não acreditasse em sorte?"

"E não acredito", ele disse. "Mas percebi que acredito ainda menos em fazer uma aposta consigo mesmo, e assim forçar o resultado a acomodar sua aventura..."

"Não é aventura", ela protestou. "Experiência."

"Qual a diferença?"

Ele não conseguia enxergar?

"Uma é bobagem. A outra é ciência."

"Então me enganei. Diga-me, onde estava a ciência em sua aposta?"

Ela não tinha uma resposta.

"Eu vou lhe dizer... não estava. Cientistas não apostam. Eles sabem que não devem. Pois sabem que, não importa quantas vezes ganhem, as probabilidades continuam contra eles."

Ele se aproximou mais, pressionando Pippa contra a escuridão. Ele não a tocou, mas isso não importava. Ele estava perto o bastante para que ela pudesse senti-lo – alto, magro e quente.

"Mas você vai apostar agora, Pippa, não vai?", ele perguntou.

Ele estava embaralhando seu cérebro e fazendo com que fosse muito difícil pensar com clareza. Ela inspirou profundamente, o aroma de sândalo a envolvendo e distraindo. Ela não deveria dizer sim. Mas de algum modo estranho, Pippa não conseguiu dizer não. Ela estendeu a mão para os dados, até onde jaziam, pequenos e brancos, na grande palma da mão dele, e então os tocou, *o tocou* – o roçar de seus dedos na pele dele enviou sensações através de seu corpo. Sensações que a fizeram hesitar, tentando dissecá-las. Identificá-las. *Saboreá-las*. Mas então ele baixou a mão, deixando Pippa somente com os cubos de marfim, ainda quentes do seu toque. *Assim como ela*. É claro que essa era uma ideia ridícula. Ninguém esquentava com um contato fugaz. Isso era coisa de romances. Algo que faria suas irmãs suspirarem.

Ele se mexeu, recuando um passo e estendendo o braço na direção da mesa de jogo.

"Está pronta?", a voz dele soou baixa e suave, e de certa forma pessoal, apesar do salão cavernoso.

"Estou."

"Como você está no meu cassino, eu vou ditar as regras."

"Isso não parece justo."

O olhar dele não fraquejou.

"Quando apostarmos nas suas mesas, minha lady, vou ficar feliz de obedecer às suas regras."

"Parece lógico."

Ele inclinou a cabeça.

"Bem que eu gosto de uma mulher com inclinação para a lógica."

Ela sorriu.

"Vamos seguir as regras dos canalhas, então."

Eles estavam em uma das extremidades da comprida mesa.

"Uma jogada de sete ou onze ganha de primeira no Anjo. Como é você que está apostando, eu deixo que estabeleça o prêmio."

Ela não precisou pensar.

"Se eu ganhar, você me conta tudo que eu quiser saber."

Ele fez uma pausa e Pippa pensou por um instante que ele iria mudar de ideia. Em vez disso, ele concordou.

"Muito justo. E se você perder... vai voltar para sua casa e sua vida e esperar pacientemente por seu casamento. E não irá procurar outro homem com essa mesma proposta insana."

Ela juntou as sobrancelhas, contrariada.

"É uma aposta enorme."

Ele inclinou a cabeça.

"É o único modo de você ter uma chance de conseguir minha colaboração."

Pippa refletiu sobre essas palavras, calculando as probabilidades da jogada em sua cabeça.

"Não gosto das probabilidades. Minhas chances de ganhar são muito pequenas."

Ele ergueu a sobrancelha, visivelmente impressionado. *Rá. Então ela não é uma cabeça de pudim.*

"É aí que entra a sorte", ele disse.

"A força na qual você não acredita."

Ele ergueu um ombro em um gesto preguiçoso.

"Eu posso estar errado."

"E se eu escolher não apostar?"

Ele cruzou os braços.

"Você me obrigaria a contar tudo para o Bourne."

"Não pode fazer isso!"

"Eu posso, na verdade, minha lady. Eu planejava não fazer isso, mas a realidade é que não posso confiar que você se manterá a salvo. É responsabilidade de quem está perto de você fazer isso."

"Você poderia me manter a salvo concordando com a minha proposta", ela sugeriu.

Ele sorriu, e o brilho de seus dentes brancos fizeram uma sensação muito estranha rodopiar através dela – como se estivesse em uma carruagem que fez uma curva rápido demais.

"É mais fácil para Bourne fazer isso. Além do mais, eu gosto da ideia de trancar você em uma torre até o dia do seu casamento. Isso a manteria longe daqui."

Longe dele. Ela percebeu que não gostava muito dessa ideia. Pippa apertou os olhos.

"Você está fazendo com que eu não tenha escolha."

"Não será a primeira pessoa a jogar que se sente assim. E não será a última."

Ela sacudiu os dados.

"Ótimo. Qualquer coisa diferente de sete ou onze e eu vou para casa."

"E você não fará a mesma proposta a outros homens", ele exigiu.

"A proposta não é tão indecente como você faz parecer", retrucou ela.

"É indecente o bastante."

Ele estava, quando Pippa apareceu, quase nu. Essa parte foi fantasticamente libidinosa. Ela sentiu as faces ficando quentes e aquiesceu.

"Muito bem. Vou me abster de pedir a outros homens que me ajudem na minha pesquisa."

Ele pareceu satisfeito com a promessa.

"Jogue."

Ela inspirou profundamente, preparando-se para o momento, o coração disparado quando ela jogou os dados de marfim e observou um deles bater na parede curva de mogno da outra extremidade, para então voltar e parar perto de seu par em uma letra C grande – o começo da palavra *Chance*, escrita sobre a mesa em extravagante letra cursiva.

Nove... *Chance, de fato.* Ela tinha perdido... Pippa colocou as mãos na madeira fria da mesa, apoiando-se, como se pudesse desejar que um dado continuasse virando até ela vencer o jogo. Ela olhou para seu oponente.

"*Alea iacta est*", ele disse.

O dado foi lançado. As palavras que César pronunciou ao marchar para a guerra com Roma. É claro que o risco assumido por César lhe valeu um império; Pippa perdeu sua última e fugaz oportunidade de conhecimento.

"Eu perdi", ela disse, sem saber o que mais poderia dizer.

"Perdeu."

"Eu queria vencer", ela acrescentou, a decepção tomando conta dela, chocante e desconhecida.

"Eu sei." Ele levou uma mão até a face dela, e o movimento a distraiu dos dados, repentinamente tornando-a desesperada por algo diferente. Ela perdeu o fôlego frente à sensação urgente – uma inundação indescritível em seu peito. Os dedos longos dele a provocaram, mas não a tocaram, deixando um rastro de calor onde quase pousaram.

"Estou cobrando, Lady Philippa", ele disse suavemente. *Cobrando.* A palavra era mais que a soma de suas letras. Ela ficou repentinamente ciente que ele poderia colocar seu preço. E ela o pagaria.

Ela encontrou seus olhos cinzentos na luz fraca.

"Eu só queria aprender sobre o casamento."

Ele inclinou a cabeça, um cacho ruivo caindo sobre a testa.

"É a coisa mais comum do mundo. Por que isso a preocupa tanto?"

Porque ela não compreendia... Ela ficou quieta.

"Está na hora de você ir para casa", ele falou depois de um longo tempo.

Ela abriu a boca para retrucar, para tentar convencer Cross de que a aposta tinha sido uma bobagem, para tentar convencê-lo a deixá-la ficar, mas naquele exato momento a mão dele se moveu, descendo pela linha de sua nuca, o toque quase imperceptível deixando uma promessa não cumprida.

Sua súplica se perdeu em um estranho desejo por contato. Ela prendeu a respiração e resistiu ao impulso de se aproximar dele.

"Pippa", ele sussurrou, e havia o indício de alguma coisa no nome... algo que ela não soube identificar. Ela sentiu dificuldade para pensar. Ele estava tão próximo... próximo demais e de algum modo não o bastante.

"Vá para casa, querida", ele disse, seus dedos finalmente, *finalmente* pousando, leves, no lugar em que sua artéria pulsava. De algum modo lhe dando tudo e, ao mesmo tempo, nada que ela queria. Ela se encostou na carícia sem pensar, querendo mais. Querendo recusar.

Ele retirou a mão no mesmo instante, antes que ela pudesse se deleitar no roçar de seus dedos, e por um instante louco e fugaz, Pippa pensou em estender a mão até ele e retribuir seu toque.

Que fascinante... Que aterrorizante... Ela inspirou profundamente e recuou. Um passo, dois. Cinco, enquanto ele cruzava os braços em um movimento controlado que ela começava a identificar com ele.

"Este lugar não é para você."

E enquanto ela o observava e sentia uma vontade perturbadora, quase irresistível de permanecer no clube, Pippa percebeu que aquele lugar era muito mais do que ela esperava.

Capítulo Quatro

"As rosas haviam brotado – dois perfeitos botões cor-de-rosa saindo de um talo de rosa vermelha, como sugeria a hipótese. Eu estaria profundamente orgulhosa dessa realização se não tivesse falhado por completo em uma pesquisa não botânica.

Parece que possuo um entendimento melhor de horticultura do que de humanos.

Infelizmente, essa não é uma descoberta surpreendente."

Diário Científico de Lady Philippa Marbury
23 de março de 1831; *treze dias antes de seu casamento*

"Não é possível, Pippa!", Olivia Marbury suspirou junto à porta da estufa da Casa Dolby, "Era de se pensar que você tivesse algo melhor para fazer do que perder tempo com suas plantas. Afinal, vamos casar dentro de doze dias."

"Treze", Pippa a corrigiu, sem tirar os olhos de onde catalogava as observações florais daquela manhã. Ela sabia que não adiantava explicar para Olivia que seu trabalho com rosas era muito interessante e relevante para a ciência, e não uma *perda de tempo*.

Olivia não sabia a diferença entre ciência e saliência.

"Hoje não conta!", respondeu a segunda – ou primeira – noiva daquele que seria 'o casamento duplo do século' (pelo menos de acordo com a mãe delas), com a empolgação evidente na voz. "Praticamente já acabou!"

Pippa resistiu ao impulso de corrigir sua irmã mais nova, e supôs que se pensassem no evento em questão, aquele dia, de fato, não contaria. Mas como Pippa continuava insegura e ansiosa com relação ao casamento, o dia contava sim. E muito. Ainda restavam catorze horas e – ela olhou para o relógio mais próximo – quarenta e três minutos, naquele vinte e três de março, e Pippa não tinha a intenção de abrir mão de nenhum minuto do décimo segundo dia restante de sua vida pré-marital.

Olivia tinha se deslocado até a frente de Pippa, do outro lado da bancada de trabalho, e se debruçou sobre a superfície, dando um sorriso amplo em seu rosto bonito.

"Você reparou em alguma coisa diferente em mim, hoje?"

Pippa descansou a caneta sobre a bancada e olhou para a irmã.

"Você quer dizer além do fato de que está para se estatelar em uma pilha de barro?"

Olivia franziu o nariz, contrariada, e se endireitou.

"Isso mesmo."

Pippa empurrou os óculos para o alto do nariz, observou os olhos cintilantes da irmã, seu sorriso secreto e a bela aparência. Ela não notou nada de diferente.

"Penteado novo?"

Olivia fez uma careta.

"Não."

"Vestido novo?"

A careta se transformou em sorriso.

"Para uma cientista, você não é boa observadora, sabia." Olivia levou uma mão até o ombro e Pippa pôde ver. O rubi enorme e brilhante. Ela arregalou os olhos e Olivia riu.

"Ah-rá! Agora você reparou!"

Ela levou a mão em questão na direção de Pippa, que teve que recuar para não ser atingida pela joia.

"Não é linda?"

Pippa se inclinou para observar melhor.

"É sim." Ela ergueu os olhos. "É enorme."

Olivia sorriu.

"Meu futuro marido me adora."

"Seu futuro marido está mimando você."

Olivia fez um gesto de pouco caso.

"Você faz parecer que eu não mereço ser mimada."

Pippa riu.

"Pobre Tottenham. Ele não tem ideia em que está se metendo."

Olivia a fuzilou com o olhar.

"Bobagem. Ele sabe exatamente o que está fazendo. E ele adora." Ela voltou a admirar a joia. "A pedra é tão linda e *vermelha*."

"É o cromo", Pippa aquiesceu.

"O quê?"

"Cromo. É um aditivo no cristal que o deixa vermelho. Se fosse qualquer outra coisa... não seria um rubi, seria uma safira." Olivia arregalou os olhos e Pippa continuou. "É um equívoco comum achar que todas as safiras são azuis, mas não é o caso. Elas podem ser de qualquer cor... verde, amarelo ou até rosa. Depende do aditivo. Mas elas são todas chamadas safiras. Somente se a pedra for vermelha é chamada de outra coisa. Rubis, por causa do cromo."

Ela parou, reconhecendo o olhar perdido no rosto de Olivia. Era o mesmo tipo de expressão que a maioria das pessoas exibia quando Pippa falava demais.

Nem todas as pessoas, contudo. Não o Sr. Cross. Ele pareceu interessado nela. Até mesmo a chamou de louca. E então ele a colocou para fora de seu clube. E de sua vida. Sem lhe dizer nada do que ela queria saber.

Olivia voltou a atenção para o anel.

"Bem, meu rubi é vermelho. E lindo."

"É sim." Pippa concordou. "Quando você ganhou essa joia?"

Um sorriso pequeno, contido, iluminou o belo rosto de Olivia.

"Tottenham me deu ontem à noite, depois do teatro."

"E nossa mãe não tocou no assunto durante o café da manhã? Estou chocada."

Olivia sorriu.

"Mamãe não estava lá quando ele me deu."

As palavras tinham um toque de alguma coisa – uma sensação que Pippa quase não reparou. E não teria reparado se não fosse pelo insinuante olhar azul de Olivia.

"Onde ela estava?"

"Imagino que estava me procurando." Olivia fez uma pausa longa, e Pippa percebeu que havia algo ali. "Ela não estava conosco."

Pippa se debruçou sobre a mesa.

"Onde vocês estavam?"

Olivia sorriu.

"Eu não deveria dizer."

"Vocês ficaram a sós?" Pippa perguntou ofegante. "Você e o visconde?"

A risada de Olivia foi viva e graciosa.

"Sério, Pippa... você não precisa parecer uma tia chocada." Ela baixou a voz. "Nós ficamos... não por muito tempo. Só o bastante para ele me dar o anel... e eu lhe agradecer."

"Agradecer como?"

Olivia sorriu.

"Você pode imaginar."

"Não posso, de fato." A verdade.

"Com certeza você já teve um ou dois motivos para *agradecer* a Castleton."

Só que ela não agradeceu. Bem, ela certamente disse a palavra, *obrigada*, para seu noivo, mas ela nunca teve motivo para ficar sozinha com ele. E ela tinha certeza de que ele nunca pensou em lhe dar um presente tão extravagante como o que o Visconde Tottenham deu para Olivia.

"Exatamente *como* você o agradeceu, Olivia?"

"Nós estávamos no teatro, Pippa", disse Olivia, sentindo-se superior. "Não podíamos fazer muita coisa. Foram só alguns beijos."

Beijos... no plural. Pippa estremeceu com a palavra, e derrubou o frasco de tinta, fazendo com que uma poça preta atravessasse a mesa em direção a um vaso de limoeiro. Olivia pulou para trás, chiando.

"Cuidado com meu vestido!"

Pippa levantou o frasco e absorveu o líquido com um trapo que tinha por perto, desesperada para conseguir mais informações.

"Você tem...", ela olhou para a porta da estufa para ter certeza de que as duas estavam sozinhas, "...beijado Tottenham?"

Olivia recuou um passo.

"É claro que sim. Não posso me casar com o homem sem saber se nós temos esse tipo de... compatibilidade."

Pippa arregalou os olhos.

"Compatibilidade?" Ela olhou para seu diário de pesquisa, aberto sobre a mesa, cheio de observações sobre rosas e dálias, gansos e anatomia humana. Ela trocaria tudo aquilo por algumas páginas de notas sobre a experiência de Olivia.

"Sim. Com certeza você já imaginou como vai ser... fisicamente... com Castleton, depois que se casarem?"

Imaginar era uma palavra muito branda para como Pippa se sentia em relação à natureza física de seu relacionamento com Castleton.

"É claro."

"Bem, então você sabe", disse Olivia.

Só que Pippa não sabia. Nada... ela resistiu ao impulso de revelar isso, e procurou outro modo de discutir a experiência de Olivia sem fazer parecer que ela estava desesperada pelas informações. O que, é claro, ela estava.

"E você... gostou dos beijos dele?"

Olivia aquiesceu, animada.

"Ah, sim. Ele é muito bom nisso. Eu fiquei surpresa, a princípio, com o entusiasmo dele..."

Naquele momento Pippa odiou todos os eufemismos que o idioma permitia.

"Entusiasmo?"

Olivia riu.

"Da melhor forma possível... eu já tinha beijado alguns garotos antes..." *Ela tinha?* "...mas fiquei um pouco surpresa com..." Ela parou de falar, e abanou no ar sua mão com o anel, como se esse gesto contivesse todo o significado relevante.

Pippa teve vontade de estrangular sua irmã mais nova.

"Com...", ela estimulou a outra a continuar.

Olivia baixou a voz para um sussurro.

"Com a técnica dele."

"Explique."

"Bem, ele tem uma língua muito esperta."

Pippa franziu a testa.

"*Língua?*"

Ao ouvir a resposta chocada, Olivia se endireitou.

"Oh. Você e Castleton ainda não se beijaram."

Pippa fez uma careta. O que um homem podia fazer com sua língua numa situação dessas? A língua era um órgão projetado para comer e falar. Que papel desempenhava no beijo? Embora fosse lógico que bocas se tocando fariam com que as línguas ficassem muito próximas uma da outra... mas a ideia era perturbadora, francamente.

"...mas eu não posso dizer que estou surpresa, é claro", continuou Olivia.

Espere. Pippa olhou para a irmã.

"O quê?"

Olivia abanou novamente a mão com o rubi.

"Quero dizer, estamos falando do *Castleton*."

"Não há nada de errado com Castleton," Pippa defendeu o noivo. "Ele é um homem bom e gentil." Mas embora o defendesse, ela sabia do que Oliva estava falando. Era o mesmo que o Sr. Cross havia dito no dia anterior, quando sugeriu que Castleton era um noivo medíocre.

Castleton era um homem muito bom, mas não era do tipo que inspirava beijos. Certamente não com línguas. O que quer que isso significasse.

"É claro que ele é", disse Olivia, sem saber dos pensamentos conflitantes de Pippa. "Ele é rico, também. E isso ajuda."

"Não vou casar com ele porque é rico."

Com isso Pippa conseguiu a atenção de Olivia.

"Então *por que* você vai casar com ele?"

A pergunta não foi ofensiva.

"Por que eu concordei em casar."

"Não foi isso que eu perguntei, e você sabe."

Pippa realmente sabia, e havia muitas razões pelas quais ela iria se casar com ele. Tudo o que ela tinha dito para Olivia e o Sr. Cross era verdade. O conde era bom e gentil, e gostava de cachorros. Ele admirava a inteligência de Pippa e estava disposto a lhe conceder acesso completo à propriedade e sua administração. Ele podia não ser inteligente, nem muito rápido ou divertido, mas era melhor que a maioria. Não... ele não era o que a maioria das mulheres chamaria de bom partido – não era um visconde destinado a ser primeiro-ministro, como o noivo de Olivia, nem um marquês que enriqueceu com seus próprios esforços, dono de um cassino e de uma reputação abominável, como Bourne, marido de Penélope. Mas pelo menos não era velho como o de Victoria nem ausente como o de Valerie.

E ele havia pedido sua mão. Ela hesitou ao lembrar. Philippa Marbury era estranha, e Lorde Castleton parecia não se importar. Mas ela não queria dizer isso em voz alta. Não para Olivia, a noiva mais ideal que já existiu, no ápice de um caso de amor com um dos homens mais poderosos da Grã-Bretanha. Em vez disso tudo, ela resolveu dizer:

"Pode ser que ele beije muito bem."

A expressão de Olivia espelhou os sentimentos de Pippa.

"Pode ser", ela repetiu.

Não que Pippa fosse testar aquela teoria bizarra. Ela não poderia testar, pois havia concordado com a aposta do Sr. Cross. Ela tinha prometido. Pippa teve uma visão: dados rolando pelo feltro verde, um toque quente de dedos fortes, olhos cinzentos e sérios, e uma voz profunda, poderosa, insistindo, *Você não fará a mesma proposta a outros homens.* Pippa Marbury não faltaria com a sua palavra. Mas aquela era uma emergência, não era? Afinal, Olivia beijava Tottenham. Sem dúvida que beijar o próprio noivo não estava proibido pela aposta. Estava? *Só que ela não queria beijar o noivo.*

O olhar de Pippa pairou sobre a roseira em que esteve tão concentrada antes da irmã aparecer... a bela descoberta científica que empalidecia em comparação à informação que Olivia acabava de compartilhar. Era irrelevante que ela não desejasse fazer aquela proposta ao Castleton. E era irrelevante que ela quisesse propor aquilo a outro homem – principalmente ao se considerar o fato de que tal homem a expulsou de seu clube demonstrando total desinteresse. Quanto ao aperto que ela sentia no peito, Pippa teve certeza de que não era uma reação à lembrança daquele homem alto e fascinante, mas um efeito do nervosismo normal de uma noiva. Todas as noivas ficam ansiosas.

"Doze dias que não passam rápido o bastante!" Olivia exclamou, entediada com a conversa e sem fazer ideia do que atormentava Pippa.

Todas as noivas ficam ansiosas, parece, menos Olivia.

"Vinte e oito horas." Digger Knight conferiu preguiçosamente o relógio de bolso antes de sorrir, convencido. "Eu confesso que apostava em menos de doze horas."

"Eu gosto de deixar você na dúvida." Cross tirou o sobretudo e sentou em uma desconfortável cadeira de madeira em frente à imensa mesa de Knight. Por sobre o ombro, ele olhou atravessado para o capanga que o tinha acompanhado até o escritório particular de Knight. "Feche a porta."

O homem bexiguento fechou a porta.

"Você ficou do lado errado", falou Cross.

O outro abriu um sorriso de deboche. Knight riu.

"Pode nos deixar." Quando finalmente ficaram a sós, ele disse: "O que eu posso dizer, meus homens gostam de me proteger."

Cross recostou na cadeira pequena, cruzou as pernas e se recusou a deixar que a mobília cumprisse seu objetivo – intimidação.

"Seus homens gostam de proteger quem os paga."

"Lealdade a qualquer preço", Knight não discordou.

"Uma bela regra para um vagabundo."

Knight inclinou a cabeça.

"Está dizendo que seus homens não são leais ao Anjo pelo dinheiro?"

"O Anjo oferece a eles mais do que segurança financeira."

"Você, Bourne e Chase não conseguem resistir a uma alma pobre e arruinada", Knight escarneceu e se levantou. "Eu sempre preferi deixar essa função para o vigário. Gin?"

"Não sou tolo de beber qualquer coisa que você servir."

Knight hesitou ao servir seu próprio copo.

"Você acha que eu iria envenenar você?"

"Não tenho a pretensão de saber o que você faria comigo se tivesse a chance."

Knight sorriu.

"Tenho planos para você vivo, meu garoto."

Cross não gostou do que as palavras sugeriam, a insinuação afetada de que ele estava do lado errado daquela mesa – que logo seria envolvido em um jogo de alto risco cujas regras não conhecia. Ele tirou um momento para dar uma boa olhada no escritório do Knight. Ele tinha estado ali antes, a última vez há seis anos, e o lugar não havia mudado. Continuava em ordem e imaculado, destituído de qualquer coisa que pudesse revelar algo sobre seu dono ou sua vida particular. De um lado da pequena sala, livros pesados – *garantias*, era como Knight os chamava – empilhados cuidadosamente. Cross sabia melhor do que ninguém o que eles continham: a história financeira de cada homem que jogou no cassino de Knight.

Cross sabia, não apenas porque um conjunto similar de livros jazia no chão do seu próprio escritório, mas também porque os tinha visto naquela noite, seis anos atrás, quando Knight abriu diante dele um desses livros enormes, e seus capangas mostraram a Cross a prova de suas transgressões antes de quase o matarem a pancadas. Cross não se defendeu. Na verdade, ele rezou para que tivessem sucesso. Knight os impediu de concluir o serviço, e ordenou que tirassem todo o dinheiro de Cross e o jogassem para fora do cassino. Mas não antes de colocar Cross em um novo caminho.

O velho se debruçou, ignorando o rosto machucado de Cross, suas roupas ensanguentadas, seus dedos e suas costelas quebradas. *Você acha que eu não sei o que você está fazendo? Como está tentando me manipular? Eu não vou matar você. Não está na sua hora.* Os olhos de Cross estavam quase fechados, de tão inchados, mas ele viu quando Knight se debruçou sobre ele, furioso. *Mas não vou deixar você me esfolar de novo,* disse o outro. *O modo como você está se sentindo agora... essa é a minha garantia. Se você voltar, vai ser pior. Faça um favor a si mesmo e fique longe, antes que eu não tenha escolha que não destruir você.* Ele já estava destruído, mas ficou longe assim mesmo.

Até hoje...

"Por que estou aqui?"

Knight voltou à sua poltrona e entornou um trago de sua bebida. Ele estremeceu e disse:

"Seu cunhado me deve dez mil libras."

Anos de prática permitiram que Cross contivesse seu espanto. Dez mil libras era uma quantia exorbitante. Mais do que a maioria dos homens ganhava durante toda a vida. Mais do que a maioria dos nobres ganhavam em um ano. Ou dois. E definitivamente mais do que o Barão Dunblade poderia pagar. Ele já tinha comprometido cada pedaço de terra livre da baronia, e possuía uma renda de duas mil libras por ano. *Duas mil, quatrocentas e trinta e cinco libras no ano passado.* Não era muito, mas bastava para manter um teto sobre a cabeça da mulher e dos filhos de Dunblade. Bastava para enviar seu filho à escola quando fosse a hora. Bastava para criar uma ilusão de respeitabilidade que permitiam ao barão e à baronesa receberem convites do resto da sociedade. Cross havia garantido isso.

"Como é possível?"

Knight se recostou em sua poltrona, e ficou rolando o copo de cristal em sua mão.

"O homem gosta de uma mesa de jogo. Quem sou eu para dizer alguma coisa?"

Cross resistiu ao impulso de pular a mesa e agarrar o outro pelo pescoço.

"Dez mil libras é mais do que gostar de jogar, Digger. Como isso foi acontecer?"

"Parece que lhe deram uma linha de crédito que ele não pode bancar."

"Em sua vida toda ele nunca teve tanto dinheiro."

Knight fez uma voz inocente e desagradável.

"Ele me garantiu que podia pagar. Não posso ser responsabilizado pelas mentiras que esse homem contou." Seus olhos encontraram os de Cross, uma lembrança brilhando neles. "Algumas pessoas não conseguem evitar. Você me ensinou isso."

As palavras foram ditas para irritar – para lembrar a noite distante em que Cross, mal saído da universidade, de olhos vermelhos e convencido, jogou nas mesas do Cavaleiro e venceu. Sem parar. Ele havia dominado o vinte e um, e foi incapaz de fazer outra coisa que não vencer. Ele foi em cada cassino durante meses, jogando uma noite aqui, duas ali, convencendo cada espectador que era simplesmente sorte. Cada espectador, a não ser Knight...

"Então essa é a sua vingança? Seis anos planejando?"

Knight suspirou.

"Bobagem. Faz tempo que superei isso. Nunca acreditei em vingança servida fria. Sempre gostei das minhas refeições quentes. É melhor para a digestão."

"Então apague a dívida."

Knight riu, e abriu os dedos sobre a escrivaninha de mogno.

"Nós não estamos *assim* tão quites, Cross. A dívida continua. Dunblade é um idiota, mas isso não muda o fato de que ele me deve. Negócios são negócios, tenho certeza de que você concorda comigo." Ele fez uma longa pausa e depois continuou. "É uma pena que ele seja um nobre. Prisão por dívida seria muito melhor do que aquilo que tenho guardado para ele."

Cross não fingiu que não entendia. Afinal, ele mesmo administrava um antro de jogatina, e conhecia melhor do que ninguém as punições secretas que podiam ser aplicadas aos nobres que se achavam imunes a dívidas. Ele se inclinou para a frente.

"Eu posso arruinar este lugar. Temos metade dos nobres entre nossos associados."

Knight também se inclinou para frente.

"Eu não preciso de metade da nobreza, garoto. Eu tenho sua irmã."

Lavínia... A única razão pela qual ele estava ali. Uma lembrança lhe veio à mente, Lavínia, jovem e inocente, olhando para ele, rindo, enquanto seguia à frente em sua égua castanha favorita ao longo das falésias de Devonshire. Ela era sete anos mais nova, mimada e não tinha medo de nada. Não era surpresa que ela tivesse vindo confrontar Knight. Lavínia nunca foi do tipo de ficar quieta – nem mesmo quando era o melhor para todos. Ela casou com Dunblade um ano depois de Baine morrer e de Cross sair de casa; ele leu sobre o enlace nos jornais, um noivado rápido seguido de um casamento ainda mais rápido – por meio de uma licença especial para contornar a questão do luto familiar. Sem dúvida que seu pai queria um casamento rápido, para garantir que *alguém* casasse com sua filha.

Cross sustentou o olhar azul brilhante de Knight.

"Ela não faz parte disto."

"Ah, mas ela faz. É interessante como as mulheres conseguem se envolver em confusão, não é? Não importa o quanto a gente tente protegê-las, se uma mulher põe na cabeça que quer se intrometer, é o que vai fazer", disse Knight abrindo uma caixa de ébano decorada que jazia sobre a mesa, de onde tirou um charuto. Ele bateu o longo cilindro marrom uma, duas vezes na escrivaninha antes de o acender. Após uma longa tragada, ele disse: "E você está com duas em suas mãos. Vamos conversar sobre minha nova conhecida. A mulher de ontem. Quem é ela?"

"Ela não tem nenhuma importância." Cross percebeu seu erro imediatamente. Ele deveria ter ignorado a pergunta. Deveria ter deixado para lá. Mas sua resposta rápida demais revelou mais do que escondeu.

Knight inclinou a cabeça para um lado, curioso.

"Parece que ela tem muita importância."

Maldição. Aquele não era o lugar, nem o momento, para Philippa Marbury, com seus enormes olhos azuis, sua mente lógica demais e suas esquisitices tentadoras. Ele afastou esses pensamentos. *Ele não a teria.*

"Eu vim para falar da minha irmã."

Knight permitiu a mudança de assunto. Muito facilmente, talvez.

"Sua irmã tem caráter, estou lhe dizendo."

A sala estava quente e era muito pequena, mas Cross resistiu ao impulso de se remexer na cadeira.

"O que você quer?"

"Não se trata do que eu quero, mas sim do que sua irmã ofereceu. Ela foi muito benevolente. Parece que a jovem lady faria qualquer coisa para garantir que seus filhos fiquem a salvo de um escândalo."

"Os filhos de Lavínia não serão tocados por nenhum escândalo."

As palavras soaram firmes e resolutas. Cross moveria mundos para garantir que eram verdadeiras.

"Tem certeza?" Knight perguntou, recostando-se na poltrona. "Parece que eles estão muito perto de escândalos devastadores: pobreza, o pai com tendência a acabar com a herança deles na mesa de jogo, a mãe desesperada... Acrescente a isso tudo o tio, que se afastou da família e da sociedade e nunca olhou para trás, e..." A frase ficou no ar. A conclusão era desnecessária.

Não era verdade. Não tudo... Ele não havia se afastado deles.

Cross apertou os olhos.

"Você perdeu o sotaque, Digger."

Knight levantou um dos cantos da boca.

"Não preciso disso com meus velhos amigos." Knight deu uma longa tragada no charuto. "Mas vamos falar daqueles garotos de sorte. A mãe deles é forte. Ela se ofereceu para me pagar. É uma pena que não tenha dinheiro."

Não era necessário ser brilhante para entender a insinuação. Para perceber a baixeza em suas palavras. Um homem despreparado teria permitido que a raiva espocasse sem ver tudo que estava em jogo, mas Cross não era um homem despreparado. Ele não ouviu simplesmente a ameaça. Ele ouviu a oferta.

"Você não vai mais falar com minha irmã."

Knight projetou a cabeça.

"Você realmente acredita que está em posição de dar uma ordem dessas?"

Cross levantou e colocou o sobretudo na dobra de um braço.

"Eu vou pagar a dívida. Em dobro. Vou lhe enviar a minuta amanhã. E você vai ficar longe da minha família."

Ele se virou para ir embora.

Knight falou de onde estava.

"Não."

Cross parou, olhou por cima do ombro e permitiu pela primeira vez que a emoção afetasse sua voz.

"Essa é a segunda vez, em dois dias, que você me diz não, Digger. Não gosto disso."

"Receio que a dívida não possa ser paga tão facilmente."

Digger Knight não fez seu nome como um dos jogadores mais ferrenhos de Londres seguindo regras. De fato, foi a tendência de Knight em quebrar as regras que havia salvado Cross todos aqueles anos atrás. Ele gostava do modo como a cabeça de Cross funcionava. Ele o forçou a revelar como contava o baralho, como calculava a próxima carta, como sabia quando e quanto apostar. Como Cross sempre ganhava. *Nas mesas, pelo menos.*

Ele se virou para seu inimigo.

"O que você quer, então?"

Knight riu, uma gargalhada completa, de balançar a barriga, que fez Cross cerrar os dentes.

"Que momento notável... o grande Cross, disposto a me dar o que eu quiser. E isso mostra... quão responsável é você." Não havia surpresa em sua voz, apenas satisfação e convencimento.

Foi então que Cross percebeu que aquilo não dizia respeito a Dunblade. Knight queria algo mais, e para conseguir, ele estava usando a única coisa valiosa para Cross.

"Está desperdiçando meu tempo. O que você quer?"

"É simples, de fato", disse Knight. "Eu quero fazer da minha filha uma condessa."

Se tivessem lhe pedido para imaginar que preço Knight colocaria na reputação da irmã de Cross e na segurança de seus sobrinhos, ele teria respondido que nada o surpreenderia. Estava preparado para um pedido de sociedade no Anjo, para que o gerente ou os seguranças fossem trabalhar no Cavaleiro, ou até para que ele próprio fosse trabalhar no cassino do Digger. Cross teria esperado extorsão – a dívida em dobro, ou até o triplo, o bastante para que sentisse um golpe financeiro. Ele teria até imaginado alguma proposta de parceria entre os clubes; Knight odiava o modo como o Anjo Caído atingiu o sucesso entre a aristocracia poucos meses depois de abrir, enquanto o Knight permaneceu um antro medíocre, de segunda linha, que ficava com os nobres rejeitados pelos rigorosos padrões de associação do Anjo. Mas Cross nunca teria imaginado aquele pedido. Então ele fez a única coisa que poderia fazer naquela situação. Ele riu.

"Estamos listando as coisas que gostaríamos de ganhar? Então eu quero um aparelho voador folheado a ouro."

"E eu encontraria um modo de lhe dar isso se você tivesse em mãos uma das poucas coisas que me são valiosas." Knight bateu o charuto.

"Eu não sabia que Meghan lhe era valiosa", disse Cross.

Knight fuzilou Cross com o olhar.

"Como você sabe o nome dela?"

Bingo! Cross refletiu sobre o que sabia a respeito da única filha de Knight, informação que havia obtido através dos arquivos guardados no cofre principal do Anjo. Aqueles que guardavam os segredos de seus potenciais inimigos – políticos, criminosos, religiosos com gosto por fogo e enxofre e concorrentes.

A informação era tão clara como se o arquivo de Knight estivesse aberto sobre a mesa entre eles. *Nome: Meghan Margaret Knight, nascida a 3 de julho de 1812.*

"Eu sei um bocado a respeito da jovem Meghan." Ele fez uma pausa. "Ou devo chamá-la de Maggie?"

Knight se recompôs.

"Eu sempre detestei esse nome."

"Não, não imaginei que gostasse, pela forma como parece ser irlandês." Cross colocou o sobretudo nas costas da cadeira, desfrutando do pouco controle que havia conseguido. "Meghan Margaret Knight. Estou surpreso que tenha permitido."

Knight olhou para o lado.

"Deixei a mãe escolher o nome."

"Mary Katharine."

Mary Katharine O'Brien, irlandesa, nascida em 1796, casou com Knight em fevereiro de 1812.

"Eu devia saber que você tinha informações sobre elas." Ele fez uma careta. "Chase é canalha. Um dia desses vou lhe dar a surra que merece."

Cross cruzou os braços frente a menção a um dos sócios do Anjo Caído.

"Garanto que isso nunca vai acontecer."

Knight o encarou.

"Acho que devo ficar grato. Afinal, você já conhece a garota. Vai ser como casar com uma velha amiga."

Residência: Bedfordshire; casinha na Rua High. Knight envia £200 no dia 4 de cada mês; não visita e não vê a garota desde que mãe e filha foram mandadas para longe em outubro de 1813. Garota criada por uma governanta, fala francês medíocre. Frequentou a Escola para Garotas da Sra. Coldphell – não interna.

"Desde quando você dá a mínima para sua filha?"

Knight deu de ombros.

"Desde que ela ficou grande o bastante para valer alguma coisa."

Havia mais uma observação no arquivo, escrita na letra grande e firme de Chase.

Obs.: A garota tem a obrigação de escrever semanalmente para Knight. As cartas são enviadas às terças-feiras. Ele não responde.

"Sempre o pai amoroso", disse Cross, irônico. "Você quer comprar um título para si?"

"É assim que se joga hoje em dia, não é? A aristocracia não é mais o que já foi. Deus sabe que, com o bom trabalho que nós dois fazemos, cada vez menos nobres têm dinheiro. Daqui a seis dias Meghan chega e você vai casar com ela. Ela fica com o título e meu neto será o Conde Harlow."

Conde Harlow. Fazia muitos anos desde a última vez que Cross ouviu falar isso em voz alta. Temple – o quarto sócio do Anjo – falou uma vez, no dia em que morreu o pai de Cross, e este atacou o sócio invencível sem parar, até o homem gigantesco ser derrubado. Mas naquele momento Cross controlou a fúria que surgiu quando o nome foi dito.

"Se a sua filha casar comigo, vai ganhar um título imundo – coberto de cinzas e sujeira. Você não vai ganhar nenhum respeito com isso. Ela não vai ser convidada para a sociedade."

"O Anjo vai lhe conseguir os convites."

"Primeiro eu tenho que querer ser convidado."

"Você vai querer."

"Eu lhe garanto que não", prometeu Cross.

"Você não tem escolha. *Eu* quero os convites. Você vai casar com minha filha e eu perdoo as dívidas do seu cunhado."

"Seu preço é alto demais. Existem outras formas de resolvermos isso."

"Você me deixa com uma escolha difícil para fazer. O que você acha que seria pior para as crianças, o escândalo que posso associar ao nome delas? A punição discreta que posso impor ao pai delas alguma noite, quando ele menos esperar? Prostituir a mãe delas? Com todo aquele cabelo vermelho, eu lhe garanto que muita gente pagaria bem para levá-la para a cama – mancando ou não."

E foi assim que a raiva veio. Cross projetou-se por sobre a escrivaninha e puxou Knight de sua poltrona.

"Eu vou destruir você, se tocar nela."

"Não antes que eu os destrua." As palavras saíram abafadas de Knight, mas sua verdade foi suficiente para fazer Cross recuar. Knight sentiu a mudança. "Não está na hora de você manter a salvo alguém da sua família?"

As palavras o abalaram, um eco das centenas de vezes em que ele mesmo pensou isso. Cross odiou Knight por dizê-las. Mas ele odiava mais a si mesmo.

"Eu estou com as cartas", repetiu Knight, e dessa vez não havia afetação em sua voz.

Apenas verdade.

Capítulo Cinco

"*A pesquisa revela que a língua humana não é composta por um, mas oito músculos distintos, metade dos quais – os músculos glossos –*

ancorados no osso, e metade deles são fundamentais para a forma e o funcionamento do órgão.

Apesar dessa pesquisa adicional ter mostrado fatos impressionantes em uma área da anatomia humana que eu anteriormente desconhecia, permaneço em dúvida quanto ao valor do músculo em questão em atividades não relacionadas a comer e falar.

Posso ter que pedir a Olivia que explique. Solução não ideal."

Diário Científico de Lady Philippa Marbury
24 de março de 1831; doze dias antes de seu casamento

"Eu quero que ele seja punido."

Cross observou Temple se debruçar sobre a mesa de bilhar no centro da suíte dos proprietários no Anjo Caído e dar sua tacada, fazendo a bola branca bater na vermelha, rebater na tabela e atingir uma terceira bola com pintas.

"Tem certeza? Vingança nunca foi seu forte. Especialmente com Knight." Bourne deu um passo à frente e estudou a mesa. "Que sorte a sua, Temple."

"Pelo menos no bilhar", Temple respondeu. "É o único jogo em que tenho a chance de derrotar vocês dois." Ele recuou um passo e apoiou o quadril em uma cadeira próxima, voltando sua atenção para Cross. "Há meios de fazer com que ele desapareça."

"Só você para sugerir matar o homem", disse Bourne, dando sua tacada e errando a segunda bola por uma margem impressionante, o que o fez praguejar.

"É rápido. E definitivo." Temple encolheu um ombro enorme.

"Se alguém fora desta sala ouvir você falando isso, vão acreditar nas histórias a seu respeito", disse Cross.

"Já acreditam nas histórias sobre mim. Ok, então... sem matar. Por que simplesmente não pagamos a dívida?"

"Não é uma opção."

"Provavelmente é melhor assim. Dunblade iria se endividar de novo e nós estaríamos de volta onde começamos em um mês." Bourne se virou para o aparador, onde Chase guardava o melhor scotch do clube.

"Uísque?"

Cross negou com a cabeça.

"Então o que ele quer?", perguntou Temple.

"Ele quer casar a filha", respondeu Cross.

"Com você?"

Cross não respondeu.

Temple soltou um assobio longo e baixo.

"Maravilha."

Cross olhou para ele.

"Casar comigo nem chega perto de ser uma maravilha."

"Por que não?", perguntou Bourne. "Você é conde, rico como um rei e – melhor ainda – está no negócio da família. A realeza da jogatina."

"Então um de vocês deveria se casar com ela."

Temple fez uma careta e aceitou o copo de uísque de Bourne.

"Nós dois sabemos que Digger Knight não me deixaria chegar perto da filha dele. Tem que ser você, Cross. Bourne está casado, minha reputação está arruinada para sempre e Chase é... bem, Chase. Acrescente o fato de que você é o único de nós que ele respeita e você se torna a escolha perfeita."

Ele não era nada disso.

"Ele está me superestimando."

"Não é o primeiro", disse Bourne. "Mas eu admito que se ele tivesse minha irmã em suas garras, eu pensaria em fazer o que pede. Digger Knight é desumano. Ele vai conseguir o que deseja, seja como for."

Cross se virou ao ouvir essas palavras, ignorando o peso da culpa que elas traziam consigo. Afinal, a cunhada de Bourne também havia estado nas garras de Knight no dia anterior. A alta e esguia Pippa presa nos braços fortes de Knight, colada ao seu lado enquanto ele suspirava sabe Deus o que em sua orelha. Ver aquilo o deixou furioso. Primeiro, a cunhada de Bourne. Depois a sua irmã.

Ele colocou seu taco de lado e atravessou a extensão da sala escura até chegar à parede mais distante, onde um mosaico de vidro dava para o salão principal do cassino. Aquele vitral era o ponto central do Anjo Caído; ele retratava a queda de Lúcifer detalhadamente – o grande anjo loiro caído do Céu no chão do inferno, seis vezes o tamanho de um homem médio, asas inúteis abertas atrás dele, uma corrente ao redor do tornozelo, e a mão imensa segurando a coroa brilhante com joias. O vitral era um aviso para os homens lá embaixo – um lembrete de seu lugar, de como estavam perto de sua própria queda. Era uma manifestação da tentação do pecado do vício. Mas para os donos do Anjo, a janela era outra coisa. Era prova de que os banidos podiam se tornar soberanos em seu próprio reino, com poder para se tornarem rivais daqueles a quem uma vez serviram.

Cross havia passado os últimos seis anos de sua vida provando que era mais do que um garoto inconsequente expulso da sociedade, e que era mais que seu título. Mais do que as circunstâncias do seu nascimento. Mais do que as circunstâncias da morte do irmão. Mais do que aquilo que veio depois... E maldito seria ele se deixasse Digger Knight ressuscitar aquele garoto. Não quando Cross tinha trabalhado tanto para mantê-lo longe. *Não quando ele havia sacrificado tanto.*

Seu olhar passou pelos homens no salão do cassino. Um punhado nas mesas de dados, mais alguns jogando écarté. A roleta girava produzindo um borrão de cor, com uma fortuna disposta sobre mesa. Ele estava longe demais para ver onde a bola parou, ou para ouvir o anúncio do crupiê, mas conseguiu enxergar os rostos dos homens quando sentiram a pontada da perda. Ele viu, também, o modo como a esperança fazia com que apostassem em outro número... ou talvez no mesmo... porque tinham certeza de que estavam com sorte naquela noite. *Mal sabiam eles.*

Cross observou uma rodada de *vinte e um* bem abaixo dele, as cartas próximas o bastante para que ele as pudesse ver. Oito, três, dez, cinco. Rainha, dois, seis, seis. O baralho estava alto. O crupiê distribuiu as próximas cartas. Rei. *Estourou.* Valete. *Estourou. Não existia essa coisa de sorte.*

Decisão tomada, ele virou para seus sócios.

"Não vou deixar que ele arruíne minha irmã."

Bourne aquiesceu, entendendo.

"E você não vai deixar que Temple o mate. Então... o quê? Vai casar com a filha?"

Cross negou com a cabeça.

"Ele ameaça o que é meu; eu ameaço o que é dele."

Temple ergueu as sobrancelhas.

"A garota?"

"Ele não dá a mínima para a garota", disse Cross. "Estou falando do clube."

Bourne apoiou um braço na extremidade de seu taco.

"O Cavaleiro?" Ele balançou a cabeça. "Você nunca vai convencer os membros dele que o abandonem. Não sem os convidar a se juntarem a nós."

"O que não vai acontecer", disse Temple.

"Eu não preciso que os membros o abandonem para sempre", disse Cross. "Eu só preciso que o abandonem por uma noite. Eu preciso provar que o reino dele só existe graças à nossa benevolência. Que se estivéssemos dispostos, poderíamos destruí-lo." Ele se virou novamente para o salão do cassino. "Ela chega em seis dias. Eu preciso estar no controle antes disso."

Eu preciso estar no controle.

"Seis dias?" Temple repetiu, sorrindo quando Cross aquiesceu. "Em seis dias será vinte e nove de março."

Bourne assobiou.

"Aí está o controle."

"*Pandemonium.*" A palavra pairou na sala escura, uma solução que não teria sido melhor planejada nem pelo próprio diabo.

O *Pandemonium* acontecia todos os anos no dia vinte e nove de março. Era uma noite em que o Anjo abria suas portas para os não-membros. Um convite fornecia a seu portador acesso ao cassino do pôr do sol de um dia, ao nascer do sol do outro. Um homem podia embarcar no pecado e nos vícios, experimentando o mundo legendário e clandestino que era o Anjo Caído. Cada membro do clube recebia três convites para o *Pandemonium* – pequenos cartões quadrados tão cobiçados que valiam milhares de libras para homens desesperados para ingressar nas fileiras do clube. Desesperados para provar seu valor aos proprietários do Anjo. Certos de que, se apostassem bastante, poderiam ir embora como membros permanentes. E isso raramente acontecia. Era mais comum que saíssem com os bolsos milhares de libras mais leves e uma história para contar aos amigos que não tiveram a mesma sorte de receber um convite.

O olhar de Cross encontrou o de Temple.

"Todo homem que joga regularmente no Cavaleiro quer desesperadamente entrar no Anjo."

Bourne aquiesceu.

"É um bom plano. Uma noite sem seus maiores jogadores vai provar que nós podemos acabar com ele a hora que quisermos."

"Quantos são... trinta?"

"Mais para cinquenta", disse Bourne.

Cross voltou sua atenção para o salão do cassino, sua cabeça formulando um plano para colocar a ideia em ação. Ele iria salvar sua família. *Desta vez*.

"Você vai precisar de alguém lá dentro para identificar os sócios."

"Eu tenho", ele disse, observando as apostas lá embaixo.

"É claro", disse Temple, com admiração na voz. "Suas mulheres."

"Elas não são minhas." Ele podia garantir isso. Nenhuma delas chegou perto de ser sua.

"Irrelevante", disse Bourne. "Elas adoram você."

"Elas adoram o que eu posso fazer por elas."

"Aposto que sim", o tom de Temple era de malícia.

"E quanto à sua irmã?", Bourne perguntou. "A única forma dessa ameaça funcionar é se ela ficar longe dele. E Dunblade também."

Cross observou os homens lá embaixo, calculando distraidamente suas apostas – quanto costumavam apostar, quanto perdiam. Quanto arriscavam quando ganhavam.

"Eu vou falar com ela."

Houve um longo silêncio que ele compreendeu bem. A ideia de que ele iria falar com a irmã – com qualquer membro de sua família – foi uma surpresa. Ignorando o espanto de seus sócios, Cross se virou para encontrar o olhar de Bourne.

"Por que há tão poucos membros esta noite?"

"O baile de noivado dos Marbury", disse Bourne, suas palavras pon-

tuadas pelo estalo de marfim contra marfim. "Eu sei que minha sogra convidou toda a nobreza. Estou surpreso que vocês dois não tenham sido convidados."

Temple riu.

"Lady Needham iria correr para seus sais se eu aparecesse na sua porta."

"Isso não quer dizer nada. Ela corre para os sais por qualquer coisa."

O baile de noivado dos Marbury. *O baile de noivado de Pippa Marbury.* Cross sentiu a culpa chegando novamente. Talvez ele devesse contar tudo a Bourne. *Por favor, não conte ao Bourne.* O pedido de Lady Philippa ecoou através dele, e Cross cerrou os dentes.

"Lady Philippa continua firme com Castleton?", perguntou Cross e se sentiu um idiota, certo de que Bourne entenderia sua pergunta, reconheceria sua curiosidade. E a questionaria.

"Ela teve todas as oportunidades de terminar", disse Bourne. "A garota é honrada demais. Ela vai se entediar com ele em quinze dias."

Menos do que isso.

"Você devia impedir esse casamento. Maldição, *Needham* devia impedir isso", disse Cross. Deus sabia que o Marquês de Needham e Dolby havia interrompido noivados antes. Ele quase arruinou as chances de suas cinco filhas casarem bem quando encerrou um noivado legendário alguns anos antes.

"É minha culpa, droga. Eu deveria ter acabado com isso antes de começar", disse Bourne com amargura, com muito arrependimento em suas palavras. "Eu pedi a ela que terminasse, e Penélope também. Nós dois lhe dissemos que a protegeríamos. Diabo, eu poderia encontrar um noivo mais adequado para ela esta noite, se eu pensasse que isso ajudaria. Mas Pippa não quer terminar."

Vou fazer isso porque concordei em fazê-lo, e não gosto de desonestidade. Ele ouviu as palavras e viu o olhar azul e sério quando Pippa defendeu sua escolha de casar com Castleton – um homem tão abaixo de seu intelecto que era impossível acreditar que o casamento iminente não era uma farsa. Apesar de tudo, ela havia feito uma promessa e pretendia mantê-la. E só isso bastava para torná-la admirável.

Sem saber dos pensamentos de Cross, Bourne se endireitou e ajustou as mangas do paletó enquanto pronunciava um palavrão.

"É tarde demais agora. Enquanto conversamos, ela está em seu baile de noivado diante de toda sociedade. Eu preciso ir. Penélope vai me arrancar a cabeça se eu não aparecer."

"Sua mulher está com você na palma da mão", disse secamente Temple, as bolas de bilhar estalando enquanto ele falava.

Bourne não mordeu a isca.

"Estou mesmo. E algum dia, se você tiver sorte, vai experimentar o prazer que é isso." Ele se virou para sair, a caminho de sua outra vida, a de um aristocrata renascido.

Cross o parou.

"A maioria da nobreza está lá?"

Bourne se virou para ele.

"Alguém específico que você deseja ver?"

"Dunblade."

A compreensão brilhou nos olhos castanhos de Bourne.

"Imagino que ele irá comparecer. Com sua baronesa."

"Talvez eu faça uma visita à Casa Dolby."

Bourne ergueu uma sobrancelha.

"Eu gostaria que meu sogro não soubesse."

Cross aquiesceu. Estava na hora de ver sua irmã. Sete anos era muito tempo.

A metade de Londres estava no salão de festas.

Pippa olhou para baixo a partir de seu esconderijo, na colunata superior do salão de festas da Casa Dolby, atrás de uma imensa coluna de mármore, acariciando a cabeça de sua cachorrinha *spaniel*, Trotula, enquanto observava os cetins e sedas rodopiando pelo chão de mogno. Ela afastou uma cortina pesada de veludo e observou a mãe cumprimentar uma fila interminável de convidados – o que talvez fosse o maior feito da Marquesa de Needham e Dolby.

Não era todo dia, afinal, que a mãe de cinco filhas tinha a oportunidade de anunciar o casamento do restante de sua prole. Suas *duas* filhas restantes. A marquesa se sentia sobrecarregada de alegria. Infelizmente, não sobrecarregada demais para deixar passar uma festa de noivado grande o bastante para receber um exército. "Só alguns amigos queridos", disse Lady Needham na semana anterior, quando Pippa questionou, certa tarde, o enorme volume de confirmações que formavam uma pilha na salva de prata, ameaçando cair da bandeja sobre os sapatos brilhantes do criado que a carregava.

Amigos queridos, Philippa lembrou com ironia, seu olhar vasculhando a multidão. Ela podia jurar que nunca havia sequer encontrado a maior parte das pessoas no salão abaixo. Não que ela não entendesse a empolgação de sua mãe. Afinal, aquele dia – em que as cinco garotas Marbury estavam oficial e publicamente comprometidas – demorou para chegar, e não sem suas dúvidas. Mas finalmente, *finalmente*, a marquesa teria sua noite. Afinal, os casamentos eram para as mães, não eram? Ou, se não os casamentos, pelo menos as festas de noivado. A emoção dobrava, então, quando uma festa de noivado servia para comemorar o enlace de *duas* filhas.

O olhar de Pippa correu do rosto corado da mãe, e de seus movimentos efusivos, para o da irmã Marbury mais nova, com sorriso amplo e a mão adornada pelo rubi no braço de seu noivo alto e belo, que recebia do outro lado do salão sua própria corte, uma sucessão de convivas.

Olivia era a mais bonita e exuberante do quinteto; ela parecia ter herdado o melhor da família. Ela era totalmente egocêntrica e tinha mais autoconfiança do que o normal? Com certeza. Mas era difícil alguém criticar suas características, pois Olivia nunca conheceu uma pessoa que não tivesse conquistado. Incluindo o homem que, segundo as previsões, em breve se tornaria um dos mais poderosos da Grã-Bretanha, pois se duas coisas eram necessárias à esposa de um político – um sorriso destemido e o desejo de vencer –, Olivia as tinha de sobra. De fato, como toda Londres estava agitada com a notícia do casamento iminente dos dois, Pippa acreditou que ninguém no salão iria sequer reparar em sua ausência.

"Pensei que encontraria você aqui."

Pippa deixou a cortina cair e virou para encarar a irmã mais velha, recentemente tornada Marquesa de Bourne.

"Você não deveria estar na festa?", perguntou Pippa.

Penélope se inclinou para fazer um carinho em Trotula, sorrindo quando a cachorrinha gemeu e se aproximou dela.

"Eu poderia perguntar a mesma coisa para você. Afinal, agora que estou casada, nossa mãe está muito mais interessada em você do que em mim."

"Mamãe não sabe o que está perdendo", Pippa respondeu. "Você é a que casou com um canalha legendário."

Penélope sorriu.

"Casei, não é mesmo?"

Pippa riu.

"Tão orgulhosa de si mesma." Ela se virou para o salão e passou os olhos pela multidão. "Onde está o Bourne? Não o estou vendo."

"Alguma coisa o segurou no clube."

O clube... As palavras ecoaram nela, como um lembrete de dois dias atrás. Do Sr. Cross... Que ficaria tão deslocado no mundo lá abaixo quanto ela. Sr. Cross, com quem tinha apostado. E para quem havia perdido. Ela pigarreou e Penélope entendeu mal o som.

"Ele jurou que estaria aqui", ela defendeu o marido. "Que chegaria tarde, mas viria."

"O que acontece no clube a esta hora?", Pippa não conseguiu evitar de perguntar.

"Eu... não sei dizer."

Pippa sorriu.

"Mentirosa. Se a sua hesitação não tivesse revelado a mentira, seu rosto vermelho contaria a verdade."

A insatisfação substituiu o constrangimento.

"Uma lady não deve saber dessas coisas."

Pippa arregalou os olhos.

"Bobagem. Uma lady casada com o dono de um cassino pode, é claro, saber dessas coisas."

Penélope ergueu as sobrancelhas.

"Nossa mãe discordaria."

"Nossa mãe não é minha bússola para como as mulheres devem ou não se comportar. Ela corre para cheirar seus sais a cada trinta minutos." Pippa afastou a cortina para mostrar a marquesa lá embaixo, conversando animadamente com Lady Beaufetheringstone – uma das maiores fofoqueiras da sociedade. Como se recebendo uma deixa, Lady Needham soltou um gritinho animado que subiu até o teto. Pippa olhou para Penélope com cumplicidade.

"Agora conte para mim o que acontece no clube."

"Jogatina."

"Eu sei *disso*, Penny. Que mais?"

Penélope baixou a voz.

"Tem mulheres."

Pippa ergueu as sobrancelhas.

"Prostitutas?" Ela imaginava isso. Afinal, em todos os textos que havia lido, descobriu que os homens gostavam da companhia de mulheres – mas raramente de suas esposas.

"Pippa!" Penny pareceu escandalizada.

"O quê?"

"Você nem deveria conhecer essa palavra."

"E por que não? A palavra está na Bíblia, pelo amor de Deus."

"Não está."

Pippa pensou por um bom tempo antes de se recostar na coluna.

"Eu acho que está, sabe. Se não estiver, deveria estar. Essa profissão não é nova."

Ela parou de falar. Prostitutas deviam ter uma imensidão de conhecimento institucional relativo às suas dúvidas. Para responder às suas perguntas. *Você perguntou às suas irmãs?* O eco das palavras do Sr. Cross na outra tarde fez Pippa virar para sua irmã mais velha. E se ela *perguntasse* para Penny?

"Posso fazer uma pergunta?"

Penélope suspirou, resignada.

"Duvido que eu conseguiria impedir você."

"Estou preocupada com a... logística. Do casamento."

Penélope apertou os olhos.

"Logística?"

Pippa fez um gesto no ar com a mão.

"As... partes pessoais."

Penélope ficou vermelha.

"Ah."

"Olivia me falou algo sobre línguas."

O espanto da mais velha das Marbury aumentou.

"O que ela sabe sobre isso?"

"Mais do que nós imaginamos, eu acho", Pippa respondeu. "Mas eu não consegui pedir que ela me explicasse – eu não aguentaria receber uma aula da minha irmã mais nova. Você, por outro lado..."

Penélope demorou um instante para assimilar as palavras, depois arregalou os olhos.

"Certamente você não espera que eu a ensine!"

"Só algumas questões cruciais", disse Pippa, ansiosa.

"Por exemplo?"

"Bem, línguas, para começar."

Penélope cobriu as orelhas com as mãos.

"Chega! Não consigo pensar em Olivia e Tottenham fazendo..." A voz dela foi sumindo.

Pippa queria sacudir a irmã.

"Fazendo o *quê*?"

"Qualquer coisa relativa a isso!"

"Mas você não percebe? Como posso me preparar para *isso* se não entendo nada? Touros em Coldharbor não bastam!"

Penélope deu uma risadinha.

"'Touros em Coldharbor?"

Pippa ficou vermelha.

"Eu já vi..."

"Você acha que é assim?"

"Bem, eu não acharia se alguém me falasse... quero dizer, os homens são... a coisa deles..." Ela fez um gesto em uma direção específica. "Eles são tão *grandes*?"

Penélope cobriu a boca com a mão para abafar a risada, e Pippa se viu ficando cada vez mais irritada.

"Fico feliz por lhe proporcionar tanta diversão."

Penny balançou a cabeça.

"Eu..." Ela riu novamente, e Pippa lhe deu um olhar atravessado. "Desculpe! É só que... não. *Não*. Eles têm pouco em comum com o touro em Coldharbor." Ela fez uma pausa. "Graças a Deus por isso."

"É... assustador?"

Então, o olhar de Penélope se encheu de ternura.

"De modo algum", ela sussurrou, toda doce, e embora a resposta honesta fosse reconfortante. Pippa resistiu ao impulso de revirar os olhos.

"E, assim, você não explica nada."

Penélope sorriu.

"Você está curiosa, Pippa. Eu entendo. Mas tudo vai se esclarecer."

Pippa não gostava da ideia de confiar na promessa de esclarecimento. Ela queria saber *agora*. Maldito Sr. Cross e sua aposta estúpida. Maldita ela mesma por aceitar. Penélope continuava falando, a voz suave e adocicada.

"E, se você tiver sorte, vai descobrir..." Ela suspirou. "Bem, você vai gostar bastante, eu espero." Ela balançou a cabeça, saindo de seu sonho, e riu novamente. "Pare de pensar em touros."

Pippa fez uma carranca.

"Como é que eu ia saber?"

"Você tem uma biblioteca cheia de livros de anatomia!" Penny sussurrou.

"Bem, eu questiono a escala das ilustrações em diversos desses livros!" Pippa sussurrou de volta.

Penny ia dizer algo, mas pensou melhor e mudou de assunto.

"As conversas com você sempre tomam os rumos mais estranhos. Perigosos. É melhor nós descermos para o salão."

Irmãs eram inúteis. Pippa faria melhor se conversasse com uma das prostitutas. *As prostitutas*. Ela ajustou os óculos.

"Falando das mulheres, Penny. Elas são prostitutas?"

Penny suspirou e olhou para o teto.

"Não com todas as letras."

"Isso não faz sentido", observou Pippa.

"Bem, é suficiente dizer que elas vão com os cavalheiros, mas com certeza não são ladies."

Fascinante... Pippa se perguntou se o Sr. Cross fazia algo com as mulheres em questão. Ela imaginou se elas deitavam com ele naquele catre pequeno e estranho, em seu escritório curioso e atravancado. Com esse pensamento, ela sentiu algo crescer e pesar em seu peito. Pippa refletiu sobre o sentimento, que não era náusea nem falta de ar. Nem agradável... E antes que ela pudesse avaliar mais a sensação, Penélope continuou.

"De qualquer modo, não importa o que esteja acontecendo no clube esta noite, Bourne, certamente, *não* está andando com prostitutas."

Pippa não conseguia imaginar seu cunhado fazendo algo assim. Na verdade, ela não conseguia imaginar seu cunhado, na atualidade, fazendo qualquer coisa que não adorar a esposa. O relacionamento deles era curioso – um dos raros casamentos construídos sobre algo mais do que uma boa combinação. Na verdade, a maioria das pessoas racionais concordaria que não havia nada em Penélope e Bourne que resultaria em uma boa combinação. E, de algum modo, eles combinavam muito bem. Outra curiosidade é que alguns poderiam chamar isso de amor, sem dúvida. E talvez fosse, mas Pippa nunca tinha dado muito valor a esse sentimento – com tão poucos casamentos por amor na sociedade, estes eram vistos como figuras míticas. Minotauros, ou unicórnios, ou Pégasos. Bem, parece que só houve um Pégaso e um Minotauro, mas assim como casamentos por amor, não se sabia ao certo.

"Pippa?" Penélope a cutucou.

Pippa voltou à conversa. De que elas falavam? *Bourne.*

"Bem, eu não sei por que ele viria", Pippa observou. "Ninguém espera que ele participe dos cerimoniais da sociedade."

"Eu espero que ele participe", Penélope disse simplesmente, como se isso fosse o mais importante.

E, aparentemente, era mesmo.

"Sério, Penny. Deixe o homem sossegado."

"Sossegado", Penny debochou. "Bourne consegue tudo que quer, quando quer."

"Não que ele não pague um preço elevado", retrucou Pippa. "Se vier, é porque ele ama você de paixão. Se eu pudesse, evitaria esta noite."

"Você está fazendo um trabalho muito bom nesse aspecto, e você *não* pode evitar esta noite."

Penny tinha razão, claro. Metade de Londres estava lá embaixo, e pelo menos uma pessoa esperava que ela mostrasse a cara: *seu futuro marido.* Não foi difícil encontrá-lo em meio à multidão. Ainda que vestisse o mesmo tipo de fraque preto que o resto dos nobres usava, o Conde de Castleton parecia se destacar; algo nele era menos gracioso do que nos outros aristocratas. Ele estava em uma das laterais do salão, curvado, pois sua mãe sussurrava em sua orelha. Pippa nunca tinha reparado antes, mas a orelha em questão também se destacava em um ângulo bastante infeliz.

"Você ainda pode cair fora", Penélope disse discretamente. "Ninguém a julgaria mal."

"Da festa?"

"Do casamento."

Pippa não respondeu. Ela podia... ela podia dizer qualquer coisa, divertida ou ácida, e Penny nunca a criticaria por isso. De fato, era bem provável que sua irmã ficasse feliz ao ouvir que Pippa tinha *alguma* opinião a respeito de seu noivo. Mas Pippa havia se comprometido com o conde, e ela não seria desleal. Ele não merecia isso. Era um homem bom, com um coração gentil, e isso era mais do que se podia dizer sobre a maioria. *Desonestidade por omissão continua sendo desonestidade.* As palavras ecoaram nela, uma lembrança do homem que questionou seu compromisso com a verdade. *O mundo está cheio de mentirosos. Mentirosos e traidores.* Não era verdade, claro. Pippa não era mentirosa. Pippa não traía.

Trotula suspirou e se encostou na coxa de sua dona. Pippa acariciou distraidamente as orelhas da cachorra.

"Eu fiz uma promessa."

"Eu sei que você fez, Pippa. Mas às vezes promessas..." A voz de Penélope foi sumindo.

Pippa ficou observando Castleton por um momento.

"Eu não gosto de festas."

"Eu sei."

"Nem de salões de festa."

"Sei."

"Ele é bom, Penny. E pediu minha mão."

O olhar de Penélope se suavizou.

"Você pode desejar mais que isso, sabia?"

Ela não sabia. *Sabia?* Pippa remexeu dentro do espartilho apertado.

"E eu detesto *roupa* de festa."

Penélope acompanhou a mudança de assunto.

"Mas é um belo vestido, de qualquer modo."

O vestido de Pippa – escolhido por Lady Needham com empolgação beirando o fanatismo – era um lindo tule verde-claro sobre cetim branco. Com decote tomara-que-caia, o vestido acompanhava suas formas pelo corpete e pela cintura, abrindo-se em uma saia rodada que farfalhava quando ela se movia. Em qualquer outra pessoa ficaria lindo. Mas nela... o vestido a fazia parecer mais magra, mais alta e mais fraca.

"Ele me faz parecer uma *Ardea cinerea*."

Penélope ficou olhando fixamente para Pippa.

"Uma garça-real."

"Bobagem. Você está linda."

Pippa passou as mãos sobre o tecido perfeitamente ajustado.

"Então acho que é melhor eu ficar aqui e manter essa ilusão intacta."

Penélope riu.

"Você só está adiando o inevitável."

Era verdade. E como era verdade, Pippa permitiu que a irmã a conduzisse pela escada estreita que levava à entrada dos fundos do salão de festas, onde soltaram Trotula no jardim da Casa Dolby antes de entrarem, discretamente, e se misturarem à multidão de convivas, como se tivessem estado ali o tempo todo.

Sua futura sogra a encontrou em instantes.

"Philippa, minha querida!", ela disse animada, enquanto abanava loucamente um leque de penas de pavão junto ao rosto. "Sua mãe disse que seria apenas uma festinha! E que festinha! Uma *festa* para *festejar* meu jovem Robert e sua futura esposa!"

Pippa sorriu.

"E não vamos esquecer Lady Tottenham, do jovem James, e da futura esposa *dele*."

Por um instante pareceu que a Condessa de Castleton não entendeu. Pippa aguardou. Então, sua futura sogra riu, alto e esganiçado.

"Oh, é claro! Sua irmã é *encantadora*! Assim como *você*! Não é, Robert?" Ela bateu no braço do conde. "Ela não é encantadora?"

Ele se apressou em concordar.

"Ela é! Quero dizer... você é, Lady Philippa! Você é! Encantadora!"

Pippa sorriu.

"Obrigada."

A Marquesa de Needham e Dolby logo se atirou sobre eles – ela estava ansiosa para competir pelo prêmio de Mãe Mais Empolgada.

"Lady Castleton! Eles não formam o casal mais lindo?"

"*Muito* lindo!" Lady Castleton concordou, e *manobrou* o filho para que ficasse perto de Pippa. "Vocês têm que dançar! *Todo mundo* está *desesperado* para ver vocês dançando!"

Pippa quase tinha certeza de que só havia duas pessoas com algum interesse em vê-los dançando. Na verdade, qualquer um que tivesse visto Pippa dançar, sabia que não deveria esperar muita coisa em termos de graça ou habilidade, e sua convivência com Castleton apontava para deficiências semelhantes por parte dele. Mas, infelizmente, as duas pessoas em questão eram suas mães. E assim o casal de noivos não pôde deixar de dançar. E dançar limitaria bastante o número de exclamações perto dela. Pippa sorriu para o noivo.

"Parece que teremos que dançar, meu lorde."

"Certo! Certo!" Castleton entrou em ação, batendo os calcanhares e fazendo uma pequena reverência. "Conceder-me-ia a mui elevada honra de uma dança, minha lady?"

Pippa resistiu ao impulso de rir frente à formalidade da solicitação, e simplesmente pegou a mão do noivo e permitiu que ele a conduzisse até a pista de dança. Foi um desastre. Eles ofereceram um espetáculo devastador, só faltando caírem esparramados no chão. Quando estavam juntos, pisaram nos dedos e tropeçaram nos pés um do outro. A certa altura, ele literalmente se agarrou nela para não cair, ao perder o equilíbrio. E quando estavam separados, tropeçaram nos próprios pés. Quando não estava contando os passos para acompanhar a orquestra, Castleton tentava conversar gritando através do salão. Os casais próximos fizeram o possível para não ficar encarando os dois, mas Pippa teve que admitir, foi quase impossível quando Castleton anunciou, a três metros de distância, na fila de frente para ela:

"Oh! Eu quase esqueci de lhe contar! Tenho uma cadela nova!"

Ele falava de cachorros, é claro – um tópico em que os dois tinham interesse –, mas Pippa achou que isso espantou Louisa Holbrooke quando Castleton fez seu anúncio por cima da cabeça perfeitamente penteada da mulher. Pippa não conseguiu evitar. Ela começou a rir baixinho, o que causou uma expressão estranha em seu parceiro. Ela ergueu a mão para esconder os lábios que se retorciam, quando Castleton acrescentou:

"Ela é uma beleza! Tem a pelagem manchada! Marrom e amarela... amarela como a sua!"

Os olhos à volta deles ficaram arregalados com a comparação entre o cabelo loiro de Pippa e a pelagem dourada da mais recente aquisição de quatro patas de Castleton. Foi aí que o riso abafado virou uma gargalhada completa. Aquela era, afinal, a mais estranha – e barulhenta – conversa da qual ela havia participado enquanto dançava. Ela riu, balançando os ombros, enquanto fazia uma reverência, num dos passos finais da quadrilha. Se havia uma coisa da qual não sentiria falta durante o casamento, seria dançar. Ela se endireitou e Castleton veio imediatamente ao seu lado, e a conduziu para uma extremidade do salão, onde ficaram por um longo momento, constrangidos, em silêncio. Ela observou os outros convidados se juntando graciosamente à festa, cientes de Castleton ao lado dela. *Robert*... Quantas vezes Pippa ouviu Penny se referir ao marido como Michael em tom de absoluta devoção? Pippa se virou para Castleton. Ela não conseguia sequer se imaginar chamando o futuro marido de Robert.

"Você gostaria de uma limonada?" Ele quebrou o silêncio.

Ela balançou a cabeça e voltou os olhos para o salão.

"Não, obrigada."

"Eu devia ter esperado para lhe contar da cachorra até terminarmos de dançar", ele disse, chamando sua atenção mais uma vez. As faces dele ficaram coradas.

Ela não gostou de pensar que ele estava constrangido. O noivo não merecia isso.

"Não!" Ela protestou, grata por ele voltar ao assunto. Era fácil conversar sobre cachorros. "Ela deve ser linda. Que nome você vai dar a ela?"

Ele sorriu, alegre e franco. Ele fazia muito isso. Era outra boa qualidade.

"Eu pensei que você talvez tivesse alguma ideia."

Aquilo a perturbou. Nunca teria ocorrido a Pippa pedir a opinião de Castleton em algo assim. Ela simplesmente teria dado um nome à cachorra

e anunciado que ela fazia parte da família. Pippa deve ter demonstrado a surpresa no rosto, porque ele acrescentou:

"Afinal, vamos nos casar. Ela vai ser nossa cachorra."

Nossa cachorra. O animal era o anel de rubi de Castleton. Um cristal vivo, que respirava. De repente, tudo pareceu muito sério. Eles iam se casar. Eles iam ter uma cachorra e Pippa escolheria o nome. Um cachorro representava muito mais que bailes de noivado, enxovais e planos de casamento – todas essas coisas pareciam irrelevantes quando ela pensou seriamente no assunto. Uma cachorra tornava o futuro real. Uma cachorra significava um lar, estações passando, visitas dos vizinhos, missa aos domingos e festas de colheita. Uma cachorra significava uma família. Filhos. *Filhos dele.* Ela ergueu o rosto para os olhos gentis e sorridentes do noivo. Ele esperava ansioso que ela falasse.

"Eu..." Ela parou, sem saber o que dizer. "Eu não tenho nenhuma ideia no momento."

Ele riu.

"Bem, para a cachorra tanto faz. Você tem tempo para pensar." Ele se aproximou e um cacho loiro caiu sobre sua testa. "Você precisa conhecê-la primeiro. Talvez isso ajude."

"Talvez ajude", Pippa forçou um sorriso.

Talvez isso a fizesse querer um pouco mais casar com ele. Ela gostava de cachorros. Eles tinham isso em comum. Esse pensamento a lembrou da conversa com o Sr. Cross, durante a qual ela mencionou esse fato como prova de sua compatibilidade com o conde. Cross então debochou dela, mas Pippa o ignorou. E isso foi tudo o que falaram sobre conde... até o Sr. Cross recusar seu pedido e a mandar para casa, com um comentário que repercutia nela até agora, em pé, constrangida, ao lado do futuro marido: *sugiro que consulte outra pessoa. Quem sabe seu noivo?* Talvez ela *devesse* consultar o noivo. Certamente ele sabia mais do que deixava transparecer a respeito dos... aspectos complexos do casamento. Não importava que ele nunca tivesse dado a menor demonstração de se importar com isso, mas os cavalheiros conheciam o assunto. Bem mais do que as mulheres. E o fato disso ser uma verdade horrivelmente desigual não era a questão no momento.

Ela espiou Castleton, que não estava olhando para ela. Na verdade, ele parecia estar olhando para qualquer coisa *menos* ela. Pippa aproveitou o momento para refletir sobre seu próximo passo. Ele estava perto, afinal – ao alcance de seu toque. Talvez ela devesse tocar o noivo. Castleton olhou para ela, com uma surpresa crescendo em seus olhos castanhos e calorosos quando ele percebeu a expressão dela. Ele sorriu. Era agora ou nunca... Ela estendeu o braço e o tocou, deixando seus dedos cobertos pela seda deslizar sobre a mão enluvada dele. O sorriso do noivo não vacilou. Ao contrário, ele ergueu o outro braço e deu duas batidinhas na mão dela, como faria na cabeça de um cachorro. Foi o toque menos carnal que ela podia imaginar. Não lembrava em *nada* os votos de casamento. De fato, isso indicava que ele não teria o menor problema com aquele trecho do texto sobre *não entrar no casamento como uma besta selvagem*. Ela retirou a mão...

"Tudo bem?", ele perguntou, voltando sua atenção para o salão.

Pippa não precisava ser uma mulher experiente para perceber que seu toque não havia produzido o menor efeito nele. O que ela imaginou ser justo, pois o toque dele não causou nada nela. Uma mulher riu perto deles, e Pippa se virou na direção do som contido, leviano e falso. Era o tipo de risada que ela nunca tinha conseguido dominar – suas risadas eram sempre muito altas, ou vinham na hora errada, ou simplesmente não vinham.

"Eu acho que gostaria de uma limonada, se a oferta ainda é válida", disse ela.

Ele entrou em ação ao ouvi-la.

"Vou buscar um copo para você!"

Ela sorriu.

"Seria muita gentileza."

"Eu vou voltar!" Ele disse e apontou para o chão.

"Excelente."

E assim ele se foi, abrindo caminho em meio à multidão com um ânimo que alguém poderia associar a algo mais empolgante que uma limonada. Pippa planejava esperar, mas aquilo era um tédio, e o salão estava abafado. Castleton poderia demorar mais de quinze minutos para voltar em meio às centenas de pessoas, e esperar sozinha, tão exposta, pareceu estranho. Então ela decidiu escapulir para um canto mais escuro e sossegado do salão, onde poderia ficar observando a festa. As pessoas pareciam se divertir. Olivia entretinha sua corte na outra extremidade do salão. Ela e Tottenham estavam rodeados por uma multidão de pessoas que queria ser ouvida pelo futuro primeiro-ministro. A mãe de Pippa e Lady Castleton haviam reunido a mãe de Tottenham e um grupo de eminências e, sem dúvida, produziam fofocas contundentes.

Enquanto examinava a multidão, sua atenção foi atraída para uma alcova diretamente à sua frente, onde um cavalheiro alto, de cabelo escuro, estava próximo demais de sua companheira, seus lábios quase tocando a orelha dela, o que indicava claramente que marcavam algum encontro clandestino. O casal não parecia preocupado por estar em um lugar público, e sem dúvida faziam línguas ferinas se movimentar por todo o salão. Não que isso fosse algo fora do comum para aqueles dois. Pippa sorriu. Bourne havia chegado e, como sempre, só tinha olhos para sua irmã.

Pouca gente entendia como Penny havia fisgado o frio, reservado e insensível Bourne – Pippa raramente via o marquês sorrir ou demonstrar quaisquer emoções fora de suas interações com a esposa apaixonada –, mas sem dúvida ele tinha sido fisgado e estava completamente apaixonado. Penny jurava que era amor, e era essa parte que Pippa não entendia. Ela nunca gostou da ideia de casais enamorados – havia muitas coisas a esse respeito que não podiam ser explicadas. Muitas coisas etéreas. Pippa não acreditava em etéreo. Ela acreditava em fatos.

Ela observou a irmã colocar as mãos no peito do marido e o empurrar, rindo e corando como uma debutante recente. Ele a puxou para perto mais uma vez, colando um beijo em sua testa antes que ela o empurrasse e voltasse para a festa. Bourne a seguiu, como se puxado por uma corda. Pippa balançou a cabeça ao ver aquela cena estranha, improvável. Amor... se existia, era mesmo algo muito estranho.

Um sopro de ar frio farfalhou sua saia, e ela se virou para ver que um conjunto de portas duplas atrás dela tinha sido aberto – sem dúvida para amenizar o calor abafado da sala – e uma das portas foi escancarada pelo vento. Ela se aproximou da abertura e projetou o tronco para fora de modo a alcançar a maçaneta. Foi então que ela ouviu.

"Você precisa de mim."

"Não preciso de nada. Eu tenho me virado sem você faz tempo."

Pippa hesitou. Alguém estava lá fora. *Dois alguéns.*

"Eu posso resolver isso. Posso ajudar. Só preciso de tempo. Seis dias."

"Desde quando você está interessado em ajudar?"

Pippa pousou a mão na borda da porta envidraçada e quis fechá-la, fingindo que não tinha ouvido nada, e para voltar à festa. Mas ela não se mexeu...

"Eu sempre quis ajudar." A voz do homem estava suave e urgente. Pippa saiu para o terraço.

"Só que você nunca demonstrou." A voz da mulher era dura. Irada e inflexível. "Na verdade, você nunca ajudou. Você só atrapalhou."

"Você está com problemas."

"Não é a primeira vez."

Uma hesitação. Quando o homem falou, suas palavras sussurradas estavam entrecortadas e cheias de preocupação.

"O que aconteceu?"

Ela riu abafado, mas não havia humor no som, apenas amargura.

"Nada que você possa consertar agora."

"Você não devia ter casado com ele."

"Eu não tive escolha. Você não me deixou nenhuma."

Pippa arregalou os olhos. Ela havia surpreendido uma briga de namorados. Bem, não que fossem namorados no momento, pelo jeito... mas no passado. Quem eram essas pessoas?

"Eu devia ter impedido esse casamento", ele sussurrou.

"Bem, você não impediu", ela retrucou.

Pippa se encostou em uma grande coluna de pedra que servia como um ótimo esconderijo, e esticou a cabeça para um lado, segurando a respiração, incapaz de resistir à curiosidade e descobrir a identidade dos dois. O terraço estava vazio. Ela saiu de trás da coluna. Totalmente vazio. *Onde eles estavam?*

"Eu posso consertar o estrago. Mas você tem que ficar longe dele. Bem longe. Ele não pode ter acesso a você."

No jardim abaixo. Pippa se aproximou em silêncio da balaustrada de pedra, com a curiosidade ao extremo.

"Oh, e eu devo acreditar em você agora? De repente você está preocupado com a minha segurança?"

Pippa estremeceu. O tom da mulher era mordaz. O cavalheiro em questão – que não era nenhum cavalheiro, pelo que Pippa estava ouvindo – havia feito mal à moça no passado. Ela se apressou, e chegou perto da borda, quase conseguindo olhar por cima do peitoril e identificar os misteriosos ex-namorados abaixo.

"Lavínia...", ele começou suavemente, implorando, e Pippa ficou agitada. *Um nome!*

Foi quando ela chutou o vaso de flores... Eles poderiam não ter ouvido o leve arrastar produzido quando ela fez contato com aquela coisa enorme... se Pippa não tivesse gritado de dor. Pouco importou que ela levasse a mão imediatamente à boca, transformando seu "Oh!" muito alto em um "Uf!" abafado. Mas o silêncio instantâneo embaixo foi o bastante para mostrar que eles a tinham ouvido.

"Eu não deveria estar aqui", sussurrou a mulher, e Pippa ouviu um farfalhar de saias se distanciando.

Houve um longo período de silêncio, durante o qual ela permaneceu parada como se fosse de pedra, mordendo o lábio devido à dor latejante em seu pé, até que finalmente falou, praguejando na escuridão.

"Maldição." Pippa se agachou e massageou os dedos do pé. "Você bem que mereceu isso", ela murmurou, antes de se dar conta que insultar um homem desconhecido nos jardins sombrios de sua casa ancestral não era boa ideia.

"Desculpe-me?", ele perguntou em voz baixa, não mais sussurrando.

Ela devia voltar à festa. Em vez disso, ela disse:

"Não parece que você foi muito gentil com a moça."

Silêncio.

"Não fui mesmo."

"Bem, então você merece que ela o deixe." Pippa apertou o dedo menor e gemeu de dor. "Talvez até mais que isso."

"Você se machucou."

Ela estava distraída pela dor, ou não teria respondida.

"Bati os dedos do pé."

"Punição por ouvir a conversa dos outros?"

"Sem dúvida."

"Isso vai lhe ensinar uma lição."

"Eu duvido", ela sorriu.

Ela não podia ter certeza, mas Pippa achou que ele riu.

"É melhor você cuidar para que seus parceiros de dança não pisem no seu pé quando voltar ao baile."

A imagem de Castleton surgiu em sua cabeça.

"Receio que pelo menos um deles vai fazer exatamente isso." Ela fez uma pausa. "Parece que você fez muito mal a essa moça. Como?"

O homem ficou quieto por tanto tempo que Pippa pensou que ele tivesse ido embora.

"Eu não a ajudei quando ela precisou de mim."

"Ah", fez ela.

"Ah?", ele perguntou.

"Não é necessário ler romances com a mesma frequência que minha irmã para entender o que aconteceu."

"Você não lê romances, é claro."

"Não muito", disse Pippa.

"Eu imagino que você leia livros sobre assuntos mais importantes."

"É o que faço, de fato", ela disse, orgulhosa.

"Livros sobre física e horticultura." Pippa arregalou os olhos. "Esse é o campo de atuação de Lady Philippa Marbury."

Ela se endireitou imediatamente e espiou por cima do peitoril do terraço para a escuridão abaixo. Pippa não conseguiu ver nada. Ela ouviu a movimentação de tecido quando ele mexeu os braços, ou talvez as pernas. Ele estava bem ali. Diretamente abaixo dela. Ela se abaixou sem pensar, esticando os braços na direção dele enquanto sussurrava.

"Quem é você?"

Mesmo através da seda de suas luvas, ela sentiu que o cabelo dele era macio – como pele de marta. Ela enfiou os dedos em meio aos fios até chegarem ao couro cabeludo, cujo calor contrastou com o ar frio de março. Mas, antes que ela pudesse aproveitar, a cabeça foi substituída por uma mão grande e forte, pouco mais que uma sombra na escuridão, que segurou as suas com facilidade. Ela exclamou e puxou as mãos. Ele não a

soltou. *Onde ela estava com a cabeça?* Seus óculos começaram a escorregar, e ela parou de se mover, com receio de que eles deslizassem do nariz caso se mexesse demais.

"Você deveria ter juízo suficiente para não tentar pegar algo na escuridão, Pippa", ele disse com a voz branda, o som do seu nome familiar nos lábios dele. "Nunca se sabe o que se pode encontrar."

"Solte-me", ela sussurrou, arriscando uma olhada por cima do ombro para a porta ainda aberta do salão de festas. "Alguém vai ver."

"Não era isso que você queria?" Os dedos dele se enroscaram nos dela, o calor de seu toque quase insuportável. Como ele podia estar tão quente no frio?

Ela balançou a cabeça, sentindo a armação dos óculos deslizar mais.

"Não."

"Tem certeza?" Ele remexeu a mão, e de repente era ela que o estava segurando, não mais o contrário.

Ela se obrigou a soltá-lo.

"Tenho." Ela apoiou as duas mãos no parapeito de pedra, endireitou-se, mas não antes que os óculos caíssem na escuridão. Ela tentou pegá-los, mas só conseguiu tocá-los com a ponta dos dedos e fazer com que se desviassem de seu curso, jogando-os na escuridão da noite.

"Meus óculos!"

Ele desapareceu... o único sinal de sua presença era o farfalhar de suas roupas enquanto se afastava dela. Pippa não soube como, mas ela pode sentir que o perdia. O alto de sua cabeça apareceu em seu campo de visão, alguns centímetros de um laranja borrado que brilhou sob a luz que escapava do salão de festas. Quando o reconheceu, uma onda de agitação tomou conta dela. *Sr. Cross...* Ela apontou para ele.

"Não se mexa."

Ela já estava correndo para a extremidade do terraço, onde uma escada levava até o jardim. Ele a encontrou na base dos degraus de pedra, a luz fraca da casa projetando sombras tenebrosas em seu rosto.

"Volte para a festa", ele disse, entregando-lhe seus óculos.

Ela os colocou de volta, e o rosto de Cross ficou visível.

"Não..."

"Nós concordamos que você desistiria da sua busca por ruína."

Ela inspirou profundamente.

"Então você não deveria ter me encorajado."

"Eu encorajei você a ouvir a conversa dos outros e andar mancando?"

Ela colocou seu peso sobre o pé machucado, e estremeceu com a pontada de dor no dedo.

"Acho que, no pior dos casos, é uma pequena fratura de falange. Vai sarar. Já aconteceu comigo antes."

"Quebrar o dedo..."

Ela aquiesceu.

"É só o dedinho do pé. Um cavalo certa vez pisou no mesmo dedo, do outro lado. Não é preciso dizer que os calçados femininos fornecem pouca proteção contra aqueles melhor calçados do que nós, mulheres."

"Eu suponho que anatomia seja outra de suas especialidades?"

"É sim."

"Estou impressionado."

Ela não teve certeza se ele falava a sério.

"Pela minha experiência, sei que não é comum as pessoas ficarem 'impressionadas' por meu conhecimento de anatomia humana."

"Não?"

Ela se sentiu grata pela luz fraca, pois parecia que não conseguia parar de falar.

"A maioria das pessoas acha estranho."

"Eu não sou a maioria das pessoas."

A resposta a perturbou.

"Imagino que não." Ela fez uma pausa e pensou na conversa que tinha ouvido. Ela ignorou o pequeno desconforto que veio com a lembrança.

"Quem é Lavínia?"

"Volte para sua festa, Pippa." Ele se virou e começou a se afastar, margeando a casa.

Ela não podia deixar que ele fosse embora. Pippa havia prometido não se aproximar dele, mas Cross estava no seu jardim. Ela o seguiu. Ele parou e virou de frente para ela.

"Você já aprendeu as partes da orelha?"

Ela sorriu, gostando do interesse dele.

"É claro. A parte externa é chamada de *pinna*. Alguns se referem a ela como *aurícula*, mas eu prefiro *pinna*, porque é pena em latim, e sempre gostei dessa imagem. A orelha interna é feita de uma impressionante coleção de ossos e tecidos, começando com..."

"Impressionante..." Ele a interrompeu. "Você parece conhecer tanto sobre o órgão em questão, e ainda assim falha miseravelmente na hora de usá-lo. Eu podia jurar que lhe falei para voltar para sua festa."

Ele se virou novamente. E ela o seguiu.

"Minha audição está ótima, Sr. Cross. Assim como meu livre-arbítrio."

"Você é difícil."

"Normalmente, não."

"Está desenvolvendo uma nova característica?", ele não diminuiu o ritmo.

"É costume seu forçar as mulheres que conhece a correr para acompanhá-lo?"

Ele parou e ela quase trombou nele.

"Somente aquelas de quem quero me livrar."

Ela sorriu.

"Você veio à *minha* casa, Sr. Cross. Não se esqueça disso."

Ele olhou para o céu, depois para Pippa, que desejou poder ver os olhos dele.

"Os termos da nossa aposta foram claros; você não vai ser arruinada. Se continuar aqui, comigo, vão sentir sua falta e começarão a procurá-la. Se for descoberta, estará arruinada. Volte. Imediatamente."

Havia algo de muito envolvente naquele homem – algo na forma como ele parecia tão calmo, tão controlado. E nunca em sua vida ela quis fazer algo menos do que sair de perto dele.

"Ninguém vai sentir minha falta."

"Nem mesmo Castleton?"

Pippa hesitou, e algo parecido com culpa cresceu dentro dela. O conde provavelmente esperava por ela, com a limonada esquentando em sua mão.

O Sr. Cross pareceu ler sua mente.

"Ele está sentindo sua falta."

Talvez fosse a escuridão ou talvez fosse a dor em seu pé. Ou talvez fosse a agilidade da conversa entre os dois, que a fazia sentir que, finalmente, tinha encontrado alguém cuja cabeça funcionava do mesmo modo que a dela. Mas ela nunca saberia por que falou:

"Ele quer que eu dê um nome para a cachorra dele."

O silêncio foi longo, e durante esse momento ela pensou que ele pudesse rir. *Por favor, não ria.* Ele não riu.

"Você vai casar com ele. Trata-se de um pedido inócuo, considerando todo o resto."

Ele não havia entendido.

"Não é inócuo", disse Pippa.

"Tem alguma coisa errada com ela?"

"A cachorra?"

"Isso."

"Não, eu acho que provavelmente é um belo animal." Ela ergueu as mãos, e depois as deixou cair. "Só que isso parece tão... Tão..."

"Definitivo."

Ele *havia* compreendido.

"Exatamente."

"É definitivo. Você vai casar com ele. Vai ter que dar nomes aos filhos dele. É de se pensar que a cachorra seria o mais fácil."

"É, bem, parece que o cachorro é a parte muito mais difícil." Ela inspirou profundamente. "Você já pensou em se casar?"

"Não." A resposta foi rápida e franca.

"Por que não?"

"Isso não é para mim."

"Você parece ter certeza."

"Eu tenho."

"Como pode saber?"

Ele não respondeu, sendo salvo pela chegada de Trotula, que apareceu vinda do canto da casa com um latido feliz e animado.

"É sua?", ele perguntou.

Ela aquiesceu quando a cachorra parou aos pés deles, e Cross agachou para acariciar o animal, que suspirou e se encostou nele.

"Ela gosta disso", disse Pippa.

"Qual o nome?"

"Trotula."

Um dos lados da boca de Cross subiu, com um pequeno sorriso de entendimento.

"Trotula de Salerno? A médica italiana?"

É claro que ele saberia que ela batizou a cachorra em homenagem a uma cientista.

"Ela mesma."

Ele balançou a cabeça.

"É um nome terrível. É melhor você *não* escolher o nome da cachorra de Castleton."

"Não é, não! Trotula de Salerno é um nome excelente para ela!"

"Não... Eu aceito você dizer que é 'um exemplo excelente para mulheres', ou que é 'uma excelente heroína científica', mas não aceito que seja um nome excelente para uma cachorra." Ele parou de falar e coçou a orelha de Trotula. "Pobrezinha, tão maltratada."

Trotula se virou de costas, expondo a barriga com uma falta de vergonha alarmante. Ele coçou ali também, e Pippa ficou transfixada por suas mãos bonitas e fortes – o modo como acariciavam Trotula.

"Eu prefiro ficar aqui fora", ela disse, depois de um longo instante de observação. "Com você."

A mão dele parou sobre a barriga da cachorra.

"O que aconteceu com sua aversão à desonestidade?"

Ela franziu o cenho.

"Continua forte."

"Você está tentando fugir da sua festa de noivado com outro homem. Eu diria que isso é o retrato da desonestidade."

"Não com outro homem."

Ele ficou tenso.

"Como é?"

Ela se apressou a reformular a frase.

"Quero dizer, você é outro homem, é claro, mas não é um homem de verdade. Quero dizer, você não é uma ameaça a Castleton. Você é seguro." A voz dela foi sumindo... de repente Pippa não se sentia mais segura.

"E o fato de ter me pedido para que eu a ajudasse em certas atividades que poderiam destruir sua reputação e terminar sumariamente com seu noivado?"

"Isso ainda não faz de você um homem", ela respondeu rápido. Rápido demais. Rápido o bastante para que tivesse que tirar o que disse. "Eu quis dizer... Bem. Você sabe o que eu quis dizer. Não do jeito que *você* quis dizer."

Ele soltou uma risada baixa e se endireitou.

"Primeiro você se oferece a me pagar por sexo, depois coloca minha masculinidade em questão. Um homem mais inseguro levaria suas palavras a sério."

Ela arregalou os olhos. Ela nunca quis dizer que...

"Eu não..." Ela perdeu a voz.

Cross deu um passo em sua direção, chegando perto o bastante para ela sentir seu calor. Ele era assustadoramente alto assim de perto. Muito mais alto do que qualquer outro homem que ela conhecia.

"Eu..."

"Diga-me, Lady Philippa." Ele ergueu a mão, um dedo pairando sobre o centro do lábio superior, a um fio de cabelo de tocar nela. "Em seus estudos de anatomia, você aprendeu o nome do lugar entre o nariz e o lábio?"

Ela entreabriu a boca e resistiu ao impulso de se inclinar na direção dele, de obrigá-lo a tocar nela.

"*Philtrum*", ela respondeu com um suspiro.

Ele sorriu.

"Garota inteligente. É latim. Você sabe seu significado?"

"Não."

"Significa poção do amor. Os romanos acreditavam que esse era o lugar mais erótico do corpo. Eles o chamavam de *arco do Cupido*, pela forma que dá ao lábio superior." Enquanto falava, ele percorreu com o dedo a curva do lábio dela, mais uma provocação do que um toque, quase imperceptível. Sua voz ficou mais suave, mais profunda. "Eles acreditavam que essa era a marca do deus do amor."

Ela inspirou, de modo breve e curto.

"Eu não sabia disso..."

Ele se inclinou, chegou mais perto, e afastou a mão.

"Eu posso apostar que existem algumas coisas sobre o corpo humano que você não sabe, minha especialista. Algumas coisas que eu ensinaria alegremente para você."

Ele estava tão perto... suas palavras eram mais respiração do que som; a sensação delas na orelha, depois na face, provocando um tumulto de sensações por todo o corpo. *Assim devia ser a sensação com Castleton.* O pensamento veio do nada. Ela o afastou, prometendo a si mesma lidar com isso depois. Por enquanto...

"Eu gostaria de aprender", ela disse.

"Tão honesta." Ele sorriu. A curva de seus lábios – seu *philtrum* – tão próxima, e tão perigosa quanto a arma para a qual foi nomeada. "Esta é sua primeira lição."

Ela queria que ele lhe ensinasse tudo.

"Não provoque o leão", disse ele, as palavras roçando os lábios dela, abrindo-os com seu toque. "Pois com certeza ele irá morder."

Bom Deus. Ela queria ser mordida.

Ele se endireitou, deu um passo para trás e ajustou os punhos de seu casaco, sem demonstrar ter sido afetado por aquele momento.

"Volte para sua festa e seu noivo, Pippa."

Cross se virou e ela inspirou longa e profundamente, sentindo como se tivesse ficado sem oxigênio por tempo demais.

Ela o observou enquanto Cross desaparecia na escuridão, e desejou que voltasse.

Mas isso não aconteceu...

Capítulo Seis

Horas mais tarde, muito depois que o último jogador foi embora do Anjo, Cross sentou à sua escrivaninha tentando calcular pela terceira vez o faturamento da noite. E falhou pela terceira vez. E falhou porque não conseguia retirar a visão de Philippa Marbury, loira, sem óculos, descendo os degraus dos fundos da Casa Dolby e indo na direção dele. Na verdade, toda vez que ele tentava carregar um número de uma coluna para outra, ele imaginava os dedos dela passando por seu cabelo, ou os lábios dela se entreabrindo sob sua mão, e ele esquecia o número.

Cross não esquecia números. Boa parte da sua vida adulta foi gasta como punição por ser incapaz de esquecer números. Ele se debruçou novamente sobre o livro. Ele somou três linhas da coluna antes que o pêndulo sobre a escrivaninha chamasse sua atenção, e ele lembrou do toque macio dela colocando as esferas em movimento. A tentação veio e ele imaginou o mesmo toque colocando outras coisas em movimento. Como os fechos de sua calça.

A ponta de sua caneta bateu no livro, o que lançou uma mancha de tinta na página. *Ela o achava seguro.* E com qualquer outra mulher, ele era. Com qualquer outra mulher ele era a encarnação da segurança. Mas com ela... seu controle – que ele valorizava acima de tudo – ficava por um fio. Um fio delicado, sedoso, macio como o cabelo dela. Sua pele. Sua voz na escuridão.

Soltando um gemido, ele passou as mãos pelo cabelo e afastou a cadeira da escrivaninha, apoiando o encosto na parede e esparramando suas pernas. Ele tinha que exorcizar a lembrança dela daquele lugar. Para todo lado que ele olhava – o ábaco, o globo, a maldita escrivaninha –, tudo tinha a marca de Pippa. Ele tinha quase certeza de que ainda podia sentir a presença dela, o aroma persistente de luz do sol e roupa limpa. *Maldição.* Ela havia arruinado seu escritório... tão completamente como se tivesse irrompido no local e tirado todas as roupas. E deitado sobre a escrivaninha, sem estar vestindo nada além dos óculos e o sorrisinho irônico; a pele clara e linda sobre o ébano.

Ele fechou os olhos – era tão fácil evocar a visão dela por completo. Ele a seguraria com uma mão logo abaixo de seus lindos seios brancos, suas pontas da cor dos lábios – pêssegos frescos embebidos em mel. Ele ficou com água na boca; Cross não conseguiria se conter e se inclinaria sobre ela, tomaria um daqueles mamilos perfeitos na boca para saboreá-lo. Ele gastaria uma eternidade naqueles seios, provocando-a até que Pippa estivesse se contorcendo debaixo dele, e a saborearia até ela estar desesperada para que ele continuasse – implorando-lhe que fosse mais para *baixo*. E somente quando ela implorasse ele lhe daria o que os dois queriam – afastando suas coxas, passando as mãos por sua pele macia, sedosa e...

Uma batida na porta soou como o disparo de um rifle. Sua cadeira caiu no chão e ele soltou um palavrão. Quem quer que fosse, Cross iria assassinar. Lentamente. Com imenso prazer.

"O que é?", ele rugiu.

A porta foi aberta e Chase entrou.

"Que bela recepção."

Cross pensou em pular por cima da escrivaninha e estrangular Chase.

"Eu devo ter me expressado mal. A não ser que o clube esteja pegando fogo, você não vem aqui."

Chase não o escutou, simplesmente fechou a porta e aterrissou em uma poltrona de frente para a escrivaninha. Cross fez uma careta. Chase deu de ombros.

"Vamos dizer que o clube está em chamas."

"O que você quer?"

"O livro."

Todos os clubes de Londres se orgulhavam de seus livros de apostas, e o Anjo não era diferente. O imenso volume feito de couro era usado para catalogar todas as apostas feitas no salão do cassino. Os membros podiam registrar qualquer aposta no livro – não importava o quão trivial –, e o Anjo recebia uma porcentagem dos valores para garantir que os lados envolvidos cumprissem o que quer que tivessem apostado. Chase lidava com informações, e adorava o livro pelos segredos que revelava a respeito dos associados do clube. Porque ele funcionava como um seguro. Cross colocou o pesado volume sobre a escrivaninha. Chase não fez menção de pegá-lo.

"Justin me contou que você não esteve aqui durante a maior parte da noite."

"Justin merece uma boa surra por todas as informações que dá a nosso respeito para você."

"Atualmente eu não dou a mínima para o que os outros fazem", disse Chase, estendendo um braço para girar o grande globo. "Estou mais preocupado é com o que você faz."

Cross observou o globo girando, e detestou se dar conta que a última pessoa a interagir com aquela esfera gigantesca havia sido Philippa Marbury, e gostou menos ainda que Chase o tocasse.

"Eu não sei por que", disse Cross.

"É mais fácil observar o Knight quando eu sei onde encontrá-lo."

Cross ergueu as sobrancelhas. Ele devia ter entendido mal.

"Você está sugerindo que eu deva ignorar o fato de ele ter arruinado meu cunhado, ameaçado a segurança da minha irmã e me chantageado?"

"Não. É claro que não." Chase parou o globo com um dedo longo sobre o Saara. "E não dou a mínima se você vai casar ou não com a garota. Mas eu quero que você tenha cuidado com o modo que vai escolher para punir o Knight. Ele não é homem de meias medidas."

Cross olhou para Chase.

"O que você quer dizer com isso?"

"Quero dizer que você tem uma chance. Ou você estabelece nosso poder absoluto por completo, ou é melhor não tentar."

"Meus planos são de reinarmos absolutos."

"Há um motivo para que os maiores jogadores dele não sejam associados do Anjo. Eles não são homens que normalmente acolheríamos em nossas mesas."

"Talvez não. Mas o respeito é tentador para eles. Poder – a chance de estar junto com os poderosos, aqueles que têm títulos. A chance de jogar no Anjo."

Chase aquiesceu e estendeu a mão para uma caixa de charutos na mesa ao lado.

"Aonde você foi esta noite?"

"Não preciso de um guardião."

"É claro que precisa. Você acha que eu já não sei onde você esteve?" As palavras vieram por trás de uma nuvem de fumaça.

A irritação cresceu.

"Você não mandou alguém me seguir."

Chase não respondeu à raiva de Cross.

"Eu não confio no Knight ao seu redor. Vocês dois sempre tiveram um... relacionamento complicado."

Cross ficou em pé e olhou Chase de cima para baixo.

"Você não mandou alguém me seguir."

Chase rolou o charuto entre o polegar e o indicador.

"Eu gostaria que você tivesse scotch aqui."

"Saia." Cross estava farto.

Chase não se mexeu.

"Eu não mandei ninguém seguir você. Mas agora vejo que teria sido uma boa ideia."

Cross soltou um palavrão.

"A noite foi ruim, é?", perguntou Chase. "Aonde você foi?"

"Fui ver minha irmã."

Chase ergueu as sobrancelhas douradas.

"Você foi à festa do Needham?"

Eu também vi Philippa Marbury. Bem, com certeza ele não iria contar *isso* para Chase. Cross preferiu não dizer nada.

"Imagino que o encontro não foi bom", disse Chase.

"Ela não quer saber de mim. Mesmo quando eu falei que resolveria o problema com o Knight, ela não disse nada. Não acredita em mim."

Chase ficou em silêncio por um bom tempo, refletindo sobre a situação.

"Irmãs são difíceis. Elas nem sempre reagem bem às ordens dos irmãos mais velhos."

"Você deveria saber isso melhor do que ninguém."

"Você quer que eu fale com ela?"

"Você está se achando muito importante."

Chase sorriu.

"As mulheres têm uma tendência a me receber de braços abertos. Até mulheres como a sua irmã."

Cross estreitou os olhos.

"Eu não quero você perto dela. Já é ruim que ela tenha que lidar com o Digger... e comigo."

"Você me magoa, assim." Chase saboreou o charuto. "Ela vai ficar longe dele?"

Cross refletiu sobre a pergunta e a raiva que a irmã demonstrou naquela noite. Lavínia tinha dezessete anos quando Baine morreu, quando Cross foi embora. Ela foi forçada a se casar com Dunblade porque ele estava disposto a aceitá-la – apesar de suas imperfeições. Imperfeições que Cross havia causado. Imperfeições que deveriam ter sido relevadas – que teriam sido, se ela tivesse conseguido escapar à tristeza da mãe e à ira do pai. Se ela não fosse forçada a sobreviver sozinha, sem ninguém para a ajudar. Sem um irmão para mantê-la em segurança. Não é de admirar que Lavínia não tivesse acreditado quando Cross lhe disse que resolveria o estrago que Knight e seu marido tinham feito. Raiva e frustração – e uma dose nada pequena de tendência à autodestruição surgiram.

"Eu não sei o que ela vai fazer. Mas eu sei que Knight não vai fazer nada que possa colocar em risco o casamento da filha."

"Nós deveríamos ter arruinado o Knight muitos anos atrás." Como Cross não respondeu, Chase acrescentou: "Mas você sempre teve carinho demais por ele."

Cross encolheu um dos ombros.

"Sem ele..."

Chase mostrou os dentes brancos.

"Você não teria a nós."

Cross riu.

"Quando você coloca desse jeito, penso que não deveria ter hesitado em arruiná-lo."

Chase saboreou uma longa tragada no charuto, pensando antes de falar.

"Você tem que manter a farsa até estar pronto para acabar com ele. Para proteger Lavínia." Cross aquiesceu. "Temple disse que você planeja usar as moças? Você sabe que vai precisar de mim para chegar nelas."

Cross ergueu uma sobrancelha.

"Eu acho que isso não vai ser necessário."

"Tem certeza? Elas gostam muito de mim."

"Eu tenho certeza."

Chase concordou.

"Imagino como deve ser a filha dele."

"Se ela é cria do Knight, imagino que seja ou uma vaca maluca ou uma pobre de espírito."

"Como ela é uma mulher, é claro que essas são as duas opções mais prováveis." Silêncio. "Talvez você devesse casar com ela. O casamento fez maravilhas por Bourne."

"Eu não sou o Bourne."

"Não. Você não é." Chase se endireitou na cadeira e fez o globo girar mais uma vez enquanto examinava a sala. "É um espanto você conseguir encontrar alguma coisa aqui. Estou pensando em mandar as garotas arrumarem este lugar."

"Experimente."

"Não vale a pena provocar sua ira." Chase apagou o charuto e se levantou, batendo um dedo no enorme livro de apostas. "Está tarde e eu vou para casa, mas antes de ir eu quero saber se você não gostaria de fazer uma aposta."

"Não faço apostas no livro. Você sabe disso."

Chase ergueu uma das sobrancelhas douradas.

"Tem certeza que não quer abrir uma exceção para esta? Suas chances são ótimas."

Cross sentiu um desconforto crescer no peito e cruzou os braços, recostando-se na cadeira e encarando Chase com um olhar frio.

"Do que se trata?"

"Lady Philippa Marbury", disse Chase.

O desconforto se transformou em pavor. *Chase sabe.* Não era surpresa. Não mesmo. Chase sempre sabia de tudo. Ainda assim, Cross não era obrigado a admitir aquilo.

"Quem?"

Chase olhou enviesado para ele.

"É assim que vai ser, então? Você vai fingir que não sabe do que eu estou falando?"

"Não estou fingindo", Cross se recostou lentamente na poltrona. "Não tenho ideia do que você está falando."

"O Justin abriu a porta para ela, Cross. Disse para a moça onde era seu escritório. E depois me contou tudo."

Maldição.

"Justin é fofoqueiro como uma mulher."

"Ter algumas fofoqueiras por perto pode ser bem útil, pelo que percebo. Agora, sobre a garota."

Cross fez uma careta, e seu humor mudou de sombrio para mortal.

"O que tem ela?"

"O que ela queria aqui?"

"Não é da sua conta."

"Mas pode ser da conta do Bourne, então eu pergunto mesmo assim."

Se ele tivesse minha irmã em suas garras, eu pensaria em fazer o que pede. As palavras de Bourne ecoaram em Cross com uma onda de culpa.

"O que ela queria é irrelevante. Mas vale mencionar que Knight a viu."

Um observador despreocupado não teria percebido o leve enrijecimento na coluna de Chase.

"Ele a reconheceu?"

"Não." *Graças a Deus.*

Chase percebeu a hesitação na palavra.

"Mas?"

"Ela o intrigou."

"Isso não me surpreende. Lady Philippa é do tipo intrigante."

"Para dizer o mínimo." Ele não gostou de perceber o que Chase entendeu daquelas palavras.

"Você não contou para Bourne?"

Pelo amor de Deus, Cross não sabia por quê. Bourne era amplamente considerado um dos homens mais frios duros de Londres. Se pensasse, por um segundo, que Pippa estava em perigo, Bourne destruiria a ameaça com as próprias mãos. Mas Cross tinha prometido guardar o segredo dela. *O mundo está cheio de mentirosos.* As palavras ecoaram dentro dele. Não havia motivo para ele manter a promessa feita a ela. Ele devia contar tudo para Bourne. Contar e acabar com aquilo. Ainda assim... Ele pensou nela mais cedo naquela noite, sorrindo alegremente para a cachorrinha, a expressão em seu rosto mantendo Cross aquecido até aquele momento. Ele gostava de ver Pippa sorrir. Ele gostava de vê-la fazendo qualquer coisa. *Ele gostava dela. Merda!*

"Eu já cuidei disso."

Chase ficou em silêncio por um bom tempo antes de dizer:

"Você cuidou..."

Cross resistiu ao impulso de olhar para o lado.

"Ela me procurou."

"Os detalhes permanecem obscuros."

"Você não precisa saber de tudo."

Um lado da boca de Chase se ergueu em um sorriso irônico.

"E mesmo assim, eu normalmente sei."

"Não isso."

Chase refletiu por algum tempo, pensando se deveria insistir.

"Não. Parece que não."

"Você não vai contar para Bourne?", perguntou Cross.

"A menos que seja necessário", disse Chase, recostando-se na cadeira. "E além disso, contar para Bourne não vai melhorar minhas chances na aposta."

Cross não devia ligar para isso. Mas o eco do toque macio de Pippa e de suas palavras estranhas haviam tornado Cross tão louco quanto ela.

"Quais são os termos?"

Chase sorriu, expondo os dentes brancos.

"Eu aposto cem libras que ela é a mulher que vai quebrar sua maldição."

Sua maldição. Ele precisou de toda sua força de vontade para não reagir àquelas palavras. À provocação que continham.

Uma sobrancelha dourada subiu.

"Não está disposto a aceitar?"

"Eu não aposto no livro", Cross repetiu, suas palavras saindo como pedras.

Chase sorriu debochando, mas não disse nada. Simplesmente se levantou, seus membros se desdobrando com uma graça espantosa.

"Pena. Eu tinha certeza que isso me renderia cem libras fáceis."

"Eu não sabia que você estava precisando de dinheiro."

"Não estou. Mas eu gosto de vencer."

Cross não respondeu enquanto Chase saía da sala. O som da grande porta de mogno sendo fechada suavemente foi o único sinal de que alguém tinha estado ali. Foi só então que Cross soltou o fôlego que estava segurando. *Ele devia ter aceitado a aposta.* Chase podia conhecer os segredos da elite de Londres mais que a maioria das pessoas, mas havia um fato acima de qualquer dúvida. Cross nunca mais tocaria em Philippa Marbury.

Ele não podia...

"Pippa, está na hora de experimentar seu vestido."

As palavras da Marquesa de Needham e Dolby – parte entusiasmo, parte repreensão – chamaram a atenção de Pippa, que estava observando a massa de corpos entrando e saindo das lojas da Rua Bond. Embora Pippa gostasse muito da vitrine do ateliê de Madame Hebert, pois oferecia uma vista espetacular do resto da aristocracia de Londres em suas atividades diárias, ela não tinha muito interesse por costureiras. Estas, assim como dançar, não eram seu modo preferido de passar o tempo. Mas vestidos de casamento exigiam modistas. E enxovais também. E assim, lá estava ela, no que seria, certamente, a visita mais demorada a uma costureira na história dos vestidos.

"Philippa!" Ela desviou a atenção de um grupo de homens do outro lado da rua, na entrada da Tabacaria Boucher & Babcock, e se voltou na direção do grito empolgado e cortante da mãe, no provador de roupas da loja. "Venha ver sua irmã!"

Com um suspiro, Pippa se afastou da vitrine e abriu caminho em meio às cortinas, sentindo como se estivesse se preparando para uma batalha. A cortina de veludo ainda não tinha voltado ao seu lugar quando ela se aproximou e viu Olivia, pequena e perfeita sobre uma plataforma elevada no centro da sala, no que devia ser o mais belo vestido de casamento jamais feito.

"Olivia", disse Pippa em voz baixa, balançando a cabeça. "Você está..."

"Deslumbrante!", exclamou a marquesa, juntando as mãos com alegria maternal.

Olivia afofou as saias da linda renda cor-de-marfim e sorriu.

"Estou maravilhosa, não estou?"

"Maravilhosa", concordou Pippa. Era verdade, afinal. Mas ela não resistiu e acrescentou: "E tão modesta."

"Oh, tolice", disse Olivia, virando-se para se observar mais atentamente no espelho. "Se não é possível dizer a verdade no provador da Hebert, onde será? Ateliês de costureiras são para fofocas e honestidade.

A costureira – amplamente reconhecida como a melhor da Grã-Bretanha – que estava atrás do ombro de Olivia, retirou um alfinete de entre os lábios e prendeu o corpete do vestido, antes de piscar para Pippa.

"Eu não poderia concordar mais."

Olivia não conseguia tirar os olhos de seu reflexo em um dos muitos espelhos que havia na sala.

"Sim. Está perfeito."

Estava, era óbvio. Não que Olivia precisasse de um vestido para ficar linda. A mais nova e mais bonita irmã Marbury podia vestir um saco de ração dos estábulos da Mansão Needham e ainda assim ficaria mais bonita que a maioria das mulheres em seus melhores dias. Havia pouca dúvida que dali a duas semanas, quando Olivia e o Visconde Tottenham ficassem diante de toda a sociedade de Londres em St. George, ela seria uma noiva deslumbrante – e o assunto da sociedade.

Pippa, com certeza, empalideceria, na comparação, quando desempenhasse seu papel no casamento duplo.

"Lady Philippa, Alys está esperando a senhorita." A costureira a retirou de seus pensamentos com um aceno do braço longo, adornado por uma almofada de alfinetes roxa, na direção de uma jovem assistente que estava perto de um biombo na outra extremidade da sala, com um amontoado de rendas e seda nas mãos.

O vestido de noiva de Pippa... Alguma coisa se mexeu dentro dela e Pippa hesitou.

"Vá em frente, Pippa. Experimente o vestido." Olivia olhou para a costureira. "Espero que seja bem diferente. Eu não gostaria que pensassem que nós duas estamos usando o mesmo vestido."

Pippa não tinha dúvida que, mesmo que os vestidos fosse cópias idênticas, ninguém confundiria as duas noivas no dia que se aproximava rapidamente. Enquanto as quatro irmãs Marbury mais velhas tinham nascido com cabelo loiro-cinzento liso, pele corada demais (Victoria e Valerie), ou pálida demais (Pippa e Penélope), e corpos cheios demais (Penélope e Victoria) ou magros demais (Pippa e Valerie), Olivia era perfeita. Seu cabelo era de um dourado brilhante que cintilava sob o sol, sua pele era clara e rosada, e seu corpo possuía a combinação ideal de curvas e elegância. Ela tinha um corpo perfeito para a moda francesa, e Madame Hebert fez um vestido para comprovar isso.

Pippa duvidava que a costureira – fosse a melhor de Londres ou não – conseguisse fazer o mesmo por ela.

O vestido foi colocado pela cabeça de Pippa – o som do tecido farfalhando em suas orelhas afugentou seus pensamentos e a jovem costureira começou a apertar e prender, abotoar e amarrar. Pippa se remexeu durante o processo, incomodada pela renda que marcava sua pele, e pela forma como o espartilho ameaçava sufocá-la. Ela ainda não tinha se visto nele, mas podia sentir que o vestido era muito desconfortável. Quando Alys completou seu trabalho, ela acenou para que Pippa entrasse na sala principal, e por um breve instante, imaginou o que aconteceria se, em vez de emergir sob o olhar crítico de sua irmã e mãe, e da melhor costureira deste lado do Canal da Mancha, ela fugisse pelos fundos da loja e saísse pela porta de trás. Talvez assim ela e Castleton pudessem esquecer toda a cerimônia e ir direto para o casamento. Essa era, afinal, a parte importante disso tudo, não era?

"Essa vai ser a cerimônia mais elegante da temporada!", exultou Lady Needham do outro lado do biombo.

Bem... talvez a cerimônia de casamento fosse realmente mais importante para as mães do que o casamento.

"É claro que vai", concordou Olivia. "Eu não lhe disse que, com ou sem desastre da Penny, eu me casaria bem?"

"Disse, minha querida. Você sempre consegue realizar aquilo que coloca na cabeça."

Olivia sortuda.

"Minha lady?" A jovem costureira parecia confusa. Pippa deduziu que não era todo dia que uma noiva parecia hesitar tanto para exibir seu vestido de casamento.

Ela parou ao lado do biombo.

"Então? Aqui estou eu."

"Oh!" Lady Needham quase caiu de seu lugar em um divã luxuoso, derramando chá de sua xícara ao pular no estofado cor de safira.

"Oh! Que bela condessa você vai ser!"

Pippa olhou além de sua mãe, para Olivia, que já retornava sua atenção para a meia-dúzia de costureiras de joelhos, que marcavam a bainha do seu vestido, levantavam babados e ajeitavam faixas.

"Muito bonito, Pippa." Ela fez uma pausa. "Não tão bonito quanto o meu, é claro..."

Algumas coisas não mudavam. Ainda bem.

"É claro que não."

Madame Hebert já estava ajudando Pippa a subir em sua própria plataforma, com alfinetes presos firmemente entre os dentes, quando lançou um olhar de desprezo para o corpete do vestido. Pippa virou para se observar no espelho grande, mas a francesa imediatamente entrou na frente de sua linha de visão.

"Ainda não", disse ela.

As costureiras trabalhavam em silêncio enquanto Pippa corria o dedo pelo corpete, acompanhando as curvas da renda e os trechos de seda.

"A seda vem das lagartas", disse ela, a informação servindo de apoio naquele momento constrangedor. "Bem, não exatamente lagartas – dos casulos do bicho-da-seda." Como ninguém disse nada, ela baixou os olhos para as mãos e acrescentou: "O *Bombyx mori* torna-se pupa, e antes que possa emergir como borboleta, obtemos a seda."

O silêncio durou bastante tempo, e Pippa levantou os olhos para perceber que todos na sala olhavam para ela, como se uma segunda cabeça tivesse brotado em seu corpo. Olivia foi a primeira a responder.

"Você é tão *estranha*."

"Quem consegue pensar em *lagartas* num momento como este?", a marquesa se manifestou. "Lagartas não tem nada em comum com casamentos!"

Pippa pensou que era um momento perfeito para pensar nisso. Lagartas trabalhadoras abandonaram a vida que conheciam – com todos os seus confortos – e teceram casulos, preparando-se para uma vida que não compreendiam e não podiam imaginar, apenas para serem interrompidas no meio do trabalho e transformadas em vestidos de noivas. Ela imaginou que a mãe não iria gostar dessa reflexão, e assim não disse nada. A costureira começou a prender os alfinetes, e o corpete do vestido foi ficando mais apertado. Depois de um bom tempo, Pippa tossiu.

"Está bem apertado."

Madame Hebert pareceu não ouvir, e puxou mais meio centímetro de tecido na cintura de Pippa e o prendeu firme.

"Tem certeza...?"

Pippa tentou argumentar novamente, mas a modista olhou atravessado para ela.

"Eu tenho certeza."

Sem dúvida.

E então a mulher se afastou e Pippa pode se admirar no espelho, onde se enxergou no futuro. O vestido era lindo, justo no seu busto pequeno e com uma cintura alta, sem fazer com que ela parecesse algum tipo de ave pernalta. Não... ela lembrava mesmo uma noiva. Mas o vestido parecia ficar mais apertado a cada segundo. Isso seria possível?

"O que você acha?", perguntou a costureira, observando-a atentamente no espelho.

Pippa abriu a boca para responder, sem saber o que dizer.

"Ela adorou, é claro!" As palavras da marquesa vieram em um grito agudo. "As duas adoraram! Vai ser o casamento da temporada! O casamento do *século*!"

Pippa encontrou o olhar castanho da modista.

"E o século mal começou."

Os olhos da francesa sorriram por um breve instante antes de Olivia suspirar com alegria.

"Vai ser mesmo. E Tottenham não vai conseguir resistir a mim neste vestido. Nenhum homem resistiria.

"Olivia!", a marquesa disse de onde estava. "Isso não é adequado a uma lady."

"Por quê? O objetivo não é esse? Ser uma tentação para o marido?"

"Ninguém é uma *tentação* para o próprio marido!", insistiu a marquesa.

O sorriso de Olivia ficou malicioso.

"Você deve ter tentado o seu uma vez ou duas, mamãe."

"Oh!" Lady Needham desabou no divã.

Madame Hebert deu as costas para a conversa, e acenou para duas garotas trabalharem na bainha de Pippa.

Olivia piscou para Pippa.

"Cinco vezes, pelo menos."

Pippa não conseguiu resistir.

"Quatro. Victoria e Valerie são gêmeas."

"Chega! Não vou tolerar isso!" A marquesa levantou e atravessou as cortinas, indo para a sala da frente do ateliê, deixando as filhas rindo.

"Que você um dia possa ser a esposa do primeiro-ministro me preocupa um pouco", disse Pippa.

Olivia sorriu.

"Tottenham gosta. Ele disse que os líderes europeus irão admirar minha personalidade forte."

Pippa riu, feliz por se distrair da visão perturbadora da noiva no espelho.

"Personalidade forte? É uma forma gentil de dizer."

Olivia acenou, chamando a costureira para perto.

"Madame", disse ela em voz baixa, "agora que nossa mãe foi embora, será que nós podemos conversar sobre as formas de ser uma tentação para o marido?"

Pippa ergueu as sobrancelhas.

"Olivia!"

Olivia fez um gesto para a irmã se acalmar e insistiu.

"O enxoval que minha mãe encomendou... está cheio de camisolas de algodão, não é mesmo?"

Os lábios de Madame Hebert se contorceram em um sorriso torto.

"Eu teria que conferir o pedido, mas sabendo as preferências da marquesa, diria que não há nada de tentador no enxoval."

Olivia sorriu seu sorriso mais doce e brilhante. Aquele que poderia conquistar qualquer homem ou mulher. Aquele que a tornou a garota Marbury favorita em toda Grã-Bretanha.

"Mas poderia haver?"

"*Oui*. O quarto de dormir é minha especialidade."

Olivia aquiesceu.

"Ótimo! Nós duas precisamos do seu melhor nessa área." Ela apontou a mão para Pippa. "Principalmente minha irmã."

Aquilo a deixou aturdida.

"O que você quer dizer com isso?"

"Apenas que Castleton parece o tipo de homem que precisa de placas de sinalização para encontrar o caminho." Olivia olhou para a costureira e acrescentou: "Acredito que placas de sinalização não sejam uma opção?"

A francesa riu.

"Vou fazer com que eles encontrem o caminho."

Placas de sinalização. Pippa lembrou de sua mão na de Castleton na noite anterior. O modo como ele sorriu para ela, e como ela não se sentiu nem um pouco tentada. Nada do conhecimento que ela buscava. Talvez *Pippa precisasse de placas de sinalização.* Como ela poderia saber?

"Eu não estou preocupada", disse Olivia, seus olhos brilhando com mais conhecimento do que sua idade faria supor. Ela passou a mão com o rubi pelo vestido. "Tottenham não tem dificuldade para encontrar o caminho."

Pippa sentiu o queixo cair. Aquelas palavras fizeram com que ela pensasse em muito mais que beijos. Olivia olhou para ela e riu. "Você não precisa ficar tão chocada."

"Vocês...?" Ela baixou a voz para um sussurro quase inaudível. "Fizeram mais do que beijar? Com as línguas?"

Olivia sorriu e aquiesceu.

"Noite passada... beijamos também. Com muita língua. Em lugares intrigantes." Pippa pensou que talvez seus olhos fossem rolar para fora da cabeça. "Você não teve uma experiência semelhante, pelo que estou vendo?"

Não!

"Como? *Onde?*"

"Bem, essa é a resposta para a *minha* pergunta", Olivia disse secamente, inspecionando uma manga longa de renda. "Eu diria que foi da forma comum. Quanto a quando e onde, você ficaria surpresa com a engenhosidade que um cavalheiro impaciente pode demonstrar."

A pequena Olivia, a Marbury mais nova. Deflorada. O que fazia de Pippa a única Marbury a continuar... florada.

Olivia baixou a voz e acrescentou:

"Eu espero, pelo seu bem, que Castleton encontre a engenhosidade *dele*. É uma experiência *muito* gratificante."

Pippa balançou a cabeça.

"Você..." Ela não sabia o que dizer.

Olivia olhou com surpresa para ela.

"Sério, Pippa. É perfeitamente normal que casais de noivos... experimentem. Todo mundo faz isso."

Pippa empurrou os óculos nariz acima.

"Todo mundo?"

"Está bem, nem todo mundo, pelo que parece."

Olivia se voltou para a costureira para discutir a linha do vestido, ou o corte do tecido, ou outra coisa igualmente fútil, sem imaginar os pensamentos que tumultuavam a cabeça de Pippa.

Experimentar... A palavra ecoava dentro dela, lembrando-a de seu encontro com o Sr. Cross. Ela tinha planejado ganhar uma ilusão de conhecimento antes do casamento, sabendo que suas interações com o marido seriam rudimentares, na melhor das hipóteses. Mas ela nunca teria imaginado que Olivia... que Lorde Tottenham e Olivia teriam... tido... tido conhecimento um do outro. No sentido bíblico.

Castleton nunca tinha sequer tentado beijar Pippa. Não durante os dois anos em que ensaiou cortejá-la. Nem durante o mês em que a cortejou oficialmente. E também não na noite anterior, durante a festa de noivado dos dois, depois que ela o tocou. Ele teve a oportunidade perfeita de levar Pippa para um canto escuro quando ficaram em silêncio constrangido em uma das extremidades do salão. Mas ele sequer tentou. E ela sequer pensou que isso não era comum. Até agora...

Agora, quando ela precisava de experiência mais do que nunca. E ela havia perdido sua oportunidade em uma aposta. Por completo! *Vou me abster de pedir a outros homens que me ajudem na minha pesquisa.* A aposta ribombava em seus ouvidos como se tivesse pronunciado as palavras em voz alta ali, naquele instante. Ela apostou e perdeu. Ela tinha dado sua palavra. Mas no momento, com seu coração e mente disparados, ela se viu desesperada por uma solução. Afinal, uma coisa era ela não ter a experiência que desejava na noite de núpcias; outra coisa, completamente diferente, era ela não ter a experiência que devia ter. Ela iria se casar em muito breve.

Pippa viu seu próprio olhar no espelho. *Ela estava usando um vestido de noiva, pelo amor de Deus.* Havia tão pouco tempo... A pesquisa era urgente. Com ou sem ele. Talvez ela devesse perguntar a Olivia. Seu olhar deslizou para o delicado, feminino e perfeito sorriso rosa da irmã – cheio de um conhecimento que Pippa não havia reparado antes, mas que agora podia identificar com certeza. Ela precisava agir. Imediatamente. E assim a solução ficou clara.

Ela tinha que ir até o Anjo.

Com aquele pensamento agudo ricocheteando dentro dela, Pippa encarou a irmã mais nova, linda em seu vestido de noiva, e anunciou, com certa verdade nas palavras:

"Estou indisposta."

Olivia olhou imediatamente para Pippa.

"O que você quer dizer com indisposta?"

Pippa balançou a cabeça e colocou a mão sobre a barriga.

"Eu estou me sentindo bastante... indisposta." Ela observou as garotas a seus pés, trabalhando furiosamente, formigas atacando um doce jogado em um piquenique.

"Mas e o vestido?", Olivia balançou a cabeça.

"É lindo. Está ótimo. Mas eu preciso tirá-lo." As garotas olharam para cima ao mesmo tempo. "Agora."

Ela tinha que conduzir uma pesquisa. Uma pesquisa urgente.

Pippa olhou para Madame Hebert.

"Não posso ficar. Vou ter que voltar outra hora. Estou me sentindo muito indisposta."

A francesa a observou atentamente por um longo tempo.

"É claro."

Olivia parecia horrorizada.

"Bem, seja lá o que você está sentindo, não quero para mim."

Pippa desceu da plataforma e correu para trás do biombo.

"Não, eu não gostaria que você tivesse isso. Que você se sentisse..."

Madame Hebert completou a frase.

"Indisposta?"

Pippa imaginou que repetir a mesma palavra pudesse ser estranho.

"Doente", ela disparou.

Olivia franziu o nariz empinado.

"Pelo amor de Deus, Pippa. Vá para casa. Mas pegue um coche de aluguel. Eu e mamãe vamos precisar da carruagem para carregar todos os nossos pacotes."

Olivia não precisou falar duas vezes.

"Isso. Acho que vou fazer exatamente isso."

Mas é claro que ela não fez...

Ela recolocou suas roupas normais, garantiu à mãe que estava plenamente em condições de voltar para casa, e saiu do ateliê de costura, com seu destino claro e inequívoco.

Cabeça baixa, capa bem apertada à sua volta, Pippa desceu a Rua Bond e atravessou a Praça Piccadilly, onde ela e sua criada entraram em um coche por um lado, Pippa deslizou pelo assento, puxou o capuz de sua capa sobre a cabeça e sussurrou um pedido de segredo antes de sair, sozinha, pela porta do outro lado.

Ela atravessou, sem chamar atenção, uma viela que passava por trás de St. James e contou os prédios por trás – um, dois, três – antes de parar diante de uma porta pesada de aço, na qual bateu com decisão. Ninguém respondeu. Ela redobrou seus esforços, batendo no aço com a palma da mão, fazendo um verdadeiro estardalhaço. *Se ela fosse vista...* Havia mil formas de terminar essa frase. Mas era melhor não pensar muito nisso.

Ela bateu de novo, mais forte. E mais rápido. E então, depois do que pareceu uma eternidade, uma fresta foi aberta no centro da grande porta de aço, e olhos pretos encontraram os dela, a irritação dando lugar rapidamente à surpresa do reconhecimento.

"Que diabos?" A voz foi abafada pelo aço.

"Sou Lady Philippa Marbury", ela anunciou, mas as palavras se perderam com o som da fresta sendo fechada, das várias trancas sendo abertas do outro lado da porta e, depois, com o aço raspando na pedra.

A porta se abriu revelando uma escuridão assustadora e o maior homem, de aspecto mais perigoso, que ela já tinha visto; alto e largo, com uma cicatriz no lábio e o nariz com aparência de já ter sido quebrado mais de uma vez.

Um fio de incerteza passou por ela quando abriu a boca para falar.

"Eu sou..."

"Eu sei quem você é", ele disse secamente. "Entre logo."

"Eu não...", ela começou, mas parou. "Quem é você?"

Ele esticou o braço e sua mão imensa agarrou o braço de Pippa, puxando-a para dentro do clube.

"Não lhe ocorreu que alguém podia ver você aí fora?", ele disse, passando a cabeça para fora e olhando primeiro para um lado, depois para o outro, e ficando satisfeito que ninguém a tivesse visto. Em seguida ele fechou a porta, passou as trancas e se afastou dela, empurrando para o lado outro conjunto de cortinas para chegar a um hall lindamente decorado, onde gritou.

"Por que diabos nós pagamos porteiros? Por que não tem ninguém na maldita porta?"

Pippa falou de onde estava, na entrada.

"Parece que não tem ninguém na sua porta nesta hora do dia."

O homem enorme se voltou para ela com curiosidade no olhar.

"E como você sabe disso?"

"Já estive aqui antes", ela disse simplesmente.

Ele balançou a cabeça e sorriu com ironia.

"Bourne sabe que Penélope está arranjando visitas para a irmã?"

"Ah, você não compreendeu. Não estive aqui com Penélope. Estive com o Sr. Cross."

Aquilo espantou o grandalhão.

"Cross", ele repetiu, e Pippa notou a mudança em seu tom de voz. Descrença. Talvez algo mais.

"Isso", ela aquiesceu.

Ele ergueu as sobrancelhas pretas.

"Cross", ele falou mais uma vez. "E você."

Ela enrugou a testa.

"Sim. Bem, não com regularidade, mas eu tive uma boa razão para visitá-lo no começo da semana."

"Você teve..."

As palavras não foram uma pergunta, mas ainda assim ela respondeu.

"Sim", ela hesitou, e depois acrescentou: "Mas talvez seja melhor se você não contar para ele que estou aqui hoje."

Pelo olhar, ele pareceu entender.

"Talvez seja."

Entendimento demais.

Ela estendeu a mão.

"Receio que o senhor esteja em vantagem. Ainda não tive o prazer de conhecê-lo."

Ele observou demoradamente a mão estendida antes de fitar novamente os olhos dela, como se estivesse lhe dando tempo para mudar de ideia.

"Eu sou Temple."

O Duque de Lamont. *O assassino.* Ela recuou um passo, retirando a mão involuntariamente diante do pensamento, antes que pudesse se deter.

"Oh."

Ele retorceu os lábios em um sorriso sarcástico.

"Agora você está desejando não ter vindo."

Os pensamentos dela se atropelaram. Ele não a machucaria. Era sócio do Bourne. Era sócio do Cross. E estavam no meio do dia. As pessoas não eram mortas em Mayfair no meio do dia. E por tudo que ela tinha ouvido a respeito daquele homem sombrio e perigoso, não havia prova de que ele realmente fez o que supostamente tinha feito.

Ela estendeu a mão outra vez.

"Eu sou Philippa Marbury."

Uma sobrancelha preta subiu, mas ele pegou a mão dela com firmeza.

"Garota corajosa."

"Não existe prova de que você seja o que dizem."

"A fofoca basta para causar danos."

Ela balançou a cabeça.

"Eu sou uma cientista. Hipóteses são inúteis sem evidências."

Ele retorceu um canto da boca.

"Que bom seria se o resto da Inglaterra pensasse assim." Ele soltou sua mão e afastou a cortina, permitindo que ela entrasse no hall, decorado luxuosamente com forros de parede em seda e veludo que Pippa não conseguiu resistir e tocou.

"Bourne não está aqui", ele disse.

Ela sorriu.

"Eu sei. Ele está em Surrey com minha irmã. Eu não vim para falar com ele."

Ele hesitou em seus passos longos, e ela aproveitou para admirar a forma graciosa com que aquele homem tão grande – que obviamente não desconhecia violência e brutalidade – conseguia se mover, deslocando seu peso para interromper o movimento.

E então ele voltou a caminhar, como se não tivesse parado.

"E também não para falar com o Cross?"

"Não. Ele não gosta da minha companhia."

As palavras saíram sem que Pippa pudesse segurá-las, e Temple olhou para ela.

"Ele disse isso?"

Ela deu de ombros e ajeitou os óculos.

"Não exatamente, mas deixou claro que não estava interessado em me auxiliar com meu projeto, então..."

"Qual projeto?", ele perguntou.

Minha ruína. Ela não podia dizer *isso.*

"Uma pesquisa na qual eu esperava que ele pudesse... me ajudar."

Temple sorriu para ela.

"E quanto a mim? Eu poderia ajudar você."

Ela refletiu sobre a oferta por um bom tempo. Sem dúvida aquele homem poderia responder a todas as suas perguntas. E mais algumas. *Mas ele não era Cross.*

Ela resistiu ao pensamento e ao desconforto que veio com ele, e procurou se concentrar no duque, que virou para a encarar, enquanto abria uma do que parecia ser uma série interminável de portas. Depois, ele se afastou para deixar Pippa entrar em uma sala grande, no centro da qual havia duas mesas cobertas de feltro verde.

"Não, obrigada. Eu prometi ao Sr. Cross que não..." A voz dela foi sumindo.

"Que não o quê?,", ele quis saber.

"Que não pediria a outro homem."

Ele arregalou brevemente os olhos.

"Essa parece ser uma pesquisa fascinante."

Ela ignorou as palavras e se virou para encará-lo, as mãos crispadas enquanto ele fechava a porta atrás deles e guardava a chave no bolso.

"Mas ele não falou nada sobre outras mulheres."

Temple ficou imóvel.

"Perdão?"

Ela inspirou profundamente.

"Eu solicito uma audiência com uma das suas mulheres."

"Minhas mulheres?"

Ela abanou uma mão no ar, com ar de pouco caso.

"Suas, no plural. Suas mulheres." Como ele não respondeu, ela disparou o esclarecimento. "Suas prostitutas."

Ele ficou quieto por um longo tempo, e Pippa ficou em dúvida se tinha realmente falado.

E então ele deu uma risada, alta e estrondosa.

E ela se perguntou se não tinha cometido um grave erro.

Capítulo Sete

"Para produzir seda de qualidade, o produtor (o sericicultor) oferece uma dieta de folhas de amoreira para suas lagartas, tomando cuidado para que nenhum alimento estranho (ou odores) entrem em contato com as criaturas. Depois de comerem até ficarem satisfeitas, as lagartas viram crisálidas, tecem seus casulos e, após vários dias, o sericicultor interrompe a incubação, impedindo o surgimento da mariposa ao colher os casulos para obter a seda.

Não tenho intenção de deixar que isso aconteça comigo.

Ainda bem que existem ~~ambiguidades~~ o pensamento lógico."

Diário Científico de Lady Philippa Marbury
25 de março de 1831; onze dias antes de seu casamento

A risada de Temple ecoou pela sala pequena e trancada.

"Senhor?", Pippa não entendeu.

Ele parou de rir tão rapidamente quanto começou. Ele não respondeu, apenas passou por ela para chegar à estante de livros que dominava a extremidade da sala. Ele ficou examinando os livros por algum tempo. Ele a iria mandar para casa. Provavelmente estava procurando algum livro para manter ocupada a estranha e científica Philippa Marbury até que pudesse avisar alguém de sua presença.

"Não preciso de um livro", ela disse. "Sou perfeitamente capaz de me entreter sozinha." Ele não respondeu. "Por favor, não conte ao Bourne. Nem ao meu pai."

Ele puxou um volume de capa vermelha de uma prateleira alta.

"Contar o que para eles?"

A pergunta foi esquecida quando a parede se mexeu, abrindo para dentro e revelando um espaço cavernoso e escuro.

Pippa exclamou e se aproximou para olhar.

"Eu nunca..." Ela chegou à estante e examinou o que parecia ser um corredor sem fim. Ela olhou para Temple, incapaz de impedir um sorriso em seu rosto. "É uma passagem secreta."

"Isso mesmo." Temple sorriu. Ele lhe entregou uma vela e recolocou o livro no lugar, acenando para ela entrar no espaço misterioso. O que Pippa fez, mas não sem antes ver o volume que havia revelado aquele segredo impressionante. *Paraíso Perdido.*

Pippa adentrou na escuridão. *De fato.* Temple seguiu na frente pelo corredor, e o coração de Pippa batia acelerado, com sua agitação aumentando exponencialmente conforme eles penetravam mais naquela passagem. Ela não conseguia ver nenhuma porta, e a parede descrevia o que parecia ser um enorme círculo.

"O que há do outro lado desta parede?"

"Nada que tenha importância", disse Temple sem hesitar.

"Ah, sim. Acredito nisso."

Ele riu.

"Talvez Cross mostre para você algum dia. Ou Lady Bourne."

Ela ergueu as sobrancelhas.

"Penélope sabe o que tem aí?" Era difícil imaginar sua irmã, tão correta, explorando uma passagem secreta em um notório clube de cavalheiros. Mas Penélope era casada com um dos donos. "Imagino que saiba", Pippa disse em voz alta. Era uma tristeza que ela não pudesse fazer perguntas a Penélope sem levantar suspeitas.

Não suspeitas. Pânico total. Não que o pânico fosse necessário. Afinal, se Penélope podia conhecer os segredos do clube, por que não Pippa? Porque Pippa não tinha um protetor ali. *Não é bem assim.*

Depois do que pareceu uma eternidade, Temple parou e colocou a mão espalmada sobre a parede externa do corredor. Como por mágica, uma porta se abriu do nada. Ele a fez entrar em uma alcova no andar principal do Anjo, e fechou a porta atrás deles com um estalo suave. Ela se virou para examinar a parede, e passou os dedos pela seda texturizada. Somente porque sabia da existência da porta, Pippa conseguiu encontrar a emenda. Ela virou os olhos arregalados para seu acompanhante.

"Isso é incrível."

Ele não respondeu de imediato, e apenas ficou olhando sem expressão para a parede, como se a visse pela primeira vez e compreendesse que o resto do mundo não possuía passagens secretas, paredes curvas e homens misteriosos. Quando se deu conta, ele sorriu.

"É mesmo, não é?"

"Quem projetou isso?"

Ele sorriu, os dentes brancos aparecendo no espaço sombrio.

"Cross."

A mão dela voltou para a emenda escondida na parede. É claro que foi ele.

"Temple!"

O grito a surpreendeu, mas Temple parecia estar esperando por isso quando passou pelas cortinas na entrada da alcova. Ele entrou na sala... e ouviu uma série de palavras agitadas em francês. O homenzarrão ergueu as mãos, como se estivesse se rendendo, e atravessou o cassino, sumindo de vista. Pippa enfiou a cabeça para fora e espiou.

Havia uma mulher na extremidade da sala – bochechas coradas, cabelo dividido ao meio, vestindo um avental preto e... era um peixe em sua mão? De qualquer modo, ela xingava como um marinheiro. Um marinheiro francês. E então, ela mudou para inglês.

"Aquele imbecil do Irvington mandou avisar que vai trazer um grupo de amigos imbecis para jantar. E ele acha que tem que me dizer como preparar seu peixe! Eu cozinhei para Carlos Segundo! Ele deveria cair de joelhos e agradecer a Deus por eu estar disposta a cozinhar para o Idiota Irvington Primeiro!"

Pippa tinha absoluta certeza de que aquele não era o primeiro Irvington a ser um idiota. Nem o primeiro a ser insensível. Ou desagradável.

"Escute, Didier..." Temple começou a falar em francês perfeito, a voz baixa e suave, como se falasse com um tipo de animal não domesticado.

E talvez esse fosse mesmo o caso.

"Você vai mandar dizer para aquele cretino que se ele não quiser comer o peixe do jeito que eu quero cozinhar, ele pode procurar outro peixe... e outra cozinheira... e outro clube!" O último grito abalou as vigas da sala imensa.

A menos de quatro metros de onde aquela mulher estranha estava, a porta para o escritório do Sr. Cross foi escancarada.

"Que diabos está acontecendo?"

Pippa prendeu a respiração quando o homem apareceu – alto, esguio e com a barba por fazer. Ele estava em mangas de camisa, os punhos enrolados, e ela aproveitou para admirar aqueles antebraços longos, magros, onde o músculo se curvava e ondulava sobre o osso. Sua boca ficou seca. Ela nunca tinha pensado no antebraço como especialmente interessante, mas também não era todo dia que ela via um exemplar tão belo. Sim. Era na anatomia que ela estava interessada. Nos ossos. *Rádio, ulna...* Aquilo ajudou... pensar nos ossos.

A cozinheira sacudiu o peixe.

"Irvington acha que pode criticar meu molho! O imbecil não reconheceria um bom molho nem se tivesse um litro no bolso!"

Cross revirou os olhos.

"Didier... volte para a cozinha e prepare seu peixe. Irvington vai comer o que nós lhe dissermos para comer."

A cozinheira abriu a boca.

"Ele vai comer o que lhe servirmos, e não saberá qual a diferença", disse Cross.

"Esse homem tem o paladar de uma cabra", resmungou a cozinheira.

Temple sorriu e estendeu as mãos.

"Bom, pelo bem de todos nós, espero que você não lhe sirva *Poisson en papier maché.*"

A cozinheira sorriu ao ouvir isso. E Pippa também.

"Eu não gosto dele", disse Didier.

"Eu também não, mas ele e os amigos gostam de perder, então nós o recebemos, apesar de tudo."

A cozinheira parecia ter perdido a vontade de brigar.

"Muito bem", ela disse, sacodindo o peixe na mão. "Eu vou cozinhar para ele."

"Talvez não *esse* peixe", disse Cross, irônico.

Pippa riu, esquecendo de onde estava, esquecendo que o som viajava rápido e alto em uma sala cavernosa. Os olhos cinzentos dele voaram para onde ela estava, e Pippa puxou a cabeça de volta à alcova e apertou as costas contra a parede, com o coração disparado.

"Escute, Cross", ela ouviu Temple começar a falar onde estava, no cassino.

Não houve resposta. Pippa apurou os ouvidos para saber o que aconteceria a seguir, e se aproximou da saída, ansiosa por qualquer indício de que ele a tivesse visto, que tivesse reparado nela. *Silêncio...* Pelo que pareceu ser uma eternidade. Finalmente, incapaz de resistir, ela espiou cuidadosamente pela abertura. E encontrou Cross parado a menos de quinze centímetros, braços cruzados sobre o peito, esperando por ela. Pippa estremeceu pela proximidade dele, e disse a primeira coisa que lhe ocorreu.

"Olá."

Uma sobrancelha ruiva subiu.

"Olá."

Ela saiu da alcova diante dele, as mãos apertadas diante do corpo. A cozinheira e Temple estavam virados para eles, com curiosidade no olhar. Como se aquele encontro fosse de algum modo mais estranho do que uma francesa brandindo uma truta no meio do cassino. Bem, não era. Pippa sabia disso com absoluta certeza.

Ela encarou o olhar frio e cinzento de Cross e esperou que ele dissesse algo. Ele não disse. Ótimo. Ela podia esperar. Já tinha esperado antes. A não ser que, depois do que lhe pareceu serem quinze minutos, ela não aguentava mais.

"Imagino que esteja se perguntando como é que eu vim parar aqui", ela disse.

"Está se tornando uma bisbilhoteira e tanto, Lady Philippa."

Ela se endireitou.

"Eu não bisbilhoto."

"Não? Meu escritório? Seu terraço? Agora aqui... no meu clube... em uma alcova escura? Eu chamaria tudo isso de bisbilhotar."

"O terraço era meu", ela não conseguiu evitar de dizer. "Se alguém estava bisbilhotando, era você."

"Humm." Ele estreitou os olhos. "Talvez você queira explicar sua localização atual?"

"Eu estava por perto", ela explicou. "Perto do clube. Não da alcova. Embora eu suponha que se possa dizer que estar perto de um é o mesmo que perto do outro. Mas eu presumo que a proximidade conceitual para cada pessoa é relativa. De acordo com seu entendimento. No mínimo."

Temple bufou onde estava, a certa distância.

"Você pode nos deixar", Cross disse para o sócio, sem tirar os olhos de Pippa. "Antes que eu o castigue por deixá-la entrar."

"E o que eu devia fazer, deixar a moça na viela esmurrando nossa porta, até que alguém a visse?" O tom de Temple era leve e provocador. Deslocado. "Além disso, ela não veio para ver você."

Os olhos cinzentos de Cross escureceram ao ouvir isso, e o coração de Pippa começou a bater forte. Ele estava bravo. Ela se afastou dele, incapaz de se conter, e voltou para a alcova. Ele a seguiu, fazendo com que recuasse, e deixou as cortinas caírem atrás deles, isolando-os na escuridão. Eles estavam a poucos metros dos outros – que sabiam que os dois estavam ali, mas mesmo assim o pulso dela começou a acelerar quando ele falou, com uma voz sombria e ameaçadora.

"Por que você está aqui?"

Ela ergueu o queixo.

"Não é..." Ela pigarreou. "Não é da sua conta."

Houve uma pausa, uma dificuldade na respiração dele, como se Pippa o tivesse surpreendido.

"Nós fizemos ou não uma aposta?"

"Fizemos."

Ele esticou o braço, colocando uma mão na parede atrás da cabeça dela. Aquele antebraço, coberto apenas pela manga da camisa, mais do que somente uma distração.

"E estou errado em lembrar que a aposta envolvia seu compromisso de ficar longe de homens que não o seu noivo?"

Ela não deu atenção para o tom dele.

"Você não está errado."

Ele se inclinou muito próximo. Os olhos dela pararam no colarinho aberto da camisa, onde deveria haver uma gravata, que não estava lá. Pippa se sentiu irracionalmente atraída para aquele triângulo de pele salpicado por pelos. Ela queria tocá-lo.

"Explique para mim, então, o que diabos estava fazendo com Temple?" A raiva dele a levou de volta ao momento em questão. Ela percebeu a irritação no tom baixo e perturbador.

Pippa procurou se orientar – o que era quase impossível naquele espaço escuro com ele tão próximo.

"Ele me deixou entrar."

"Se você sequer sonha em desrespeitar nossa aposta, vou mandar Deus, Bourne e seu pai ficarem de olho em você. Nessa ordem."

"Não me surpreende você acreditar que tem algum controle sobre o Todo-Poderoso", ela retrucou.

Pareceu que Cross seria capaz de matar alguém.

"Cross." Além da cortina, Temple veio em sua ajuda.

Salva. Pippa soltou a respiração que não sabia estar segurando.

Cross virou a cabeça, mas não se mexeu de onde a tinha encurralado.

"Deixe-nos", disse ele.

Temple abriu as cortinas, deixando luz entrar no espaço apertado.

"Não acho que essa seja uma boa ideia. A moça não veio para ver você."

Cross saiu da alcova num segundo.

"Com toda certeza ela não veio por sua causa."

Um choque de empolgação passou por ela ao ouvir isso. Como se ele a estivesse defendendo. Como se estivesse disposto a lutar por ela. *Que fascinante.* Ela prendeu a respiração. Os homens estavam a centímetros um do outro – Cross alto e magro, todo músculos retesados e tensão. Temple alguns centímetros mais baixo, mas muito mais largo... e sorrindo, debochado.

"Não, não veio", disse Temple. "Ela veio por outro motivo."

Cross olhou para ela por cima do ombro, os olhos cinzentos soltando chispas.

"Eu só tenho onze dias", ela falou, pronta para explicar seus motivos. Claro que ele entenderia que ela estava em uma situação crítica.

Temple interveio.

"Talvez você queira fazer companhia para a jovem?, ele perguntou ao Cross."

Ao ouvir essas palavras leves, os olhos de Cross perderam a expressão, e ela sentiu um desejo urgente e irracional de tocá-lo, como se pudesse trazer de volta a emoção para ele. Não que ela quisesse isso. Emoção não era seu objetivo. Conhecimento era o que Pippa queria. Mas ela não conseguiria, de qualquer modo, pois Cross já havia se virado, empurrado Temple e caminhava na direção de seu escritório. Ela o seguiu, como se puxada por uma guia.

"Isso é tudo?"

Quando chegou à porta do escritório, ele se virou para ela.

"Você não é da minha conta."

Uma pontada forte, de algo parecido com dor, a atravessou ao ouvir aquelas palavras. Ela massageou, distraída, o peito.

"Você está correto. Não sou."

Ele a ignorou.

"Não serei seu guardião. Na verdade, tenho coisas mais importantes para fazer."

Ele abriu a porta do escritório sem tentar esconder a mulher que havia lá dentro. Uma mulher linda, de cabelo preto, olhos escuros, lábios vermelhos e um sorriso que era escandaloso por si só. Pippa recuou um passo, seu olhar pregado na outra mulher enquanto ela relembrava os acontecimentos dos últimos minutos – a barba por fazer, a camisa amarrotada, o modo irritado com que ele abriu a porta, como se a cozinheira tivesse interrompido algo muito importante. Ele estava em seu escritório com aquela mulher, que sorria como se ele fosse o único homem no mundo. Como se ela fosse a única mulher. Como se a tarefa deles fosse repovoar o mundo.

Pippa engoliu em seco.

"Entendi."

Ele sorriu, irônico.

"Tenho certeza que sim."

Ela recuou mais um passo quando ele fechou a porta.

"Eu nunca vi você tratar uma mulher dessa forma", disse Sally Tasser, puxando as pernas para cima da poltrona e assim dando espaço para que Cross passasse.

Cross ignorou as palavras e a pontada de culpa que veio com elas.

"Onde nós estávamos?"

Por que Pippa estava ali? Como ela tinha transformado a aposta – uma tarde que passaram juntos – em um convite para que invadisse o espaço dele a qualquer hora?

A prostituta ergueu as sobrancelhas pretas em descrença silenciosa e consultou suas anotações.

"Tenho treze garotas, todas na lista e trabalhando." Ela fez uma pausa. "Quem é essa?"

Ela é a tentação encarnada. Enviada para destruí-lo.

"Podemos confiar nelas?", perguntou Cross.

E o que diabos ela fazia com Temple?

"Elas sabem que você cumpre o que promete." Outra pausa. "Pelo menos as promessas feitas para prostitutas."

Ele virou o rosto para ela.

"O que você quer dizer com isso?"

"Só que você nunca foi outra coisa que não um cavalheiro para minhas garotas. Ainda assim, parece que você acabou de tratar muito mal uma lady."

Ele resistiu à verdade naquelas palavras.

"E desde quando você tem simpatia por aristocratas?"

"Desde que ela ficou com cara de que você chutou o cachorro dela."

A referência ao cachorro de Pippa lembrou Cross da conversa que tiveram na noite anterior – sobre o pedido de Castleton –, da hesitação dela em dar nome à cachorra do futuro marido. Da forma como os lábios dela se curvavam em torno das palavras enquanto ela tentava explicar sua reticência. Da forma como toda aquela conversa fez Cross ter vontade de roubar Pippa e convencê-la de que o casamento com Castleton era absolutamente errado para ela.

Ele não falou nada disso para Sally, é claro.

"Eu quero os cinquenta maiores apostadores do clube", foi só o que ele disse. "Nenhum deles pode faltar."

A mulher o encarou com um olhar franco.

"Eles virão. Alguma vez já falhei com você?"

"Nunca. Mas sempre existe uma primeira vez."

"O que ele fez para você?"

"Não importa", disse Cross balançando a cabeça.

Ela abriu um sorriso pequeno e sem graça.

"Imagino que tenha algo a ver com o jeito como ele tem se vangloriado de que vai casar a filha com um conde."

Cross lhe deu seu olhar mais sombrio.

"Não vou me casar com a filha dele."

"É o que você diz. Ela vai chegar em cinco dias, e quando isso acontecer, ele não deixará que nada o impeça de fazer vocês dois se casarem." Quando Cross não respondeu, ela acrescentou: "Você não acredita? Estamos falando do *Knight*."

"Eu não vou casar com essa garota", ele repetiu.

Sally o observou por um longo tempo antes de falar.

"Eu vou trabalhar nessa noite. Assim que um bom cliente entrar pela porta, eu mesma vou colocar um convite para o *Pandemonium* no bolso dele." Ela inclinou a cabeça na direção da porta. "Agora me fale dessa garota."

Ele se obrigou a sentar e fez questão de não entender a pergunta.

"Nunca encontrei essa Meghan. Pergunte sobre ela para o Knight."

Ela sorriu, irônica.

"Sério, Cross? Esse joguinho bobo?"

Ele resistiu ao impulso de levar as mãos à cabeça e simplesmente se recostou na cadeira, todo controlado. Nenhum homem decente conseguiria controlar Pippa Marbury. *E ele estava longe de ser decente.*

"Ela é alguém que não devia estar aqui."

Ele deveria ter proibido a entrada dela.

Sally riu.

"Nem precisava me dizer isso. Mas aí está ela."

"Ela gosta de aventura."

"Bem, ela está metendo o bedelho onde não deve."

Ele sabia que não devia responder.

"Você está tentando mantê-la longe de você?", perguntou ela.

Deus, sim. Ele não a queria ali. Ele não a queria tocando suas coisas, deixando sua marca, provocando-o. Não a queria ameaçando seu santuário. Não a queria manchando aquele lugar com sua luz.

"Estou tentando mantê-la longe de modo geral."

Sally se inclinou para frente.

"Ela não é sua amante."

"É claro que não."

Ela ergueu uma das sobrancelhas pretas.

"Não existe nada de claro nisso. Talvez existisse se eu não tivesse visto o rosto dela."

"Talvez eu deva um pedido de desculpas à garota, mas isso não a faz, de modo algum, uma amante."

Sally sorriu ao ouvir aquilo.

"Não está vendo, Cross? É justamente porque você sente que lhe deve um pedido de desculpas que ela está mais próxima de ser sua amante que qualquer uma de nós." Ela parou de falar por um longo momento antes de continuar. "E mesmo que você não sentisse isso, o rosto dela seria o suficiente."

"Ela veio pedir minha ajuda em um assunto." Um assunto ridículo, mas Sally não precisava saber disso.

"Ela pode ter *pedido* sua ajuda em um assunto", disse a prostituta com uma risada baixa e plena de entendimento, "mas ela *quer* sua ajuda em outra coisa completamente diferente."

Cross estreitou os olhos.

"Eu não sei do que você está falando."

"Sexo", ela disse claramente, como se estivesse falando com uma criança.

Uma criança bastante adiantada. "A mulher viu o que eu sou. Ela sabe o que eu faço. E ficou com ciúmes."

Cross fitou os olhos escuros de Sally, mas viu apenas os grandes olhos azuis e chocados de Pippa, ampliados pelas lentes de seus óculos.

"Ela não tem motivo para sentir ciúmes."

"Infelizmente, isso é verdade." Sally franziu a boca, fazendo um beicinho perfeito, e ela se recostou na poltrona. "Mas ela não sabe disso."

O sentimento de frustração tomou conta de Cross.

"Quero dizer que ela não estava com ciúmes."

"É claro que estava", Sally sorriu. "Ela quer você."

"Não. Ela quer minha ajuda com uma...", ele hesitou antes de dizer a palavra. "...pesquisa."

Sally riu, longa e barulhenta.

"Não tenho dúvida que ela quer."

Cross se virou, procurando um arquivo de que não precisava.

"Nós terminamos."

Sally suspirou e levantou, aproximando-se da escrivaninha.

"Só me diga uma coisa; ela sabe?"

Ele fechou os olhos, impaciente.

"Sabe o quê?"

"Ela sabe que nunca poderá ter você?"

"Ela vai casar com um lorde em pouco mais de uma semana." *E mesmo que não casasse, é boa demais para mim.*

"Compromissos foram feitos para serem quebrados."

"Eu me esqueço de quanto você consegue ser cínica."

"É o risco da profissão." Ela foi até a porta, mas se virou antes de abri-la. "Você deveria dizer para ela. Antes que a pobrezinha fique doente de amor não correspondido."

Ele não respondeu. Sally esperou um longo momento antes de falar.

"Vejo você amanhã com sua lista."

"Obrigado."

Ela aquiesceu, abriu a porta, e se virou para sair, mas antes olhou para trás, um sorriso brincando nos lábios vermelhos demais.

"Devo dizer para seu próximo compromisso entrar?"

Ele sabia o que iria ver quando Sally saísse antes mesmo de olhar. Philippa Marbury estava sentada em um banco alto de crupiê, a menos de dois metros, mordiscando a borda de um sanduíche. Ele não pretendia se levantar, mas levantou mesmo assim, e rodeou a escrivaninha como se estivesse sendo perseguido.

"Alguém deu *comida* para você?"

É claro que alguém tinha dado comida para ela. Didier, sem dúvida, que tinha um fraco por qualquer pomba suja que encontrava o caminho até a cozinha do Anjo. Mas Philippa Marbury não era uma pomba suja. *Ainda*... E não seria, se ele pudesse fazer qualquer coisa a respeito.

"Sua cozinheira foi muito gentil e me fez um lanche enquanto eu esperava." Pippa levantou, estendendo o prato para ele. "Está delicioso. Você quer um pouco?"

Sim. Deus, sim, ele queria um pouco.

"Não. Por que ela deu *comida* a você?"

"Estou em fase de pupa."

Ele olhou para cima, desesperado e pedindo paciência.

"De quantas formas diferentes eu vou ter que lhe dizer que não estou interessado em ajudar você a sair de seu casulo?"

Ela ficou de boca aberta.

"Você fez referência a metamorfose."

Aquela mulher o estava deixando louco.

"Você fez a referência primeiro. Agora, eu disse ou não disse para você ir para casa?"

Ela abriu um sorriso grande e lindo, do qual ele não devia ter gostado tanto.

"Na verdade, você não me disse para ir para casa. Na realidade, você lavou suas mãos em relação a mim."

Ele pensou se devia sacudir aquela mulher enlouquecedora.

"Então diga por que você continua aqui, esperando por mim?"

Ela inclinou a cabeça como se ele fosse um espécime estranho atrás do vidro na Sociedade Entomológica Real.

"Oh, você entendeu mal. Não estou esperando por você."

Que diabo? É claro que ela estava esperando por ele. Só que ela não estava. Ela ficou de pé, colocou o prato – com seu sanduíche meio comido – nas mãos de Cross e voltou toda sua atenção para Sally.

"Eu estava esperando por *você*."

Sally olhou rapidamente para Cross, obviamente sem saber o que fazer. Pippa não pareceu perceber que deixou os dois aturdidos, e simplesmente se adiantou e estendeu a mão para Sally.

"Sou Lady Philippa Marbury."

Maldição. Ele teria dado metade de sua fortuna para apagar o momento em que Pippa contou para Sally seu nome. Nunca se sabe quando a mulher pode querer repensar suas alianças, e conhecimento é poder. Naquele momento, contudo, Sally simplesmente deixou a surpresa de lado e pegou a mão de Pippa, fazendo uma rápida reverência.

"Sally Tasser."

"Muito prazer em conhecê-la, Srta. Tasser", disse Pippa, como se estivesse conhecendo uma nova debutante durante o chá, em vez de uma das mais famosas prostitutas de Londres em um antro de jogatina. "Eu gostaria de saber se você dispõe de alguns momentos para responder algumas perguntas..."

Sally pareceu se divertir enormemente.

"Eu acredito dispor de algum tempo, minha lady."

Pippa sacudiu a cabeça.

"Ah, não. Não há motivo para tanta cerimônia. Você pode me chamar de Pippa."

Por cima do cadáver putrefato dele.

"Há todos os motivos para cerimônia", Cross interveio, falando com Sally. "Você, sob nenhuma circunstância, deve se dirigir à lady de outra forma que não essa. *Lady.*"

Pippa franziu o cenho.

"Desculpe-me, Sr. Cross, mas nesta conversa você é supérfluo."

Ele lhe deu seu olhar mais assustador.

"Eu lhe garanto que não sou nada disso."

"Estou certa em entender que você não tem tempo nem inclinação para falar comigo neste momento em particular?"

Ela o tinha encurralado.

"Está."

Pippa sorriu.

"Então aí está. Como eu tenho as duas coisas, acredito que vou começar minha pesquisa agora. Sem você." Ela virou as costas para ele. "Agora, Srta. Tasser, estou certa em minha suposição de que você é, de fato, uma prostituta?"

A palavra saiu dos lábios dela como se Pippa a dissesse dezenas de vezes por dia.

"Bom Deus", Cross fuzilou Sally com o olhar. "Não responda."

"Por que não?" Pippa sorriu para Sally. "Não há vergonha nenhuma nisso."

Até Sally ergueu as sobrancelhas ao ouvir isso. *Aquilo não podia estar acontecendo.*

"Não há", Pippa insistiu. "Na verdade, eu pesquisei, e essa palavra aparece na Bíblia. Levítico. E, honestamente, se uma palavra aparece em um texto sagrado, acho que é mais do que razoável repeti-la na presença de boa companhia."

"Não sou exatamente boa companhia", disse Sally – *brilhantemente*, pensou Cross.

Pippa sorriu.

"Deixe disso... você é a companhia perfeita para minhas necessidades. Agora, eu só posso presumir que sua carreira seja como eu imagino, pois você é linda e parece saber exatamente como olhar para um homem fazendo parecer que está apaixonada por ele. Seu olhar é sedutor."

Cross tinha que parar com aquilo. Naquele instante.

"E como é que você sabe que ela não está mesmo apaixonada por mim?"

Não era assim que ele pretendia parar aquilo. De jeito nenhum. Maldição!

Pippa olhou para ele por sobre o ombro, depois se voltou para Sally.

"Você *está* apaixonada por ele?"

Sally deu seu melhor olhar sedutor para Pippa, que riu.

"Eu achei que não. Esse é o olhar. Muito bom."

Sally sustentou o olhar de Cross sobre o ombro de Pippa, rindo pelos olhos.

"Obrigada, minha lady."

Bem. Pelo menos ela tinha usado o honorífico.

"Posso falar francamente?", pediu Pippa, como se não tivesse falando francamente nos últimos quatro dias. Em toda sua vida.

"Por favor", disse Sally.

Ele estava perdendo o controle da situação. Alguma coisa tinha que ser feita.

"Não", ele interrompeu, colocando-se entre as duas mulheres. "Ninguém vai falar francamente. Certamente não com a Sally."

"Fico feliz de falar com esta lady, Cross", disse Sally e ele não deixou de perceber o humor seco em sua voz.

"Não tenho dúvida disso", ele falou. "Mesmo assim, não vai falar. Você tem que estar em algum lugar. Agora mesmo."

"Bobagem", Pippa protestou, tirando Cross do caminho com o cotovelo firme em seu flanco. Empurrando-o mesmo. "A Srta. Tasser já disse que tem tempo para mim." Ela arregalou os olhos para ele por trás de suas lentes grossas. "Está dispensado, Sr. Cross."

Sally literalmente gargalhou.

Pippa voltou sua atenção para a prostituta, pegou o braço da mulher e a afastou de Cross, na direção da entrada principal do clube. Ela iria sair do cassino, direto na St. James no meio do dia, de braços dados com uma prostituta.

"Eu gostaria de saber se você está disposta a me ensinar como faz isso."

"Isso?" Ele não pretendia falar em voz alta.

Pippa o ignorou, mas respondeu à pergunta.

"Seduzir. Sabe, eu vou me casar em onze dias. Agora um pouco menos que isso, e eu preciso..."

"Pegar seu marido?" Sally perguntou.

Pippa aquiesceu.

"De certo modo. Também necessito de seu conhecimento óbvio em outras questões do... casamento."

"Que tipo de questões?"

"Todas relativas à procriação. Eu penso que o que conheço da mecânica do ato é... bem, improvável."

"Improvável como?"

"Para ser honesta, eu pensei que fosse semelhante à reprodução animal."

O tom de Sally ficou seco.

"Às vezes, minha lady, receio que não é tão diferente."

Pippa refletiu sobre aquelas palavras.

"É mesmo?"

"Os homens não são complicados, em geral", disse Sally com ar de sabedoria. "São umas bestas quando querem."

"Brutos!"

"Ah, então você compreende."

Pippa inclinou a cabeça para o lado.

"Eu li a respeito."

Sally aquiesceu.

"Textos eróticos?"

"O Livro de Oração Comum. Mas talvez haja algum texto erótico que você poderia recomendar?"

E lá estava – aquele era o limite dele.

"Você não perdeu uma aposta para mim que proibia exatamente esse tipo de interação?" As palavras foram ásperas e grosseiras. Não que ele se importasse com isso. Cross se virou para Sally. "Vá embora, Sally."

Pippa ergueu o queixo no que ele estava começando a considerar sua postura mais frustrante.

"Eu prometi não questionar outros *homens*. Não havia nada na aposta relativo a mulheres."

Ele abriu a boca para responder. E a fechou. Ela aquiesceu, absolutamente satisfeita consigo mesma, e voltou sua atenção para Sally.

"Srta. Tasser, presumo, pelo que testemunhei, que você é bastante habilidosa... pelo menos o Sr. Cross parece acreditar que sim."

Ela tinha perdido o juízo?

"Eu e Cross, infelizmente, nunca... fizemos negócios", disse Sally.

O queixo dela caiu e sua boca formou um O perfeito.

"Entendo", ela disse, quando obviamente não entendia. "Você precisa ser discreta, é claro. Admiro isso. E eu gostaria de pagá-la por suas aulas", ela acrescentou. "Você estaria disposta a me visitar em minha casa?"

Ele tinha se enganado, antes; *esse* era seu limite. Ela não aprenderia nada com Sally. Nem com Temple. Nem com Castleton, droga – não importava que ele fosse seu noivo. Cross não queria ninguém tocando nela. *Não se ele não podia tocá-la.*

Ele estendeu a mão para Pippa e a pegou pelo braço, afastando-a de Sally, afastando-a de qualquer caminho escandaloso que pudesse estar pensando em trilhar. Ele ignorou a exclamação de contrariedade dela e o modo como seus dedos ficaram felizes com o contato.

"Sally, está na hora de você ir." Ele se voltou para Pippa. "E você. No meu escritório, antes que alguém a descubra aqui."

"O clube está fechado. Quem iria me descobrir?"

"Seu cunhado, talvez?"

Pippa permaneceu imóvel.

"Bourne e Penélope estão pescando, hoje. Eles foram para Falconwell cedo. Voltam amanhã."

"Pescar." Se ele tivesse uma eternidade para pensar, ainda assim não conseguiria imaginar Bourne pescando em um lago.

"Isso. Eles pescaram juntos por boa parte da infância. Não sei como isso pode ser surpresa."

Sally sacudiu a cabeça.

"É trágico quando um malandro do calibre de Bourne amolece."

Pippa olhou para ela.

"Eu suponho que seja para a maioria... mas minha irmã parece feliz com o resultado."

"Não tenho dúvida que ela esteja feliz. Bourne sempre soube como deixar uma mulher feliz."

Pippa refletiu sobre aquelas palavras por um bom tempo.

"Você quer dizer que já... com Bourne?"

"Ela não quer dizer nada disso." Ele olhou atravessado para Sally. "Fora."

A prostituta inclinou a cabeça, com um brilho malvado nos olhos.

"Receio que eu não possa ir embora, Cross. Não sem dar à ela as informações que necessita."

Pippa pareceu esquecer de sua pergunta sobre Bourne. Graças a Deus.

"É muita gentileza sua vir em minha defesa."

Sally Tasser tinha passado tempo demais nas ruas para agir por gentileza. A prostituta não fazia nada que não lhe desse algum retorno. A única razão pela qual estava disposta a trair Digger Knight era que o Anjo havia oferecido pagar o triplo do que ela recebia de seu atual empregador. Cross fez com que ela entendesse seus pensamentos com apenas um olhar.

"Sally está indo embora, Lady Philippa." As palavras saíram mais grosseiras do que ele pretendia. Mas não se pode provocar tanto um homem.

Por um instante ele pensou que as duas mulheres iriam brigar com ele. Mas então Sally sorriu, inclinou a cabeça e lhe deu seu sorriso mais recatado.

"Bem, alguém deveria responder às perguntas desta lady."

Pippa aquiesceu.

"É verdade. Não vou embora sem minhas respostas."

As palavras saíram de Cross antes que ele pudesse detê-las.

"Eu vou responder."

Sally pareceu imensamente satisfeita.

Merda! Não havia nada que ele queria menos do que responder às perguntas que Philippa Marbury havia preparado para fazer a uma prostituta.

Pippa estreitou os olhos.

"Não sei, não."

"Cross é muito habilidoso", disse Sally, soltando-se de Pippa e ronronando o resto: "Ele sabe responder a todas as suas perguntas, tenho certeza."

Pippa lhe deu um olhar de dúvida que fez Cross ter vontade de mostrar, naquele momento, que a prostituta estava certa. Sally reparou na troca de olhares e abriu um sorriso brilhante e cúmplice para ele.

"Não é mesmo, Cross? Tenho certeza de que Lady Philippa não precisa da minha ajuda."

"Eu também tenho certeza." Ele parecia tão em dúvida quanto Pippa.

"Excelente. Vejo você amanhã, então, como planejado."

Ele aquiesceu.

Ela se voltou para Pippa.

"Foi maravilhoso conhecê-la, Lady Philippa. Espero que tenhamos a oportunidade de nos encontrarmos novamente."

Não se ele pudesse fazer algo a respeito.

Depois que Sally desapareceu em um corredor para a entrada nos fundos do clube, ele cercou Philippa.

"O que deu em você para ficar esperando uma prostituta dentro de um cassino?"

Seguiu-se um longo silêncio, e Cross imaginou que ela não fosse responder, o que não seria um horror, posto que ele já tinha aguentado mais do que o suficiente da insanidade dela. Mas ela respondeu, olhos bem abertos, voz forte, indo na direção dele, perseguindo-o pelo cassino.

"Você parece não compreender meu dilema, Sr. Cross. Tenho onze dias antes de ter que fazer votos, diante de Deus e meu marido, relacionados a meia dúzia de coisas a respeito das quais não tenho conhecimento. Você e o resto da cristandade – incluindo minhas irmãs, aparentemente – não teriam qualquer problema com esse ato, mas eu *tenho* dificuldade com ele. Como vou fazer votos que não compreendo? Como vou me casar sem saber nada disso? Como posso prometer ser uma boa esposa para Castleton e uma mãe para seus filhos quando não tenho a compreensão mais básica dos atos em questão?"

Ela parou, depois acrescentou um aparte.

"Bem, eu tenho alguma experiência de observar o touro em Coldharbour, mas... não é um conhecimento inteiramente relevante, como Penélope e você já disseram. Não está vendo? Tenho apenas onze dias. E eu *preciso de cada um deles.*"

Ele recuou para a mesa de dados, mas ela continuou a se aproximar.

"Eu preciso deles. Eu preciso do conhecimento que eles podem me proporcionar. A compreensão que podem me fornecer. Eu preciso de cada informação que puder extrair – se não de você, então da Srta. Tasser. Ou de outros. Eu vou prometer ser esposa e mãe. E tenho muita pesquisa para fazer sobre o assunto."

Ela respirava com dificuldade quando parou, os olhos brilhantes, as faces coradas e a pele de seus seios pálidos sendo apertada contra o decote do vestido cor-de-rosa. Cross estava fascinado por ela, por sua preocupação ardente e seu comprometimento com uma solução ridícula – como se a compreensão da mecânica do sexo fosse mudar tudo. Como se isso fosse tornar os próximos onze dias mais fáceis, e os próximos onze anos ainda mais fáceis. É claro que não. Conhecimento não era suficiente e ele sabia melhor do que ninguém.

"Você não pode saber tudo, Pippa."

"Eu posso saber mais do que sei", ela retrucou.

Cross sorriu com a resposta, e ela deu um passo atrás, olhando para ele, depois para suas mãos abertas. Havia algo de tão vulnerável nela. Algo que ele não gostava.

Quando ela sustentou seu olhar sem piscar e disse:

"Eu vou ser uma esposa", ele sentiu o desejo perverso de prender Pippa em uma das salas secretas do clube e mantê-la lá.

Possivelmente para sempre. *Uma esposa.* Ele odiava pensar nela como uma esposa. Como esposa do Castleton. Ou de qualquer um.

"E uma mãe."

Ele teve uma visão; Pippa rodeada por crianças, todas radiantes, de óculos, cada uma fascinada por algum aspecto do mundo, escutando com atenção enquanto a mãe explicava a ciência da Terra e do céu para elas. *Ela vai ser uma mãe admirável.* Não. Ele não iria pensar nisso. Ele não gostaria de pensar no assunto.

"A maioria das esposas não procura prostitutas para desenvolver suas habilidades. E você tem tempo para pesquisar a maternidade."

"Ela parecia ser uma boa parceira de pesquisa, considerando que você já cortou minhas possibilidades pela metade. Afinal, você não tem me ajudado. Ela é sua amante?"

Ele ignorou a pergunta.

"Prostitutas pareciam ser uma alternativa sensata em seu plano?"

"O interessante é que não pareciam até a noite passada. Mas quando Penélope sugeriu que podiam haver prostitutas aqui..."

"*Lady Bourne* sabe dos seus planos ridículos e não a amarrou a uma cadeira?" Esposa do Bourne ou não, a mulher merecia uma boa sova por permitir que sua irmã solteira e desprotegida vagasse pelos cantos sombrios de Londres, sem proteção, à procura de mulheres.

"Não. Ela simplesmente respondeu a algumas perguntas sobre o Anjo."

Sobre ele? Cross não perguntaria. Ele não queria saber.

"Que tipo de perguntas?"

Ela suspirou.

"O tipo que me permitiu saber que haveria uma ou duas prostitutas aqui. Ela é bastante habilidosa?"

A pergunta era tão direta que fez a cabeça dele girar. Ela não precisava saber que Sally Tasser era, talvez, a prostituta mais habilidosa deste lado de Montmartre.

"O que você quer saber?"

Ela arregalou aqueles olhões azuis para ele e falou, como se fosse uma coisa perfeitamente razoável.

"Tudo."

Por um longo e exuberante momento, ele se perdeu imaginando o que *tudo* poderia abarcar. Como o corpo dela poderia se moldar ao seu, o sabor que ela teria, doce e macia, em sua língua, as coisas devassas e maravilhosas que ela lhe permitiria fazer consigo. As lições que ela nem sabia que estava pedindo. Ele queria lhe mostrar tudo. E ele queria começar agora.

"Você acha que a Srta. Tasser estaria disposta a me dar algum tipo de aula?"

Respirar estava começando a ficar difícil.

"Não."

Pippa inclinou a cabeça.

"Tem certeza? Como eu disse, estou disposta a pagar para ela."

A ideia de Pippa Marbury pagando para aprender o ofício de Sally Tasser fez Cross ter vontade de destruir alguém. Primeiro Bourne, por permitir que sua cunhada vagasse sem supervisão por Londres, depois o Marquês de Needham e Dolby, por criarem uma moça completamente desprovida de bom senso, e então Castleton, por não manter sua noiva devidamente ocupada nas semanas anteriores ao casamento.

Sem saber da direção que tomavam os pensamentos tumultuosos dele, Pippa disse:

"Lorde Castleton nunca tentou me comprometer."

Aquele homem era santo ou idiota. Se Cross fosse Castleton, ele a teria possuído de doze formas diferentes a partir do momento em que Pippa aceitou se casar com ele. Em corredores sombrios e alcovas escuras, em longos passeios de carruagem, em meio ao tráfego do meio-dia, ao ar livre, rapidamente, contra uma árvore robusta, sem ninguém, a não ser a natureza, para ouvir os gritos de prazer dela. Para ouvir os gritos *mútuos* de prazer deles. Mas ele não era Castleton. Ele era Cross. E isso estava completa e absolutamente errado.

Ele recuou um passo, seus pensamentos fazendo com que se sentisse culpado – fazendo com que passasse os olhos pelo cassino com um medo repentino que alguém pudesse vê-los. Ouvi-los. Por que é que ela sempre estava onde damas não deveriam estar?

"Na noite passada eu tentei mostrar que eu gostei que ele tivesse me tocado. Que podia me beijar, até."

Ele odiou o conde com uma intensidade visceral, perversa.

Ela continuava falando.

"Mas ele nem pareceu reparar em mim. Está certo que foi só um toque na mão, mas..."

Cross pagaria um bom dinheiro para que ela o tocasse assim, com essa simplicidade. Os grandes olhos azuis dela estavam novamente sobre ele.

"Você sabe por que ele não tentou me seduzir?"

"Não." De novo, a inocência pareceu ser a única resposta lógica.

"Você não precisa pensar que deve me proteger da verdade."

"Eu não penso assim." Mas ele pensava. Ele não queria que ela soubesse a verdade de seus pensamentos. Sua natureza sórdida.

"É porque eu sou estranha." E então ela ergueu o rosto para ele com aqueles enormes olhos azuis. "Não posso fazer nada a esse respeito."

Que Deus o ajudasse, pois Cross queria beijar Pippa até fazer com que ela perdesse os sentidos, fosse estranha ou não. Ele queria tanto beijá-la *porque* ela era estranha.

"Pippa...", ele disse, sabendo que não devia.

Mas ela o cortou.

"Não me diga que não é verdade. Eu sei que é. Eu sou estranha."

Ela franziu a testa.

"Bem, você também não precisa me dizer que é verdade."

Ele não conseguiu evitar de sorrir.

"Isso não é uma coisa ruim."

Ela olhou para Cross como se fosse ele – e não ela – o louco.

"É claro que é."

"Não. Não é."

"Você é um homem bom."

Ele não era. E várias partes de seu corpo queriam provar isso para Pippa. Uma parte em particular.

"Tudo bem que ele não esteja interessado em me seduzir", ela disse, "mas isso não pode continuar assim para sempre."

"Talvez ele esteja tentando ser um cavalheiro."

Ela não acreditava nisso.

"Ser um cavalheiro não impediu Tottenham."

Uma onda de fogo passou por ele.

"Tottenham tentou seduzir você?" Cross planejou assassiná-lo, próximo primeiro-ministro ou não.

Ela olhou para ele abismadíssima.

"Não! Por que Tottenham me seduziria?"

"Foi você que disse."

"Não! Eu disse que ele tentou seduzir Olivia."

Ela não tinha dito nada disso, mas Cross deixou passar.

"Na verdade, não tentou nada", ela continuou. "*Seduziu*." Ela fechou os olhos. "Eu sou a única irmã Marbury que não foi seduzida."

Ele podia corrigir aquela injustiça trágica. Só que não podia.

Ela ergueu o rosto para ele.

"Consegue acreditar nisso?"

Ele não sabia o que dizer. Então não disse nada.

"Você consegue, pelo que vejo." Ela inspirou profundamente. "É por isso que pedi sua ajuda, desde o início, Sr. Cross. Eu preciso que você me mostre como fazer."

Sim... Ele engoliu a palavra. Certamente ele devia ter entendido errado.

"Como fazer o quê?"

Ela suspirou, frustrada.

"Como atraí-lo."

"Quem?"

"Você não está prestando atenção? Castleton!" Ela se virou e foi na direção da mesa mais próxima, onde uma roda de roleta estava quieta em seu grosso suporte de carvalho. Pippa falou para a roleta: "Eu não sabia que ele devia estar tentando me seduzir. Antes do nosso casamento. Eu não sabia que fazia parte."

"Não faz. Ele não devia estar fazendo nada disso."

"Bem, obviamente você nunca ficou noivo, porque parece que é exatamente esse o tipo de coisa que acontece entre noivos que se casarão em breve. Eu pensei que tinha duas semanas. Aparentemente, não tenho."

Havia um ruído nas orelhas dele que tornava difícil entender o que ela falava, mas quando ela virou o rosto novamente para Cross, ele soube que estava perdido.

"Minha pesquisa tem que começar imediatamente."

Ele estava sendo punido. Essa era a única explicação.

"Eu preciso de alguém..." ela parou, então reformulou a frase, "...eu preciso que *você* me ensine como ser normal."

Ele, ensinando alguém a ser normal.

"Normal."

"Isso. Normal." Ela ergueu as mãos, desesperada. "Eu percebi que minha solicitação original – a experiência de ser arruinada?", ela perguntou como se fosse possível Cross ter esquecido disso. Como se algum dia ele esqueceria. Mas Cross aquiesceu, apesar de tudo. "Bem, eu percebi que não foi uma solicitação estranha, de modo algum."

"Não foi?"

Ela sorriu.

"Não. Na verdade, parece que há muitas mulheres em Londres que tem uma experiência *completa* nessas coisas em que estou interessada antes da noite de núpcias – incluindo minhas irmãs. Essa parte fica entre nós, eu espero?"

Finalmente, uma pergunta para a qual ele tinha a resposta.

"É claro."

Ela já seguia em frente.

"Sabe, eu pensava que precisaria de certa quantidade de conhecimento na noite em questão porque Lorde Castleton podia não ter o conhecimento necessário. Mas agora eu percebi... bem... eu preciso do conhecimento porque é comum."

"É comum."

Ela inclinou a cabeça e o estudou, curiosa.

"Você repete muito o que eu falo, Sr. Cross."

Porque ouvi-la era como aprender um segundo idioma. Árabe. Ou hindi.

Pippa continuava falando.

"É comum. Afinal, se Olivia possui e Lorde Tottenham é um verdadeiro cavalheiro, bem, então, muitas pessoas devem possuí-lo, não concorda?"

"Possuir."

"Possuir conhecimento do funcionamento interno do processo...", ela hesitou, "...conjugal."

Ele inspirou profundamente, depois expirou.

"Continuo sem saber por que você precisa que uma prostituta lhe ensine esse... funcionamento."

"Não tem nada demais, na verdade. Eu continuo precisando de um colega de pesquisa. Só que parece que eu preciso pesquisar a normalidade. Eu preciso saber como é que mulheres comuns se comportam. Eu preciso de ajuda. Urgentemente. Como você recusou, a Srta. Tasser vai ter que servir."

Ela o estava matando. Lenta e dolorosamente.

"Sally Tasser não é uma mulher comum."

"Bem, eu entendo que ela é uma prostituta, mas eu suponho que ela possua todas as partes necessárias?"

Ele engasgou.

"Sim."

Pippa hesitou, e alguma coisa passou por seu rosto. Decepção?

"Você já viu?"

"Não!" Verdade.

"Humm." Ela não pareceu acreditar nele. "Você não utiliza prostitutas?"

"Não."

"Não estou totalmente certa de que apoio essa profissão."

"Não?" Graças a Deus. Ele não estranharia se Pippa simplesmente anunciasse o desejo de explorar todos os aspectos da profissão mais antiga do mundo.

"Não." Ela negou com a cabeça. "Estou preocupada que as moças possam ser maltratadas."

"As moças que frequentam o Anjo Caído não são maltratadas."

Ela juntou as sobrancelhas.

"Como você sabe?"

"Porque elas estão sob minha proteção."

Ela congelou.

"Estão?"

De repente, ele relaxou.

"Elas estão. Fazemos todo o possível para garantir que sejam bem tratadas e bem pagas enquanto estão sob nosso teto. Se alguém bater nelas, as moças podem chamar um dos seguranças. Elas podem registrar uma queixa comigo. E se eu descobrir que alguém está maltratando mulheres debaixo deste teto, sua associação é revogada."

Ela refletiu por um longo momento sobre aquelas palavras.

"Uma de minhas paixões é a horticultura", disse, finalmente.

Ele ficou confuso sobre como as plantas tinham alguma relação com prostitutas, mas já sabia que não devia interrompê-la.

Ela continuou, as palavras rápidas e francas, como se fizessem todo o sentido.

"Eu fiz uma descoberta notável recentemente", ela disse, e Cross prestou atenção em como as palavras saíam em um fôlego só. Como a boca de Pippa se curvava em um sorriso pequeno, particular. Ela sentia orgulho de si mesma, e ele percebeu – antes mesmo de ela contar sua descoberta – que também sentia orgulho dela. Estranho, isso. Ela continuou. "É possível pegar um ramo de uma roseira e afixar em outra. E quando o processo é completado corretamente... digamos, um ramo branco em uma roseira vermelha... nasce uma flor totalmente nova..." Ela parou, e então o resto das palavras jorrou, como se Pippa tivesse medo delas. "Cor-de-rosa."

Cross não entendia muita coisa de horticultura, mas ele conhecia o bastante de estudos científicos para saber que essa descoberta era realmente inovadora.

"Como foi que você..."

Ela ergueu a mão para interromper a pergunta.

"Ficarei feliz em mostrar para você. É muito empolgante. Mas essa não é a questão."

Ele esperou para que ela explicasse qual era a questão. O que ela fez...

"A carreira... não é escolha delas. Elas não são mais vermelhas ou brancas. Elas são cor-de-rosa. E você é o responsável."

De alguma maneira, fazia sentido que ela comparasse as mulheres do Anjo à experiência com as rosas. De alguma maneira, o cérebro estranho, maravilhoso daquela mulher funcionava de uma forma que ele compreendia completamente. Enquanto Cross refletia sobre aquela verdade estranha, notável, ela insistiu.

"Não é?"

Não era uma pergunta das mais simples. Nem a resposta era das mais fáceis.

"Nem sempre a escolha é delas, não. Em muitos casos, as garotas caem nessa vida. Mas aqui elas são bem tratadas. Bem alimentadas. Bem pagas. E no momento em que querem parar de trabalhar, nós encontramos outros lugares para elas."

Ela ergueu as sobrancelhas.

"Onde?"

Cross sorriu.

"Nós somos homens muito poderosos, Pippa. Nossos membros precisam de criadas; nossos fornecedores precisam de vendedoras. E, se não for por esse caminho, temos lugares seguros longe de Londres, onde as garotas podem começar nova vida." Depois de um longo silêncio, ele acrescentou: "Eu nunca forçaria uma garota nessa vida."

"Mas algumas delas escolhem essa vida?"

Era uma verdade que algumas pessoas não compreendiam.

"Isso mesmo."

Ela aquiesceu.

"Como a Srta. Tasser."

"Como Sally."

"Bem, esse é mais um motivo para eu beber do conhecimento dela." Pippa empurrou os óculos nariz acima. "Se ela escolheu, deve gostar do que faz. E não tenho mais ninguém. Não é como se Castleton tivesse se oferecido para ajudar."

Como deveria ser. Não. Não como deveria ser. É claro que Castleton deveria ter se oferecido para ajudar. De fato, deveria estar fazendo muito mais que isso. Esse pensamento deu para Cross ainda mais vontade de matá-lo.

Ela franziu os lábios.

"Você acha que eu devo pedir a ele? Talvez seja assim que se deva fazer essas coisas?"

Não!

"Sim."

Ela corou, provocando-o.

"Não sei se consigo."

"Mas consegue pedir para mim?"

Ela arregalou os olhos para ele.

"Você é diferente. Não é o tipo de homem com quem alguém se casa. É mais fácil de... bem... engatar uma discussão franca sobre minha pesquisa com você." Ela sorriu. "Você é um cientista, afinal."

Lá estava, outra vez. Aquela certeza de que ela estava segura com ele. Que ele conseguia se controlar. Sempre. *Você deveria dizer para ela.* As palavras de Sally ecoaram nele, debochadas e corretas. Ele devia dizer para ela. Mas esse não era, exatamente, o tipo de coisa que se dizia para uma mulher jovem e linda que implora por aulas de ruína. Pelo menos, não para uma mulher *comum* nessa situação. Mas Philippa Marbury não tinha nada de comum. Contar a verdade para ela a afastaria. E isso seria o melhor a fazer. Para todos os envolvidos. Principalmente para ele.

Pippa balançou a cabeça.

"Ele vai dizer não. Percebe? Não tenho ninguém. Ninguém a não ser a Srta. Tasser."

Ela estava errada, é claro.

"Você tem a mim", disse ele, as palavras saindo antes que Cross percebesse que estavam vindo. Ela arregalou os olhos e ele sustentou seu olhar.

Houve um choque quando ela ouviu as palavras. Seu significado.

"Você", ela disse.

Ele sorriu.

"Agora é você que está me repetindo."

Pippa também sorriu, e ele sentiu algo no fundo de suas entranhas.

"Estou mesmo."

Talvez ele pudesse fazer aquilo. Deus sabia que ele devia isso a ela, por permitir que passasse pelas garras de Knight, Sally, Temple e sabe-se lá quem mais ela encontrou enquanto estava dentro do cassino. Ele devia a Bourne manter Pippa em segurança.

Desculpas. Ele parou quando esse pensamento surgiu. Talvez fossem apenas desculpas. Talvez ele só quisesse um motivo para ficar perto dela. Para conversar com ela – aquela mulher bizarra, brilhante, que o tirava do eixo sempre que podia. Seria uma tortura, claro. Mas Deus sabia que ele merecia ser torturado. Ele tinha que se mover. Para longe dela.

Cross andou até a mesa de dados, onde pegou um par de cubos de marfim e testou seu peso na mão. Ela o seguiu sem perguntar, e passou por ele em uma nuvem de suavidade perfumada por tecidos limpos. Como é que ela cheirava a raios de sol e ar fresco mesmo ali, na escuridão? Rodeada por pecados e vícios? Ela tinha que ir embora. Ela era tentação demais para ele – insuportável.

Sem saber em que Cross pensava, ela virou o rosto franco e animado para ele.

"Eu tenho várias perguntas. Por exemplo, Madame Hebert prometeu me fazer camisolas que, ela jura, irão tentar Castleton e fazer com que ele me seduza. Camisolas podem fazer isso?"

As palavras foram um ataque, e o consumiram com a ideia de uma Pippa loira, flexível, em uma criação de seda e renda projetada para levar os homens à loucura. Algo com um número devastador de fitas, cada uma formando um laço perfeito que, desamarrado, revelaria um pedaço de pele macia e quente – um presente exuberante e insuportável. Um presente merecedor de uma boa embalagem.

"Não acho que isso vai ser suficiente", ela disse, distraída.

Cross tinha certeza de que seria um exagero.

"E quanto ao olhar sedutor da Srta. Tasser? Você pode me ensinar a fazer isso? Tenho a impressão que vai ajudar. Com a tentação."

Ele não olhou para ela. Não conseguiu. Mas também não conseguiu evitar de dizer:

"Você não precisa de um olhar sedutor."

Ela estranhou.

"Não preciso?"

"Não. Você é tentadora de um modo diferente."

"Sou?"

Você deveria dizer para ela. Antes que ela o tentasse ainda mais. Mas ele não conseguiu. Ele a encarou.

"Você é."

Pippa arregalou muito os olhos por trás daqueles óculos enlouquecedores.

"Eu sou?"

Ele sorriu.

"Agora você está *se* repetindo."

Ela ficou quieta por um instante.

"Você não vai mudar de ideia, vai?"

"Não." A ideia de ela encontrar outra pessoa para aquilo era totalmente inaceitável.

Não quando podia ser ele. Não quando ele podia lhe mostrar um prazer que abalaria sua inocência e a arruinaria completa e absolutamente. Ele queria lhe dar tudo que ela havia pedido. E mais. E assim, a decisão foi tomada.

"Não. Não vou voltar atrás."

Ela deixou escapar um longo suspiro, e o som passou por ele no salão silencioso, fazendo-o imaginar o que mais provocaria aquele suspiro.

"Eu devia saber. Cavalheiros não voltam atrás."

"Neste caso, canalhas também não."

"Não entendi."

"As regras dos cavalheiros ditam que a honra os impede de voltar atrás, mesmo durante uma aposta ruim", ele explicou, tentado a alisar o vinco em sua testa, mas resistindo. "As regras dos canalhas ditam que só se deve apostar quando é possível ganhar."

"O que..." Ela hesitou. "O que você é?"

Ele poderia lhe transmitir conhecimento sem ceder a seus próprios desejos. Sem renunciar às suas obrigações. Sem renunciar ao seu autocontrole.

Ele se adiantou um passo, aproximando-se dela.

"O que você acha?"

Ela recuou.

"Um cavalheiro."

Sem tocá-la. Porque ele sabia, sem dúvida, que após seis anos de celibato, se tocasse Philippa Marbury, ele não sobreviveria. *Canalha.*

"Amanhã. Nove horas."

Capítulo Oito

"Astronomia nunca foi meu forte, mas hoje me peguei considerando o escopo do universo. Se nosso Sol é uma dentre milhões de estrelas, quem pode dizer que Galileu não tinha razão? Que não existe outra Terra distante, nos limites da galáxia? E quem pode dizer que não existe outra Philippa Marbury, há dez dias do seu casamento, esperando que seu conhecimento aumente?

Isso é irrelevante, é claro. Mesmo que haja uma imitação da Terra em algum canto distante do universo, ainda assim casarei em dez dias. E também a outra Pippa."

Diário Científico de Lady Philippa Marbury
26 de março de 1831; dez dias antes de seu casamento

Na noite seguinte, Pippa estava sentada em um pequeno banco à frente de um grupo de cerejeiras no jardim da Casa Dolby, envolta em uma capa bem fechada, com Trotula a seus pés, observando as estrelas. Ou, pelo menos, tentando observá-las. Ela estava ao ar livre há mais de uma hora, tendo finalmente desistido de fingir doença, e aproveitando para fugir de dentro de casa assim que o jantar foi oficialmente servido, preferindo ficar lá fora mesmo naquela noite fria de março. Ela se sentia empolgada demais. Nessa noite ela iria aprender sobre sedução. Com *Cross*.

Ela inspirou profundamente e depois expirou. De novo, esperando que isso acalmasse seus pensamentos. Não acalmou. Eles estavam tumultuados por visões do Sr. Cross – o modo como ele a fuzilou com o olhar no salão de seu cassino, o modo como ele sorriu para ela na escuridão, o modo como ele se aproximou dela em seu escritório. Não era ele, claro. Ela se sentiria assim com qualquer pessoa que lhe prometesse as lições que ele havia prometido. *Mentirosa*. Ela exalou demorada e ruidosamente. A respiração não estava ajudando.

Pippa olhou por sobre o ombro para a luz fraca que escapava da sala de jantar da Casa Dolby. Sim, era melhor que ela passasse o tempo que faltava para seu encontro sozinha na noite fria do que enlouquecendo em uma refeição com seus pais e Olivia, que sem dúvida estariam discutindo os detalhes do "Casamento" naquele exato instante.

Surgiu diante dela uma visão da tarde do dia anterior. Olivia resplandecente em seu vestido de noiva, brilhando com a empolgação da alegria pré-nupcial. O reflexo de Pippa no espelho atrás, menor e mais escura, no rastro da irmã mais nova e luminosa. O Casamento seria admirável. Seria lembrado por décadas. Ou, pelo menos, as fofocas durariam. Seria exatamente aquilo com que a Marquesa de Needham e Dolby sempre sonhou – uma cerimônia enorme e formal, planejada para ostentar a pompa e a circunstância condizentes com o berço das irmãs Marbury. Isso deveria apagar a lembrança de dois casamentos anteriores: o casamento duplo de Victoria e Valerie com noivos desinteressantes, feito às pressas no rastro do noivado rompido, escandaloso, de Penélope, seguido, mais recentemente, pelo seu casamento, feito sob licença especial na capela da vila perto da casa de campo Needham um dia depois que Bourne voltou de onde quer que tenha passado a última década.

É claro que todos sabiam aonde Bourne estava. No Anjo Caído. *Com o Sr. Cross*. O fascinante e irritante Sr. Cross, que começava a perturbá-la mesmo quando não estava por perto. Pippa inspirou profundamente e fechou os olhos, avaliando a mudança que ocorria nela quando próxima – mental ou fisicamente – do homem alto, de cabelo ruivo, que havia aceitado de má vontade ajudá-la em sua investigação.

Seu coração pareceu disparar, sua respiração ficou mais superficial. Mais rápida. Seus músculos ficaram tensos e seus nervos pareceram à flor da pele. Ela sentiu que ficava quente... ou seria fria? De qualquer modo, esses eram todos sinais de atenção intensificada. Sintomas de empolgação. Ou nervosismo. Ou medo. Ela estava sendo excessivamente dramática. Não havia nada que temer naquele homem – ele era um cientista. Absolutamente controlado o tempo todo. Um colega de pesquisa perfeito. *E nada mais*. Não importava que a pesquisa em questão era pouco ortodoxa. Ainda assim era uma pesquisa.

Ela inspirou novamente e tirou o relógio da bolsa, segurando-o perto do rosto sob a luz fraca que escapava das janelas da sala de estar do térreo.

"São nove horas." As palavras foram suaves, emanando da escuridão. Trotula ficou em pé para saudar o recém-chegado, o que permitiu a Pippa acalmar o coração disparado. Mais tarde ela estranharia o fato de estar ofegante, mas não assustada. Era algo diferente. Algo mais.

No momento, contudo, ela só conseguiu pensar em uma coisa. *Ele veio.* Ela sorriu enquanto ele se agachava para brincar com a cachorra.

"Você é bastante pontual."

Quando terminou com Trotula, ele se levantou e sentou ao lado dela, perto o bastante para perturbá-la, longe o suficiente para evitar o contato. Com o canto do olho ela percebeu como as coxas dele eram compridas – quase uma vez e meia o comprimento das suas, com a lã das calças marcando o músculo forte e o osso. Ela não devia estar pensando nas coxas dele. *Fêmur.*

"Ainda assim, você estava esperando por mim."

Ela se virou para ele e o encontrou observando o céu, o rosto oculto na escuridão, recostado no banco como se tivesse passado a noite toda ali, como se eles pudessem passar a noite toda assim. Ela acompanhou seu olhar.

"Estou aqui há mais de uma hora."

"No frio?"

"É a melhor hora para observar as estrelas, não acha? As noites frias são sempre mais claras."

"Existe uma razão para isso."

Ela virou o rosto para ele.

"Existe?"

Ele não olhou para ela.

"Há menos estrelas no céu de inverno. Como está o dedo do pé?"

"Certo. Você é astrônomo além de matemático?"

Ele se virou para ela, metade de seu rosto sob a luz tênue que vinha da mansão.

"Você é horticultora além de anatomista?"

Ela sorriu.

"Nós somos surpreendentes, não somos?"

Ele torceu os lábios.

"Somos."

Um bom tempo se passou entre eles antes que Cross se virasse novamente, voltando sua atenção para o céu.

"O que você estava olhando?"

Ela apontou para uma estrela brilhante.

"A Estrela Polar."

Ele balançou a cabeça e apontou para outra parte do céu.

"Aquela é a Estrela Polar. Você estava olhando para Vega."

Ela riu.

"Ah, então é por isso que não achei nada demais nela."

Ele se recostou e esticou as pernas compridas.

"É a quinta estrela mais brilhante do céu."

Ela riu.

"Você esquece que sou uma de cinco irmãs. No meu mundo, a quinta mais brilhante é a última." Ela olhou para cima. "Com minhas desculpas à estrela em questão, é claro."

"Você é última com frequência?"

Ela deu de ombros.

"Às vezes. Não é uma posição agradável."

"Eu lhe garanto, Pippa, que você raramente é a última."

Ele não se moveu, a não ser para virar a cabeça e olhar para ela, os ângulos de seu rosto acentuados na escuridão, enviando um estremecimento desconhecido através dela.

"Cuidado com o que você diz", falou ela. "Vou ter que dizer para Penny que você a acha deficiente."

Ele olhou surpreso para ela.

"Eu não falei isso."

"Ela é a única das minhas irmãs que você conhece. Se não sou a última, então na sua cabeça ela vem atrás de mim."

Cross deu um leve sorriso.

"Nesse caso, não vamos contar sobre esta conversa para ninguém."

"Concordo com isso." Ela voltou sua atenção para o céu. "Conte-me sobre essa magnífica quinta melhor estrela."

Quando ele falou, ela pôde ouvir a diversão em sua voz profunda, e ela resistiu ao impulso de olhar para ele.

"Vega pertence à constelação de Lira, que recebeu esse nome porque Ptolomeu achava que se parecia com a lira de Orfeu."

Ela não conseguiu resistir a provocá-lo.

"Pelo que vejo você também é especialista nos clássicos?"

"Quer dizer que você não é?", ele retrucou, fazendo com que ela risse antes de continuar. "Orfeu é um dos meus favoritos."

Ela olhou para ele.

"Por quê?"

Ele estava com o olhar fixo no céu noturno.

"Ele cometeu um erro terrível e pagou muito caro."

Com aquelas palavras, tudo ficou mais sério.

"Eurídice", ela sussurrou. Pippa conhecia a história de Orfeu e sua mulher, que ele amou mais que qualquer coisa e perdeu para o Mundo Inferior.

Cross ficou quieto por um bom tempo, e ela pensou que ele não fosse falar. Mas quando ele falou, as palavras não tinham emoção.

"Ele convenceu Hades a deixar Eurídice ir embora, a devolvê-la aos vivos. Tudo que ele precisava fazer era levá-la sem olhar para trás, para o Inferno."

"Mas ele não conseguiu", disse Pippa, a mente acelerada.

"Ele ficou ansioso e olhou para trás. E assim a perdeu para sempre." Ele fez uma pausa, e então repetiu: "Um erro terrível."

Havia alguma coisa na voz dele, algo que Pippa talvez não tivesse reparado em outro momento, em outro homem. Perda. Tristeza. Uma lembrança surgiu – a conversa sussurrada naquele mesmo jardim. *Você não devia ter casado com ele. Eu não tive escolha. Você não me deixou nenhuma. Eu devia ter impedido esse casamento.* A mulher no jardim... era sua Eurídice.

Algo desagradável cresceu em seu peito ao pensar nisso, e Pippa não resistiu e estendeu um braço para tocar nele, para colocar sua mão no braço dele. Cross estremeceu ao toque, afastando-se como se ela o tivesse queimado.

Eles ficaram em silêncio por um longo momento, até que ela não conseguiu se conter.

"Você cometeu um erro", disse Pippa.

Ele passou os olhos por ela, um instante fugaz, e então se levantou.

"Está na hora de irmos. Sua aula espera."

Só que ela não queria mais ir. Ela queria ficar.

"Você perdeu seu amor." Ele não olhou para Pippa, mas ela não conseguiria desviar os olhos nem se uma junta de bois passasse pelo jardim da Casa Dolby naquele momento. "A mulher no jardim. Lavínia", ela disse, odiando que não conseguisse simplesmente ficar quieta. *Não pergunte, Pippa. Não.* "Você... a ama?"

A palavra pareceu estranha em sua boca. Não deveria ser surpresa para Pippa que ele tivesse uma amante, afinal, pois havia poucos cavalheiros em Londres com a mesma reputação do Sr. Cross – tanto como homem quanto amante. Mas ele não parecia o tipo que seria atraído por emoções mais sérias – algo como amor. Ele era, afinal, um homem da ciência. Assim como ela. E Pippa certamente não esperava que o amor aparecesse em sua mente.

Ainda assim, naquele estranho momento ela viu que estava desesperada para ouvir a resposta dele. E em seu desespero ela percebeu que tinha esperança de que sua resposta fosse não. Que não havia um amor não correspondido dentro do peito dele. Nem amor correspondido, aliás. Ela estremeceu ao pensar nisso. *Bem.* Isso foi inesperado.

Ele retorceu os lábios ao ouvir a pergunta, enquanto virava o rosto da luz para a escuridão. Mas ele demorou a falar.

"Curiosidade é uma coisa perigosa, Lady Philippa."

Pippa levantou para encará-lo, plenamente consciente de que ele era muito mais alto que ela, plenamente consciente *dele*.

"Eu percebo que não consigo me segurar."

"Percebi isso."

"Eu só perguntou porque estou intrigado pela ideia de você amar alguém."

Pare com isso, Pippa. Esse não é o caminho que jovens inteligentes trilham. Ela mudou a abordagem. "Não você, de fato. Qualquer um. Amando alguém."

"Você se opõe ao amor?"

"Não me oponho, mas sou cética. Tornei minha prática não acreditar em coisas que não consigo ver."

Ela o surpreendeu.

"Você não é uma mulher comum."

"Já estabelecemos isso. É por esse motivo que você está aqui, lembra-se?"

"É mesmo." Ele cruzou os braços longos à frente do peito e acrescentou: "Então você deseja provocar seu marido – marido que não espera amar."

"Exatamente." Quando ele demorou a responder, ela acrescentou: "Se isso ajuda, também não acho que ele espera me amar."

"Um belo casamento inglês."

Ela refletiu sobre as palavras.

"Acho que sim, não é mesmo? Certamente é parecido com os casamentos que conheço."

Ele ergueu as sobrancelhas.

"Você duvida de que Bourne goste profundamente de sua irmã?"

"Não. Mas esse é o único." Ela parou e refletiu. "Talvez Olivia e Tottenham também. Mas minhas outras irmãs casaram pelo mesmo motivo que eu vou me casar."

"E qual é?"

Ela ergueu um dos ombros.

"É o que esperam que façamos." Ela o fitou nos olhos, incapaz de ler o que passava por ali devido à escuridão. "Eu suponho que isso não faça sentido para você, já que não é um aristocrata."

Cross fez uma careta.

"O que ser um aristocrata tem a ver com isso?"

Ela empurrou os óculos nariz acima.

"Talvez você não saiba, mas aristocratas têm que viver sob muitas regras. Casamentos têm a ver com riqueza, título, propriedades e posição. Não podemos simplesmente nos casar com quem quisermos. Bem, as mulheres pelo menos não podem." Ela pensou por um instante. "Os cavalheiros aguentam um pouco mais de escândalo, mas muitos deles simplesmente desistem e permitem serem arrastados para casamentos sem amor sentimento. Por que você acha que isso acontece?"

"Não gostaria de tentar adivinhar."

"É impressionante o poder que os homens têm e como o usam mal. Você não acha?", questionou Pippa.

"E se você tivesse o mesmo poder?"

"Eu não tenho."

"Mas e se tivesse?", insistiu Cross.

E porque ele parecia verdadeiramente interessado, ela respondeu.

"Eu teria ido para a universidade. Teria ingressado na Sociedade de Horticultura Real. Ou talvez na Sociedade Astronômica Real – e aí eu saberia a diferença entre a Estrela Polar e a Vega."

Ele riu.

Ela continuou, gostando da forma como conseguia ficar à vontade com ele.

"Eu casaria com alguém de que gosto." Ela parou, no mesmo instante se arrependendo do modo como as palavras soaram em sua boca. "Quero dizer... não é que eu não goste do Castleton, ele é um homem bom. Muito gentil. É só que..." Ela parou de falar, sentindo-se desleal.

"Eu compreendo."

E, por um instante, ela acreditou nisso.

"Mas tudo isso é bobagem, está vendo", ela disse. "Conversa-fiada de uma jovem estranha. Eu nasci em meio a certas regras e devo segui-las. Por isso é que eu acredito ser mais fácil para quem vive à margem da sociedade."

"Aí está você, enxergando em preto e branco de novo", disse Cross.

"Você quer dizer que não é mais fácil para você?"

"Estou dizendo que cada um tem sua cruz para carregar."

Havia algo naquelas palavras... uma amargura inesperada que a fez hesitar antes de falar.

"Suponho que você fale por experiência própria?"

"Exato."

A cabeça dela deu voltas com as possibilidades. Ele disse uma vez que não pensava em casamento. Que isso não era para ele. Talvez já tenha sido, um dia. Ele desejou casar? Foi rejeitado? Por causa de seu nome, ou sua reputação, ou sua carreira? Com ou sem título, ele era um homem impressionante – inteligente, rico, poderoso e bastante atraente, quando se considerava todos os fatores. Que mulher o rejeitaria? *A mulher misteriosa no jardim o rejeitou.*

"Bem, de qualquer modo, estou feliz que você não seja um nobre."

"E se eu fosse?"

Você seria um nobre diferente de todos que já conheci. Ela sorriu.

"Eu nunca teria pedido que você fosse meu colega de pesquisa. Eu compilei uma lista, a propósito. Com minhas perguntas."

"Eu não esperava outra coisa. Mas você não acha que tornaria tudo mais fácil, se eu fosse nobre? Você não precisaria se esgueirar por antros de jogatina."

Ela sorriu.

"Eu gosto de me esgueirar em antros de jogatina."

"Talvez." Ele se aproximou, bloqueando a luz da casa. "Mas talvez seja porque assim, quando terminar sua pesquisa, você pode simplesmente ir embora e esquecer do que aconteceu."

"Eu nunca esqueceria", ela disse, a verdade aparecendo rápida e livre.

Pippa corou com as palavras, e ficou grata pelas sombras que impediam Cross de ver sua cor.

Mas ela não esqueceria disso. Na verdade, ela não tinha dúvida de que voltaria àquela noite quando fosse Lady Castleton, andando por sua propriedade rural com nada além de sua estufa e seus cachorros como companhia. E com certeza ela não esqueceria *dele*.

Eles ficaram em silêncio por um bom tempo, e Pippa imaginou se havia falado demais. Finalmente, ele se manifestou.

"Eu trouxe uma coisa para você." Ele estendeu um pacote embrulhado com papel pardo.

A respiração dela acelerou – uma resposta estranha para uma caixinha, sem dúvida – e ela olhou para o pacote, afastando o focinho molhado curioso de Trotula enquanto o desembrulhava rapidamente, para descobrir uma máscara sobre um leito de papel fino. Ela ergueu a faixa larga de seda preta, com o coração acelerado.

Ela olhou para ele, incapaz de entender seu olhar na escuridão.

"Obrigada."

Ele aquiesceu.

"Você vai precisar dela." Ele deu as costas e começou a andar rapidamente pelo jardim.

Trotula o seguiu.

Pippa não gostava de ser deixada para trás. Ela se apressou para acompanhar o homem e o animal.

"Nós vamos... vamos a algum lugar público?"

"De certa forma."

"Eu pensei..." Ela hesitou. "Quero dizer, eu estava com a impressão de que as aulas seriam em particular." Ela ergueu a bolsa. "Eu não posso lhe fazer perguntas específicas em *público*."

Ele se virou e Pippa quase trombou nele.

"Esta noite não trataremos de nada específico. Vamos falar de tentação."

A palavra deslizou por ela, e Pippa imaginou, por um instante, se era possível que a linguagem pudesse ficar mais poderosa na ausência de luz. Era uma pergunta tola, claro. Obviamente os sentidos ficavam mais aguçados quando um deles era removido. Ela não podia vê-lo, então o ouvia melhor. Não tinha nada a ver com a palavra em si. *Tentação*.

Ele recomeçou a andar.

"Para compreender como provocar um homem, você primeiro precisa entender o que é tentação."

Ela o seguiu, apressando-se para acompanhá-lo.

"Eu entendo o que é tentação."

Ele olhou com pouco caso para ela.

"Eu entendo!"

"E o que tenta você?" Eles chegaram a uma carruagem preta, e o Sr. Cross estendeu a mão para abrir a porta e baixar o degrau. A cachorra pulou alegremente na carruagem, surpreendendo os dois e os fazendo rir.

Ela estalou os dedos.

"Trotula, saia."

Com um suspiro triste, a cachorra fez o que lhe foi ordenado. Pippa apontou para a casa.

"Vá para casa."

O animal sentou.

Pippa apontou novamente.

"Casa."

A cachorrinha se recusava a sair do lugar.

Cross abriu um sorriso torto.

"Ela é um pouco desobediente."

"Normalmente, não."

"Talvez seja eu."

Ela olhou de atravessado para ele.

"É possível."

"Não seria surpresa. Você também é bastante desobediente perto de mim."

Ela fingiu estar chocada.

"Você está me comparando a uma cachorra?"

Ele sorriu, e seus olhos faiscantes e dentes brancos causaram uma pequena e estranha turbulência na barriga dela.

"Talvez." Então ele continuou. "Agora vamos voltar à tarefa. O que tenta você, Pippa?"

"Eu..." Ela hesitou. "Eu gosto um bocado de merengue."

Ele riu, mais alto e exagerado do que ela esperava.

"É verdade."

"Não tenho dúvida. Mas você pode comer merengue a hora que quiser." Ele se afastou e fez um sinal para ela entrar na carruagem.

Ela ignorou o comando silencioso, impaciente para provar o que dizia.

"Nem tanto. Se a cozinheira não fizer, eu não posso comer."

Um sorriso brincou nos lábios dele.

"A sempre prática Pippa. Se você quiser, pode conseguir. É o que eu quero dizer. É claro que alguém, em algum lugar de Londres, ficará com pena de você e vai satisfazer sua necessidade de merengue."

Ela franziu a testa.

"Portanto, eu não sou tentada pelo merengue?"

"Não. Você deseja merengue, mas não é a mesma coisa. Desejo é fácil. É simples assim: você deseja comer merengue e então providencia o merengue." Ele apontou a mão para o interior da carruagem, mas não se ofereceu para ajudá-la a entrar. "Para dentro."

Ela subiu mais um degrau antes de se virar. A altura adicional colocou os olhos dos dois no mesmo nível.

"Eu não entendo. O que é tentação, então?"

"Tentação..." Ele hesitou, e ela começou a se inclinar para frente, ansiosa por receber aquela lição curiosa, perturbadora. "Tentação transforma você. Ela a torna em algo que você nunca sonhou, e a faz desistir de tudo que sempre amou; ela pede que você venda sua alma por um momento fugaz."

As palavras foram ditas em voz baixa, sombria e plena de verdade, e ficaram pairando no silêncio por um longo tempo – em um convite inevitável. Ele estava perto, protegendo-a para que não caísse do degrau, e seu calor a abraçava, apesar do frio.

"Ela faz você sentir dor", Cross sussurrou, e ela observou a curva dos lábios dele no escuro. "E você prometerá qualquer coisa, fará qualquer juramento. Por uma... fração perfeita... e pura porção."

Minha nossa.

Pippa exalou, fraca e longamente, os nervos exaltados, os pensamentos embaralhados. Ela fechou os olhos, engoliu em seco e se forçou a recuar, afastando-se dele e do modo como... *a tentava*. Por que ele estava tão calmo e absolutamente controlado? Por que ele não se sentia aflito com os mesmos... sentimentos? Ele era um homem muito frustrante.

Ela suspirou.

"Esse deve ser um merengue e tanto."

Um instante de silêncio seguiu as palavras bobas, idiotas... palavras que ela desejou poder retirar. *Que ridículo.* E então ele riu, deixando os dentes aparecerem na escuridão.

"É mesmo", ele disse, as palavras mais densas e ásperas que antes.

Antes que Pippa pudesse refletir sobre o tom dele, Cross acrescentou:

"Trotula, vá para casa."

A cachorra fez meia-volta e se foi, e então ele voltou sua atenção para Pippa.

"Entre", ele ordenou.

Ela entrou. Sem contestação.

A viela atrás do Anjo parecia diferente à noite. Mais assustadora.

Não ajudou em nada quando ele disse no momento em que a carruagem diminuiu velocidade, "Está na hora da máscara", antes de abrir a porta e pular sem ajuda de degrau ou do cocheiro.

Ela não hesitou para obedecer ao que ele ordenou, e assim, bastante agitada, pegou a faixa de tecido e a colocou à frente do rosto, – ela nunca teve motivo para mascarar sua identidade. A máscara prometia partes iguais de diversão e instrução. Sua primeira aventura incógnita. Seu primeiro momento como algo mais do que *a estranha irmã Marbury*. Com a máscara ela não se imaginou estranha, mas misteriosa. Não apenas científica, mas escandalosa. Ela estava se transformando em uma autêntica Circe.

Mas naquele momento, enquanto tentava afixar a máscara em sua cabeça, ela percebeu que imaginação não era realidade, e que máscaras não foram feitas para serem usadas com óculos. Na primeira tentativa, ela amarrou os laços muito frouxos, e a máscara escorregou, deslizando por cima das lentes, bloqueando a visão e ameaçando passar pelo nariz e cair no chão da carruagem caso ela se mexesse rápido demais. Na segunda tentativa ela amarrou os laços com muito mais firmeza, estremecendo quando capturou alguns fios de cabelo no nó apressado. O resultado não foi muito melhor. A máscara então forçava os óculos contra seus olhos, dobrando o aro fino de ouro e enterrando-o na pele do nariz e das orelhas, fazendo com que Pippa não se sentisse muito Circe.

Decidida a aguentar, ela deslizou pelo assento para sair da carruagem, onde o Sr. Cross a esperava. Pippa não permitiria que uma coisinha boba como visão ruim arruinasse sua noite. A máscara estava presa de modo precário aos óculos, e ela saiu às cegas da carruagem. Seu pé encontrou o primeiro degrau por algum milagre que não tinha nada a ver com visão periférica. Já o segundo degrau... Pippa cambaleou, soltou um grito alto e abriu os braços na tentativa de se reequilibrar. Mas isso não deu certo, e ela caiu para a esquerda, diretamente sobre o Sr. Cross, que a aparou em seu peito com um grunhido suave. Em seu peito firme e quente. Com seus braços compridos e hábeis.

Ele segurou a respiração e a apertou firmemente, e por um momento – nem um momento, mal um instante – o corpo dela ficou colado ao dele, e Pippa olhou diretamente em seus olhos. Bem, não *diretamente*, pois a maldita máscara tinha, é claro, saído do lugar, e ela ficou com um fragmento de sua visão habitual. Mas Pippa teve certeza de que, se estivesse com seus sentidos operando plenamente, veria o Sr. Cross rindo. E lá veio o constrangimento de novo – quente e inevitável –, no momento em que ele a colocou no chão.

Uma vez em terra firme, Pippa tirou a mão de onde agarrava desesperadamente, no casaco de lã dele, e tentou ajeitar a máscara. Ela conseguiu derrubar máscara e óculos, que caíram de seu rosto. Ele pegou a armação no ar. Os olhos dela foram dos óculos para o rosto de Cross, com seus ângulos fortes brilhando sob a luz da rua.

"Não foi assim que eu imaginei esta noite."

Ele não estava rindo, ainda bem. Ele parecia estudá-la, o que fez durante um bom tempo antes de recuar um passo e retirar um lenço de seu bolso.

"Nem eu, posso lhe garantir", ele disse, e limpou os óculos com cuidado antes de os devolver para ela.

Pippa os recolocou rapidamente e soltou um pequeno suspiro.

"Não posso usar a máscara. Não serve." Ela detestou o tom mimado de sua voz, que soou como a de Olivia. Ela franziu o nariz e olhou para ele.

Cross não falou, apenas estendeu a mão para ajeitar os óculos no nariz de Pippa, sem a tocar. Eles ficaram ali, em silêncio, refletindo, até que ele disse, em voz baixa:

"Eu deveria ter pensado nisso."

Ela balançou a cabeça.

"Tenho certeza que você nunca teve um problema desses..." Pippa pensou em Sally Tasser, mulher de visão perfeita que não teria qualquer dificuldade em usar uma máscara e se tornar impecavelmente misteriosa. A única coisa que Pippa não tinha dificuldade em se tornar era excêntrica. E de repente ela percebeu que aquele mundo, aquela noite, aquela *experiência* não era para ela. Aquilo era um erro. Orfeu olhando para trás no Mundo Inferior.

"Eu não deveria estar aqui", ela disse, fitando-o nos olhos, esperando ver satisfação ali – alívio porque ela tinha desistido, finalmente.

Mas ela não viu alívio. Pippa viu outra coisa – firmeza e decisão.

"Nós apenas teremos que ser cuidadosos de outra forma." Ele seguiu para o clube, deixando óbvia a expectativa de que ela o seguisse.

Quando eles se aproximavam da grande porta de aço que servia de entrada dos fundos para o cassino, uma segunda carruagem se aproximou pela viela, parando a vários metros do coche em que eles chegaram. Um criado desceu quando a porta foi aberta por dentro, de onde se ouvia uma cascata de risadas femininas. Pippa parou para escutar, e se virou para trás.

Cross praguejou baixo e a agarrou pela mão, antes que ela pudesse resistir, colocando-a de costas contra a parede do clube, bloqueando com seu imenso corpo a visão das recém-chegadas.

Ela tentou se mexer, e ele a pressionou contra a parede, não deixando que ela visse as mulheres que desciam da carruagem, rindo e conversando, a caminho do clube. Ela esticou o pescoço na tentativa de ver as moças, expondo-se com a curiosidade, mas ele anteviu seus movimentos e se aproximou mais, bloqueando Pippa, tornando impossível que ela visse qualquer coisa. Qualquer coisa a não ser ele...

Cross era muito alto. Ela nunca conheceu alguém tão alto. E com ele assim tão perto, era difícil pensar em outra coisa. Ele, seu calor, a forma como seu casaco desabotoado envolvia os dois, levando-a para mais perto de um homem em mangas de camisa do que ela jamais esteve. Os pensamentos de Pippa foram interrompidos por outra gargalhada, seguida por um som pedindo silêncio.

"Olhe!", disse uma mulher em voz alta. "Estamos atrapalhando os namorados!"

"Alguém não conseguiu esperar até chegar lá dentro!", disse outra voz feminina.

"Quem é?, sussurrou uma terceira.

Pippa arregalou os olhos, e ela falou com o peito dele.

"Quem são elas?"

"Ninguém com quem você tenha que se preocupar." Ele se aproximou mais, e fez uma careta quando ergueu uma mão e a apoiou na parede acima da cabeça dela, escondendo seu rosto com o braço comprido e a lapela do casaco.

Ela estava a um fio de cabelo do peito dele, e Pippa não conseguiu evitar de inalar o aroma estimulante de sândalo que a envolvia. Suas mãos, penduradas ao lado do corpo, ansiavam por tocá-lo. Ela cerrou os punhos e ergueu o rosto para ele, encontrando seus olhos escuros.

"Não consigo ver quem é ela", disse uma das mulheres, "mas eu reconheceria esse homem em qualquer lugar. É o Cross." Ela falou mais alto. "Não é, Cross?"

Um fio de calor percorreu Pippa ao notar a familiaridade da mulher, a diversão em sua voz – como se ela soubesse exatamente como era estar ali, apertada entre a parede de pedra do cassino mais famoso de Londres e seu proprietário orgulhoso e brilhante.

"Entrem, garotas", ele disse em voz alta, sem desviar os olhos de Pippa. "Vocês vão perder a luta."

"Parece que o espetáculo está aqui fora esta noite!", retrucou uma, atraindo um coro de risadas das outras.

Cross mudou de posição e deixou a cabeça cair. Pippa percebeu o que as observadoras iriam imaginar – que ele estava prestes a beijá-la.

"Agora, garotas", ele disse, a voz baixa e cheia de promessas. "Eu não fico assistindo às suas diversões noturnas."

"Fique à vontade sempre que quiser, querido."

"Vou lembrar disso", ele disse, as palavras preguiçosas e sensuais. "Mas estou ocupado esta noite."

"Garota de sorte!"

Pippa rilhou os dentes, uma batida ecoou na porta de aço e as mulheres foram entrando no clube, deixando os dois mais uma vez sozinhos na viela, na coisa mais parecida com um abraço que ela já tinha experimentado. Ela esperou que ele se mexesse, que parasse de envolve-la. Mas ele não fez isso. Não. Ele permaneceu como estava, muito próximo, os lábios junto à sua orelha.

"Elas acham que você tem sorte."

O coração dela batia loucamente e ela teve certeza de que Cross conseguia ouvir.

"Achei que você não acreditava em sorte", sussurrou Pippa.

"E não acredito."

A voz dela estava trêmula.

"Se acreditasse, diria que isto parece sorte?"

"Eu diria que parece tortura."

Foi nesse momento, as palavras um sopro na pele sensível abaixo da orelha, que Pippa percebeu que ele não a estava tocando. Tão próximo... mas mesmo naquele momento, empurrando-a contra a fachada de pedra do grande edifício, ele teve o cuidado de não a tocar.

Ela suspirou. Aparentemente, ela era a única mulher da Cristandade que ele havia decidido não tocar. Em um pensamento fugaz, ela imaginou o que aconteceria se resolvesse tomar a situação em suas próprias mãos. Ela virou a cabeça para ele, e Cross se afastou – não muito, mas o bastante para garantir certa distância entre eles. Os dois estavam face a face, os lábios quase se tocando, ao mesmo tempo a um milímetro e um quilômetro um do outro.

Um milímetro para ele, pois tudo o que Cross tinha que fazer era fechar o espaço e ela seria dele. Um quilômetro para ela, pois Pippa sabia que não faria aquilo... e ela não conseguiu beijá-lo. Mesmo que, naquele momento, não houvesse algo que quisesse mais. Mas ele não queria o mesmo. Aquela era uma noite para empreitadas intelectuais, não físicas. Não importava o quanto ela pudesse desejar que fosse diferente.

Então ela fez a única coisa que poderia fazer. Ela inspirou profundamente.

"Cross?"

Houve uma pausa imensa, cavernosa, quando os dois perceberam que ela não havia usado o Sr., mas de algum modo ali, em uma viela escura de Londres, o título parecia formal demais para aquele homem alto e imoral.

"Sim, Pippa?"

"Podemos entrar agora?"

Capítulo Nove

"O jogo de dados é problemático – parece ser de um jeito e se desenvolve de outro. Por exemplo, alguém pode jogar dois dados acreditando que o resultado ficará entre um e doze, mas um é um resultado completamente impossível... bem como dois e doze também praticamente o são. Por que, então, quando as falácias do jogo são tão óbvias, seu apelo aos jogadores é tão forte?

Pode haver certa geometria nesse jogo de azar, mas ele tem, também, um caráter sagrado.

Acontece que a santidade raramente tem sentido científico."

Diário Científico de Lady Philippa Marbury
27 de março de 1831; nove dias antes de seu casamento

Não havia nada em todo o mundo que Cross negaria a ela naquele momento. Não quando ela havia passado a última hora tentando-o com aqueles olhos azuis, sua mente ágil e aquele corpo macio que o deixava desesperado para tocá-la. Quando aquelas mulheres chegaram, ele não pensou em nada a não ser proteger Pippa, não deixar que fosse descoberta, ocultando-a com seu corpo – ao mesmo tempo em que se odiava por sequer pensar em levá-la àquele lugar escuro e sujo que não a merecia. *Assim como ele não a merecia.*

Ele deveria contar tudo para Bourne e deixar seu sócio matá-lo de pancada por sequer pensar em arruinar Philippa Marbury. Por sequer sonhar em ficar assim perto dela. Por ser tentado por ela. Pois ela era a maior lição sobre tentação que já existiu.

Quando ela caiu da carruagem diretamente em seus braços, Cross pensou que estava acabado, com as linhas macias e as curvas quentes dela pressionadas contra ele, causando-lhe dor. Ele pensou que aquele momento era o teste definitivo... a coisa mais difícil que ele já teve que fazer – colocá-la em pé e se afastar do precipício. Lembrar a si mesmo que ela não era para ele. *Que ela nunca seria.*

Mas isso até que foi fácil, se comparado a alguns minutos depois quando, pressionada entre ele e a fachada de pedra do clube, ela se virou e falou com ele, um sopro passando por seu rosto, deixando sua boca seca e seu membro duro. *Isso* tinha sido a coisa mais difícil que ele já fez. Ele chegou perto de beijar Pippa e assim acabar com o sofrimento dos dois. Que Deus o ajudasse, pois por um instante ele pensou que Pippa iria tirar o problema dos ombros dele e tomar ela mesma a iniciativa. E ele quis isso. *E ainda queria.*

Em vez disso, ela pediu que ele continuasse com aquela loucura – que a levasse para dentro do cassino e lhe desse a aula que havia prometido. Que a ensinasse o que era tentação. Ela pensava que era seguro estar com ele. Científico. Sem perigo. Ela era louca. Cross deveria colocar Pippa na carruagem e levá-la para casa, sem pensar duas vezes. Ele deveria mantê-la longe daquele lugar cheio de nobres que se divertiriam muito em encontrá-la ali, e mais ainda na fofoca que a presença dela alimentaria.

O clube também tinha regras quanto a isso, é claro – às mulheres, aceitas como associadas, era expressamente proibido revelar os segredos que tomavam conhecimento. E como as mulheres tinham seus próprios segredos e desejavam passar seu tempo no clube, elas obedeciam criteriosamente essas regras. Mas isso não diminuía a ameaça a Pippa. O que ele não aceitava.

"Eu não deveria levar você para dentro", ele respondeu, as palavras persistindo entre os dois.

"Você prometeu."

"Eu menti."

Ela balançou a cabeça.

"Eu não gosto de mentirosos."

Ela o estava provocando. Ele ouviu o riso nas palavras. Mas estivesse nelas ou não, ele também ouviu a verdade daquelas palavras. E ele queria que ela gostasse dele. Aquele pensamento veio como um golpe, e ele se endireitou instantaneamente, ansioso por se afastar dela. *Não era ela.* Não podia ser. Era a circunstância especial em que ela estava. Porque ela era a primeira mulher a quem Cross havia permitido aquela proximidade, com tanta frequência, em seis anos. Era porque ela cheirava a luz e primavera, e sua pele era impossivelmente macia, e seus belos lábios rosados se curvavam quando ela sorria, e ela era inteligente, estranha e tudo que ele sentia falta nas outras mulheres. *Não era ela.*

Mas era tudo... Com Knight, Lavínia e o resto do mundo desabando à sua volta, a última coisa de que ele precisava era Pippa Marbury em seu clube. Em sua vida. Criando problemas. Sequestrando seus pensamentos. Aquela loucura acabaria no momento em que ele se livrasse dela. *Ele tinha que se livrar dela. Nesta noite.*

Cross ignorou o fio de irritação que aquele pensamento fez passar por ele e bateu na porta de aço.

"Essa batida tem um ritmo diferente do que as mulheres usaram."

É claro que ela ia reparar nisso. Ela reparava em tudo com aqueles olhos azuis.

"Eu não sou as mulheres." Ele percebeu a tensão em sua voz, depois se recusou a se arrepender quando a porta abriu.

Ela pareceu não reparar.

"Cada um tem uma batida diferente?" Ela o seguiu até o hall de entrada, onde Asriel estava sentado em seu lugar de costume, lendo sob a luz fraca de uma arandela de parede.

O porteiro lançou seus olhos escuros primeiro para Cross, depois para Pippa.

"Ela não é membro."

"Ela está comigo", disse Cross.

"Membro do quê?", Pippa perguntou.

Asriel voltou a atenção para seu livro, ignorando os dois. Pippa se inclinou para ver o livro que Asriel tinha em mãos. Ela levantou a cabeça, encontrando os olhos dele.

Orgulho e preconceito?

Ele fechou o livro com um estalo e olhou para Cross.

"Ela continua não sendo membro."

Cross olhou atravessado para ele.

"Que sorte, então, que eu sou um dos proprietários."

Asriel pareceu não ligar para isso também.

Pippa, contudo, parecia incapaz de se controlar.

"Talvez nós devêssemos começar de novo? Não fomos apresentados devidamente. Eu sou..."

Asriel a interrompeu.

"Cross."

"Confesso que fico feliz em constatar que ela é tão enlouquecedora para os outros como é para mim." Ele fez uma pausa. "Vallombrosa?"

Se Asriel pensou algo do pedido, não demonstrou.

"Vazio. Todo mundo está na luta. Se você não quer que a vejam sem máscara, é melhor ficar longe de lá."

Como se Cross não tivesse pensado nisso.

"Essa é a segunda vez que alguém menciona uma luta", interveio Pippa. "O que isso significa?"

Asriel ficou quieto por um bom tempo.

"Significa que há uma luta", disse ele, afinal.

Ela ergueu as sobrancelhas.

"Você não é um cavalheiro muito comunicativo, é?"

"Não."

"Você está estragando minha diversão", ela disse.

"Isso não é incomum."

Cross resistiu ao impulso de rir. Pippa não era a primeira a tentar puxar uma conversa com Asriel, e ele estava disposto a apostar que ela também não seria a primeira a fracassar.

Ela tentou, porém, com um sorriso largo e amistoso.

"Eu espero que possamos nos encontrar novamente. Talvez pudéssemos organizar uma espécie de clube de leitura. Eu já li esse." Ela se aproximou. "Você já chegou na parte em que o Sr. Darcy pede a mão dela?"

Asriel apertou os olhos para Cross.

"Ela fez isso de propósito."

Pippa balançou a cabeça.

"Oh, eu não estraguei a surpresa. Elizabeth recusa." Ela fez uma pausa. "Acho que essa parte eu *estraguei*. Desculpe."

"Percebi que eu gosto muito mais da sua irmã."

Pippa aquiesceu, séria.

"Isso não é incomum."

Quando ela repetiu as palavras de Asriel, Cross riu, e ao tentar segurar a risada, ela saiu de uma forma estranha – algo que Asriel identificou corretamente com uma carranca. Cross aproveitou a deixa e afastou a pesada cortina de veludo, verificando se não seriam vistos antes de conduzir Pippa pelo corredor longo e estreito até Vallombrosa, uma das salas de dados no setor para mulheres do clube.

Ela entrou na frente dele e se virou lentamente lá dentro, examinando os detalhes da pequena sala, luxuosamente decorada, projetada para jogos particulares.

"Este edifício é admirável", ela disse, começando a desabotoar sua capa.

"Verdade. Cada vez que eu venho aqui há uma parte nova a ser explorada."

Ela retirou a capa, revelando um vestido simples de dia, verde, absolutamente comum – desinteressante, até se poderia dizer, em comparação com as criações em seda e organza que o resto das mulheres que frequentava aquela parte do clube usava com regularidade. O decote era alto, as mangas longas e a saia pesada – uma combinação que deveria ter esfriado Cross após a interação dos dois na viela –, mas o impacto que Pippa teve sobre ele foi o mesmo que teria se ela estivesse usando uma camisola rendada. O vestido fazia um bom trabalho em escondê-la. Ele quis tirá-lo. Imediatamente. Cross pigarreou e pegou a capa, que pendurou nas costas de uma espreguiçadeira.

"O prédio é projetado para fazer você se sentir assim. Os visitantes ficam imaginando o que perderam."

"Então são tentados a voltar?" A pergunta era retórica. Ela estava aprendendo. "Esse é o objetivo desta noite? Tentar-me com suas belas salas e seus corredores secretos?"

Ele já não tinha certeza de qual era o objetivo daquela noite. Todos os pensamentos claros que ele tinha, os planos perfeitamente controlados para a aula dela, tudo havia sido embaralhado pela presença de Pippa. Ela se afastou dele, aproximando-se de uma pintura a óleo, que ocupava grande parte de uma parede, que retratava quatro jovens jogando dados em uma rua de paralelepípedos sob a luz de um pub.

"Falando de corredores secretos", ela começou, "estou impressionada com suas habilidades arquitetônicas."

"Temple fala demais."

Ela sorriu.

"Todas as salas têm essas passagens secretas?"

"A maioria. Nós gostamos de ter meios de escapar." O lugar em que a mandíbula dela encontrava o pescoço projetava uma sombra muito intrigante. Cross imaginou qual seria a sensação da pele ali. Seda ou cetim?

"Por quê?"

Ele se concentrou na pergunta.

"Existem muitas pessoas que gostariam de nos destruir. É um benefício podermos nos mover sem o risco de sermos descobertos."

Ela se virou para ele, os olhos bem abertos.

"Não é para isso que serve aquele homem lendo *Orgulho e preconceito*?

"Em parte."

"E as pessoas conseguem passar por ele?"

"Não é raro. Uma vez acordei com uma mulher no meu escritório. E posso lhe garantir que ela não tinha sido convidada. E ontem mesmo eu a encontrei no salão do cassino."

Ela sorriu com a referência.

"Ela parece ser um caso especial", disse Pippa.

Verdade.

Ela continuou:

"Eu não gosto da ideia de que você possa ter que fugir de algum sujeito nefasto."

Ele resistiu ao surto de prazer que percorreu seu corpo com a ideia de que ela podia se preocupar com ele.

"Não precisa se preocupar. Eu raramente fujo."

Ele passou por ela e rodeou a mesa, para colocar espaço e mogno entre os dois. Ela ficou onde estava.

"Esta sala possui uma passagem secreta?"

"Talvez."

Ela olhou em volta, os olhos atentos, analisando cuidadosamente cada centímetro da parede.

"Se tivesse, aonde levaria?"

Ele ignorou a pergunta e pegou os dados na mesa de jogo, erguendo-os, testando seu peso.

"Você quer me fazer perguntas de arquitetura? Ou quer sua lição?"

O olhar dela não vacilou.

"Ambas."

A resposta dela não o surpreendeu. Philippa Marbury era uma mulher tão faminta por conhecimento que se veria tentada por uma variedade de tópicos – e não apenas sexo. Infelizmente, a curiosidade inata dela era uma das coisas mais tentadoras que ele havia vivenciado. Seu objetivo para aquela noite tinha voltado. Ela tinha que perder. *Se ela perdesse, ele poderia recuperar sua sanidade. Recuperar seu autocontrole.* Só isso já valia a pena.

Ele jogou os dados na direção dela.

"Ambas, então."

Os olhos dela brilharam como se ele tivesse lhe oferecido joias.

"Quem eram as mulheres lá fora?"

Ele balançou a cabeça.

"Não é tão fácil assim, Pippa. A aula é sobre tentação. Se você quiser saber mais... terá que conquistar."

"Tudo bem."

"E terá que apostar."

Ela aquiesceu.

"Eu tenho cinco libras na minha bolsa."

Ele deu um sorriso irônico.

"Cinco libras é muito pouco. Não basta para a lição que você pediu."

"O que, então? Não tenho mais nada de valor."

Tem suas roupas. Ele precisou de toda sua força para não dizer essas palavras.

"Eu gostaria de comprar seu tempo."

Ela estampou sua confusão no rosto.

"Meu tempo?"

Ele concordou.

"Se você ganhar, eu lhe digo o que você quer saber. Se perder, você perde tempo nesse projeto insano de pesquisa. Faltam quantos, onze dias para você casar?"

Faltavam dez. Ele tinha errado o cálculo de propósito. Ela o corrigiu, então balançou a cabeça firmemente.

"Nós temos um acordo."

Talvez, mas ele tinha todo o poder. Pelo menos na cabeça dela.

"Então eu acredito que você não terá sua aula."

"Você disse que não voltaria atrás. Você prometeu."

"Como eu disse antes, minha lady, canalhas mentem." Nem tanto por causa de sua natureza, ele percebeu. Às vezes eles mentem para preservar sua sanidade. Ele caminhou até a porta. "Eu vou mandar alguém com uma capa com capuz para acompanhar você do clube até sua casa."

Ele estava na porta, mão na maçaneta, quando ela falou.

"Espere."

Ele enrijeceu o rosto e se voltou.

"Sim?"

"A única forma de eu ter minha aula é apostando?"

"Pense nisso como uma pesquisa dupla. Aulas de jogo são uma aventura que muitas mulheres não deixariam passar."

"Não é uma aventura. É uma pesquisa. Quantas vezes vou ter que lhe dizer?"

"Chame como quiser, Pippa. Seja como for, é algo que você deseja."

Ela olhou para a mesa de jogo, com ansiedade em seu olhar, e ele percebeu que tinha ganhado.

"Eu quero jogar."

"É isso, Pippa."

Ela encontrou os olhos dele.

"Minha primeira aula de tentação."

Garota inteligente.

"Tudo ou nada."

Ela aquiesceu.

"Tudo."

Garota inteligente, condenada. Ele voltou para a mesa e lhe entregou um par de dados de marfim.

"Na primeira rodada no Anjo, sete e onze ganham. Dois ou três perdem.

Ela ergueu as sobrancelhas.

"Somente o dois e o três? Como eu perdi com um nove em nosso primeiro encontro?"

Ele não conseguiu segurar o sorriso.

"Você ofereceu chances melhores; eu aceitei."

"Eu suponho que deveria ser inteligente o bastante para não jogar com um canalha."

Ele inclinou a cabeça em sua direção.

"Eu pensei que você já tivesse aprendido essa lição."

Pippa o encarou, os olhos grandes atrás dos óculos.

"Não tenho tanta certeza."

As palavras honestas o atingiram em cheio, trazendo desejo e algo até mais básico com elas. Antes que ele pudesse responder, ela jogou os dados.

"Nove", ela disse. "Meu número da sorte?"

"Já é uma jogadora inveterada." Ele recolheu os dados e os entregou para ela. "A jogada é simples. Tire nove outra vez e você ganha. Se tirar sete, você perde."

"Pensei que o sete ganhava."

"Só na primeira jogada. Agora você já estabeleceu que seu número é o nove."

Ela balançou a cabeça.

"Não me importo com essas regras. Você sabe tão bem quanto eu que as chances de sair um sete são melhores do que fazer o mesmo com qualquer outro número."

"Goste delas ou não, você concordou com essas regras quando escolheu jogar dados."

"Eu não escolhi nada", ela resmungou, mesmo enquanto rolava os dados na mão. Ela não iria embora.

Ele se encostou na mesa.

"Agora você entende por que jogar é uma ideia muito ruim."

Ela olhou de atravessado para ele.

"Eu acho que é mais provável eu entender porque você é um homem muito rico."

Ele sorriu.

"Ninguém forçou você a jogar."

"Você acabou de fazer isso!", ela disse, erguendo as sobrancelhas.

"Bobagem. Eu lhe dei algo para arriscar. Sem isso não há recompensa."

Ela olhou cética para a mesa.

"Tenho certeza de que não haverá qualquer recompensa, de qualquer modo."

"Nunca se sabe. Alguns jogadores conquistam os encantos da Lady Sorte."

Ela ergueu uma das sobrancelhas douradas.

"Ela é uma lady?", perguntou Pippa.

"Deve ser, porque ela é muito volúvel", respondeu ele.

"Eu fico muito ofendida com isso. Eu não tenho nada de volúvel. Quando faço uma promessa, eu a mantenho."

Ela jogou os dados e lembrou do primeiro encontro dos dois. *Eu não gosto de desonestidade.*

"Dois e quatro", ela anunciou. "Seis. E agora?"

Ele pegou os dados e os entregou novamente para ela.

"Você joga de novo."

"Eu não ganhei?"

"Se serve de consolo, você também não perdeu."

Ela jogou mais três vezes – dez, doze e oito – antes de franzir o nariz e falar.

"Por que, exatamente, este jogo incita atitudes tolas e indefensáveis nos homens?"

Ele riu.

"No Anjo, os espectadores podem apostar em qualquer coisa relativa ao jogo. O resultado de uma jogada individual, se uma jogada vai ser mais alta ou mais baixa que a anterior, a combinação exata dos pontos dos dados... Quando alguém na mesa está ganhando a cada jogada, o jogo fica mais empolgante."

"Se você diz", falou ela, parecendo completamente descrente quando jogou novamente os dados, tirando um seis e um três. "Oh!", ela exclamou. "Um nove! Eu ganhei! Está vendo? A sorte está do meu lado."

Ela estava sorrindo, as faces coradas com a emoção da vitória.

"E agora você percebe porque os homens gostam tanto de jogar."

Ela riu e bateu palmas.

"Eu suponho que sim! E agora eu recebo a resposta para uma pergunta!"

"Sim, você recebe", ele concordou, na esperança que as indagações dela fossem relativas ao clube.

"Quem eram as mulheres lá fora?"

Ele pegou os dados.

"Membros."

"Do Anjo?", ela praticamente guinchou enquanto estendia a mão para pegar os cubos de mármore. "Eu pensei que fosse um clube para cavalheiros."

"É mais do que parece. Este não é, tecnicamente, o Anjo."

Ela franziu a testa.

"O que é?"

"Essa já é outra pergunta." Ele indicou a mão dela com a cabeça. "Os jogos são mais complicados lá em cima, mas para o objetivo do nosso jogo, vamos continuar com o mesmo. Você ganha com o nove."

Ela jogou os dados. Seis e três.

"Eu ganhei de novo!" Ela exultou, o sorriso se abrindo de orelha a orelha. Ele não conseguiu evitar de sorrir também enquanto balançava a cabeça e recolhia os dados. "O que é?"

"Não tem um nome. Nós nos referimos a ele como o Outro Lado. É para mulheres."

"Que mulheres?"

Ele lhe entregou os dados. Ela tirou um cinco, depois um dez. E outro nove.

"Oba!", ela exclamou e foi de encontro ao seu olhar. "Você não pensou que eu ganharia de novo."

"Confesso que não pensei."

Ela sorriu.

"Que mulheres?"

"Não posso responder isso", ele disse, balançando a cabeça. "Basta dizer que são mulheres que desejam continuar anônimas. E ter suas próprias aventuras."

Ela aquiesceu.

"Por que os homens podem ter acesso às coisas do mundo e as mulheres... não?"

"Exatamente."

Pippa parou de falar, então disparou:

"Vai doer?"

Cross quase engasgou. Aparentemente, ela confundiu o som que ele produziu com falta de entendimento.

"Quero dizer, eu sei que provavelmente vou sentir dor. Mas ele também vai sentir?"

Não! Não, ele sentirá um prazer incomparável, que jamais sentiu. Assim como você sentiria, se eu tivesse algo a ver com isso.

"Não", foi apenas o que ele disse.

O alívio brilhou nos olhos dela.

"Ótimo!" Ela fez uma pausa. "Eu estava preocupada que fosse possível executar incorretamente."

Cross balançou a cabeça uma vez, com firmeza.

"Eu acredito que você não terá dificuldade para aprender."

Pippa sorriu ao ouvir isso.

"Anatomia ajuda."

Ele não queria pensar na compreensão de anatomia que ela tinha nesse contexto. Ele não queria imaginar como ela usaria suas palavras francas e simples para orientar o marido, para aprender com ele. Cross fechou os olhos contra a visão que evocavam essas palavras, esse conhecimento nos lábios dela.

"Castleton pode ser um tolo, mas ele não é um idiota. Você não precisa ficar preocupada com ele não entender a mecânica da situação."

"Você não devia chamá-lo assim."

"Por que não? Ele não é o *meu* noivo." Cross ergueu os dados, oferecendo-os a ela. Quando ela esticou a mão para pegá-los, Cross não conseguiu resistir a fechar sua palma ao redor dos dedos dela – segurando-a. Ele também não conseguiu resistir a dizer suavemente o nome dela.

"Pippa."

O olhar dela encontrou instantaneamente o dele.

"Sim?"

"Se ele machucar você..." Ele parou de falar, odiando o modo como ela arregalou os olhos.

"Sim?"

Se ele machucar você, deixe-o. Se ele machucar você, eu o matarei.

"Se machucar você... é porque ele está fazendo errado." Era tudo que ele podia dizer. Então Cross soltou a mão dela. "Jogue de novo."

Quatro e três.

"Oh", ela disse, abatida. "Eu perdi."

"Um dia a menos de pesquisa. Você tem nove dias."

Ela apertou os olhos.

"Um *dia* inteiro? Por *uma* jogada ruim?"

"Agora você também sabe qual é a sensação de perder", ele disse. "O que é mais poderoso? O risco? Ou a recompensa?"

Ela pensou por um longo momento."

"Estou começando a entender."

"O quê?"

"Por que os homens fazem isto. Por que continuam. Por que perdem."

"Por quê?"

Ela encontrou seus olhos.

"Porque a sensação de ganhar é maravilhosa."

Ele fechou os olhos enquanto ela falava, pela forma como elas o tentavam a mostrar para Pippa como ele poderia fazê-la se sentir mais maravilhosa do que aqueles dados frios.

"Você quer continuar?"

Diga não, ele quis dizer. *Pegue suas coisas e vá para casa, Pippa. Este lugar, este jogo, este momento... nada disso é para você.*

Enquanto pensava, Pippa prendeu o lábio inferior entre os dentes, e isso o deixou estarrecido, tanto que quando ela finalmente soltou a carne ligeiramente inchada e disse "Eu quero", ele tinha esquecido a pergunta.

Como ele demorou a lhe entregar os dados, ela estendeu a mão.

"Eu gostaria de jogar novamente, se você não se importa."

Mas ele se importava. Ainda assim, entregou os cubos de marfim, que ela lançou com gosto sobre o feltro.

"Oito dias", ela fez uma careta para o quatro e o três na outra ponta da mesa.

"De novo", ela disse.

Ele lhe entregou os dados. Ela jogou.

"Sete dias."

Ela olhou desconfiada para ele.

"Tem alguma coisa errada com os dados."

Ele recolheu os cubos e os ofereceu a ela com a palma para cima.

"Tentação nem sempre é uma coisa boa."

"É quando a pessoa está se preparando para tentar o marido."

Ele tinha quase esquecido do objetivo dela. Deus, ele não queria ensinar Pippa a tentar outro homem. *Ele queria ensiná-la a tentar ele próprio.* Ele queria ensiná-la a deixar que ele a tentasse.

Pippa pegou os dados.

"De novo."

Ele ergueu uma sobrancelha.

"Se nós ganhássemos uma moeda toda vez que essas palavras fossem ditas dentro deste prédio, estaríamos ricos."

Ela conseguiu um oito, e olhou para Cross.

"Vocês *são* ricos."

Ele sorriu e lhe entregou mais uma vez os blocos de marfim.

"Seríamos mais ricos."

Ela jogou mais uma vez – *onze* – outra – *quatro* – e mais uma.

"Ah!", ela comemorou. "Seis e três! De novo!" Ela se virou para ele, algo familiar em seus olhos – a emoção inebriante da vitória. Ele tinha visto isso várias vezes no olhar de inúmeros ganhadores, e a experiência nunca deixava de alegrá-lo. Aquele olhar significava uma verdade indiscutível: que o apostador em questão tinha sido conquistado. Mas naquele momento, com Pippa, o olhar não alegrou Cross. Na verdade, ela o fez arder de desejo. Desejo de ver a mesma emoção longe da mesa de jogo, enquanto ela ganhava algo completamente diferente. *Enquanto Pippa ganhava Cross.*

Ela pegou sua bolsa.

"Eu tenho anotado as perguntas da minha pesquisa." É claro que sim. Só Deus sabia que indagações extravagantes Lady Philippa Marbury faria em nome de sua pesquisa. Ela abriu o caderno, mordeu o lábio inferior enquanto analisava a quantidade considerável de texto ali, e Cross soube, com a experiência aguçada de alguém que esteve perto de muitos apostadores durante bastante tempo, que Pippa estava para perguntar alguma coisa escandalosa.

Ele deu as costas para ela e para a mesa, e andou até um aparador, onde pegou uma garrafa do melhor uísque de Chase, guardado ali para provações como aquela. Servindo dois dedos do líquido âmbar para si mesmo, ele olhou por sobre o ombro e a encontrou o observando atenciosamente, com o caderno na mão.

"Você gostaria de uma bebida?", ele ofereceu.

Ela balançou a cabeça no mesmo instante.

"Não, obrigada. Eu não poderia."

Ele deu um sorriso torto.

"Uma lady não bebe uísque, certo?", perguntou Cross.

Ela balançou a cabeça e abriu um sorriso igual ao dele.

"Eu percebo a ironia da situação, posso lhe garantir."

Ele ergueu o copo, fazendo um brinde, e virou todo o conteúdo em um grande gole, apreciando o calor do álcool em sua garganta, gostando da distração que proporcionava.

"Sua pergunta?"

Ela demorou para falar, e ele se obrigou a olhar na direção dela, que fitava o copo de cristal que ele continuava segurando. Cross, então, pôs o copo sobre o aparador, produzindo um baque, e o som abafado a tirou de seu devaneio. Ela baixou a cabeça e olhou para a caderneta em suas mãos. Como ela não estava olhando para ele, Cross pôde observar a onda rosada que enxaguava suas faces enquanto Pippa refletia sobre a pergunta que, certamente, iria destruir sua sanidade. Deus, ele adorava observá-la corar.

"Suponho que eu deva começar pelo começo. Parece que me falta o conhecimento mais básico. Quero dizer, eu compreendo cachorros, cavalos e tais, mas humanos... bem, são diferentes. E assim..." Ela hesitou, depois se apressou, deixando as palavras jorrarem dela. "Eu gostaria de saber se você pode explicar o uso da língua."

Aquilo foi um golpe, igual a um dos socos fortes e inesperados de Temple, e – da mesma forma que acontecia dentro de um ringue de box – demorou um instante para que o zunido nas orelhas de Cross diminuísse. Quando diminuiu, ela já estava ficando impaciente.

"Eu entendo que tem seus usos no beijo", ela acrescentou, contida. "E em outras coisas também, se posso acreditar em Olivia – o que não é possível o tempo todo. Mas eu não sei o que fazer com ela, e se ele fosse me beijar..."

Se Castleton fosse beijá-la, Cross teria imenso prazer em destruí-lo. Ele precisou de cada gota de sua força para não pular por cima da mesa, erguê-la em seus braços, apertá-la contra a parede e possuí-la. Ele abriu a boca para falar, sem saber o que diria, mas não tinha qualquer dúvida, de que se ela dissesse mais alguma coisa perfeitamente razoável, racional e insana, ele não conseguiria resistir. Mas antes que qualquer um dos dois pudesse falar, alguém bateu na porta e ele foi salvo. *Ou talvez arruinado*. De qualquer modo, *Pippa* estava salva.

Os dois olharam para a porta, surpresos e confusos pelo som durante um momento antes de ele se mexer para abri-la, usando seu corpo volumoso para impedir a visão da sala.

Era Chase do outro lado da porta.

"O que foi?", Cross esbravejou. Sorrindo, Chase tentou olhar para dentro da sala. Cross diminuiu a abertura entre porta e batente. "Chase...", ele alertou.

Não havia como confundir o sorriso irônico nos olhos castanhos de Chase.

"Escondendo algo?"

"O que você quer?"

"Você tem visita."

"Estou ocupado."

"Interessante." Chase tentou novamente olhar dentro da sala, e Cross não conseguiu evitar a ameaça grave, ininteligível que veio dele. "Você está rosnando? Que primitivo."

Cross não mordeu a isca.

"Diga para alguém cuidar disso. Cuide você mesmo."

"Como o *isso* em questão é sua... Lavínia, não acredito que você queira que eu cuide dela."

Lavínia. Ele devia ter entendido mal.

"Lavínia?"

"Ela está aqui."

Não podia ser. Ela não se arriscaria assim. Não arriscaria seus filhos. A fúria cresceu dentro dele, quente e rápida.

"Agora nós vamos simplesmente permitir a entrada de qualquer mulher de Londres?"

Chase continuava tentando espiar dentro da sala.

"Alguns de nós são mais culpados que outros pelo recente fluxo de ladies. Ela está no seu escritório."

Cross xingou em voz baixa.

"Que vergonha. Ainda mais na frente de uma lady."

Ele fechou a porta na cara irônica de Chase e se virou para Pippa. Que desastre. Pippa e sua irmã debaixo do mesmo e escandaloso teto. E era culpa dele. *Maldição!* Ele estava perdendo o controle da situação e não gostava disso.

Pippa se aproximou, sua curiosidade lhe dando coragem, e ela ficou a um metro dele. Dois minutos antes ele teria encurtado essa distância e a coberto de beijos. Mas a intromissão de Chase foi melhor para os dois, era óbvio. *Pelo menos ele tentava acreditar nisso.* Ele tinha que falar com a irmã. Agora.

"Eu vou voltar."

Ela arregalou os olhos.

"Você vai me deixar aqui?"

"Não vou demorar."

Ela deu um passo na direção dele.

"Mas você não respondeu a minha pergunta."

Graças a Deus! Ele recuou um passo e levou a mão à maçaneta da porta. "Eu vou voltar", ele repetiu. "Você está em segurança aqui." Ele entreabriu a porta, consciente de que havia pouco que pudesse fazer. Lavínia não podia ser deixada sozinha no cassino.

Não que Pippa fosse inteiramente confiável. Na verdade, aquela mulher podia causar uma boa quantidade de confusão se fosse deixada sozinha ali, no Outro Lado. Por um instante ele hesitou entre ir e ficar, e finalmente encarou os grandes olhos azuis dela e disse, na sua melhor voz de comando:

"Fique."

Senhor, proteja-me das mulheres.

Ele pensava que ela era um cachorro? Pippa rodeou a mesa e pegou, distraída, os dados, movimentando-os na palma de sua mão. Ela não ouviu muita coisa, mas ouviu quando Cross disse *aquele nome*. Pippa sentiu uma decepção aguda – completamente irracional – que surgiu quando as sílabas saíram da boca de Cross. Ele a deixou por outra mulher. Por Lavínia. A mulher do jardim. Com nada além de uma ordem: "Fique." *E ele nem tinha respondido sua pergunta.*

Ela hesitou e se virou para observar a mesa de jogo, apoiando as mãos no mogno finamente entalhado, que não deixava os dados ultrapassarem o fim da mesa e caírem no chão. Frustrada, ela jogou os dados que segurava, sem conferir o resultado quando eles bateram na madeira e pararam. Aquele homem iria aprender rapidamente que ela não era, de modo algum, submissa como um cachorro. Debruçando-se sobre a madeira, ela olhou determinada e longamente para a mesa, os pensamentos acelerados, observando o feltro verde, com suas marcações em branco e vermelho, ficando borrado enquanto ela refletia sobre o que deveria fazer em seguida. Pois ela certamente não iria ficar esperando naquela saleta minúscula e sufocante enquanto todo tipo de diversão acontecia no clube. Não enquanto ele corria para fazer seja lá o que canalhas fazem com as mulheres que desejam. E ele evidentemente desejava essa tal de Lavínia. Ele a desejava o bastante para encontrá-la às escondidas na festa de noivado de Pippa. Ele a desejava o bastante para ir correndo atrás dela agora mesmo. E ele a desejava o bastante para esquecer facilmente de honrar seu compromisso com Pippa devido à presença dessa Lavínia.

De repente, ela sentiu o peito apertar. Pippa tossiu e se endireitou, pousando o olhar na porta fechada da salinha em que ele a tinha deixado. Ela levou uma mão ao peito, passando os dedos pela pele nua ao longo da borda do corpete, tentando aliviar seu desconforto. Ela inspirou profundamente, e pensar em Cross correndo por todo o cassino para cair nos braços acolhedores dessa mulher – que, obviamente, tinha se dado conta de que valia a pena perdoar aquele homem – sufocou todo seu bom senso. Essa Lavínia era provavelmente linda, pequena e perfeitamente curvilínea. Sem dúvida era uma dessas mulheres que sabem exatamente o que dizer em qualquer situação e nunca se veem dizendo a coisa errada ou fazendo uma pergunta inconveniente. Pippa apostaria que Lavínia não sabia o nome de nenhum osso do corpo humano. Não era de admirar que Cross a adorasse. O aperto em seu peito se transformou em dor, e a mão de Pippa ficou paralisada. Oh, céus. Não era algo fisiológico. Era *emocional*. O pânico a tomou. *Não!*

Ela se apoiou na mesa, fechou os olhos bem apertado e inspirou profundamente. Não! Ela não permitiria que a emoção invadisse aquela situação. Ela estava ali no interesse da ciência. Em nome de sua pesquisa. Era só isso. Ela abriu os olhos e procurou algo em que focar. Pippa encontrou os dados que havia jogado antes. *Seis e três.* Ela olhou firme para sua jogada vitoriosa. *Seis e três.* Nasceu uma suspeita. Ela recolheu os dados e os jogou novamente. *Seis e três.* Pippa os examinou atentamente. E jogou de novo. *Seis e três.* Só um dado. *Três... Três... Três!* Ela arregalou os olhos quando compreendeu. O dado era viciado. Os *dados eram* viciados. Ela não ganhou. Ele a *deixou* ganhar. Ele manipulou o jogo o tempo todo. *Não existe essa coisa de sorte. Ele tinha mentido para ela.* Ele esteve manipulando o jogo, sem dúvida com dados perdedores também... planejando roubá-la de seus planos de pesquisa, planejando tirar-lhe seus últimos dias de liberdade antes de ela se tornar a Condessa Castleton. Ele a roubou! Pior, ele a roubou e depois a deixou para ir se encontrar com outra mulher.

Ela se empertigou e fez uma careta para a porta – onde Pippa o tinha visto pela última vez.

"Bem", ela disse em voz alta para a sala vazia, "isso não está certo."

E se dirigiu à porta, pondo toda sua força no movimento quando pegou a maçaneta – para descobrir que estava trancada. Ela soltou uma exclamação baixa, uma mistura de choque e indignação, enquanto tentou abrir novamente a porta, certa de que estava enganada. Certa de que não era possível que Cross a tivesse trancado em uma sala dentro de um cassino. *Depois de enganá-la.* Não era possível! Depois de várias tentativas, Pippa teve certeza de duas coisas: primeiro, ele tinha mesmo a trancado em uma saleta, dentro de um cassino, depois de a enganar. E segundo, ele estava obviamente louco.

Agachando-se, ela espiou pelo buraco da fechadura para o corredor diante da porta. Pippa esperou alguns momentos, sem saber exatamente o que estava esperando, mas ainda assim esperou. Como ninguém apareceu nem passou pelo corredor, ela se ergueu e ficou andando de um lado para outro, confrontando a porta de carvalho. Ela só podia fazer uma coisa: arrombar a fechadura. Não que ela já tivesse feito algo assim, mas Pippa tinha lido a respeito em artigos, romances e, honestamente, se crianças pequenas conseguiam realizar esse feito, podia ser muito difícil?

Erguendo a mão, ela retirou um grampo do cabelo e se agachou diante da porta novamente, enfiando o objeto de metal na fechadura e o contorcendo lá dentro. Nada aconteceu. Depois do que pareceu uma eternidade tentando o impossível, ficando cada vez mais furiosa com sua situação e o homem que a provocou, Pippa se sentou, bufando de frustração, e recolocou o grampo em seu lugar. Aparentemente, havia um grande número de crianças pequenas em Londres que eram mais hábeis que Pippa. Ela olhou, então, para a enorme pintura que havia notado antes. Sem dúvida que os homens naquele quadro não teriam problemas para abrir a fechadura. Sem dúvida eles conheceriam dezenas de meios de escapar daquela saleta. *Como uma passagem secreta.*

Esse pensamento fez com que ela se levantasse em instantes e colocasse uma mão no revestimento de seda das paredes, percorrendo minuciosamente o perímetro da saleta em busca de uma porta secreta. Ela demorou vários minutos para verificar cada centímetro da parede, de um lado da pintura até o outro, sem encontrar nada de extraordinário. Não havia passagem secreta. A menos que estivesse na própria pintura. Ela olhou para o quadro. *A menos que...* Agarrando um lado da grande moldura, ela puxou, e a pintura veio para a frente, revelando um corredor largo e escuro.

"Bingo!", ela exultou para a sala vazia antes de pegar um candelabro na mesa lateral e adentrar no corredor, fechando a porta atrás de si com um baque.

Ela não conseguiu segurar um sorriso de satisfação consigo mesma. Cross ficaria chocado quando destrancasse sua jaula e descobrisse que ela fugiu. E bem que ele merecia o susto, o canalha. Quanto a Pippa, ela iria para onde aquele corredor secreto a levasse.

Capítulo Dez

"Eu estudei muitas espécies de flora e fauna ao longo dos anos, e se pude encontrar alguma verdade, é esta: em cachorros ou humanos,

irmãos sempre mostram mais heterogeneidade que homogeneidade.
Basta que alguém olhe para mim e Olivia e terá a prova.
Pais são a roseira vermelha... e os filhos o ramo branco.

Diário Científico de Lady Philippa Marbury
28 de março de 1831; oito dias antes de seu casamento

"Eu vim para lhe dizer que nos deixe em paz."

Cross estava parado do lado de dentro de seu escritório, junto à porta que havia trancado, além da qual duzentos dos homens mais poderosos da Grã-Bretanha faziam apostas. No caminho ele pensou em meia dúzia de coisas que poderia dizer para sua irmã, todas variações de: "Que diabo a possuiu para fazer você vir até aqui?" Mas ele não teve oportunidade para dizer nada disso. A irmã falou, assim que a fechadura estalou, como se não tivesse nada neste mundo com que se preocupar a não ser aquela frase calma e clara.

"Lavínia...", ele começou, mas ela o interrompeu, o olhar castanho firme.

"Não vim até aqui para discutir", ela pronunciou as palavras como aço. "Eu vim do Cavaleiro e ele se recusou a me receber. Por sua causa."

A ira se inflamou.

"E é assim que deve ser", disse Cross. "Você nunca deveria ter ido até ele. E se o Knight souber o que é melhor para ele, nunca mais irá procurar você."

Ela parecia cansada – pálida, magra e indisposta, com grandes olheiras sob os olhos e faces sem brilho, como se não comesse ou dormisse há dias. Mas foi mais que alguns dias que a deixou desse jeito – que roubou a garota de dezessete anos, olhos alegres, e colocou no lugar essa mulher estoica de vinte e quatro anos, que parecia muito mais velha e era décadas mais experiente. Experiente demais.

Ela não recuou.

"Isso não é da sua conta."

"É claro que é da minha conta. Você é minha irmã."

"Você acha que por dizer essas palavras elas se tornam verdadeiras?"

Ele andou na direção dela, hesitando quando Lavínia recuou e agarrou a borda de sua escrivaninha, como se ela pudesse retirar força do grande tampo de ébano.

"Não há nada disso. As palavras são verdadeiras."

Ela torceu os lábios em um sorriso amargo, forçado.

"Como você faz parecer simples. Como se você não tivesse feito nada de errado. Como se todos devêssemos esquecer que você nos abandonou. Como se devêssemos fingir que está tudo bem e nada mudou. Como se devêssemos matar o novilho gordo e acolher você de volta à nossa vida – nosso filho pródigo."

As palavras doeram, mesmo com Cross procurando se lembrar que Lavínia era nova demais quando Baine morreu. Com pouco mais de dezessete anos, ela estava focada demais em sua própria dor e sua tragédia para enxergar a verdade do que tinha acontecido. Para enxergar que Cross não teve escolha a não ser deixar a família. Para enxergar que ele foi empurrado a isso. Para enxergar que eles nunca o perdoariam. Que, aos olhos deles, Cross nunca seria bom o bastante, forte o bastante, *Baine* o bastante. Não só aos olhos deles. Aos olhos de Cross também.

Ele não a corrigiu – ele não lhe contou. Ele simplesmente deixou que as palavras o machucassem. Porque ele as merecia. Ainda. Ele sempre as mereceria.

Como ele não respondeu, a irmã continuou.

"Eu vim para lhe dizer que, seja qual for o acordo que você fez, seja qual for o negócio que arranjou com o Sr. Knight, eu não o aceito. Eu quero que você o cancele. Eu vou assumir a responsabilidade pela minha família."

Essas palavras o deixaram furioso.

"*Você* não tem que assumir a responsabilidade. Você tem um marido. Essa é a função dele. É o papel dele. É ele quem deveria proteger o futuro dos filhos. A reputação da mulher."

Os olhos castanhos dela faiscaram.

"Isso não é da sua conta."

"É, se você precisa de proteção e ele não pode protegê-la."

"Agora você é o especialista em proteção familiar? O irmão mais velho perfeito? Agora, depois de sete anos de abandono? Depois de sete anos de invisibilidade? Para começar, onde estava você quando me casaram com Dunblade?"

Ele estava contando cartas em algum cassino, tentando fingir que não sabia onde estava a irmã, o que ela estava fazendo, com quem estava casando. *Por quê?* Ironicamente, esse cassino provavelmente era o Cavaleiro.

"Lavínia", ele tentou explicar, "tanta coisa aconteceu quando o Baine morreu. Tanta coisa que você não sabe."

Ela apertou os olhos.

"Você ainda me considera uma garotinha. Acha que eu não sei? Você acha que não me lembro daquela noite? Preciso lembrar você de que eu estava lá? Não você. Eu. Sou eu quem carrega as cicatrizes. As lembranças de tudo. Eu carrego isso comigo *todos os dias*. E, de algum modo, foi você que assumiu como *sua* aquela noite."

Ela se remexeu, e ele reparou no relance de desconforto em seu rosto,

quando ela se apoiou na bengala finamente forjada. Cross foi até uma cadeira perto dela, de onde tirou uma pilha de livros.

"Por favor, sente."

Ela ficou rígida, e quando falou, as palavras pareciam de gelo.

"Eu ainda sou capaz de me aguentar em pé. Posso estar manca, mas não estou aleijada."

Minha nossa. Será que ele não acertava uma?

"Eu não quis dizer... É claro que você é capaz de ficar em pé. Eu só pensei que você ficaria mais confortável..."

"Não preciso de você para ficar mais confortável ou para tornar minha vida mais fácil. Eu preciso é que você fique fora da minha vida. Eu vim para lhe dizer isso. E para lhe dizer que não vou permitir que você se envolva com Knight por minha causa."

Raiva e frustração cresceram nele.

"Receio que a decisão não esteja em suas mãos. Não vou permitir que você se sacrifique ficando à mercê do Knight. Não se eu puder ajudar."

"Não cabe a você ajudar."

"Cabe exatamente a mim. Goste ou não, este é o meu mundo, e você é minha irmã." Ele parou de falar, hesitando quanto a suas próximas palavras, sem querer dizê-las, mas sabendo que devia a explicação a ela. "O Knight foi atrás de você para me atingir."

Ela franziu o cenho.

"Como é?"

Ele se odiou naquele momento, quase tanto quanto detestou a expressão nos olhos dela, desconfiança e descrença.

"Ele quer me pegar, Lavínia. Não você. Nem o Dunblade. Ele sabe que ameaçar você é o modo mais rápido de conseguir o que quer comigo."

"Por que ele acharia isso?", ela debochou. "Você nunca parou para pensar em nós."

As palavras o machucaram.

"Isso não é verdade."

Ela se remexeu novamente, e ele não conseguiu evitar de olhar de novo para a bengala, de desejar que pudesse ver a perna dela. Ele sabia como era a dor dela; Cross pagou regiamente os médicos que o mantiveram a par do ferimento de sete anos.

Ele olhou para ela.

"Lavínia", Cross começou. "Por favor. Sente-se. Nós precisamos conversar sobre isso."

Ela não se sentou.

"Nós estamos sofrendo por sua causa?"

Não importava que eles estivessem sofrendo porque o marido dela era um fraco. Se Cross não fosse Cross... se ele não tivesse um passado com Knight... a família da irmã estaria em segurança.

"Ele ameaça você para ter acesso a mim. Para tirar de mim o que ele quer. Fique longe dele. Eu vou fazer essa ameaça desaparecer. Só preciso de quatro dias."

"O que ele quer?"

Meu título. Meu nome. A herança dos seus filhos.

"Não importa."

"É claro que importa."

"Não", insistiu Cross. "Não importa porque ele não vai conseguir. E também não vai encostar em você."

Alguma coisa faiscou nos olhos dela, alguma coisa parecida com ódio, e ela riu sem achar graça.

"Eu imagino que não deva ficar surpresa. Afinal, minha dor sempre foi resultado de suas ações, não é mesmo? Por que agora seria diferente?"

O silêncio se interpôs entre eles, as palavras pairando na sala, seu peso familiar e insuportável, ecoando acusações frias que seu pai fez naquela noite, sete anos atrás. *Deveria ter sido você.* E os lamentos cortantes de sua mãe. *Se pelo menos tivesse sido você.* E os gritos de dor de Lavínia enquanto os médicos faziam o que podiam para arrumar o osso e limpar as feridas, e assim livrar seu corpo jovem e frágil da febre que a atacava, ameaçando sua jovem vida. Ameaçando a sanidade de Cross.

Ele queria lhe contar a verdade, que ele foi consumido pela culpa naquela noite, e medo nas noites seguintes, que ele desejou, seguida e repetidamente, durante anos, que fosse ele naquela carruagem. Que Baine estivesse em casa – o forte, equilibrado e competente Baine, que nunca os teria deixado. Que nunca teria permitido que ela se casasse com Dunblade. Que ele, Cross, tivesse morrido, para que nunca decepcionasse a família.

Mas as palavras não saíram.

"Eu vou consertar o estrago", ele disse, simplesmente. "Ele nunca mais irá incomodar vocês."

Aquela risada outra vez, magoada e cheia de ódio, com mais experiência do que devia ter.

"Por favor, não. Você é bom demais causando estragos para que tenha alguma capacidade de consertá-los." Ela acrescentou, "eu não quero você na minha vida. Eu vou lidar com ele."

"Ele não vai falar com você", disse Cross. "Isso faz parte do nosso acordo."

"Como você ousa negociar com ele em meu nome?"

Ele balançou a cabeça e falou a verdade, cansado de escondê-la.

"Ele veio até mim, Lavínia. E não importa o quanto você gostaria de acreditar no contrário, mas eu não posso deixar que ele machuque você. Eu nunca vou deixar que ele faça isso."

As palavras podem ter causado algum impacto, mas ele nunca saberia, porque naquele exato momento, enquanto Lavínia assimilava o que ele disse, houve uma pancada surda do outro lado de uma pintura grande que havia em uma das paredes de seu escritório, e um conhecimento incômodo se aninhou nas suas entranhas. Ele sabia o que havia do outro lado daquela pintura, sabia aonde aquela passagem levava. Ele sabia, também, com absoluta certeza, quem estava ali, a poucos centímetros de seu escritório.

Erguendo uma mão para evitar que sua irmã continuasse falando, ele rodeou a escrivaninha e agarrou uma ponta da grande moldura dourada, dando um bom puxão no enorme quadro a óleo, abrindo a entrada secreta e revelando uma Philippa Marbury de olhos arregalados, que tropeçou na saída do corredor e só não caiu porque conseguiu se segurar na mesa, e depois se endireitou e encarou os ocupantes do escritório.

Ela não perdeu tempo; logo endireitou os óculos e passou por Cross, aproximando-se de Lavínia.

"Olá, Lady Dunblade", disse ela, e depois virou o olhar azul gelado para ele, colocando triunfalmente o par de dados de marfim na borda de sua grande escrivaninha preta, acrescentando, "O senhor é um mentiroso e um trapaceiro. E não vou receber ordens como se fosse um cão de caça."

Houve um momento de silêncio coletivo, durante o qual o queixo de Lavínia caiu e Cross se perguntou como foi, exatamente, que sua vida calma e imperturbável tinha saído tão completamente de controle.

A Lavínia *dele*, era Lavínia, Baronesa Dunblade. Uma *lady*.

Era fascinante a simplicidade com que a sociedade tornava invisível as pessoas que passavam por circunstâncias infelizes. Lady Dunblade podia precisar de uma bengala para ajudá-la a andar, com seu problema inevitável, mas enquanto estava ali, no escritório atravancado do Sr. Cross, Pippa se perguntou como aquela mulher podia passar despercebida. Ferimento à parte, ela era alta e linda, com belos cabelos ruivos e olhos castanhos que Pippa não podia evitar de admirar.

Aparentemente, ela não era a única a admirar aqueles olhos. Parecia que o Sr. Cross também acreditava que eles eram dignos de admiração. Pippa não deveria estar surpresa. Afinal, o Sr. Cross era um malandro notório –

mesmo que nunca tivesse demonstrado qualquer comportamento canalha com Pippa – e Lady Dunblade costumava passar tão despercebida, que podia facilmente entrar e sair no Anjo Caído sem provocar escândalo. Mas ela parecia ser escandalosa, pois estava ali, em pé no escritório de Cross, empertigada e orgulhosa, como uma rainha grega. E por que não estaria orgulhosa? Parecia que ela tinha conseguido a atenção de um dos homens mais poderosos de Londres. *Pippa também estaria muito orgulhosa de si mesma se tivesse feito o mesmo.*

Pippa resistiu a esse pensamento e à emoção nova e desagradável que veio junto com ele, e se virou para fechar a porta que dava para o corredor secreto. Ela devia ter imaginado que ele escolheria uma sala de jogo com passagem secreta até seu escritório – ele não era o tipo de homem que acreditava em coincidências. E era provável que ele também não fosse o tipo de homem que ficaria feliz com o fato de ela simplesmente surgir da parede em seu escritório – e se o que ela ouviu fosse verdade – no meio de uma conversa muito particular.

Eu nunca vou deixar que ele machuque você. Mesmo do outro lado da parede, ela percebeu a ferocidade em sua voz. O comprometimento. Mesmo do outro lado da parede, ela sentiu as palavras como um golpe. Ele obviamente gostava daquela mulher. Gostava o bastante para deixar Pippa trancada em uma sala e ir até ela. Ela não devia ficar magoada. Afinal, eles tinham uma parceria, não um relacionamento. Não era o momento de sentir ciúme. Não era o local para isso. Não havia ciúme na ciência. *Só que, aparentemente, havia.* Ela não devia estar com ciúme. Ela devia estar com raiva. Ele havia corrompido o acordo que fizeram, trapaceando com dados viciados e mentiras perversas. Sim. Na verdade, foi por isso que ela chegou ali furiosa, não foi? Se ela estava brava, só podia ser por esse motivo e nada mais. *Curioso, isso.*

Depois que a passagem foi fechada, ela se virou para encarar o Sr. Cross e Lady Dunblade. Ao assimilar a fúria no rosto dele e o choque no dela, Pippa disse a primeira coisa que lhe veio à mente.

"Desculpem-me por interromper."

Passou um instante, enquanto assimilavam as palavras, antes que pudessem responder.

"Nós já terminamos", disse Lavínia endireitando os ombros quando pareceu se lembrar onde estava, e indo na direção da porta. "Estou indo embora."

"Que diabos você estava fazendo nesse corredor? Eu lhe disse para não sair daquela sala", disse o Sr. Cross ao mesmo tempo em que Lavínia falava.

"Você me deixou trancada em uma sala e esperava que eu não tentasse escapar?", disse Pippa, incapaz de esconder a frustração de sua voz.

"Eu queria manter você em segurança."

Ela arregalou os olhos.

"O que de mal pode me acontecer?"

"Em um corredor secreto e escuro num antro de jogatina? Tem razão. Nada de mal pode acontecer."

Ela recuou um passo.

"O sarcasmo não lhe fica bem, Sr. Cross."

Ele balançou a cabeça, frustrado, e se virou para Lady Dunblade, que havia alcançado a porta.

"Você ainda não pode ir."

A mulher estreitou os olhos.

"Nós já terminamos. Eu já dei o meu recado e com certeza posso ir embora."

Pippa encostou na pintura por onde tinha entrado quando Cross deu um passo na direção de Lady Dunblade, a emoção óbvia em suas palavras.

"Lavínia...", ele começou, mas ela ergueu a mão e o interrompeu.

"Não! Você fez sua escolha. Não pode mudar o passado."

"Não é o passado que eu quero mudar, maldição. É o futuro."

Lavínia se virou e foi até a porta que dava para o salão do cassino.

"O futuro não lhe pertence, para que você o mude."

Pippa assistia ao diálogo dos dois, virando a cabeça de um lado para outro, como se estivesse em um jogo de badminton. Perguntas lhe surgiam e ela estava desesperada por fatos. O que aconteceu no passado deles? O que acontecia agora que ameaçava o futuro? Qual era a ligação entre eles? Então, procurando uma resposta, ela descobriu a angústia no olhar dele. *Ele amava Lavínia.* Ela ficou paralisada; aquele pensamento era perturbador e desagradável.

Lavínia pôs a mão na maçaneta da porta e Cross praguejou.

"Maldição, Lavínia. Metade de Londres está aí fora. Se você for vista, estará arruinada."

Ela olhou por cima do ombro.

"Já não estou nesse caminho?"

O que isso queria dizer?

Ele apertou os olhos.

"Não se eu puder evitar. Eu vou levar você para casa."

Lavínia olhou para Pippa.

"E Lady Philippa?"

Ele se virou para Pippa, a surpresa expressa em seu olhar, como se tivesse esquecido que ela estava ali. Ela ignorou a decepção que espocou com essa constatação.

"Eu vou levar as duas para casa."

Pippa balançou a cabeça. O que quer que estivesse acontecendo ali com Lady Dunblade, não mudava os planos de Pippa para aquela noite. Ignorando o peso em seu peito provocado pela descoberta anterior – uma dor que estava se tornando familiar –, ela falou.

"Não estou interessada em voltar para casa."

"Eu não irei a lugar algum com você", anunciou Lavínia ao mesmo tempo.

Cross pegou um dos vários cabos pendurados na parede atrás dele e o puxou com mais força que o necessário.

"Não vou obrigar você a ficar, mas também não vou permitir que se destrua. Vou providenciar que seja levada para casa."

Amargura temperava a voz da baronesa.

"Mais uma vez, você me deixa nas mãos de outro."

Cross ficou pálido com aquelas palavras; de repente o escritório ficou pequeno demais e Pippa se sentiu deslocada. Havia uma ligação tão grande entre aqueles dois, na forma como se encaravam, o modo como nenhum estava disposto a recuar. Havia uma semelhança entre eles – na postura orgulhosa e na recusa em se intimidar. Sem dúvida eles tinham um passado. Sem dúvida eles se conheciam há anos. Sem dúvida houve uma época em que eles gostaram um do outro. *E talvez ainda gostassem.*

Pensar nisso fez Pippa desejar voltar rastejando para a pintura e encontrar outra forma de sair do clube. Ela se virou para fazer isso e puxou a moldura pesada, preferindo a sala de jogo trancada àquilo. Mas dessa vez, quando a pintura foi aberta, revelou um homem no corredor. O enorme homem de pele marrom pareceu tão surpreso com Pippa quanto ela ficou com ele. Os dois ficaram se olhando por um instante, até ela falar.

"Desculpe-me. Eu gostaria de passar."

Ele franziu a testa e deu um olhar confuso para Cross, que praguejou.

"Ela não vai a lugar algum", disse ele.

"Eu vou ficar bem", respondeu Pippa, olhando para ele.

"Aonde você planeja ir?", perguntou Cross, olhando-a com seriedade nos olhos cinzentos.

Ela não tinha muita certeza.

"Para a..." Ela acenou para a escuridão atrás do homem que bloqueava a passagem, "...parede", ela concluiu.

Ele a ignorou e se voltou para o homem.

"Leve Lady Dunblade para casa. Garanta que ninguém a veja."

Pippa inclinou a cabeça para olhar para o homenzarrão – maior do que qualquer homem que havia conhecido. Era difícil imaginar que ele fosse habilidoso para transportar mulheres clandestinamente no meio da noite, mas o Sr. Cross era um libertino legendário, então aquela não devia ser a primeira vez que pedia ao homem para fazer isso.

"Eu não vou com ele", disse Lady Dunblade.

"Você não tem escolha", retrucou Cross, "a menos que você prefira que eu a leve."

Pippa percebeu que não gostou da ideia, mas ficou quieta.

"Como eu sei que posso confiar nele?"

Cross olhou para o teto, depois para ela.

"Você não sabe? Mas me parece que suas escolhas quanto a quem confiar ou não são completamente arbitrárias, então por que não o coloca na coluna dos confiáveis?"

Eles ficaram se encarando e Pippa se perguntou o que iria acontecer. Ela não ficaria surpresa se Lady Dunblade simplesmente abrisse a porta principal do escritório do Sr. Cross e saísse, altiva e respeitável, para o salão do cassino, só para contrariá-lo. O que ele tinha feito para ela? *O que ela tinha feito para ele?*

Depois de um longo momento, Pippa não conseguiu se segurar.

"Lady Dunblade?"

A mulher olhou em sua direção, e Pippa imaginou se já tinha conversado com ela algum dia. Mas achou que não. Naquele instante, ela teve certeza de que, se já tivesse conversado, iria se lembrar daquela guerreira altiva de olhos castanhos e cabelos de fogo.

"Sim?", fez Lavínia.

"Seja o que for", disse Pippa, hesitando ao escolher as palavras, "não vale a sua reputação."

Demorou um instante para que as palavras fossem carregadas pela sala, e Pippa achou que a baronesa talvez não reagisse. Mas ela reagiu, apoiando-se na bengala e atravessou a sala para permitir que o homenzarrão, ainda dentro da parede, a ajudasse a subir até o corredor escuro. Uma vez lá fora, Lady Dunblade se virou e olhou para Pippa.

"Eu poderia dizer o mesmo para você", ela falou. "Você me acompanha?"

A pergunta pairou entre elas, e de algum modo Pippa soube que sua resposta teria mais impacto que suas atividades naquela noite. Ela sabia que um *sim* a removeria para sempre da companhia do Sr. Cross. E um *não* talvez a mantivesse ali por tempo demais. Mais do que ela tinha planejado.

Ela olhou para ele, seu olhar cinzento sustentando o dela, ilegível e ainda

muito poderoso – capaz de acelerar sua respiração e revirar suas entranhas. Ela balançou a cabeça, incapaz de desviar o olhar.

"Não. Eu quero ficar."

Ele não se moveu.

"Eu não sei por que você está aqui, Lady Philippa", falou Lady Dunblade, "mas posso lhe dizer uma coisa – seja o que for que este homem lhe prometeu, seja o que for que você pensa que poderá ganhar desta relação, não espere receber." Pippa não soube como responder. Ela não precisou fazê-lo. "*Sua* reputação está em jogo."

"Estou tomando cuidado", disse Pippa.

Uma das sobrancelhas ruivas da baronesa subiu, descrente, e alguma coisa familiar lampejou ali, sumindo antes que Pippa pudesse identificar o que era.

"Cerifique-se disso."

A baronesa desapareceu na escuridão do corredor secreto, seguida pelo grandalhão. Pippa observou os dois se distanciarem, a luz da lanterna do funcionário diminuindo depois de uma curva. Ela fechou a pintura e se virou para Cross.

Ele estava encostado na outra extremidade da sala, de costas para uma grande estante de livros, braços dobrados sobre o peito, olhando para o chão. Cross parecia exausto; os ombros caídos, quase derrotado, e até Pippa – que parecia nunca ser capaz de entender corretamente as emoções das pessoas ao seu redor – percebeu que ele tinha sido ferido na batalha que tinha acabado de acontecer naquele escritório.

Incapaz de se conter, ela andou na direção dele, suas saias raspando no imenso ábaco que ficava em uma das laterais do ambiente, e esse som fez Cross despertar de seus pensamentos. Ele ergueu o rosto e seu olhar cinzento encontrou o de Pippa, o que a deteve.

"Você devia ter ido com ela."

Pippa balançou a cabeça, e suas palavras se arrastaram pela garganta quando respondeu.

"Você prometeu me ajudar."

"E se eu disser que desejo anular nosso acordo?"

Ela forçou um sorriso que não queria dar.

"O desejo não é mútuo."

Os olhos de Cross ficaram sombrios – a única parte dele que se moveu.

"Vai ser."

Ela não conseguiu resistir.

"Quem é ela?"

A pergunta quebrou o encanto, ele desviou o olhar e rodeou a escrivaninha, colocando a ampla superfície de ébano entre os dois, enquanto remexia em papéis sobre a mesa.

"Você sabe quem é ela."

Pippa balançou a cabeça.

"Eu sei que ela é a Baronesa Dunblade, mas quem ela é para você?"

"Não importa."

"Pelo contrário, parece importar bastante."

"Não deveria importar para você."

Na verdade, era perturbador o quanto isso importava.

"Mas importa", ela disse e esperou que Cross respondesse, sabendo que seu pedido era inútil, mas ainda assim não foi capaz de se conter e perguntou: "Você gosta muito dela?"

Não me diga. Eu não quero saber. Mas ela queria. Desesperadamente.

"Eu só pergunto", acrescentou ela, já que Cross não respondeu, "porque estou curiosa, já que a visita dela fez você me trancar em uma sala de jogos por um tempo indefinido."

"Não foi indefinido", Cross ergueu o rosto.

Pippa ficou de frente para ele, com a escrivaninha entre os dois.

"Não graças a você", retrucou ela.

"Como você encontrou a passagem?"

"Você ficaria surpreso com o modo como a irritação faz uma pessoa se dedicar a algo."

Ele retorceu um canto da boca.

"Suponho que você esteja se referindo à sua detenção?"

"E à sua trapaça", ela acrescentou.

Ele baixou os olhos para os dados que Pippa havia colocado na beirada de sua escrivaninha.

"Esses são os dados ganhadores."

"Você acha que faz diferença, para mim, se a desonestidade foi usada para ganhar ou perder? É trapaça de qualquer modo."

Ele riu, mas o som não continha humor.

"É claro que não faz diferença. Mas foi para seu próprio bem."

"E os setes?"

"Também dados viciados."

Ela aquiesceu.

"E o nove que eu tirei naquela primeira tarde? A aposta que me mandou para casa prometendo que eu não iria procurar outros homens?"

Ele se serviu de uma dose de scotch.

"Esses também."

Ela aquiesceu mais uma vez.

"Eu lhe disse que não gosto de mentirosos, Sr. Cross."

"E eu lhe disse que canalhas mentem. Já estava na hora de você aprender."

Aquele homem era frustrante.

"Se todas as mentiras puderem ser desmascaradas como seus dados viciados, vou me dar bem neste mundo."

"Estou surpreso que você tenha notado."

"Talvez suas outras mulheres não reparassem em uma avalanche de três e seis", disse Pippa, incapaz de evitar a ira em suas palavras, "mas eu sou uma cientista. Eu conheço as leis das probabilidades."

"Minhas outras mulheres?", ele perguntou.

"A Srta. Sasser... Lady Dunblade... e quaisquer outras para quem você tem mentido", disse ela, sem gostar das imagens que suas palavras evocavam. "De qualquer modo, não sou como elas."

"Você é diferente de todas as mulheres que eu já conheci."

Aquelas palavras doeram.

"O que isso significa?"

"Apenas que a maioria das mulheres não me deixa assim tão frustrado."

"Que interessante, pois eu nunca conheci outro homem que me deixasse tão exasperada." Ela apontou para a pintura. "Você não deveria ter me trancado naquela sala."

Ele virou o conteúdo do copo e o recolocou no aparador.

"Eu lhe garanto que você estava absolutamente segura lá."

Ela não havia se sentido insegura, mas a questão não era essa.

"E se eu fosse claustrofóbica?"

Cross ergueu o rosto e seus olhares se encontraram.

"Você é?"

"Não. Mas poderia ser." Ela hesitou. "E se acontecesse um incêndio?"

O olhar dele não vacilou.

"Eu teria ido atrás de você."

A certeza dele a fez hesitar por um instante.

"Através da sua passagem secreta?", ela perguntou, depois que se recuperou.

"Isso."

"E se o fogo já a tivesse destruído?"

"Eu encontraria outro modo de chegar até você."

"Devo acreditar nisso?"

"Deve." Ele parecia tão certo, como se nada pudesse impedi-lo.

"Por quê?"

"Porque é a verdade." As palavras estavam tão baixas naquele espaço pequeno, apertado, que Pippa percebeu duas coisas. Primeiro, os dois tinham se inclinado para frente sobre o grande tampo de ébano – um símbolo de poder tão forte quanto o exército de Carlos Magno – e estavam a poucos centímetros de distância. Segundo, ela acreditava nele. *Eu teria ido atrás de você.*

Ela soltou a respiração, devagar.

"Só que *eu* vim atrás de você."

Ele torceu um lado da boca em um sorriso enviesado.

"Você não sabia aonde a passagem a levaria."

Tudo nele a tentava – seus olhos, sua voz, o aroma de sândalo –, e Pippa estava quase fechando os olhos e se entregando ao momento... a ele. Quando ela falou, as palavras eram pouco mais que um sussurro.

"Eu esperava que ela me levasse a alguma coisa empolgante."

Que me levasse até você.

Ele se afastou de repente, como se Pippa tivesse falado em voz alta, e isso a tirou do clima.

"Nesse caso", disse ele, "sinto muito que a passagem tenha trazido você até aqui."

Ela também se endireitou, e voltou sua atenção para a pintura por onde tinha entrado na sala – a pintura em que mal havia reparado nas duas primeiras vezes em que esteve naquele lugar e que agora parecia dominar o espaço, sobrepujando uma parede do escritório, com um metro e meio de largura e o dobro disso de altura, ao mesmo tempo grotesca, linda e envolvente.

No centro do quadro, havia uma mulher envolta em tecidos brancos, dormindo de costas em estado de completo abandono, os braços acima da cabeça, cachos loiros caindo até o chão, soltos e livres. Sua pele tão clara e perfeita, a única fonte de luz na obra, tão brilhante que Pippa precisou de um momento para ver o que se escondia nas trevas daquele quarto. De um lado, em meio a uma cortina de veludo vermelho, espreitava um cavalo preto com olhos selvagens e aterrorizadores, e uma boca cheia de enormes dentes brancos. O animal parecia olhar lascivamente para a mulher adormecida, como se pudesse sentir os sonhos dela e estivesse apenas esperando o momento de atacar.

Mas o garanhão teria que esperar sua vez, pois sentado no tronco da mulher, no espaço sombrio entre peito e coxas, estava uma figura feia, pequena, metade animal, metade homem. O olhar da criatura parecia se projetar para fora da pintura, encarando os olhos de quem ousasse apreciar o quadro. A expressão no rosto desse diabrete era ao mesmo tempo paciente e possessiva, como se ele pudesse esperar uma eternidade até que a mulher acordasse, mas lutaria até a morte para mantê-la. Era a coisa mais envolvente que Pippa já tinha visto – escandalosa e pecaminosa. Ela se aproximou.

"Este quadro... é notável."

"Você gosta?", ela ouviu a surpresa na voz dele.

"Não acredito que alguém *goste* dessa pintura. Eu acredito que ela seja cativante." Pippa queria tocar e acordar a mulher no quadro, avisá-la que estava na iminência de uma morte terrível. "Onde você a conseguiu?"

"Foi usada para pagar uma dívida", disse Cross, mais próximo, e ela espiou por cima do ombro, encontrando-o junto à escrivaninha, uma mão no tampo de ébano, observando Pippa se aproximar da pintura.

"Uma dívida enorme, eu imagino."

Ele inclinou a cabeça.

"Eu gostei o bastante da peça para permitir que a dívida fosse apagada dos livros – toda ela."

Pippa não se surpreendeu por Cross se sentir atraído por aquela pintura – pela perversidade em cada pincelada, pela imoralidade da história que contava. Ela se virou de novo para o quadro, atraída pela estranha criatura sentada sobre a mulher adormecida.

"O que é isso?", ela perguntou, apontando para o homenzinho, mas com medo de tocá-lo.

"É um íncubo." Ele fez uma pausa. Então continuou. "Um pesadelo. Antigamente acreditavam que os demônios vinham à noite e atacavam quem dormia. Demônios masculinos, como esse, atacavam as mulheres lindas."

Havia alguma coisa no modo como ele falava, um toque de... lembrança? Pippa olhou para ele.

"Por que você ficou com isso?"

Ele não estava mais olhando para ela. Em vez disso, Cross fitava sua escrivaninha, onde pegou os dados que Pippa colocou ali, fechando a mão em torno deles.

"Eu não gosto muito de dormir", ele disse, como se essa fosse uma resposta aceitável.

Por que não? Ela quis perguntar, mas soube, no mesmo instante, que Cross não lhe diria.

"Isso não me surpreende, considerando que você passa a maior parte do seu dia à sombra dessa pintura."

"A gente acaba se acostumando com ela."

"Duvido muito", disse ela. "Com que frequência você usa a passagem secreta?"

"Percebi que não preciso muito dela."

Pippa sorriu.

"Então posso me apropriar dela?"

"Você não sabe usá-la. Ouvi você no momento em que se aproximou."

"Ouviu nada."

"Ouvi. Acho que vai ser uma surpresa para você descobrir que não é muito boa para se esconder, Lady Philippa."

"Não tive motivos para isso."

Um lado da boca de Cross se moveu, no que quase pareceu um sorriso.

"Até recentemente..."

"Este lugar parece pedir isso, não acha?"

"Na verdade, eu acho."

Ele recolocou os dados na mesa com um estalido suave, e os cubinhos brancos chamaram a atenção dela, que falou olhando para eles.

"Agora, se me lembro bem, você me deve respostas para três perguntas. Quatro, se contarmos aquela que deixou sem resposta."

No silêncio que se seguiu, ela não conseguiu evitar de levantar o olhar para ele, que aguardava por ela.

"Todos os dados são viciados. Eu não lhe devo nada."

Ela juntou as sobrancelhas.

"Pelo contrário, você me deve muito. Eu confiei em você."

"Seu erro, não meu."

"Você não tem vergonha de trapacear?"

"Eu tenho vergonha de ser pego."

Ela fez uma careta.

"Você me subestimou."

"Parece que sim. Não vou cometer o mesmo erro outra vez. Não vou ter a oportunidade."

Pippa levantou o queixo.

"Você está voltando atrás?"

Ele aquiesceu.

"Estou. Quero você fora daqui. Para sempre. Aqui não é seu lugar."

Ela balançou a cabeça.

"Você disse que não voltaria atrás."

"Eu menti."

As palavras inesperadas a chocaram, então Pippa disse a única coisa que lhe veio à mente.

"Não!"

"Não?", a surpresa faiscou nos olhos dele.

Ela balançou a cabeça, deu um passo à frente e ficou a poucos centímetros dele.

"Não!"

Ele pegou os dados novamente e Pippa ouviu o marfim bater contra o marfim enquanto Cross mexia os dados na palma da mão.

"Em que se baseia essa recusa?"

"No fato de que você me deve."

"Você planeja me levar diante de um juiz?", ele perguntou, irônico.

"Não preciso", ela retrucou, e jogou sua carta mais alta: "Eu só tenho que levar você diante do meu cunhado."

Houve uma breve pausa enquanto ele assimilava as palavras, e então ele abriu os olhos mais um pouco, o suficiente para ela notar, antes de Cross encurtar a distância entre eles...

"Uma ótima ideia. Vamos contar tudo ao Bourne. Você acha que ele vai me obrigar a honrar nosso acordo?"

Ela não se deixou intimidar.

"Não. Eu acho que ele vai assassinar você por concordar em me ajudar. E vai ficar mais disposto ainda depois que descobrir que o acordo foi negociado por uma dama da noite."

Emoções faiscaram naquele olhar cinzento – irritação e... admiração? O que quer que fosse, sumiu quase instantaneamente, como uma lanterna se apagando em uma daquelas passagens secretas escuras e estranhas.

"Bem jogado, Lady Philippa." As palavras deslizaram suaves por sua pele.

"Eu achei que sim." Aonde tinha ido parar a voz dela?

Cross estava tão perto.

"Por onde você gostaria de começar?"

Ela queria começar onde eles tinham parado. Ele não iria escapar agora, não com os dois ali, em seu escritório... em um antro de jogatina, a poucos metros de pecados e vícios e metade dos nobres de Londres, que a arruinariam se a encontrassem ali. E a poucos centímetros um do outro. Esse era o risco que ela imaginava correr; o conhecimento dele era a recompensa. A excitação tamborilava dentro dela, prometendo mais do que Pippa podia esperar quando saiu de casa naquela noite.

"Eu gostaria de começar com beijos."

Capítulo Onze

Ela podia querer começar com beijos, mas ele queria terminar com ela nua, deitada sobre a escrivaninha, vulnerável às suas mãos, à sua boca e ao seu corpo, como um verão no campo. E esse era o problema. Cross não

podia dar tudo o que ela queria. Não sem tomar tudo o que *ele* desejava. *Maldição!* Ela estava perto demais. Ele recuou um passo, grato por suas pernas longas e pela beirada firme da escrivaninha atrás dele, que fornecia um apoio estável, imóvel.

"Eu não acho que Bourne apreciaria que eu a instruísse em..." A voz dele sumiu, dada sua dificuldade em pronunciar a palavra.

Mas ela não teve o mesmo problema.

"Beijos?"

Ele achou que deveria estar feliz por ela não ter pedido a outra coisa que também não parecia ter dificuldade em mencionar.

"Isso."

Ela inclinou a cabeça e Cross não pôde evitar de se sentir atraído pelo longo pescoço, sua pele branca e macia.

"Eu acredito que ele não se importaria, sabe", disse Pippa depois de um bom tempo. "De fato, eu acredito que ele ficaria muito feliz por eu perguntar a você."

Ele riu – se é que alguém pudesse chamar de risada o rápido *rá* de descrença que ele soltou.

"Eu acho que você não poderia estar mais enganada."

Bourne o mataria com as próprias mãos por tocar nela. Não que isso não valesse a pena. *Valeria a pena.* Ele sabia disso sem dúvida nenhuma.

Pippa balançou a cabeça.

"Não, eu acho que tenho razão", ela disse, mais para si mesma do que para ele, pensou Cross, e se passou um longo tempo enquanto ela refletia sobre o assunto.

Ele nunca tinha visto uma mulher refletir com tanto cuidado. Ele poderia observá-la pensando durante horas. Dias. O pensamento ridículo o assustou. *Observá-la pensando? Que diabo havia de errado com ele?* Cross não teve tempo para pensar na resposta a essa pergunta, porque algo mudou nos olhos dela, em parte escondidos pelas lentes dos óculos, quando Pippa voltou a focar nele.

"Eu não acho que isso diga respeito ao Bourne."

Não dizia. Mas ela não precisava saber disso.

"Bourne é um dos motivos pelos quais não vou falar disso com você."

Ela baixou os olhos para as mãos, que apertava firmemente diante de si, e quando falou, havia algo em sua voz que não agradou a Cross.

"Entendo."

Ela sacudiu a cabeça e ele não pôde fazer outra coisa senão olhar para aquele cabelo dourado, da cor do sol, reluzindo sob a luz das velas.

Ele não devia perguntar. Não importava.

"O que você entende?"

Ela falou para si mesma, suavemente, sem erguer os olhos.

"Não tinha me ocorrido. Mas é claro que deveria. O *desejo* é parte disso."

Desejo. Ah, sim. É uma parte enorme. Ela olhou para ele, então, e Cross viu. Parte incerteza, parte resignação, parte – maldito fosse ele – tristeza. E tudo que ele tinha, tudo que ele era, ansiava por ela. *Meu Deus*. Ele tentou pôr mais espaço entre os dois, mas sua escrivaninha imensa – que tinha lhe dado tanto conforto há apenas alguns segundos – agora o aprisionava ali, perto demais dela enquanto aqueles grandes olhos azuis o inundavam completamente.

"Diga-me, Sr. Cross, acha que vou conseguir convencê-lo a me tocar?"

Ele teria aguentado aquelas palavras se não fosse por sua entonação – pela leve e amedrontada ênfase na partícula *lo*, significando outro homem que não Cross. Significando Castleton. Significando que ela andou esperando que *Cross* a tocasse. *Ela era tentação. Ela era tortura.* Tudo o que ele precisava fazer era esticar o braço e pegá-la. Ninguém saberia. Só uma vez. Só provar, e ele a mandaria de volta. Ao seu marido. Ao seu casamento. À sua vida.

Não! Ela era intocável. Tão intocável quanto toda mulher que ele conheceu nos últimos seis anos. *Mais* intocável. Infinitamente melhor. A garganta dele coçava enquanto Cross procurava pelas palavras, detestando que ela o tivesse deixado sem palavras. Se os seus sócios pudessem vê-lo agora, o Cross inteligente, dominado por aquela mulher bizarra, de óculos... linda.

Como as palavras não vinham, ele se conformou.

"Pippa..."

A cor inundou as faces dela – uma cor maravilhosa, imoral, do tipo que um Cross mais jovem e imprudente teria interpretado como um convite. Do tipo que ele teria aceitado. Mas ela olhou para as próprias mãos, que abriu, sem saber como aquelas pontas de dedos o tentavam.

"Sinto muito. Isso foi completamente... isso foi... quer dizer..." Ela suspirou e seus ombros vergaram sob o peso quase insuportável. Finalmente, ela ergueu o rosto e disse, simplesmente, "Eu não deveria ter dito isso."

Não pergunte. Você não quer saber. Só que ele queria. Desesperadamente.

"O que você quis dizer com isso?"

"Eu prefiro não lhe dizer."

Ele ergueu um lado da boca. Mesmo naquele instante, quando ela sem dúvida desejava fazê-lo, Pippa não mentiria.

"Mas eu gostaria de saber."

Ela falou olhando para as mãos.

"É só que... desde que nos encontramos, eu tenho estado bastante... bem, fascinada por..."

Você. Diga, ele desejou, sem estar inteiramente certo do que faria se ela dissesse, mas desejando ser testado.

Ela inspirou novamente.

"Pelos seus ossos."

Será que algum dia ela diria algo esperado?

"Meus ossos?"

Ela aquiesceu.

"Sim. Bem, os músculos e tendões também. Seus antebraços. Suas coxas. E mais cedo – enquanto eu o observava tomar seu uísque – por suas mãos."

Cross havia sido assediado muitas vezes em sua vida. Ele possuía uma longa lista de recusas a solicitações de mulheres. Mas ele nunca tinha sido elogiado por seus ossos. Aquela foi a confissão mais estranha e sexy que ele tinha ouvido. E não sabia como responder. Mas ele não teve que responder, pois ela continuou.

"Eu não consigo parar de pensar neles", disse ela, a voz baixa e cheia de sofrimento. "Eu não consigo parar de pensar neles. Neles... me tocando."

Que Deus ajudasse os dois, porque ele não era capaz. Ele não devia perguntar. Ele *não devia*. Mas o Rei em pessoa poderia ter invadido a sala e isso não o teria impedido de perguntar.

"Tocando você onde?"

Ela ergueu a cabeça num estalo, rápido o bastante para causar estrago, se ele estivesse mais perto – se estivesse tão perto quanto ele gostaria. Ele a chocou.

"Perdão?"

"É uma pergunta simples, Pippa", disse ele, apoiando-se na escrivaninha, impressionado com sua própria habilidade de parecer calmo enquanto seu coração disparava e seus dedos ansiavam para tocá-la. "Onde você imagina entrar em contato com meus ossos?"

O queixo dela caiu e sua boca ficou aberta, os lábios suaves demonstrando surpresa, e ele cruzou os braços. O olhar de Pippa acompanhou esse movimento, com o qual as mãos dele seguraram seus próprios bíceps, a única coisa que o impedia de agarrá-la e beijá-la até que os dois ficassem ofegantes, sem ar.

"Suas mãos", ela sussurrou.

"O que têm elas?"

"Eu imagino qual a sensação delas na..." Pippa engoliu em seco, o que atraiu a atenção dele para seu pescoço, onde a pulsação dela era evidente. Ele perdeu as últimas palavras que saíram pelos lábios dela – o que foi, com certeza, melhor para os dois. "Na minha pele."

Pele. A palavra conjurava imagens de carne macia, linda, curvas quentes

e volumes suaves, de grandes extensões, abertas à exploração. Ela era de pecado e seda, e onde quer que ele tocasse, ela reagiria. Ele imaginou os sons que Pippa produziria, o modo como ela iria gemer enquanto ele subisse com suas carícias por uma perna, os suspiros que ela soltaria quando ele passasse a palma da mão por seu torso, a maneira como ela riria quando ele, inevitavelmente, encontrasse um lugar em que ela sentisse cócegas.

Pippa estava fascinada por sua mão esquerda, que ele tinha junto ao braço, e Cross soube, sem nenhuma dúvida, que se ele a mexesse, se a movesse na direção dela, Pippa o deixaria ter qualquer coisa que ele quisesse. *Tudo* que ele quisesse. Mas ele não mexeu a mão.

"Onde, especificamente, Pippa?"

Ela não deveria lhe dizer, é claro. Ela deveria sair correndo daquela sala o mais rápido possível... sem dúvida ela estaria mais segura no salão do cassino do que ali, com ele. Mas não seria Cross a lhe dizer isso.

"Minhas mãos", ela começou, abrindo as mãos em questão. "M... meu rosto... meu pescoço..."

Enquanto falava, Pippa tocava as partes do corpo que mencionava – sem perceber, Cross podia apostar – e o desejo dele crescia a cada palavra, a cada toque suave. Os dedos dela desceram pela longa coluna do pescoço, através da pele clara e macia de seu peito, na direção da borda do corpete, onde ela parou, a mão sobre o tecido verde.

Ele quis se adiantar e dividi-lo em dois, para facilitar a passagem daqueles dedos maravilhosamente imperfeitos. Ele queria assistir a Pippa tocando cada centímetro de seu próprio corpo, fingindo que as mãos dela eram suas. Maldição! Ele queria que ela usasse as mãos dele. Ele queria tocá-la. *Não!*

"O que mais?", ele perguntou, movendo sua mão e assim a libertando do transe.

Ela o encarou, seus olhos muito abertos, as faces rosadas.

"Eu..." Ela parou. Então inspirou. "Eu também gostaria de tocar você."

E então, com aquela confissão simples, descontrolada, ele descobriu o último fio de seu autocontrole. Ele estava perto demais dela. Cross deveria se mover. Deveria colocar distância entre eles.

"Onde?", ele perguntou, em vez de se afastar.

Ele sabia que estava pedindo demais dela – daquela garota inocente que conhecia o corpo humano, mas não tinha nenhuma experiência a respeito. Mas Cross não conseguiu se segurar. Ele não poderia tê-la, mas poderia ter isso. Mesmo que fosse queimar no inferno por causa disso. *O inferno seria um alívio bem-vindo perto da tortura que ele sofria naquele momento.*

"O que você gostaria de tocar em mim, Pippa?", ele perguntou depois de um longo silêncio.

Ela balançou a cabeça, as mãos bem abertas, e por um instante ele pensou que ela iria desistir. Iria para casa. A decepção veio, quente e frustrante.

E então ela disse, simplesmente:

"Tudo..."

Aquela palavra roubou sua força, seu fôlego e seu controle, deixando-o despedaçado e exposto. E desesperado por ela. Desesperado para lhe mostrar prazer. De alguma foram. *Qualquer forma.*

"Venha cá."

Ele ouviu a grosseria em sua própria voz, a urgência, e ficou chocado com a rapidez com que ela obedeceu ao seu comando, aproximando-se para ficar a poucos centímetros dele. O vestido de Pippa era uma série de camadas, sendo a mais externa presa por um grosso cinto verde.

"Abra", ele apontou para o cinto.

Que Deus o ajudasse, porque ela fez o que ele mandou, como se fosse a coisa mais normal do mundo. As bordas do vestido se abriram, revelando um tecido verde mais fino por baixo.

"Tire."

Ela encolheu os ombros, puxou os braços e o tecido caiu a seus pés. Sua respiração ficou mais rápida. A dele também.

"Tire tudo."

Ela virou as costas para ele. Estava dizendo não. Sendo forte onde ele era fraco. A frustração veio, e ele esticou as mãos, parando pouco antes de tocá-la, de rasgar o tecido no corpo dela, substituindo-o com o seu. É claro que ela estava dizendo não. Ela era uma *lady*. E ele não podia chegar perto dela. Ele era o pior tipo de vilão, e devia ser açoitado pelo que já tinha feito. Pelo que tinha ordenado.

A camada pesada verde do vestido jazia no chão aos pés dele, e Cross se agachou para pegá-lo, os dedos roçando o tecido em desespero, como se fosse a pele dela. Como se aquilo fosse suficiente. *Tinha que ser.* Ele se amaldiçoou e prometeu aos céus e a si mesmo que a envolveria de novo com aquele vestido e a mandaria para casa, mas era tarde demais.

Uma camada de algodão fino se juntou ao pesado; o tecido macio roçou em suas juntas, ainda quente do corpo dela. *Escaldante.* Ele prendeu a respiração com aquela sensação e ficou congelado, sabendo, com a perspicácia de quem já tinha caído antes, que aquele momento seria sua destruição. Sabendo que não devia olhar para cima. Sabendo que não conseguiria se segurar.

Ela não vestia nada além de espartilho, calçola e meias. Pippa tinha os braços cruzados sobre o peito e suas faces estavam em chamas – o rubor uma promessa irresistível.

E ele caiu de joelhos...

Ela não podia acreditar no que tinha feito.

Mesmo agora, em pé, naquela sala imoral e maravilhosa, com o ar frio passando por sua pele quente demais, Pippa não conseguia acreditar que tinha retirado suas roupas apenas porque ele havia ordenado, com aquela voz sombria e baixa que causava palpitações na boca de seu estômago. Ela precisava pesquisar aquelas palpitações. Depois... naquele momento ela estava mais interessada no homem diante dela, de joelhos, as mãos fechadas sobre as coxas longas e lindas, com os olhos passeando por seu corpo.

"Você tirou a roupa", ele disse.

"Você me pediu para tirar", ela retrucou, empurrando os óculos para o alto do nariz.

Um lado da boca de Cross se elevou em um meio sorriso, e ele passou as costas da mão pelos lábios, lenta e languidamente, como se fosse devorar Pippa.

"Pedi mesmo."

As palpitações ficaram mais pronunciadas.

Ele olhava para os joelhos dela, e Pippa ficou, de repente, muito consciente da situação de suas meias – de uma lã creme, lisa, escolhida mais pelo calor do que... bem... por aquilo. Sem dúvida eram horríveis se comparadas às meias de seda que as mulheres usavam na presença dele. Era muito provável que a Srta. Tasser possuísse uma variedade de cores, todas rendadas e encantadoras. Pippa sempre foi muito prática com sua roupa de baixo.

Ela apertou os joelhos um contra o outro e firmou os braços sobre o peito, insegura, desejando que ele a tocasse. Como não tocou, ela imaginou que talvez o tivesse, de algum modo, decepcionado – ela não era linda como as mulheres com que Cross, sem dúvida, estava acostumado, mas Pippa nunca imaginou que seria desagradável de olhar. *Por que ele não a tocava?* Ela engoliu em seco a pergunta, detestando o modo como aquilo sussurrou dentro ela, deixando-a fria e quente ao mesmo tempo.

"E agora?", perguntou ela.

As palavras saíram mais abruptas do que ela pretendia, mas serviram a seu propósito, levando a atenção dele no mesmo instante para seu rosto. Ele a encarou por um longo tempo, e ela se distraiu com os olhos dele – mais chumbo que cinza, com pequenas manchas pretas, emoldurados por longos cílios ruivos. Enquanto Pippa o observava, o olhar dele caiu na poltrona grande um pouco à direita dela, depois voltou para ela, lânguido e lento.

"Sente-se."

Não era o que ela esperava.

"Obrigada, eu prefiro ficar em pé."

"Você quer sua aula ou não, Pippa?"

O coração dela deu um salto com essas palavras.

"Quero."

O meio sorriso dele apareceu de novo, e Cross inclinou a cabeça na direção da poltrona.

"Então, sente-se."

Ela foi até a poltrona e sentou o mais formal possível, com as costas eretas, as mãos cerradas firmemente contra as coxas, as pernas juntas, como se ela não estivesse sozinha, em um cassino, com um dos canalhas mais notórios de Londres, vestindo somente espartilho e calçolas. E seus óculos... Ela fechou os olhos ao pensar nisso. *Os óculos*. Não havia nada de tentador em óculos. Ela ergueu a mão para retirá-los.

"Não."

Ela congelou, a mão a meio caminho do rosto.

"Mas..."

"Deixe-os."

"Eles não são...", ela começou. *Eles não são sensuais. Eles não são sedutores.*

"Eles são perfeitos." Ele não foi na direção dela, apenas se encostou na escrivaninha de ébano, estendendo uma perna à sua frente e erguendo o outro joelho, onde apoiou o braço enquanto a observava em meio às pálpebras pesadas. "Encoste."

"Estou bem confortável", ela disse rapidamente.

Ele ergueu uma sobrancelha ruiva.

"Encoste mesmo assim."

Ela se inclinou para trás até sentir o couro macio contra sua pele. Cross não havia parado de observá-la, os olhos semicerrados, absorvendo cada pedaço dela, cada movimento.

"Relaxe", ele disse.

Ela inspirou profundamente e expirou, tentando seguir as instruções.

"Não é fácil", ela disse.

"Eu sei", ele sorriu outra vez. Houve um longo momento de silêncio até ele voltar a falar. "Você é muito linda."

Ela corou.

"Não sou." Ele não respondeu. Ela preencheu o silêncio falando. "Esta roupa de baixo é bem velha. Elas não foram feitas para..." A voz dela sumiu quando o olhar dele chegou à borda do espartilho, de repente mais apertado. "...serem vistas."

"Não estou falando das roupas", ele disse, a voz baixa e sombria. "Estou falando de você. De toda essa pele que você quer que eu toque."

Ela fechou os olhos ao ouvir essas palavras, vergonha e algo mais perigoso correndo em seu corpo.

Ele não parou de falar.

"Estou falando de seus lindos braços longos e de suas pernas perfeitas... Percebi que estou com ciúmes dessas meias, porque elas sabem como é sentir você, o seu calor." Ela se remexeu, incapaz de permanecer parada sob o ataque das palavras de Cross. "Estou falando desse espartilho que abraça você onde é encantadora e macia... ele é desconfortável?"

Ela hesitou.

"Normalmente não."

"E agora?" Ela ouviu o conhecimento na pergunta.

Pippa aquiesceu.

"Está bastante... apertado."

Ele soltou um som de reprovação e ela abriu os olhos, encontrando os dele, quentes e concentrados nela.

"Pobre Pippa. Diga-me, com seu conhecimento do corpo humano, por que você acha que está apertado?"

Ela engoliu em seco e tentou inspirar profundamente. Não conseguiu.

"É porque meu coração está querendo sair do meu peito."

Novamente o sorriso.

"Você fez muito esforço?"

"Não", ela balançou a cabeça.

"O que foi, então?"

Ela não era boba. Ele a estava pressionando, tentando ver até onde ela iria. Ela resolveu dizer a verdade.

"Acho que é você."

Ele fechou os olhos, crispando os punhos novamente, e apertou a cabeça contra a lateral da mesa, expondo a longa coluna de seu pescoço e o maxilar cerrado. Pippa ficou com a boca seca durante aquele movimento, pela forma como os tendões ali se agrupavam e ondulavam, e ela ficou desesperada para tocá-lo. Quando Cross voltou a olhar para ela, havia algo de selvagem naquelas profundezas cor de chumbo... algo que imediatamente a consumiu e a aterrorizou.

"Você não deveria ser tão rápida para entregar a verdade", disse ele.

"Por quê?"

"Isso me dá controle demais."

"Eu confio em você."

"Mas não devia confiar." Ele se inclinou para frente, apoiando o braço no joelho levantado. "Você não está segura comigo."

Ela nunca havia se sentido insegura com ele.

"Não acho que seja assim."

Ele riu, baixo e sombrio, e o som ondulou por sua pele, uma onda de prazer e tentação.

"Você não tem ideia do que eu poderia fazer com você, Philippa Marbury. As formas como eu poderia tocar você. As maravilhas que eu poderia lhe mostrar. Eu poderia arruinar você sem pensar duas vezes, afundá-la nas profundezas do pecado sem nunca me arrepender. Eu poderia conduzir você diretamente à tentação e jamais olhar para trás."

Aquelas palavras tiraram o fôlego de Pippa. Ela queria aquilo. Tudo aquilo. Pippa abriu a boca para dizer isso, mas nenhum som saiu.

"Está vendo? Deixei você chocada."

Ela balançou a cabeça.

"Eu choquei a mim mesma." O olhar dele mostrou curiosidade, e ela acrescentou, "Porque descobri que gostaria de experimentar essas coisas."

Houve um longo momento de silêncio, no qual ela desejou que ele se mexesse, que fosse até ela. Que a tocasse. Que lhe mostrasse."

"Mostre para mim", Cross disse, as palavras parecendo vir de seus pensamentos.

"Eu... não entendi", ela disse, assustada.

"Há pouco, você disse que queria que eu a tocasse. Mostre onde."

Ela não podia. Mas sua mão já estava em movimento, já escalava os ossos do espartilho até o lugar em que a seda encontrava a pele. A borda do espartilho era mais baixa que o decote do vestido, a poucos centímetros dos...

"Seus seios?"

Ela corou com aquelas palavras.

"Sim."

"Conte para mim como eles estão."

Ela fechou os olhos, concentrando-se na pergunta. Na resposta.

"Cheios. Apertados."

"Estão doloridos?"

Demais.

"Sim."

"Toque-os." Ela arregalou os olhos, que foram capturados no mesmo momento pelos dele. "Mostre para mim onde você quer que eu toque neles."

Ela balançou a cabeça.

"Não posso."

"Você pode."

"Mas por que não você? Suas mãos estão aqui... você está aqui."

O olhar dele escureceu, e um músculo saltou em seu pescoço.

"Isto é tudo que vai acontecer, Pippa. Não vou tocar em você. Não vou arruiná-la."

Homem obstinado. Ela estava dolorida e frustrada, será que Cross não via isso?

"Eu estou arruinada, quer você me toque ou não."

"Não. Enquanto eu não tocar em você, está em segurança."

"E se eu não quiser essa segurança?"

"Receio que não tenha escolha." Ele abriu e fechou uma mão, como se estivesse doendo. "Posso dizer o que eu faria, se pudesse tocá-la?"

As palavras foram suaves e sombrias, uma tentação irresistível.

"Sim, por favor."

"Eu os livraria da prisão em que você os mantém, e os adoraria do modo que merecem."

Oh, céus. As mãos de Pippa congelaram, tornadas inúteis pela voz clara e linda dele.

"E então, depois que eles se esquecessem da sensação de estarem enjaulados em seda e ossos, eu ensinaria você o que é beijar, como me pediu." Ela entreabriu os lábios e seus olhos procuraram os dele, cheios de uma promessa obscura. "Mas não na boca... nos seus lindos seios. Na pele macia e clara deles, nos lugares que nunca veem a luz, que nunca sentiram o toque de um homem. Você aprenderia sobre a língua, minha pequena cientista... nessas pontas lindas e doloridas."

A imagem que ele pintava era tão gráfica e nova, que Pippa ficou extasiada ao pensar na língua dele passando por ela – extasiada demais para sentir vergonha –, e suas mãos acompanharam as palavras dele, provocando, tocando, e por um instante ela quase conseguiu acreditar que era ele que a tocava. Que a deixava dolorida. Ela suspirou e ele se endireitou, mas não se aproximou. Maldito...

"Você gostaria que eu lhe dissesse onde mais a tocaria?"

"Sim, por favor." As palavras foram um sussurro.

"Tão educada." Ele se inclinou para frente. "Este não é lugar para educação, minha linda de óculos. Aqui, você pede e eu dou. Você oferece e eu pego. Nada de por favor. Nada de obrigado."

Ela esperou que ele continuasse, cada pedaço dela zunindo de empolgação, de expectativa.

"Passe uma perna por cima do braço da poltrona." Pippa arregalou os olhos ao ouvir essa ordem. Ela nunca, em toda vida, havia sentado desse modo. Ela hesitou. Ele insistiu. "Você pediu."

De fato. Ela se ajeitou e se abriu para ele, as coxas se afastando, o ar frio da sala passando pela fenda nas calçolas. Ela sentiu as faces queimando e moveu as mãos para bloquear a visão dele. Ele a estava observando e emitiu um som baixo de aprovação.

"É aí que minhas mãos também estariam. Você consegue sentir o porquê? Consegue sentir o calor? A tentação?"

Os olhos dela estavam fechados. Ela não conseguia olhar para ele. Mas concordou.

"É claro que você consegue... Eu mesmo quase consigo." As palavras eram hipnóticas, cheias de tentação... suaves, líricas e maravilhosas. "E me diga, minha pequena anatomista, algum dia você já explorou esse lugar?"

As faces dela queimaram.

"Não comece a mentir agora, Pippa. Já chegamos até aqui."

"Sim."

"Sim, o quê?"

"Sim, eu já o explorei antes." A confissão quase não produziu um som, mas ele a ouviu. Quando ele gemeu, Pippa abriu os olhos e o viu encostado na escrivaninha de novo.

"Eu falei alguma coisa errada?"

Ele balançou a cabeça, e passou a mão pela boca mais uma vez, tocando aqueles lábios firmes.

"Você só me fez arder de ciúmes."

Ela enrugou a testa.

"De quem?"

"De você, minha linda." O olhar cinzento procurou o lugar que ela escondia dele. "De suas mãos perfeitas. Conte para mim o que você encontrou."

Ela não conseguia. Embora soubesse os termos científicos para todas as coisas que tocou e descobriu, Pippa não podia falar delas para ele. Ela balançou a cabeça.

"Não posso."

"Você sentiu prazer?"

Ela fechou os olhos e apertou os lábios.

"Sentiu?", ele sussurrou, mas foi como um estrondo naquela sala escura e imoral.

Ela balançou a cabeça. Uma vez, um movimento quase imperceptível. Ele exalou, o som comprido e inebriante, como se ele estivesse segurando a respiração... e se mexeu.

"Que tragédia."

Ela abriu os olhos ao ouvi-lo – sua calça arrastando no carpete enquanto Cross rastejava na direção dela, os olhos semicerrados e cheios de promessas imorais e maravilhosas. Ele estava se aproximando. O predador cercava a presa. E ela mal podia esperar para ser pega. Pippa exalou, seu hálito saindo como um suspiro baixo, trêmulo, que poderia ter se transformado em gemido se ela não tomasse cuidado e, que Deus a protegesse, mas ela afastou as mãos, abrindo-se para o toque e a visão dele, pronta para agradecer a Deus e Lúcifer e qualquer um que tivesse contribuído para aquele momento em que ele finalmente, finalmente, chegava até ela. Só que Cross não a tocou.

"Posso lhe mostrar como encontrar o prazer, querida?", ele perguntou, e Pippa podia jurar que sentiu a respiração dele em suas mãos, quente e tentadora. "Onde encontrá-lo?"

Ela nunca saberia de onde veio a coragem – como ela conseguiu deixar de lado o constrangimento e a vergonha que deveriam estar ali.

"Por favor", ela implorou, e ele começou a falar, em palavras suaves e devastadoras.

Ela fez como ele mandava, abrindo dobras de tecido, depois dobras de um tipo mais secreto, seguindo suas instruções sussurradas, respondendo a suas perguntas imorais.

"Tão linda e rosada... a sensação é boa, querida?"

Ela choramingou sua resposta.

"É claro que é", afirmou Cross. "Posso sentir o aroma do prazer em você... doce, suave e muito, muito úmido." As palavras trouxeram uma sensação, um prazer fulminante que ela nunca tinha sentido, nem mesmo nas noites escuras em que fez suas próprias explorações.

"Oh, Pippa...", ele sussurrou, virando a cabeça, a respiração contra a curva do joelho dela, mas sem tocar – nunca tocando. Ele estava acabando com ela. "Se eu estivesse aí... se meus dedos fossem seus, eu abriria você para lhe mostrar quanto mais prazer existe quando a experiência é compartilhada. Eu usaria minha boca para lhe dar sua segunda lição sobre beijos... Eu lhe ensinaria tudo que sei sobre o ato."

Ela arregalou os olhos ao ouvir aquela confissão sincera. Ela podia ver *Cross*, de joelhos diante dela, afastando suas mãos e as substituindo por sua boca linda e firme, tocando, acariciando... *amando*. Ela não possuía referências para aquele ato – Pippa nunca o havia imaginado antes daquele momento –, mas sabia, sem dúvida, que seria magnífico.

"Eu me acabaria em você... isso... aí mesmo, querida", ele a estimulou, recompensando os movimentos curtos e ousados dos dedos dela com um rosnado de prazer, sabendo, antes mesmo dela, que Pippa estava para descobrir algo estarrecedor. "Você gostaria de sentir minha boca aí, doçura?"

Ela ouviu mesmo aquilo? Minha nossa. Sim. Ela queria isso.

"Eu ficaria aí por horas...", ele prometeu. "Minha língua iria lhe mostrar um prazer que você nunca conheceu. Sem parar. De novo e de novo até você ficar fraca. Até que não suportasse mais, e me implorasse para parar. Você gostaria disso, querida?"

O corpo dela lhe respondeu, balançando contra a poltrona, a mão dela mesma lhe dando tudo que ele prometeu... e de algum modo, não entregando nada. Ela exclamou, chamando-o, desesperada por seu toque, por sua força e seu vigor. Naquele momento ela era dele, aberta e entregue, torturada pelo prazer e, de algum modo, ainda ardendo de desejo. Desejo que só ele poderia saciar. Ela sussurrou o nome dele, incapaz de esconder o deslumbramento em sua voz, e seus dedos roçaram o cabelo de Cross, uma seda vermelha cintilante.

Ele se moveu como um raio com o toque, levantando-se com uma graça que desafiava aquele 1,98 metro de homem. Ele atravessou o escritório, virando suas belas costas para ela, esticando um braço comprido para se apoiar em uma pilha de livros amontoados em um canto da sala. A perda dele foi um golpe que a roubou de seu prazer fugaz. E a deixou carente. Vazia. Insatisfeita. Ele curvou a cabeça, e a luz das velas destacou os fios ruivos que ela ansiava tocar. Pippa não se mexeu enquanto os ombros dele subiram e desceram uma, duas, três vezes – sua respiração tão ofegante quanto a dela.

"Basta de pesquisa esta noite", ele disse para os livros à sua frente, as palavras mais firmes e altas do que quaisquer outras que ele havia falado naquela noite. "Eu prometi ensinar a você sobre tentação, e acredito ter realizado essa tarefa. Vista-se. Vou pedir a alguém que leve você para casa."

Capítulo Doze

"Algum progresso foi conseguido. Parece que existem várias maneiras de... cuidar da anatomia feminina. Meu colega de pesquisa revelou mais de uma dessas maneiras na noite passada – com notáveis resultados físicos. ~~Infelizmente,~~ O interessante é que os resultados também tiveram considerável efeito emocional. Um efeito pessoal.

Mas ele ainda não me tocou. Isso, também, teve um efeito pessoal.
Não existe lugar, na pesquisa científica, para efeitos pessoais.

Diário Científico de Lady Philippa Marbury
29 de março de 1831; sete dias antes de seu casamento

Três dias depois, Pippa estava encolhida sobre um divã baixo na biblioteca da Casa Dolby, sem conseguir ler um texto inovador sobre o cultivo de dálias. O volume tinha sido entregue diretamente pelo editor, sendo que um mês antes Pippa aguardava, ansiosa, sua chegada.

Infelizmente, o Sr. Cross havia estragado até mesmo a alegria de um livro novo. Homem irritante. Como é que um homem, um momento, pudesse lhe trazer tanto prazer e tanta frustração ao mesmo tempo? Como é que um homem pudesse ao mesmo tempo consumi-la e afastá-la? Isso não parecia possível, mas ainda assim, ele havia conseguido.

Com suas palavras suaves e a ausência de seu toque. Era o toque o que mais doía. A falta dele. Ela tinha ouvido os boatos a respeito de Cross. Pippa sabia o que estava arriscando quando lhe pediu que a auxiliasse em sua pesquisa. Ela se preparou para afastá-lo, empurrá-lo e resistir aos seus encantos. Ela nunca tinha considerado a possibilidade de ele não ter nenhum interesse em encantá-la.

Mas Pippa supunha que deveria estar preparada para isso. Afinal, se Castleton não a tocava, quem sonharia que um homem como o Sr. Cross o faria? Era lógico que ele seria mais difícil de... seduzir. Não que ela devesse estar pensando em seduzi-lo. Absolutamente não. O único homem que ela deveria considerar seduzir era o Conde de Castleton. Seu futuro marido. Não esse outro homem, enervante, absolutamente anormal. Ah, mas ele parecia bem comum. Com certeza mais alto e inteligente que a maioria, mas à primeira vista ele tinha as mesmas características que marcavam o restante de sua espécie: dois braços, duas pernas, duas orelhas, dois lábios. *Lábios.* Foi aí que as coisas deram errado.

Ela gemeu, deixando cair uma mão sobre a coxa com peso suficiente para chamar a atenção da cachorra que estava deitada a seu lado. Trotula ergueu a cabeça para Pippa, seus olhos castanhos e emotivos parecendo compreender que Pippa tinha perdido muitas horas do dia pensando naqueles lábios. Era anormal. Ao extremo...

Trotula suspirou e retomou sua soneca.

"Lady Philippa?"

Pippa estremeceu com essas palavras, ditas discretamente por Carter, mordomo da Casa Dolby, parado junto à porta da biblioteca com um pacote enorme nas mãos. Ela sorriu.

"Você me assustou."

"Perdão, minha lady", ele disse e se aproximou com o pacote.

"As convidadas já começaram a chegar?" A Marquesa de Needham e Dolby estava oferecendo um chá para senhoras naquela tarde, com o intuito de reunir todas as mulheres relacionadas ao Casamento. Pippa passou uma hora sendo enfeitada e cutucada até sua camareira anunciar que ela estava apresentável. Então, Pippa foi se esconder na biblioteca até a hora do evento. Ela se levantou. "Acho que preciso entrar em combate."

Carter balançou a cabeça.

"Ainda não, minha lady. Mas chegou este pacote para a senhorita. E está marcado como urgente, então pensei em lhe trazer imediatamente."

Ele estendeu o grande pacote para ela, que o pegou, a curiosidade crescente.

"Obrigada."

Tarefa cumprida, Carter se retirou do aposento, deixando Pippa com o pacote, que ela colocou sobre o divã e abriu, desamarrando o barbante e afastando o papel pardo comum, o que revelou uma pesada caixa branca enfeitada com um *H* dourado. Então, veio a decepção. O pacote não era urgente. Fazia parte do seu enxoval. A maioria das mulheres de Londres sabia identificar aquela caixa, do ateliê de moda de Madame Hebert.

Ela suspirou e abriu a caixa, encontrando uma camada fina de gaze do azul mais pálido, amarrada com uma linda fita safira. Debaixo da fita havia um envelope quadrado, com a imagem de um delicado anjo feminino. Ela tirou o cartão do envelope quadrado e leu a mensagem, escrita em uma letra cursiva firme.

Pandemonium
Anjo Caído
Meia-noite

E, no verso,

Uma carruagem buscará você.
Chase

Chase. O quarto e mais misterioso sócio do Anjo Caído. Pelo que ela sabia, poucas pessoas conheciam a pessoa que fundou o clube e o fez crescer

– com certeza Pippa nunca teve a oportunidade. E ela não devia, absolutamente, aceitar um convite de alguém desconhecido. Para algo chamado *Pandemonium*. Mas ela sabia, antes mesmo de inspecionar o conteúdo da caixa, que não conseguiria recusar o convite. Ou uma chance de rever Cross. *Pandemonium* parecia ser exatamente o tipo de coisa que lhe permitiria acesso a todo tipo de conhecimento.

Com o coração disparado, Pippa pegou a fita, que desamarrou cuidadosamente, como se pudesse estar libertando uma coisa viva. Afastando a gaze, ela exclamou ao ver uma máscara prateada deslumbrante, que jazia sobre um leito de tecido cor de safira – não, não era só um tecido. Era um vestido.

Ela ergueu a máscara e se surpreendeu com o peso dela. Em seguida, passou uma mão pela curva perfeita da filigrana, admirando-se com a delicadeza dos desenhos gravados em torno dos olhos e com as fitas grossas de cetim nas bordas, da mesma cor safira que o vestido na caixa.

Quando ela virou a máscara, para inspecionar a parte de dentro, ela entendeu, instantaneamente, porque ela era tão mais pesada que o esperado. Incrustada no verso da máscara, estava uma armação especial, forrada de veludo safira no exato do tom do vestido que a acompanhava, projetada para abrigar um par de óculos. Aquilo tinha sido feito especialmente para ela.

Pippa sorriu e passou os dedos pelo metal, admirando a frivolidade daquele esplêndido trabalho. E a prática Pippa Marbury, que nunca em sua vida se sentiu tentada por roupas ou trivialidades, mal podia esperar para a noite chegar. Então ela poderia se cobrir de seda.

A visão que Pippa tinha do tecido mudou drasticamente em apenas alguns instantes. Milhares de *Bombyx mori* haviam se entregado àquele vestido. Eles se fecharam em casulos para libertar Pippa.

"Pippa!", o chamado da mãe veio de além da porta da biblioteca, e a fez acordar de seu devaneio. Salvando o papel de embrulho da comprida língua rosa de Trotula, ela enfiou a máscara de volta na caixa e embrulhou às pressas o pacote, movendo-se com a velocidade de um relâmpago para entregá-lo a um criado que estava perto da biblioteca e pedir que o entregasse, imediatamente, para sua empregada.

"Pippa!" A mãe chamou novamente, sem dúvida para anunciar o início do chá da tarde para senhoras. A Condessa de Castleton estaria presente, bem como Lady Tottenham, Penny e uma dúzia de outras *ladies*. Sem dúvida a Marquesa de Needham e Dolby devia ter recitado a lista de convidadas mais de uma vez, mas Pippa não andava escutando muito bem nos últimos dias.

Ela esteve muito absorta com os eventos da noite que passou com o Sr. Cross, relembrando, muitas e muitas vezes, cada palavra, cada interação. E assim percebeu que era fraca em áreas cruciais. Não deveria ser difícil convencer um homem a tocá-la. Com certeza não um homem que supostamente possuía um gosto vasto em relação a mulheres. Mesmo assim, foi difícil. Era claro que Pippa não tinha capacidade de seduzir nada. Ou ninguém. Se ela tivesse, não teria acontecido? Estar quase nua no escritório do Sr. Cross não deveria atraí-lo de alguma forma? Não deveria ser uma tentação? É claro que deveria. Por isso ela estava absolutamente certa de que não possuía nenhum recurso feminino. *Talvez o Pandemonium pudesse mudar isso.*

O coração dela disparou mais uma vez.

"Pippa!", a mãe chamou novamente, desta vez mais perto.

E sem esses recursos – ou pelo menos uma compreensão deles – ela jamais seria capaz de atender às expectativas que tinham dela. Como esposa. Como mãe. Como mulher. Ela precisava de pesquisas adicionais.

Mas naquele dia ela estava condenada a um chá da tarde. Ela colocou o livro de lado e falou com sua companheira de soneca.

"Vamos, Trotula?"

A cachorrinha levantou instantaneamente a cabeça preta e macia, e abanou o rabo, batendo-o satisfeita contra o acolchoado do divã. Pippa sorriu e ficou em pé.

"Pelo menos eu ainda consigo ser interessante para você."

Trotula desceu do divã se alongando e exibindo um sorriso preguiçoso.

Pippa saiu da biblioteca, a cachorra a seus pés, e empurrou as portas duplas da sala de chá, onde as convidadas de sua mãe estavam reunidas, já adulando Olivia.

Ela inspirou profundamente e se preparou para entrar em combate.

"Lady Philippa!"

Castleton estava presente. Pippa se virou e viu Trotula ir pulando para o lado do conde, que se agachou para fazer um carinho demorado no animal. Trotula se entregou à carícia, batendo a perna traseira de prazer, e Pippa não conseguiu não rir com a cena.

"Lorde Castleton", ela disse, indo na direção do noivo. "Você veio para o chá?" Ela não havia detectado o indício de pânico que normalmente temperava a voz da mãe quando cavalheiros elegíveis estavam por perto.

"Não!", ele disse alegremente, inclinando a cabeça para o lado enquanto olhava para ela, seu sorriso amplo e amistoso. "Eu me encontrei com seu pai. Estávamos acertando os últimos detalhes do acordo de casamento e tudo mais."

A maioria das noivas não teria gostado da referência franca à troca de fundos que vinha com o casamento, mas Pippa achava que os itens concretos relativos ao evento eram calmantes. Ela aquiesceu.

"Eu tenho uma terra em Derbyshire", ela disse.

Ele aquiesceu e se ergueu.

"Needham me falou. Muitas ovelhas."

E mil e seiscentos hectares de plantações, mas Pippa duvidava que Castleton tivesse prestado muita atenção ao seu pai. Veio o silêncio, e ele moveu os calcanhares, esticando o pescoço para espiar a sala de chá.

"O que acontece em um chá de senhoras?", ele perguntou depois de um longo instante.

Pippa acompanhou o olhar dele.

"As senhoras tomam chá."

"Interessante", ele comentou.

Silêncio novamente.

"Normalmente são servidos biscoitos", acrescentou Pippa.

"Ótimo. Ótimo. Biscoitos são ótimos." Ele fez uma pausa. "Bolos?"

"Às vezes", ela respondeu.

"Fantástico."

Era de matar. Mas ele era o noivo dela. Em uma semana, seria seu marido. E em pouco tempo seria o pai de seus filhos. Então "de matar" não era um desenlace aceitável. Ele podia não ser um companheiro dos mais instigantes, nem era o tipo de homem que se interessava pelos seus interesses. Mas não havia muitos homens que se interessavam por anatomia. Ou horticultura. Ou biologia. Ou física. *Mas havia um homem.* Ela resistiu ao pensamento. Cross podia ser um cientista, mas ele não era o tipo de homem que...

Ela interrompeu o pensamento antes que se formasse, e se forçou a voltar ao assunto em mãos – Castleton. Ela precisava trabalhar em Castleton. Em interessá-lo. Atraí-lo. Mesmo que tivesse falhado antes. *Com outro...* não! Ela não iria pensar em Cross. Não pensaria na interação fracassada dela com ele. Ela era uma cientista, afinal... e cientistas aprendiam com todas as experiências. Até mesmo as que não davam certo.

Ela sorriu alegremente. Talvez até demais.

"Meu lorde, gostaria de ver se sobrou algum bolo na cozinha?"

Ao ouvir à referência à cozinha, Trotula começou a abanar o rabo a uma velocidade notável, mas Castleton precisou de um instante para entender a pergunta de Pippa.

"A cozinha! Comer bolo! Com você!"

"Isso mesmo," ela sorriu.

"Pippa!", o grito da mãe veio da porta da sala de chá, e foi instantaneamente seguido por um surpreso e esbaforido "Oh! Lorde Castleton! Eu não sabia que estava aí! Eu vou..." Ela hesitou, mão na porta, refletindo sobre seu próximo passo.

A maioria das mães nem sonharia em deixar a filha desacompanhada, em um hall vazio, com seu noivo, mas a maioria das filhas não pertenciam à prole da Marquesa de Needham e Dolby. Além de Pippa ser estranha e – como o resto da família aparentemente sabia – carente da experiência social básica de uma lady que em breve estaria casada, as filhas da casa de Needham e Dolby não eram conhecidas por efetivamente casarem com seus noivos. Com certeza a marquesa não se importaria com um pouco de escândalo, se isso garantisse que sua segunda filha mais nova fosse até o altar.

"Eu vou só fechar esta porta", disse Lady Needham, dando um sorriso exagerado para os dois. "Pippa, junte-se a nós quando estiver livre, querida."

Pippa não deixou de reparar na ironia que liberdade, no caso, estava associada a uma sala cheia de mulheres enjoadas e fofoqueiras.

Quando ficaram mais uma vez a sós, Pippa voltou sua atenção para o noivo.

"Para a cozinha, meu lorde?"

Ele concordou e lá foram eles, com Trotula na frente. Havia bolos na cozinha, que foram facilmente negociados com a cozinheira, que os embrulhou em gaze e os dois levaram para um passeio no jardim da Casa Dolby. Pippa tentou não pensar demais na direção da caminhada deles, mas ela não poderia negar que evitou de propósito o bosque de cerejeiras onde ela havia esperado pelo Sr. Cross algumas noites antes, decidindo, assim, ir na direção do rio, a cerca de quatrocentos metros descendo o gramado levemente inclinado.

Trotula correu na frente soltando uma série de latidos animados e altos, apreciando sua liberdade naquele dia de março excepcionalmente quente, voltando de vez em quando para se certificar que Pippa e Castleton a seguiam. Eles caminharam em silêncio por vários minutos – o bastante para Pippa refletir sobre sua próxima ação. Quando estavam longe o bastante da casa para não serem vistos, ela parou e virou seu rosto para o homem que se tornaria seu marido.

"Meu lorde...", ela começou.

"Você...", ele disse ao mesmo tempo.

Os dois sorriram.

"Por favor", ele disse. "Depois de você."

Ela aquiesceu e começou de novo.

"Meu lorde, faz mais de um ano desde que começou a me cortejar."

Ele inclinou a cabeça, pensativo.

"Eu acredito que sim."

"E agora vamos nos casar. Em sete dias."

Ele sorriu.

"Eu sei! Minha mãe parece não falar de outra coisa."

"Mulheres tendem a gostar de casamentos."

Ele aquiesceu.

"Eu reparei. Mas você não parece muito emocionada com isso, e é o *seu* casamento."

Só que ela estava emocionada. Só não era o tipo de emoção que ele esperava. Era o tipo de emoção que ninguém iria notar. *Ninguém a não ser Cross. O que não ajudava em nada.*

"Lorde Castleton, acho que já está na hora de você me beijar."

Pippa achou que ele não ficaria mais surpreso se um porco-espinho aparecesse no jardim e o mordesse no pé. Houve um longo silêncio, durante o qual Pippa imaginou que tivesse cometido um erro enorme. Afinal, se ele decidisse que ela era muito liberal com seus favores, poderia facilmente voltar para a casa, devolver a terra em Derbyshire e dar adeus à casa de Needham e Dolby. *Isso seria tão ruim?* Sim. É claro que seria. Mas a resposta não importava, contudo, porque ele não fez nada disso. Castleton apenas aquiesceu alegremente.

"Tudo bem, então", ele disse e se inclinou para beijar a noiva.

Seus lábios eram macios, quentes e secos, e ele os colou aos seus sem nenhum grama de paixão, com leveza, como se ele estivesse tomando o cuidado de não a assustar nem ofender. Ela levou às mãos até a lã grossa do sobretudo dele e agarrou-lhe os braços, imaginando se, talvez, ela devia fazer algo diferente. Eles ficaram assim por um bom tempo, lábios colados, narizes em um ângulo estranho – embora ela culpasse seus óculos por isso – e mãos inertes. Sem respirar. Nem sentir outra coisa que não um desconforto constrangedor.

Quando eles se separaram, puxando ar para os pulmões e buscando o olhar do outro, ela afastou o pensamento e ajustou os óculos, endireitando-os no alto do nariz. Ela olhou para o lado e encontrou Trotula, a língua pendurada, abanando a cauda. A cachorrinha parecia não entender.

"Bem", disse Pippa.

"Bem", ele concordou. Então, "Vamos tentar de novo?"

Ela considerou a oferta. Afinal a única forma de se certificar do resultado de um experimento é por meio da repetição. Talvez eles tivessem feito errado da primeira vez.

"Parece ótimo", Pippa concordou.

Eles se beijaram novamente. Com efeito assustadoramente similar. Dessa vez, quando eles se separaram, Pippa teve certeza. Não havia, de fato, nenhum perigo de eles entrarem no sacramento do matrimônio por qualquer razão relativa ao desejo carnal. Ela supôs que isso deveria fazer com que se sentisse melhor.

Eles voltaram para a casa em silêncio, refazendo seus passos pela co-

zinha até o saguão diante da sala de chá, onde os sons abafados do riso das senhoras escapavam pela porta de mogno entreaberta. Castleton se ofereceu para deixar Pippa ali, na reunião, mas ela percebeu que estava com ainda menos vontade de tomar chá do que antes, no início da tarde, e assim ela acompanhou o noivo até a porta principal da casa, onde ele parou e olhou para ela, sério.

"Aguardo ansioso nosso casamento, sabe."

Era verdade.

"Eu sei."

Ele levantou um dos lados da boca em um pequeno sorriso.

"Eu não me preocupo com o resto. Vai acontecer."

Eles tinham mesmo que esperar para "o resto" acontecer?

Ela aquiesceu.

"Obrigada, meu lorde."

Ele fez uma reverência, formal e séria.

"Minha lady."

Ela observou, do alto dos degraus na frente de casa, a carruagem dele descer pelo passeio, enquanto refletia sobre o beijo. Castleton não sentiu nada. Ela viu isso nos olhos dele – na forma como permaneceram pacientes e gentis, em nada parecidos com os olhos de Cross algumas noites antes. Não... os olhos de Cross foram tempestades de chumbo, cheios de emoções que ela não soube interpretar, mas que poderia passar a vida toda estudando. Emoções que ela nunca teria a oportunidade de estudar.

A dor voltou ao seu peito, e ela, distraída, ergueu uma mão para massageá-lo, enquanto pensava no homem alto, de olhos cinzentos, que havia lhe mostrado o que era prazer sem se entregar nem mesmo um centímetro. Ela não gostava dessa dor. Ela não gostava de pensar no que ela viria a significar.

Suspirando, Pippa retirou os óculos para limpá-los e fechou a porta principal da casa atrás de si, deixando Castleton e o resto do mundo do lado de fora enquanto limpava as lentes.

"Lady Philippa?"

Pippa olhou para a forma borrada de uma mulher a meio caminho da escadaria da Casa Dolby – uma convidada do chá que se perdeu. Ela ergueu a mão para deter a mulher, colocando-se a caminho da escada para falar com a convidada enquanto recolocava seus óculos. Sorrindo sem vontade, ela ergueu o rosto... e encontrou o olhar de Lavínia, Baronesa Dunblade.

Pippa quase tropeçou no degrau.

"Lady Dunblade."

"Eu disse para mim mesma que não viria", respondeu a baronesa. "Eu disse para mim mesma que ficaria longe do que quer que seja que você tem com Jasper."

Jasper?

"Mas então", a baronesa continuou, "eu recebi o convite da sua mãe, e sua irmã tem sido muito gentil comigo desde que se tornou Marquesa de Bourne. Eu imagino que não devia me surpreender."

Havia algo nas palavras, uma insinuação de que ela deveria compreender o subtexto. Mas ela não compreendia.

"Lady Dunblade..."

Aquela mulher linda se mexeu, apoiando-se na bengala, e Pippa foi na direção dela.

"Gostaria de se sentar?"

"Não." A recusa foi instantânea e firme. "Estou bem."

Pippa aquiesceu.

"Muito bem. Receio que você tenha a impressão de que sou mais íntima do Sr. Cross do que é verdade."

"Sr. Cross." A baronesa riu, o som sem nenhuma diversão. "Eu ainda tenho dificuldade para acreditar nesse nome."

Pippa inclinou a cabeça.

"Acreditar?"

O olhar de Lavínia demonstrou surpresa.

"Ele não lhe contou."

As palavras a perturbaram. Talvez esse fosse o objetivo. De qualquer modo, Pippa não conseguiu resistir.

"O nome dele não é Sr. Cross?" Pippa estava frente a frente com a baronesa, na metade da escadaria curva que marcava o centro da Casa Dolby.

"Eu acho que você é a única a usar Sr. antes de Cross."

Cross. Não precisa do Sr.

"Apenas Cross, então. Não é o nome dele?"

A baronesa retorceu um canto da boca.

"Não. Que encantador da sua parte acreditar nisso."

É claro que ela acreditou. Pippa nunca teve motivo para não acreditar. Ele nunca lhe deu razão para isso. Mas a ideia de que ele pudesse ter mentido... não era absurda. Afinal, ele mentiu para ela desde o início. Os dados, as apostas, o modo como ele a tentou e não a tocou... era tudo mentira. O nome seria mais uma. Não era uma surpresa. E, de algum modo, era mais danosa que as outras. Ela sentiu o estômago revirar, mas o ignorou.

"O que você queria me contar?"

Lavínia hesitou, surpresa pela firmeza na voz de Pippa.

"Você deve ter cuidado com ele."

Uma lição que Pippa já tinha aprendido. A baronesa continuou.

"Jasper... ele adora mulheres. Mais do que deveria. Mas quando ele tem que cumprir sua palavra... não consegue." Ela parou, depois disse, "Eu detestaria ver você arruinada por acreditar nele."

As palavras estavam cheias de mágoa, e Pippa não gostou de como elas fizeram com que se sentisse – a angústia e o desconforto que elas traziam... com seu significado. Com o entendimento de que essa mulher o conheceu. Ouviu promessas dele. Foi traída por ele. Coisas de que Pippa não precisava. Ela ficou tensa ao pensar nisso tudo. Pippa não queria ser traída por ele. Ela não queria suas promessas. Ela não deveria querer Cross de jeito nenhum. Aquilo era ciência, não? Pesquisa. Nada além disso. Certamente nada emocional. Uma lembrança lhe ocorreu – os lábios quentes e secos do Conde de Castleton nos seus. *Nada emocional.*

Ela balançou a cabeça.

"Não existe nada entre nós."

A baronesa ergueu uma das sobrancelhas ruivas em um gesto familiar.

"Você chegou ao escritório dele por uma passagem secreta."

Pippa balançou a cabeça.

"Ele não sabia que eu iria encontrar a passagem. Ele não me esperava lá. Nunca me quis lá." Ela hesitou. "É evidente que ele gosta muito de você, Lady Dunblade. Eu acredito que ele a ame muito."

Não que Pippa soubesse alguma coisa de amor, mas ela lembrou do som da voz dele na escuridão... abafada por aquele maravilhoso corredor secreto, e da expressão nos olhos cinzentos dele quando Lavínia o enfrentou, permanecendo firme e forte em seu escritório. A relação dos dois era o mais próximo de amor que Pippa podia imaginar. *Isso, mais o fato de que ele não tocou nela.* Ela sentiu um nó na garganta, que tentou engolir.

A baronesa riu, e Pippa odiou aquele som oco.

"Ele não sabe o que é amor. Se ele soubesse o que é melhor para nós, ficaria longe."

Alguma coisa endureceu no peito de Pippa quando ela ouviu essas palavras.

"Pode ser", ela disse, "mas não importa o que aconteceu no passado, é evidente que você foi uma parte importante dele... uma..." Ela hesitou. Como se fala 'amante' em um ambiente refinado? Ela tinha certeza de que sua mãe insistiria que não se deve dizer 'amante' em um ambiente refinado. Mas ela e Lady Dunblade estavam ali, e não havia mais ninguém que pudesse ouvi-las, então Pippa não mediu as palavras. "...amante muito importante."

Lady Dunblade arregalou os olhos azuis.

"Ele não é meu amante."

"De qualquer modo", Pippa continuou, "isso não importa. Eu não tenho nenhuma relação com esse cavalheiro. Ele estava me ajudando em minha pesquisa. Agora já terminei."

"Jasper não é meu amante", a baronesa insistiu.

"Talvez não no presente", Pippa fez um gesto de pouco caso, "mas em algum momento. Enfim, é irrelev..."

"Lady Philippa." O tom de Lavínia era inflexível, urgente. "Bom Deus. Ele não é meu amante." Ela hesitou, e a expressão em seu rosto foi uma mistura de pânico, desespero e um quantidade nada desprezível de horror. "Ele é meu *irmão*."

Capítulo Treze

Cross estava na suíte dos proprietários do Anjo Caído, assistindo a metade de Londres jogar no cassino abaixo. A metade muito rica de Londres. O salão estava lotado: mulheres em vestidos vibrantes de seda e cetim, suas identidades ocultas por máscaras de desenho complexo, feitas especialmente para aquela ocasião; homens com milhares de libras queimando em seus bolsos – ansiosos para jogar e ganhar, e assim saborear o momento em que conseguem vencer o Anjo.

Há cinco anos, desde o primeiro *Pandemonium*, os homens caíam vítimas da tentação do Anjo e apostavam tudo o que tinham nas mesas, em sua própria sorte. E todos os anos uma parte desses homens perdia. E os proprietários do Anjo ganhavam. Chase gostava de dizer que eles ganhavam porque não tinham nada a perder naquela noite. Mas nas outras noites Cross sabia que não era assim. Eles ganhavam porque não podia ser diferente. Eles tinham vendido sua alma coletiva, e sua recompensa era esfolar os cavalheiros de Londres.

Naquela noite, contudo, Cross duvidou deles. Duvidou de sua habilidade firme e decidida para ganhar. Ele duvidou de si mesmo. Havia muita coisa em jogo naquela noite de *Pandemonium*. Muita coisa que ele não podia controlar. Muita coisa que o deixava desesperado para ganhar. E o desespero não é bom para quem quer ganhar, nem mesmo quando o plano está funcionando.

Cross apoiou uma mão no vitral; sua palma aberta sobre a coxa de Satã enquanto observava as mesas abaixo. Vinte e um e roleta, dados e *piquet*; o movimento no clube era um borrão de cartas jogadas, dados arremessados, roletas girando e feltro verde. Em uma noite normal, Cross estaria calculando os ganhos – mil nos dados, dois mil e duzentos na roleta, metade disso no vinte e um. Mas naquela noite ele estava concentrado nos cinquenta que determinariam seu destino. Cinquenta dos maiores jogadores do Cavaleiro estavam dispersos no salão abaixo – cinquenta homens que jamais poderiam jogar neste clube se não fosse pelo convite especial. Cinquenta homens que não mereciam jogar ali, mas jogavam mesmo assim. Pela vontade de Cross.

Sally manteve sua promessa, entregando os cavalheiros ao cassino do Anjo, e agora era a tarefa do Anjo mantê-los ali. Os empregados do cassino tinham suas ordens. Se um homem apostava com uma mão, deveria ter um copo cheio na outra. Se um jogador parecesse solitário, ou entediado, não deveria demorar para que recebesse uma bela companhia mascarada – alguém que havia sido muito bem pago para garantir que todos os presentes fossem embora mais alegres e um pouco mais pobres. O Anjo era conhecido por realizar as fantasias dos jogadores, e naquela noite... realizaria muito bem. E Knight saberia que não podia enfrentar o Anjo. Que não podia enfrentar Cross.

A porta da suíte abriu e fechou atrás dele, mas Cross não se virou para olhar seu novo acompanhante. Apenas um punhado de pessoas tinha acesso à suíte dos proprietários, e Cross confiaria sua vida a qualquer uma delas.

Ele continuou observando a mesa de roleta logo abaixo, a roda girando, a bola de marfim correndo pela borda de mogno enquanto os apostadores se debruçavam. Em uma das extremidades dessa mesa, um jovem com não mais que vinte e cinco anos levantou a máscara e assistiu à bola correr com olhos enlouquecidos – olhos que Cross tinha visto inúmeras vezes ao longo dos anos. Normalmente, Cross não veria nada além de lucro no comportamento do jovem, mas nessa noite, por um instante, ele viu algo mais.

"Lowe", disse Temple, em voz baixa, junto ao seu ombro, ao acompanhar o foco de seu olhar.

Cross olhou para o amigo.

"Você sabia que ele era um dos convidados?"

Temple negou, firme, com a cabeça.

"Não. Eu não o teria deixado entrar no clube."

"Ele não está atrás de você", disse Cross. "Qualquer um pode ver isso."

A bola caiu na roda da roleta, e o jovem estremeceu, afastando-se da mesa como se estivesse com dor. Em poucos segundos ele se recompôs e voltou sua atenção para a mesa, já pegando dinheiro para apostar de novo.

"Ele não consegue se conter." Temple balançou a cabeça.

"Nós podemos contê-lo", disse Cross.

"Ele iria simplesmente voltar para o Cavaleiro. Ele pode muito bem perder para nós esta noite. Desde que não cause problemas."

Cross olhou de lado para Temple.

"Que problemas ele causaria? Nós defenderíamos você até a morte."

Temple ergueu um dos enormes ombros.

"Vocês podem me defender, mas um rapaz que foi tão prejudicado pode ser um verdadeiro perigo."

Cross voltou a olhar para Christopher Lowe, que observava a bola rolando na roleta mais uma vez.

"É por isso que você está aqui? Está se escondendo?"

Temple remexeu os ombros dentro de seu paletó preto.

"Não. Eu vim para falar com você."

"O que foi?"

"Parece que seu plano está funcionando."

Cross apertou a mão contra o vidro frio, saboreando a sensação lisa e ampla contra sua palma.

"Não vamos saber até recebermos alguma prova de que o Knight está sem bons apostadores esta noite."

"Vamos receber", disse Temple antes de ficar em silêncio por um bom tempo. Depois, ele acrescentou, "Eu soube que a filha dele chegou esta manhã."

Cross soube a mesma coisa, que Meghan Margaret Knight tinha sido colocada em uma casa suntuosa nos limites de Mayfair.

"Ela não vai ficar muito tempo na cidade. Não se continuarmos manipulando o Knight."

Temple não respondeu. Não precisava. Em vez disso, ele admirava o salão abaixo.

"Bourne e Penélope chegaram."

O olhar de Cross foi para a extremidade do salão, onde seu parceiro estava – sem máscara – feliz ao lado da mulher, observando quando ela bateu com firmeza no feltro para pedir outra carta em seu jogo de vinte e um. Penélope sorriu quando a banca estourou e se voltou para o marido, erguendo o rosto para um beijo.

"Vejo que ela está ganhando, como sempre."

Havia um sorriso na voz de Temple.

"Tenho certeza que ele ajeita os jogos para ela."

Cross ergueu uma sobrancelha.

"Se eu tiver alguma prova disso, ele vai ter que conversar comigo."

Temple riu.

"Cuidado em julgar os outros, meu amigo. Algum dia vai ser a mulher que *você* quer impressionar."

Cross não achou graça naquelas palavras.

"Não há dúvida que muitas coisas podem acontecer", disse ele, varrendo o salão com os olhos. "Mas eu ser dominado por uma mulher não é uma dessas coisas."

Ele não podia ser. Mesmo que pudesse tocá-las – mesmo que elas fossem uma opção –, um futuro com uma mulher não era. Ele devia isso a Lavínia. Ele devia isso a *Baine*. Ele não podia trazer nenhum dos dois de volta... não podia devolvê-los à vida que mereciam. Mas ele podia garantir que os filhos da irmã recebessem tudo que Baine teria recebido. Ele podia garantir que eles nunca conhecessem a decepção dolorosa da carência. Ele iria lhes deixar um reino. Construído com pecado, mas ainda assim um reino.

Uma mesa de dados irrompeu em aplausos, chamando a atenção de meia dúzia de jogadores que estavam por perto. Em uma ponta da mesa, convencido como de costume, estava Duncan West, proprietário de três grandes jornais e meia dúzia de tabloides. West era rico como Creso e sortudo como o pecado. O mais importante é que ele estava ganhando e com isso arrastaria todo mundo por perto com ele. Cross lembrava muito bem desse prazer – saber que iria ganhar. Fazia muito tempo que ele não sentia esse prazer.

"Eu teria levado este problema para Bourne", disse casualmente Temple, como se eles não estivessem na suíte dos proprietários do antro de jogatina mais legendário de Londres, "mas como ele está tão ocupado com a mulher dele, pensei que você talvez pudesse fazer algo."

Cross percebeu a diversão na voz de Temple.

"Estou um pouco ocupado para suas brincadeiras, Temple."

"Não é brincadeira minha. É de Chase. Eu sou simplesmente o mensageiro."

Aquilo provocou um tremor de intranquilidade em Cross. Praguejando em voz baixa, ele vasculhou o salão de jogos, procurando Chase que, é claro, não conseguiu encontrar em nenhum lugar.

"Também não preciso das brincadeiras de Chase."

Temple riu.

"Acho que é um pouco tarde para isso."

Ele tinha acabado de falar quando seus olhos pararam na figura solitária abaixo, no centro do cassino, a única pessoa em todo o salão que não se mexia. É claro. Ela estava sempre em uma viagem separada do resto do universo – o planeta cuja órbita era contrária, o sol que nascia no oeste. E agora ela estava no meio de seu cassino, rodeada por devassidão – em suas garras. Ele não tinha que ver o rosto dela para saber quem era. Assim como ele não precisava ver Pippa sem a máscara para saber que ela era deslumbrante. Não tão deslumbrante como quando estava em sua poltrona, no escritório há alguns dias, exposta a ele, conhecendo seu prazer, tentando-o com sua forma, seus sons e seu cheiro, mas ainda assim estonteante.

Depois que ela foi embora naquela noite, Cross ficou sentado no chão de seu escritório, e olhou fixamente para aquela poltrona por horas, revivendo o modo como ela se contorceu ali, esforçando-se para ouvir os ecos de seus sons lindos e, finalmente, colocando sua testa no assento de couro frio, praguejando e jurando ficar longe dela. Ela era demais para que ele resistisse. E ela tinha voltado, envolta em safira, o cabelo um novelo de seda, a pele de porcelana, em pé no centro do clube, sob a ameaça de pecado, de vício e de imoralidade. E de Cross...

De onde estava, ele tinha uma visão privilegiada da elevação dos lindos seios dela, cheios de curvas belíssimas e sombras promissoras. O bastante para deixar um homem de joelhos. A mão no copo se apertou em um punho.

"O que diabos ela está fazendo aqui?"

"Ah", disse Temple. "Você reparou em nossa convidada."

É claro que ele tinha reparado nela. Qualquer homem com olhos teria reparado. Ela era a coisa mais fascinante naquele salão.

"Não me faça perguntar de novo."

"Asriel me disse que ela tinha um convite."

É claro que ela tinha. É claro que Chase achava tudo aquilo muito divertido. Chase merecia uma boa surra.

"Ela não combina com esse ambiente."

"Não sei." Temple fez uma pausa enquanto a estudava. "Eu gosto do jeito que ela fica nesse ambiente."

Cross voltou a atenção para seu sócio imenso.

"Pare de gostar."

Temple sorriu, irônico, e se inclinou para trás.

"Eu poderia gostar muito."

Cross resistiu ao impulso de lançar o punho contra o rosto do outro. Lutar com Temple era inútil, pois ele era enorme e invencível, mas seria bom tentar. Seria bom se entregar a alguma coisa física, depois de passar a última semana resistindo a isso. Cross acreditou que conseguiria ao menos tirar sangue do outro. Ou lhe dar um olho roxo.

"Fique longe de Philippa Marbury, Temple. Ela não serve para você."

"Mas serve para você?"

Sim, maldição. Ele engoliu as palavras.

"Ela não serve para nenhum de nós."

"Chase discorda."

"Ela com certeza não serve para Chase."

"Devo contar ao Bourne que ela está aqui, então?" Cross ouviu a provocação na voz de Temple. Ele sabia que Cross não conseguiria resistir. "Penélope poderia levá-la para casa."

Ele deveria deixar isso acontecer. Deixar que Bourne e Penélope lidassem com a irmã louca. Deixar que alguém mais cuidasse de Pippa Marbury antes que ela se arruinasse diante de metade de Londres. Um mês atrás ele teria deixado. Uma semana atrás. Mas agora...

"Não."

"Achei que não." Temple estava se divertindo, e isso irritou Cross, que olhou atravessado para ele.

"Você merece uma boa surra."

Temple esticou a boca em um sorriso malévolo.

"E é você que vai dar?"

"Não, mas você vai levar uma, não demora. E aí todos nós vamos rir bastante."

Alguma coisa brilhou no olhar preto de Temple.

"Essas palavras machucam, meu amigo." Ele levou a mão ao peito, dramático. "Machucam."

Cross resolveu não desperdiçar mais seu fôlego com o sócio idiota. Ele preferiu sair da suíte com passos largos, vencendo o corredor escuro que levava à escada nos fundos do Anjo, descendo rapidamente até o cassino, com o coração apressado, ansioso por encontrar Pippa. Para capturá-la antes que alguém o fizesse. Se outro homem tocasse nela, Cross o mataria.

Ele empurrou a porta de uma sala particular, uma antecâmara pequena de um dos lados do cassino, e atravessou para chegar ao salão principal, cheio de foliões risonhos e mascarados. Não que ele teria alguma dificuldade para encontrá-la. Ele a encontraria em meio a milhares de mascarados. Mas ele não teve que procurar muito.

Ela soltou um pequeno guincho quando eles colidiram, e Cross esticou os braços para segurá-la, as mãos chegando aos ombros dela para apoiá-la. Um erro. Ele não estava usando luvas, e aquele vestido parecia ter uma chocante carência de tecido. A pele dela era macia e quente – tão quente que quase o queimou. E fez com que ele quisesse continuar ali.

Cross não a soltou, nem mesmo quando as mãos dela se apoiaram no peito dele, e suas saias cor de safira envolveram os dois, enroscando nas pernas dele assim como o perfume dela se enroscou na mente dele, vivo, fresco e absolutamente deslocado naquele ambiente escuro e imoral. Mas ele a empurrou de volta à alcova por onde tinha vindo.

"Por que não está usando luvas?", ele perguntou asperamente.

A pergunta surpreendeu aos dois, mas ela se recuperou primeiro.

"Eu não gosto delas. Eliminam um dos sentidos."

Era difícil imaginar a perda de qualquer sensação quando ela estava... consumindo as dele. Cross ignorou a resposta e tentou de novo.

"O que você está fazendo aqui?", sua voz era suave e sombria – suave demais. A intenção dele era repreendê-la. Assustá-la.

"Fui convidada."

Nada assustava Pippa Marbury.

"Você não devia ter vindo."

"Ninguém pode me ver. Estou mascarada."

Ele estendeu a mão para a máscara e passou os dedos pela peça delicada, um belo trabalho em metal. É claro, Chase havia pensado nos óculos dela. Chase pensava em tudo. Um fio de irritação começou a aflorar no peito de Cross, o que acrescentou aspereza a suas próximas palavras.

"O que deu em você para aceitar esse convite? Pode acontecer de tudo com você. Esta noite."

"Eu vim ver você."

As palavras foram suaves, simples e inesperadas, e Cross teve que parar por um instante para assimilá-las.

"Para me ver", ele repetiu, como o imbecil em que se transformava sempre que Pippa estava por perto.

Ela reafirmou.

"Estou brava com você."

Mas não parecia brava. E foi assim que ele soube que era verdade. Pippa Marbury não ficava furiosa como as outras mulheres. Ao ser desperta por uma emoção, ela a analisaria por todos os ângulos antes de agir. E com essa precisão incomum, ela pegava seu oponente desprevenido, tão facilmente como se tivesse lançado um ataque furtivo no meio da noite.

"Sinto muito", ele disse, no interesse da autopreservação.

"Por quê?", ela perguntou. Ele ficou quieto. Nenhuma mulher havia perguntado isso a ele. E como ele não respondeu, Pippa acrescentou, "Você não sabe."

Não era acusação. Era um fato.

"Não sei..."

"Você mentiu para mim."

Ele mentiu.

"Sobre o quê?"

"Sua pergunta significa que você já mentiu mais de uma vez", ela disse.

Ele não conseguia enxergar os olhos dela por causa da máscara, e Cross teve vontade de arrancá-la do rosto dela para continuar a conversa. Não, não teve. Ele não queria aquela conversa de modo nenhum. Ele queria que ela voltasse para casa, fosse para a cama e se comportasse como uma jovem aristocrata normal. Ele queria que ela ficasse trancada em um quarto até se tornar Lady Castleton e sumir de Londres e de seus pensamentos. *Parecia que ele mentia também para si mesmo.*

Ele soltou os ombros dela e odiou perder a maciez de sua pele.

"Você é um conde."

As palavras vieram em voz baixa, mas a acusação era inegável."

"Eu não gosto de pensar muito nisso."

"Conde Harlow."

Ele resistiu ao impulso de estremecer.

"Eu gosto ainda menos de ouvir isso."

"E de me fazer de boba, você gosta? De me constranger? Eu chamando você de Sr.? E quando eu lhe disse que se você fosse um aristocrata não teria pedido sua ajuda? Você soltou gargalhadas depois que eu fui embora naquela noite?"

Depois que ela foi embora, naquela noite, ele se sentiu completamente devastado e desesperado para ficar perto dela novamente. Gargalhar seria a última coisa que ele teria feito.

"Não", ele disse, sabendo que deveria acrescentar mais alguma coisa. Sabendo que havia mais para ser dito. Mas ele não conseguiu pensar em nada, então simplesmente repetiu, "Não."

"E eu devo acreditar nisso?"

"É a verdade."

"Como o fato de que você é um conde..."

Ele não sabia ao certo por que aquilo era motivo de frustração para ela.

"É, eu sou um conde."

Ela riu, destituída de qualquer bom humor.

"Conde Harlow."

Ele fingiu que não o incomodava, o nome nos lábios dela.

"Não é exatamente um segredo..."

"Era segredo para mim", ela insistiu.

"Metade de Londres sabe."

"Não a minha metade!" Ela estava ficando irritada.

Assim como ele.

"Sua metade nunca deveria ter sabido. Sua metade nunca *precisou* saber."

"Eu deveria saber. Você deveria ter me contado."

Ele não deveria se sentir culpado. Ele não deveria sentir que devia algo a ela.

"Por quê? Você já tem um conde. Para que dois?"

De onde veio aquilo?

Ela ficou rígida na escuridão, e ele se sentiu baixo e errado, detestando que ela pudesse fazer com que se sentisse assim. Ele queria ver os olhos dela.

"Tire a máscara."

"Não." E foi então que ele ouviu. A ferida na voz dela. A mágoa. "Sua irmã tem razão."

Aquilo o deixou chocado.

"Minha irmã?"

"Ela me alertou sobre você. Disse que você nunca cumpre o que promete... disse para eu nunca acreditar em você." A voz dela era baixa e suave, como se não falasse com ele, mas consigo mesma. "Eu não deveria ter confiado em você."

Ele notou o uso de *confiado*. E odiou. E a atacou.

"Por que você confiou, então? Por que você confiou em mim?"

Ela ergueu o rosto para ele, parecendo surpresa com suas palavras.

"Eu pensei...", ela começou, depois parou. Reformulou. "Você me enxergou."

O que diabos aquilo significava? Ele não precisou perguntar. Ela já estava explicando.

"Você me ouvia. Você me *escutava*. Não se importava que eu fosse esquisita. Na verdade, você parecia gostar disso."

Ele realmente gostava. Por Deus, ele queria se banhar nessa esquisitice.

Ela balançou a cabeça.

"Eu queria acreditar que alguém pudesse gostar de mim. Talvez, se você pudesse... então..."

Ela parou de falar, mas ele ouviu as palavras como se Pippa as tivesse gritado. *Então Castleton também poderia.* Se ele já não se sentisse um imbecil completo, começaria a se sentir assim a partir de então.

"Pippa." Ele estendeu as mãos para ela novamente, sabendo que não devia. Sabendo que dessa vez não resistiria a tocá-la. E talvez não resistisse a tomá-la para si.

"Não." Antes que ele pudesse agir, mexer-se, tomar, consertar, ela inspirou profundamente e falou. "Não. Você tem razão, é claro. Eu tenho um conde, que é gentil e bom e logo vai se tornar meu marido, e não há nada sobre você ou seu passado – ou seu presente – que deveria ser relevante para mim."

Ela se afastou e ele a seguiu como um cachorro preso a uma guia, odiando as palavras que ela falou – sua lógica e razão. Ela era diferente de qualquer mulher que Cross havia conhecido, e ele nunca quis, em toda sua vida, entender tanto uma mulher. Ela continuou a falar, olhando para as mãos, para aqueles dedos imperfeitos entrelaçados.

"Eu entendo que não haja nada em mim que lhe interesse... que causo problemas demais para o valor que eu tenho... que eu nunca deveria ter arrastado você para as minhas experiências."

Ele a deteve.

"Não são experiências."

Pippa olhou para ele, os olhos pretos naquela máscara ridícula que Cross quis arrancar de seu rosto, esmagar com o pé e depois chicotear Chase por mandar fazê-la.

"É claro que são", ela disse.

"Não, Pippa. Não são. São um desejo de conhecimento, com certeza, até uma necessidade de conhecimento. Mas, mais do que isso, são uma necessidade de compreensão dessa coisa que você está para fazer, que você se recusou a renegar e que a aterroriza. São um estratagema para você parar de sentir toda dúvida e frustração que deve estar sentindo. Você diz que quer entender o que acontece entre homens e mulheres. Entre maridos e esposas. Mas em vez de consultar qualquer pessoa que conheça melhor o assunto, que conheça por experiência... você veio até mim. Na escuridão."

Ela recuou.

"Eu procurei você no meio do dia."

"É sempre noite dentro do Anjo. É sempre escuro." Ele parou, adorando o modo como ela entreabriu os lábios, só um pouco, como se não estivesse conseguindo ar suficiente. Ele também não. "Você veio até mim porque não queria o comum. O mundano. Você não o quer."

Ela balançou a cabeça.

"Não é verdade. Eu vim até você porque não entendo todo o alarido em torno desse assunto."

"Você veio até mim porque teme que o 'alarido' não valha a pena com ele."

"Eu vim até você porque pensei que você era um homem que eu não precisaria ver novamente."

"Mentirosa." A palavra foi áspera naquele espaço apertado, ao mesmo tempo acusação e condecoração.

Ela ergueu o rosto para ele, os olhos pretos vazios.

"Você deve saber do que está falando. Mentiu para mim desde o início, com seus dados viciados e suas falsas promessas e o seu *Sr. Cross*."

"Eu nunca menti, querida."

"Até isso é uma mentira!"

"Eu lhe disse desde o começo que eu sou um canalha. Essa é a minha verdade."

Ela ficou boquiaberta.

"E isso o absolve de seus pecados?"

"Eu nunca pedi absolvição." Ele levou a mão até a máscara horrenda e a puxou do rosto dela, e lamentou sua atitude no momento em que viu aqueles grandes olhos azuis nadando em emoção.

Lamentando nada. Adorando. Adorando *Pippa*.

"Eu lhe disse para ir embora. Eu lhe disse para nunca se aproximar de mim." Ele se aproximou, torturando os dois – tão perto e ainda a uma distância insuportável. "Mas você não resistiu. Você quer que eu lhe ensine as coisas que *ele* deveria lhe ensinar. Você quer *minha* experiência. *Meus* pecados. *Meu* beijo. E não o dele."

O olhar dela estava em sua boca, e ele conteve um gemido ao ver a fome naqueles olhos azuis. Deus, ele nunca quis coisa alguma como queria ela.

"Você nunca me beijou", ela sussurrou.

"Eu quis beijar." As palavras eram tão simples que pareceram uma mentira. *Querer* nem chegava perto de expressar o modo como ele se sentia. Quanto ao toque dela. O gosto dela. Ela. Querer era uma partícula no universo do desejo dele.

Ela balançou a cabeça.

"Outra mentira. Você nem consegue me tocar sem se afastar como se tivesse se queimado. Você obviamente não tem interesse em me tocar."

Para alguém que se orgulhava de sua capacidade de observação científica, Philippa Marbury estava totalmente equivocada. E estava na hora de mostrar para ela. Mas antes que pudesse fazer algo, ela acrescentou.

"Pelo *menos* Castleton me beijou quando eu pedi."

Cross congelou. *Castleton tinha beijado Pippa.* Castleton tomou o que Cross havia recusado. O que Cross tinha deixado. *O que deveria ter sido de Cross.*

Um ciúme violento ardeu dentro dele, e seis anos de controle ruíram. Ele a pegou sem hesitação, ergueu-a em seus braços e a pressionou contra a parede estofada. E fez o que devia ter feito no momento em que a conheceu. Ele a beijou, deleitando-se com a sensação dos lábios dela nos seus, com o modo como ela se suavizou instantaneamente em seus braços, como se ali fosse o lugar dela – e não nos braços de qualquer outro. *E era mesmo.*

Ela soltou uma exclamação baixa e irresistível de surpresa quando Cross alinhou sua boca à dela e a tomou para si, passando a língua por toda a extensão do lábio inferior até que a surpresa se tornou prazer e ela suspirou, entregando-se a ele.

Então, naquele momento, Cross soube que não pararia até a possuir toda. Até ter ouvido cada um de seus gemidos e suspiros, até ter provado cada centímetro de sua pele, até ter passado uma vida inteira conhecendo as curvas e vales de seu corpo e sua mente. Foram os anos de celibato. Depois de seis anos, qualquer beijo seria assim poderoso. De abalar as estruturas. *Mentira! Era ela.* Sempre foi ela.

"Você realmente me queima, Pippa. Você me inflama", ele sussurrou quando tirou os lábios dos dela. Então Cross a pressionou contra a parede, prendendo o corpo de Pippa com o dele, para que suas mãos ficassem livres para explorar, para segurar o rosto dela com uma mão e puxar os quadris dela para os seus e aumentar o contato. Ele tomou sua boca mais uma vez, jogando-se no fogo, indo fundo, querendo consumi-la, querendo apagar cada lembrança de quaisquer outros homens da mente dela.

Ele passou a borda de seus dentes pelo lábio inferior dela, adorando o modo como ela suspirou e levantou os braços para envolver seu pesco-ço. E então, bom Deus, ela retribuiu o beijo – sua intelectual brilhante –, primeiro repetindo seus movimentos, para então aperfeiçoá-los até que a aluna superou o mestre conseguindo um efeito tortuoso, quase insuportável.

Ela se contorceu contra ele – tão ávido por seu corpo como ele estava pelo dela –, roçando seus quadris nos dele, o ritmo prometendo mais do que ela poderia saber. Ele interrompeu o beijo com um gemido – um som baixo, perverso, que ressoou ao redor deles naquele lugar pequeno e particular. Ele colou beijos em toda linha do queixo até a orelha dela.

"Ele pode ter beijado você, meu amor", ele sussurrou, "mas o beijo dele não é nem parecido com o meu, é?"

Ela negou com a cabeça, e sua resposta veio em meio a várias puxadas de ar.

"Não." Ele recompensou sua honestidade com uma passada de língua pela curva da orelha, e puxou o lóbulo macio com os dentes, chupando-o até ela suspirar.

"Cross."

Ele levou uma mão até o decote do vestido e puxou o tecido para baixo, expondo um seio claro e perfeito. Cross desenhou com o dedo a linha do mamilo até este ficar duro e dolorido. Ele conseguiu desviar seus olhos para ela, e a encontrou igualmente fascinada com seu toque. Fitando aqueles lindos olhos azuis, ele se moveu e pegou o bico ereto, adorando o modo como ela inclinou a cabeça para trás, contra a parede, enquanto suspirava seu nome novamente. Ele a beijou suavemente no lugar macio atrás do maxilar, passando a língua ali.

"O beijo dele não faz você exclamar seu nome."

"Não", ela disse, pressionando o seio contra a mão dele, pedindo mais. Como se ela precisasse pedir. Ele baixou a cabeça e tomou o mamilo na boca, chupando-o até ela gritar, o som abafado pelas cortinas e pela algazarra dos jogadores próximos, que não faziam ideia do que acontecia a poucos metros deles.

Ele recompensou sua reação desenfreada com um beijo profundo, completo, enquanto baixava as mãos para erguer suas saias. Os dedos tocaram as meias de seda e depois a pele sedosa conforme subiam cada vez mais. Os dedos dela se enroscaram no cabelo dele, puxando-o para si enquanto ela arfava de encontro aos seus lábios. Ele voltou à orelha dela e sussurrou:

"Diga, minha garota linda e honesta, este beijo faz você querer levantar as saias e receber seu prazer aqui? Agora?"

"Não", ela confessou, suave e nervosa.

Ele subiu mais a mão, encontrando o que procurava, pelos macios e o glorioso calor úmido. Ele passou as costas dos dedos por toda a entrada dela, querendo-a mais do que quis qualquer outra coisa na vida.

"Mas o meu prazer sim, não é?"

Ele deslizou um dedo para o fundo da maciez dela, e os dois gemeram com o prazer que isso proporcionou. Ela estava úmida e querendo, e Cross não podia esperar para lhe dar tudo o que ela desejava. Ele a acariciou demoradamente, através do centro úmido e maravilhoso dela, enquanto sussurrava na escuridão.

"Isso faz você querer levantar as saias enquanto eu lhe dou tudo o que merece – enquanto eu lhe ensino sobre pecado e sexo, com metade de Londres a alguns centímetros de nós?"

"Sim." Ela arfou, e ele levantou mais as saias dela com uma mão, enquanto continuava trabalhando-a com os dedos, cumprindo sua promessa; um dedo enfiado fundo nela enquanto o polegar descrevia círculos pequenos em seu centro de prazer duro e tenso.

"Isto não é mentira, Pippa. Isto é verdade. Verdade imoral e inegável."

Ela agarrou o braço de Cross, e se moveu de encontro ao corpo dele, sem saber o que fazer. *Mas ele sabia.* Fazia seis anos, mas ele esteve esperando por esse momento. Por ela.

"Pegue suas saias, querida."

Ela fez o que ele mandou, segurando-as no alto, e ele se colocou de joelhos diante dela mais uma vez, como fez várias noites atrás, só que dessa vez ele se permitiu tocá-la, tocar seu calor, seu cheiro e o esplendor de seu corpo. Ele levantou uma das pernas dela e colou um beijo no lado de dentro do joelho, rodando a língua contra a fina seda ali antes de passar a perna dela por cima de seu ombro e se inclinar para frente, colocando um beijo no lindo monte dela. Ele foi fundo, primeiro com um dedo, depois dois, e então soltou um longo sopro de ar no lugar em que massageava com o dedão. Ela inspirou profundamente.

"Cross", ela sussurrou. "Por favor..."

E com aquela súplica, ele se perdeu.

"Sim, amor", ele disse, inalando o perfume inebriante e glorioso de Pippa. "Vou lhe dar tudo o que você quer. Tudo o que precisa."

Cross a tocou em sua maciez novamente, e ficou encantado com o modo como ela ansiava por ele, sem saber o que ele lhe daria... o que poderia fazer por ela... e mesmo assim querendo tudo.

"Você sente? A verdade disto? Quanto você me quer?"

"Eu quero...", ela começou, então parou.

Ele virou a cabeça, mordiscando a pele macia da coxa, deleitando-se na maciez ali – aquele lugar intocado, inexplorado, sedoso.

"Diga." Ele daria tudo a ela. Tudo ao seu alcance. Qualquer coisa além disso.

Pippa olhou para ele, os olhos azuis brilhando de desejo.

"Eu quero que você me queira."

Ele fechou os olhos ao ouvir isso; Cross sabia que Pippa seria franca mesmo ali, mesmo naquele momento, quando se desnudava aos seus olhos, boca e mãos. Sabia que ela despiria o momento de todas as proteções restante, deixando-a em estado bruto, nua e honesta. Que Deus o ajudasse, mas ele tinha lhe dito a verdade. Cross não sabia se poderia fazer outra coisa que não dar a ela tudo o que merecia.

"Eu quero, amor. Eu quero você mais do que você é capaz de entender. Mais do que eu jamais sonhei. Eu quero você com a intensidade de dois homens. De dez."

Ela riu ao ouvir isso, e o som veio com um movimento de quadris fortes e abdome macio.

"Eu não preciso de dez. Só de você."

Mesmo sabendo que nunca estaria à altura dela, aquelas palavras foram direto para a extensão dura e tensa de seu corpo, e ele soube que nunca conseguiria resistir a ela – não quando ela lhe pedisse algo com verdade nos grandes olhos azuis e paixão em sua voz suave e lírica. Ele se aproximou e falou diretamente ao coração dela.

"E você me terá."

E então ele chegou onde queria estar há uma semana. Há mais tempo. Cross removeu a mão de onde estava trabalhando em ritmo irresistível, retirando-a lentamente, matando os dois até ela se mexer para procurar seu toque. Ele não conseguiu esconder o sorriso de satisfação que se abriu em seu rosto com a prova de que ela o queria.

"Calma."

"Não." A palavra saiu com um lamento de desespero. "Agora, Cross."

"Tão exigente", ele provocou, seu sangue ficando quente com a insistência dela. "Agora, então." E ele a abriu gentilmente, revelando sua intimidade – desejosa, molhada e perfeita.

Ele a beijou, então, como havia prometido que faria naquela noite em seu escritório. Como havia sonhado tarde da noite, enquanto jazia na escuridão e imaginava essa visão de uma mulher em cima dele, aberta e disponível para adoração. Assim como Pippa estava, em pé acima dele, uma mão segurando as saias cor de safira, a outra enfiada em seu cabelo, segurando-o contra ela enquanto ele enfiava a língua em sua maciez, saboreando seu gosto, fazendo amor com ela com estocadas lentas, lânguidas, que a faziam suspirar e se contorcer e se apertar contra ele. Ela era prazer, calor e paixão – o primeiro gole de água fresca após anos no deserto. Ele encontrou o centro do desejo dela, e trabalhou lentamente a princípio, depois mais rápida e longamente até que o tempo foi sumindo e ele se viu envolto pelo som, pelo tato e pelo gosto dela, sem vontade de se mexer ou se afastar de Pippa. Ele havia lhe prometido horas, e poderia facilmente cumprir isso – Cross poderia adorá-la dali, de joelhos, por uma eternidade.

Pippa soltou as saias e suas coxas tremeram de encontro a Cross, enquanto arqueava as costas, afastando-as da parede – uma oferta amoral e maravilhosa. Ele aceitou sem hesitar, erguendo a mão para segurá-la, e voltando seus dedos para o calor dela em uma estocada longa e profunda. Ela se desfez aí, contra suas mãos e boca, exclamando seu prazer por baixo da língua e dos dentes de Cross, e ele a levou ao limite, através da paixão, conduzindo-a com seu toque, seu beijo e cada porção de desejo e depravação que ele guardou ao longo dos últimos seis anos... e até mais que isso. Ele se deleitou na maciez e nos sons dela, sem querer deixá-la, querendo compartilhar a experiência com ela.

Ela gritou o nome dele, os dedos apertados em seu cabelo, e ele gozou junto com ela, um momento intenso, quente e inevitável. Naquele momento, com seu próprio prazer extraído pelo prazer dela, Cross poderia ter se sentido constrangido, envergonhado ou algo infinitamente mais baixo. Mas ele sentiu como se estivesse esperando por aquele momento. Por ela. E ali, na escuridão, os gritos suaves ecoando em meio ao alarido dos jogadores mais ricos de Londres a alguns metros de distância, ele retomou seu fôlego e passou as mãos pelas coxas dela, recolocando no lugar suas saias, enquanto considerava a surpreendente possibilidade de Pippa Marbury ser sua salvadora.

Esse pensamento passou por ele tão rápida e inesperadamente quanto seu clímax, e ele baixou a cabeça, olhando para as sapatilhas safira dela, chocado, ainda que ajoelhado aos pés dela e se deleitando com a sensação das mãos de Pippa em seu cabelo.

E foi assim que Temple os encontrou. Ele apareceu saindo da porta da suíte dos proprietários, um metro e oitenta de músculos ficando absolutamente imóvel, o rosto desfigurado, um retrato do choque.

"Merda", ele disse, recuando, empurrado para fora pela intimidade do momento. "Eu não..."

Pippa retirou as mãos com a rapidez de um raio, e Cross se sentiu nu com a perda de seu toque.

"Sua Graça", ela disse, e o título assustou Temple, um lembrete a todos de seus lugares. Do erro que era ela estar ali. "Eu... Nós..."

Cross precisava de tempo para pensar. Ele precisava de tempo para compreender o que tinha acabado de acontecer. Como tudo havia mudado.

Ele se levantou.

"Saia."

Pippa voltou os olhos arregalados para ele.

"Eu?"

Não! Nunca ela. Mas Cross não conseguiu se recompor para falar com ela. Ele não sabia o que dizer. Como dizer. Ela havia acabado com ele, por completo, e Cross não estava preparado para isso. Para ela. Para o modo como ela fez Cross se sentir. Para as coisas que ela o incitou a fazer. *Para o futuro com que ela o tentava.*

"Eu creio que ele se referiu a mim, minha lady", interveio Temple.

Então por que ele continuava ali?

Temple respondeu como se Cross tivesse feito aquela pergunta em voz alta.

"Knight chegou."

Capítulo Catorze

~~Minha nossa.~~

Parece que toda a discussão em torno de bestas selvagens e desejos carnais no texto dos votos de casamento não eram só para o noivo.

Em toda minha vida eu nunca me senti tão...

~~Maravilhosa.~~

~~Magnífica.~~
~~Arrebatada.~~
Anticientífica.

Diário Científico de Lady Philippa Marbury
30 de março de 1831; seis dias antes de seu casamento

Ele deixou Pippa imediatamente, sob a proteção de Temple, mesmo que odiasse a ideia de que ela estivesse no clube com outro homem, longe de seus cuidados. Longe de sua vista. Longe de seu abraço. Ele a queria em casa. Em segurança. Longe daquele lugar e de seus vilões. Ele queria estar com ela... Cross parou no meio do movimento de fechar as calças limpas, abalado pelo pensamento. *Ele queria estar com ela em sua casa.* Não no seu escritório atravancado, nem em sua cama improvisada, ruim. Mas em sua casa na cidade. Aonde ele nunca levou uma mulher. Onde ele raramente estava. Onde os demônios nunca pararam de ameaçar.

Pippa não liga para demônios. Ele abriu um sorriso enviesado com essa ideia. Pippa exorcizaria cada um dos demônios de Cross com sua mente lógica, perguntas incessantes e seu toque certeiro. Um toque que Cross se viu desesperado para experimentar mais uma vez. Ele queria que ela o tocasse todo. Queria tocá-la toda. Cross queria explorar Pippa, e abraçá-la, beijá-la e torná-la dele de todas as formas imagináveis. Ela queria compreender desejo? Cross podia lhe ensinar. Havia tempo. Ela tinha seis dias antes de casar com Castleton.

Mas não era tempo bastante... alguma coisa apertou seu peito ao pensar naquilo. *Ela ia casar com Castleton.* Ele sentou e puxou as botas com força desnecessária. *Eu vou fazer isso porque concordei em fazê-lo, e não gosto de desonestidade.* Maldição! Ela estava comprometida com um homem comum, indiferente e idiota. Nem tão idiota. Ele havia pedido Pippa em casamento, afinal. Agarrou-a enquanto o resto da Inglaterra olhava para o outro lado.

Mas ela tinha se desfeito nos braços de *Cross, em sua boca.* Isso valia alguma coisa? Não havia nada que ele pudesse fazer para impedi-la. Ela merecia seu casamento perfeito com seu belo – ainda que tolo – conde. Ela merecia um homem sem demônios. Um homem que pudesse lhe dar um lar. Cavalos. Cachorros. *Família...* As crianças apareceram de novo, aquela fileira de pequenos loirinhos, cada um usando um par de óculos, cada um sorrindo para a mãe. *Para ele...*

Ele afastou essa visão e se levantou, endireitando o paletó. *Impossível!* Philippa Marbury não era para ele. Não a longo prazo. Ele poderia lhe dar tudo o que ela pedia agora... ele poderia lhe ensinar sobre o corpo, seus desejos e suas necessidades... prepará-la para pedir o que desejava. Para pedir ao marido... Ele engoliu um xingamento. *Seis dias tinham que ser suficientes.* Ele escancarou a porta do escritório, quase a arrancando das dobradiças, e se dirigiu à biblioteca do Anjo Caído, onde Knight o esperava.

Dispensando o guarda à porta, Cross inspirou profundamente e entrou, recuperando seu autocontrole. Concentrando-se no que tinha que fazer. Knight estava lívido. Um músculo em seu maxilar estremeceu quando ele se virou para a porta, o ódio em seu olhar azul e gelado. Cross sentiu prazer ao perceber que, nessa noite, pelo menos aquilo tinha dado certo – pelo menos aquilo ele controlava. Um fio de incerteza manchava a vitória, contudo; Knight não tinha vindo sozinho.

Uma jovem estava sentada formalmente em uma das poltronas de encosto alto no centro da sala, com as mãos entrelaçadas sobre a saia verde e os olhos baixos como se quisesse permanecer invisível. Ela era bem bonita – pele clara, cabelo preto bem arrumado e uma pequena boca vermelha cujos lados subiam embora ela não parecesse nem um pouco feliz. Na verdade, era seu sofrimento que determinava sua identidade.

Deixando a porta da biblioteca fechar atrás de si, Cross olhou para Knight, encarando o olhar azul gelado de seu inimigo.

"Não é muito paternal da sua parte... trazer sua filha para conhecer o melhor antro de jogatina de Londres no meio da noite."

Knight não respondeu à provocação, preferindo se afastar do aparador onde estava e ignorando completamente a garota.

"Você acha que ganhou? Com uma noite?"

Cross sentou em outra poltrona alta, estendendo suas pernas e fazendo seu melhor para parecer entediado. Ele queria que aquele confronto acabasse logo e voltou a olhar para Knight.

"Eu sei que ganhei. Seus cinquenta maiores jogadores estão aqui, perdendo nas *minhas* mesas. E com uma palavra posso mantê-los aqui, jogando para sempre."

Knight cerrou os dentes.

"Você não quer eles aqui. São muito vulgares para seu precioso clube. Os outros nunca irão permitir patifes como esses nos livros do Anjo."

"Os outros vão fazer o que eu decidir. Essa turma de desgraçados é um sacrifício que faremos para garantir que você entenda seu lugar. Você é um produto de nossa benevolência, Digger. Você existe porque não quisemos acabar com você. Ainda... está na hora de você entender que nosso clube é muito mais do que o seu jamais será. O Cavaleiro existe apenas e tão somente devido à minha boa vontade. Se eu quiser destruí-lo, posso fazê-lo. Não queira me testar."

Knight fulminou Cross com o olhar.

"Você sempre gostou de pensar em mim como inimigo."

Cross não vacilou.

"Não há nada que pensar."

"Houve um tempo em que eu era a coisa mais próxima de amigo que você tinha."

"Não é assim que eu me lembro."

Knight deu de ombros, sem interesse em revirar o passado.

"Você esqueceu da dívida de Lavínia? Ela ainda me deve. De um jeito ou de outro."

O som do nome da irmã nos lábios de Knight deu a Cross vontade de bater em alguma coisa, mas ele se conteve.

"Eu vou pagar a dívida. Você não vai mais deixar Dunblade entrar no seu cassino. Nunca mais. E vai deixar minha irmã em paz. Para sempre."

Knight levantou as sobrancelhas pretas e ergueu a bengala com ponta de prata para examinar o bastão finamente forjado.

"Ou o quê?"

Cross se inclinou para frente, deixando sua raiva transparecer.

"Ou eu fico com todos eles. Até o último jogador."

Knight ergueu um ombro.

"Há mais no lugar de onde esses saíram."

"E vou pegar esses também." Ele fez uma pausa, então acrescentou, "Um após o outro. Vou estrangular os cofres do Cavaleiro até você não ter mais dinheiro para comprar as velas que iluminam suas mesas."

Admiração brilhou nos olhos de Digger.

"Você vai ser um ótimo genro."

"Nós vamos estar no inferno antes disso."

Maggie Knight reagiu ao ouvir isso, levantando a cabeça, os olhos arregalados – um cervo na mira do caçador.

"Você quer me casar com *ele*?" Ela não sabia. Cross resistiu ao impulso de dizer algo para a garota – para tranquilizá-la.

"Não deixe a grosseria enganar você." Knight mal olhou para a filha. "Ele vai fazer de você uma condessa."

"Mas eu não quero *ser* uma condessa."

"Você vai querer o que eu disse que você quer."

"Querer não vai fazer acontecer, eu receio", disse Cross, encerrando a conversa ao se levantar e dirigir para a porta. "Desculpe-me, Srta. Knight, mas não vou me casar com você."

Ela soltou o ar.

"Isso é um alívio", ela disse.

"É mesmo, não é?", Cross disse, levantando as sobrancelhas.

"Ninguém vai ficar aliviado." Digger se voltou para Cross. "Nós nos conhecemos há muito tempo, não é, Cross? Há mais tempo do que você conhece esses grã-finos que chama de sócios.

"Eu estou com uma quantidade impressionante de jogadores no cassino esta noite, Digger. Mais do que tinha planejado inicialmente. Receio não ter tempo para nostalgia. Você vai receber amanhã o que Dunblade lhe deve. Ou vou tomar o Cavaleiro. Jogador por jogador. Tijolo por tijolo."

Ele segurou na maçaneta da porta, já pensando em seu próximo destino. *Em Pippa...*

No cheiro e no sabor dela, em sua língua afiada e seus olhos brilhantes, em sua curiosidade. Ela estava em algum lugar daquele prédio, provavelmente jogando ou conversando com uma prostituta, ou fazendo alguma coisa escandalosa, e ele queria ficar perto dela. Desesperadamente... ela era ópio. Havia provado uma vez e não conseguia mais se conter.

Alguma coisa tinha mudado na escuridão, mais cedo naquela noite. *Mentira...* Alguma coisa tinha mudado antes disso. Ele percebeu que estava desesperado para investigar o que tinha mudado. *Seis dias...* Ele não gastaria mais um segundo de seu tempo naquela sala. Ele abriu a porta. Menos de uma semana, e então ele teria que deixá-la. Ela seria seu prazer. Seu único gosto. Seu único erro. E depois disso ele voltaria à sua vida.

"Estou vendo que preciso melhorar a oferta. Devo incluir Philippa Marbury?"

As palavras fizeram um arrepio gelado atravessar Cross, e ele se voltou lentamente, esquecendo a porta aberta.

"O que você disse?"

Knight sorriu debochado, reconhecendo aquele olhar.

"Ah, vejo que agora consegui sua atenção. Você não deveria deixar Sally entrar no seu clube. É tão fácil convencer prostitutas a se tornar traidoras."

Um poço de terror começou a se abrir nas vísceras de Cross enquanto o outro continuava a falar.

"Eu posso não ser o grande gênio que você supostamente é, mas eu também sei me virar com as vagabundas. Algumas libras a mais e Sally me contou tudo que eu precisava saber. Seu plano para atrair meus principais jogadores para o *Pandemonium*. Os nomes de todas as garotas que ajudaram você – todas na rua agora, a propósito – e, o mais importante, o nome da jovem aristocrata que por acaso estava no seu escritório enquanto você planejava meu fim. Garota loira. Óculos. Esquisita como uma lontra." Knight se inclinou para trás e seu sotaque falso voltou. "Soou familiar essa parte."

Cross viu o que se aproximava. Uma carruagem desgovernada, rápida demais para parar.

"Philippa Marbury. Filha do Marquês de Needham e Dolby. Futura Condessa de Castleton. E irmã de... nossa! Uma vai se casar com Tottenham e a outra é Lady Bourne!" Knight soltou um assobio baixo e demorado, som que carregou a fúria pelo corpo de Cross. "Impressionante, isso. Não gostaria de vê-las arruinadas. Aposto que Bourne também não. É uma coisa horrível, para uma mulher solteira como Lady Philippa, ser descoberta vagando por um antro de jogatina. E com um belo canalha como você, para piorar... e a sua reputação? Ora, ela nunca mais vai ser recebida na boa sociedade. Duvido que a velha Castleton vai deixar seu garotinho casar com ela."

Cross gelou com as palavras. Com o que implicavam. Ele devia ter pensado que isso poderia acontecer. Uma lembrança surgiu, do outro homem se debruçando sobre ele, seis anos atrás, Cross quase morto depois da surra que levou dos capangas de Knight. *Garantia*... Ele devia saber que Knight teria um segundo plano. Uma apólice de seguro. Devia saber, também, que seria Pippa. O que ele não esperava era como isso o deixou furioso.

Ele chegou à garganta de Knight em três passos longos, uma de suas mãos enormes envolvendo o pescoço do outro e o jogando contra o aparador, fazendo os copos tilintar e uma garrafa de scotch ir ao chão. Ele ignorou a exclamação assustada da garota no outro lado da sala.

"Você fique longe de Philippa Marbury ou irei matá-lo. Esse é o jogo."

Knight se reequilibrou e sorriu, como se estivessem discutindo o clima e não sua morte iminente.

"Não precisa se preocupar. Não vou ter tempo para me aproximar dela... com toda a agitação envolvendo o casamento da minha filha."

"Eu devia matar você assim mesmo."

Knight sorriu, sarcástico.

"Mas não vai. Eu salvei sua vida, garoto. Sem mim você estaria bêbado e louco de sífilis. Isso se algum dos donos de outros cassinos já não tivesse jogado você no Tâmisa. Você me deveria mesmo se eu não tivesse sua namoradinha nas minhas garras. Você foi inútil. Fraco. Desprezível. E eu lhe dei uma saída."

As palavras fizeram um arrepio percorrer Cross, com sua verdade inegável. Knight pegou um lenço em seu bolso e o pressionou contra os lábios, verificando se havia sangue.

"Você precisa me agradecer por tudo isto. Todo seu império. E a tragédia é que você é honrado demais para ignorar isso. Mas você me deve."

Ele negou com a cabeça, mesmo sabendo que era verdade.

"Não isso."

"É claro que é isso", Knight zombou. "Está na hora de você entender que, aristocratas ou não, dinheiro ou não, cozinheira francesa ou não, eu já trilhei esta estrada antes de vocês, e vou sempre conhecer o terreno melhor que vocês." Pausa. "Vocês nunca irão me derrotar. Ouvi dizer que Duncan West está aqui. Será que a lady em questão vai aparecer no jornal *O Escândalo* de quarta?" Sob o olhar flamejante de Cross, Knight apontou para Maggie, que olhava para eles chocada e confusa. "Ou você casa com minha garota ou eu arruíno a sua. *Esse* é o jogo."

Sua garota. As palavras ecoaram nele, parte provocação, parte desejo. Verdade integral. Durante boa parte de sua vida, Cross foi conhecido por sua habilidade de enxergar todos os resultados possíveis de uma situação. Ele podia olhar para cartas abertas e prever a próxima jogada. Ele podia prever o próximo soco em uma luta de boxe sem luvas. Ele podia antever uma dúzia de jogadas em um tabuleiro de xadrez. *Ele imaginou se Pippa jogava xadrez.*

Ele afastou o pensamento. Ele não pensaria mais em Philippa Marbury. Ele não a tocaria mais. Seus dedos coçaram quando pensou nisso, desesperados por mais do contato que lhes foi negado por tanto tempo. Ele só conseguiu tocar Pippa por um instante. Ele ansiava por ela desde o momento em que se separou dela naquela noite. Antes disso. E ele sabia, com o conhecimento de quem controla seus desejos há tanto tempo, que ansiaria por ela durante uma eternidade. Mas ele aceitaria essa dor para salvá-la. Pelo menos uma vez em sua vida triste e desprezível, ele salvaria alguém que amava. *Eu não deveria ter acreditado em você.* As palavras que Pippa lhe disse mais cedo ecoaram em sua memória, zombando dele. *Ele a salvaria.*

"Maggie não é de jogar fora, Cross. Ela vai lhe dar belos herdeiros."

Cross levantou o rosto para acompanhar o que Knight falava e encontrou os olhos de Maggie, repletos de choque e decepção. Ela não queria casar com ele tanto quanto ele não queria casar com ela. Ele a encarou com seriedade.

"Seu pai é louco."

"Estou começando a perceber isso", ela respondeu, e Cross pensou que, se a situação fosse diferente, essa resposta o teria feito sorrir.

Mas a situação não era diferente. Ele só tinha uma coisa a fazer. Ele se aproximou da filha de Knight – dezenove anos, francês medíocre – e se ajoelhou na frente dela.

"Receio que eu não tenha escolha", ele disse.

Ele tinha perdido tantas pessoas. *Dessa vez, Cross salvaria uma.* A mais importante.

Maggie aquiesceu.

"Parece, meu lorde, que nisso, pelo menos, temos muito em comum."

Lágrimas não derramadas tremeluziram nos olhos castanhos dela, e Cross desejou que pudesse dizer algo diferente. Algo que a fizesse se sentir melhor com aquela situação. Mas a verdade era que Meghan Margaret Knight acreditava que ele era um homem insensível que administrava um antro de perversidades e ganhava dinheiro com o pecado. Ela acreditava que ele se associava a rufiões, prostitutas e canalhas como seu pai, e que um casamento com ele seria resultado de chantagem e coação, e nada mais bonito que isso. Meghan Margaret Knight, que o conhecia há menos de uma hora, já sabia mais de suas verdades que Philippa Marbury.

Então, em vez de procurar reconfortar a moça, ele pegou uma de suas mãos enluvadas, que descansavam sobre o tecido verde da saia, e segurou firmemente.

"Srta. Knight", ele disse, "você me daria a honra de ser minha esposa?"

Pippa estava se divertindo imensamente. Ela não tinha ficado muito impressionada com o salão principal do Anjo Caído – mal iluminado, sossegado como uma biblioteca, mas nessa noite ela finalmente entendeu seu apelo. À noite o clube se enchia de luz e som e uma grossa camada de pecado que Pippa não teria conseguido imaginar se não estivesse ali, testemunhando tudo. A noite soprava vida naquele grande edifício de pedra. A escuridão do ambiente dava lugar à luz brilhante e viva – uma confusão de cores, sons e emoções que Pippa absorvia com alegria inebriante.

Ela estava no centro do salão principal do clube, rodeada por convivas mascarados: homens de ternos escuros e coletes audaciosamente coloridos – homenageando as festividades da noite; mulheres usando seda e cetim, com vestidos desenhados para mostrar a pele e escandalizar.

Entregando-se ao movimento das pessoas, Pippa se permitiu ir de um lado do salão, onde escapou à vigilância de Temple, para o centro da festa, passando pelas mesas de piquet, roleta e dados e por uma abundância de risonhas e belas mascaradas e seus acompanhantes atraentes. Ela sabia, é claro, que cada um desses corpos tinha falhas – às vezes grandes –, mas de algum modo, de máscara, eles pareciam ser mais do que a soma de suas partes.

Assim como, de algum modo, de repente, ela parecia mais do que a soma das suas. Mas ela não se enganou pensando que era a máscara que a fazia se sentir tão poderosa, tão diferente. Ou o clube. Não, era o homem. Seu coração disparou quando ela lembrou dos eventos clandestinos de apenas alguns minutos antes, do toque inebriante, avassalador, que ela não esperava, mas pelo qual ansiava. *E o beijo...*

Sua mão se levantou sozinha quando Pippa pensou naquela carícia extraordinária, devastadora, que ela sabia que seria tudo o que sempre havia imaginado e totalmente diferente, tudo ao mesmo tempo. Ela lamentou o instante em que tocou os lábios com a ponta dos dedos – detestando que seu toque apagasse o dele. Desejando que pudesse voltar atrás.

Desejando que pudesse encontrar Cross de novo e lhe pedir que restaurasse a lembrança do beijo. Uma sensação tênue começou no fundo do seu ventre, e se desenrolou lentamente enquanto ela relembrava o momento, enquanto ela imaginava a maciez do cabelo dele em seus dedos, da pele dele na sua... dos lábios dele. *Da língua...*

O salão ficou mais quente quando ela percebeu que só de pensar no toque de Cross, em seu beijo, *nele,* fazia com que sentisse um tipo de dor. Mas era a localização dessa dor que a perturbava – um local profundo, secreto, que ela nunca tinha percebido que existia. Ele lhe mostrou coisas que ela não sabia a respeito, mas que sempre pensou entender. E Pippa adorou... ainda que tivesse ficado apavorada. *Ainda que a tivesse feito questionar tudo o que sempre acreditou ser verdade.*

Ela resistiu ao pensamento e olhou para uma grande parede do clube, onde o Anjo que dava nome ao lugar caía em lindos vitrais coloridos do Céu para o Inferno, do bem para o mal, da santidade para o pecado. Aquele era o vitral mais lindo que Pippa já tinha visto, trabalho de verdadeiros artesãos, todo em tons de vermelho, dourado e violeta, ao mesmo tempo horrendo e sagrado.

Era o anjo, em si, que a fascinava, um homem enorme e lindo caindo na Terra, sem os dons que teve durante tanto tempo. Nas mãos de um artista menos talentoso, os detalhes dele seriam menos intricados, as mãos, os pés e o rosto teriam sido feitos com vidro de uma única cor, mas o artista que fez aquela obra gostava muito do seu trabalho, e os redemoinhos de sombras e luzes nos painéis foram feitos com muito esmero para retratar movimento, forma e até emoção. Ela não conseguiu evitar de encarar a face da queda – invertida, pois ele caía no chão do cassino – o arco de sua testa, a sombra complexa do seu maxilar, a curva do seu lábio. Ela parou ali, pensando em outro par de lábios, outra queda. Outro anjo. *Cross.*

A emoção cresceu nela, uma que não conseguiu reconhecer imediatamente. Ela exalou lentamente. Ela o queria – de uma forma que sabia que não devia. De uma forma que sabia que devia querer a outro. Um homem destinado a ser seu marido. A ser o pai de seus filhos. Ainda assim, ela queria Cross. Esse anjo. *Seria apenas desejo?* Seu coração começou a acelerar – manifestação física de um pensamento que ela estava despreparada para enfrentar. Um pensamento que a dominava, deixava dolorida e seduzia.

"É magnífico, não é?"

As palavras foram pronunciadas perto e suavemente, e Pippa virou na direção do som, encontrando uma mulher alta e esguia a poucos centímetros, sentada a uma mesa de carteado. Ela usava o vestido mais lindo que Pippa já tinha visto, em um roxo profundo que brilhava contra sua pele quente e dourada. Um grande topázio pendia de uma corrente de ouro, chamando a atenção de todos que olhavam para o ousado decote do corpete daquele vestido. Ela usava uma máscara preta com penas, elaborada para esconder a maior parte de seu rosto, mas seus olhos castanhos brilhavam em seus nichos, e seus lábios cor de vinho se curvaram em um amplo sorriso. Um sorriso que trazia uma promessa velada. O tipo de promessa que Pippa tinha visto nos lábios da Srta. Tasser na semana anterior.

Como ela não respondeu imediatamente, a mulher apontou seu dedo longo e bem cuidado na direção do vitral.

"O anjo."

Pippa conseguiu então falar, seus nervos e sua empolgação fazendo as palavras saírem mais rapidamente do que ela planejava.

"É lindo. Suntuoso. Tanto vidro vermelho. E violeta."

A mulher alargou o sorriso.

"E as cores têm algum significado?"

Pippa aquiesceu.

"Para fazer vidro vermelho, eles usam ouro em pó. Fazem o mesmo para violeta."

Os olhos castanhos foram arregalados.

"Que inteligente da sua parte, saber isso."

Pippa olhou para o lado; inteligente não era um elogio comum para mulheres.

"Eu li a respeito."

"Não é de admirar que Cross goste da sua companhia, Lady P."

Pippa voltou os olhos rapidamente para ela, e viu que a outra sabia.

"Como você..."

A mulher fez um gesto de pouco caso.

"As mulheres conversam, minha lady."

Sally. Pippa se perguntou se era o caso de ficar preocupada. Provavelmente. A outra continuava falando.

"Ele é uma promessa e tanto, não acha?"

"Promessa?"

"De devassidão", o sorriso ficou malicioso, "se quer saber o que eu penso."

A cabeça de Pippa deu voltas. Como aquela mulher sabia o que tinha acontecido? O que eles tinham feito? Alguém os espionou?

"Cross?"

A mulher riu, o som alegre e amistoso.

"Na verdade, eu estava me referindo ao Anjo." Ela indicou uma cadeira à sua esquerda. "Você joga?"

Grata pela mudança de assunto, Pippa observou a mesa coberta de feltro verde, as cartas dispostas na frente da mulher e os quatro homens à sua direita. Ela negou com a cabeça.

"Não."

"Pois deveria." Ela baixou a voz para um sussurro conspirador. "É o jogo favorito do Cross."

Pippa podia estar sem vontade de jogar, mas no momento em que aquela linda mulher mencionou Cross, ela não teria conseguido se deter por nada neste mundo. Pippa sentou.

"Acho que vou assistir a algumas rodadas."

A mulher deu um sorriso torto.

"Parece que entender o jogo é importante para algumas pessoas."

Pippa riu.

"Não tenho uma grande fortuna para apostar."

"Meu palpite é que você tem mais do que pensa."

Pippa não pôde responder, pois o crupiê começou a distribuir duas cartas para cada jogador, uma virada para baixo, a outra aberta.

"O objetivo é fazer vinte e um", disse a mulher, virando suas cartas – um nove de copas aberto – para Pippa, e erguendo cuidadosamente o canto da carta fechada, um oito de paus. "Valetes, damas e reis valem dez", ela disse, aumentando um pouco a voz para garantir que o restante da mesa ouvisse a referência.

Pippa entendeu o blefe no mesmo instante.

"E o ás?", ela perguntou, ajudando sua nova conhecida.

"O ás é o melhor do baralho. Vale um ou onze. É a carta das segundas chances."

"Ah. Um bom começo, então", disse Pippa, balançando a cabeça.

"Eu desisto."

Um dos cavalheiros se levantou e deixou a mesa levando seu dinheiro. A mulher misteriosa se inclinou para Pippa.

"Muito bem", ela sussurrou. "O homem mais perto de nós não tem habilidade, e o mais distante não tem sorte."

"E o no meio?"

A mulher examinou acintosamente o belo homem no centro da mesa.

"Esse é Duncan West. Dono da maioria dos jornais de Londres."

O coração de Pippa disparou. Se ela fosse descoberta pelo jornalista, estaria arruinada. E Olivia também. *Talvez isso não fosse tão ruim.* Ela ignorou esse pensamento.

"Ele é tão jovem", ela sussurrou, fazendo o possível para não olhar para o homem em questão.

"Jovem e rico como um rei. Ele tem de tudo. A não ser, parece, uma boa mulher para lhe fazer companhia."

Pippa percebeu o desejo na voz da outra.

"Você, eu imagino?"

A mulher se voltou para ela, os olhos brilhando.

"Uma garota pode sonhar."

Pippa observou os cavalheiros acrescentando cartas às pilhas à sua frente, e aprendeu rapidamente as regras simples daquele jogo. Quando chegou a vez de sua parceira apostar, a mulher se virou para Pippa.

"O que acha, minha lady?", perguntou ela. "Devo pedir uma carta ou não."

Pippa estudou a mesa.

"Você deveria pedir uma carta."

A mulher olhou para o crupiê.

"Esta senhora sugere que eu aceite uma carta."

Cinco. Os lábios cor de vinho foram franzidos em um muxoxo perfeito.

"Que beleza. Chega para mim."

As cartas foram abertas. A parceira de Pippa ganhou. Ao recolher seu prêmio, ela abriu um sorriso para o resto da mesa.

"Sorte de principiante, vocês não acham?"

Dois cavalheiros resmungaram parabéns, enquanto Duncan West fez um gesto com a cabeça na direção delas, e olhar em chamas quando pousou na outra mulher. Pippa observou quando ela estendeu o longo braço de porcelana para pegar seu prêmio, e deliberadamente roçou na mão do Sr. West, ficando ali por um segundo, talvez menos. Mas o bastante para esquentar o olhar dele. Pareceu que West poderia devorá-la, se estivessem a sós. Aquele olhar era conhecido. Foi o mesmo que Cross lhe deu quando estavam sozinhos.

Ela corou e olhou para o lado, esperando que sua nova conhecida não reparasse. Se ela reparou, não ficou óbvio quando voltou sua atenção para Pippa.

"Como você sabia que eu devia pegar uma carta?"

Pippa ergueu um ombro.

"Palpite."

"Pura sorte?"

Pippa balançou a cabeça.

"Na verdade, não. As cartas na mesa eram todas altas. Havia uma probabilidade que você recebesse uma baixa." *Não existe essa coisa de sorte.*

A mulher sorriu.

"Você parece o Cross falando!"

Que a mulher desse voz aos pensamentos de Pippa não a incomodou. Que ela falasse o nome de Cross como se o conhecesse intimamente, sim.

"Você já jogou com Cross?", ela tentou parecer casual. E fracassou.

A mulher se voltou para o crupiê, indicando que ele podia começar nova rodada.

"Vai jogar desta vez, minha lady?"

Pippa aquiesceu, distraída, pegando um punhado de moedas em sua bolsa.

"Por favor."

Você é amiga do Cross?, ela quis perguntar. *Ele já a tocou? Beijou? Você deitou com ele?* Ela odiava sua curiosidade. Odiava ainda mais seu silêncio.

As cartas foram distribuídas. Pippa consultou as suas. Ás e três. Ela e a outra observaram o crupiê atender os cavalheiros na ponta da mesa por um bom tempo antes de a mulher falar.

"Eu joguei com ele." Ela pediu uma segunda carta. "Chega. Mas você não precisa se preocupar."

"Não estou..." Pippa parou. "Mais uma."

Com o seis que recebeu ela somava vinte.

"Para mim chega, obrigada. Preocupada com o quê?"

As cartas foram abertas.

"O vinte ganha", anunciou o crupiê.

A mulher aplaudiu educadamente e os dois homens resmungaram. O Sr. West ergueu o copo na direção delas.

"A aluna supera a professora." A mulher se aproximou de Pippa. "Cross não frequenta a cama de mulheres."

Pippa tossiu, pega de surpresa pela torrente de sensações que fluíram através dela ao ouvir essas palavras. Ela fez uma pausa, tentando identificá-las. Alívio? Não, ela não acreditava nisso. Ele tinha uma reputação e tanto. Mas esperança... podia ser esperança. Parecia que ninguém conseguia se livrar dessa emoção errante, incansável. Mas até ela sabia que não devia ter esperança. Não quanto a isso.

"Isso não o impede de convidá-las para a dele", ela disse secamente.

A outra riu.

"Não, mas também nunca vi isso acontecer."

Pippa pensou em Sally Tasser.

"Você não tem prestado atenção."

"Ah, você ficaria surpresa. Cross é um bom partido. E não sou só eu que pensa assim. Uma dúzia de conhecidas teriam ido alegremente com ele. A maioria de graça. Todas em Londres querem um pedaço de Cross. Há anos."

Pippa ficou olhando para seu prêmio, contando as moedas, fingindo

que não a ouvia. Que não notava na dor em seu peito ao pensar em outras mulheres conhecendo Cross. Tocando-o. Beijando-o. Ela odiou cada uma delas. *Irracionalmente*. E Pippa não gostava de ser irracional.

A mulher continuava falando.

"Aqueles braços e pernas compridos, e o cabelo ruivo. Mas ele é bom demais para nos tratar como os outros tratam. Nenhuma de nós esteve lá – você não deveria acreditar em quem lhe disser o contrário." Pippa sentiu o rosto esquentar, e ela se sentiu agradecida por estar de máscara. Sua nova conhecida pareceu reparar mesmo assim. "Mas *você* esteve lá, não é?"

Deus, sim. E foi maravilhoso.

Ela balançou a cabeça, o corpo resistindo à traição naquele movimento. À mentira que continha.

"Estou noiva."

Não que isso tenha importado uma hora atrás. Ela estremeceu com o pensamento. Com a emoção que veio com ele. *Culpa*.

"Isso não é uma resposta." Os cantos dos lábios vermelhos subiram, sem saber dos seus pensamentos. "Além disso, noiva não é casada."

Mas era quase, não era? Era a coisa mais próxima de casamento que havia. Sua garganta começou a ficar apertada.

"Você não precisa admitir", começou a outra, "mas acho que Cross gosta muito de você, minha lady. Afinal, não é todo dia que se conhece uma mulher tão brilhante quanto ele."

Ela também gostava dele.

Ela balançou a cabeça, a emoção embotando seu pensamento.

"Não sou tão brilhante quanto ele."

Se fosse, ela não teria se colocado naquela situação. Nessa confusão. Querendo, desesperada, um homem que não devia querer. Que não poderia ter. Não a longo prazo. *A não ser que*... Ela interrompeu o pensamento antes que se formasse. Ela havia feito uma promessa. Ela se casaria com Castleton. Tinha que casar. Ela ignorou a dor no peito que surgiu enquanto pensava isso tudo. *Ela havia feito uma promessa.*

"Se eu tivesse que apostar, diria que você é mais inteligente." A mulher se voltou para o crupiê. "Vai jogar mais uma rodada?"

"Ela não vai jogar."

Foi como se elas o tivessem chamado. Pippa se virou para ele – incapaz de se conter, atraída por sua voz profunda e seu perfume de sândalo. Ela teve o desejo irracional de se jogar nos braços dele e colar seus lábios nos de Cross, implorando que a levasse para seu escritório ou algum canto escuro e terminasse o que começou no início da noite. Para fazê-la esquecer de todo o resto – todos os seus planos bem feitos, toda sua pesquisa cuidadosamente elaborada, e o fato de que só tinha seis dias antes de casar com outro homem. Um homem que não era em nada parecido com Cross. E então ela reparou que os olhos cinzentos sem máscara pararam em sua parceira, o músculo do pescoço tenso, os lábios apertados em uma linha reta e fina. Ele estava com raiva.

"Cross." A mulher riu o nome dele, aparentemente sem medo. "Você deveria jogar conosco. Ela conta as cartas tão bem quanto você."

Ele estreitou os olhos.

"Não."

"E depois falam da gentileza do Cross." A mulher se voltou para a mesa e ergueu o copo de champanha. "Eu só estava fazendo companhia para a lady."

Ele crispou os punhos.

"Encontre outra pessoa para fazer companhia."

A mulher sorriu para o Sr. West, dispensando-os.

"Com prazer."

Cross virou seu olhar cinzento para Pippa e crispou os dentes.

"Minha lady", ele entoou, "as mesas não são lugar para você."

Ele estava bravo com ela. E o estranho é que isso também deixou Pippa brava, pois ela certamente tinha motivo para tanto. Mais motivos que ele. Afinal, não era *ele* que estava sendo obrigado a casar com um tipo de pessoa perfeitamente comum, perfeitamente imperfeito para ele. Não era *ele* que teria toda sua vida revirada. Em seis dias *ele* continuaria acomodado em sua vida admirável, cheia de pecados, vícios, dinheiro, mulheres lindas e comida preparada por uma cozinheira com mais talento do que qualquer homem merecia. *E ela estaria casada com outro*. Não, se alguém tinha que ficar bravo, era ela.

"Bobagem", ela disse, endireitando-se. "Há mulheres em todas as outras mesas deste salão. Se não fosse para eu jogar esta noite, imagino que não teria sido convidada."

Ele se aproximou e as palavras soaram ásperas em sua orelha.

"Você não deveria ter sido convidada."

Ela detestou o modo como aquelas palavras fizeram ela se sentir, como se fosse uma criancinha precisando ser castigada.

"Por que não?"

"Este lugar não é para você."

"Na verdade", ela disse, permitindo que sua irritação transparecesse, "acho que eu *vou* jogar mais uma rodada."

A mulher com quem Pippa esteve falando se virou ao ouvir isso, ficando de boca aberta por um instante, antes de se recompor e abrir um sorriso.

"Excelente", disse a outra.

Ele se aproximou, baixando a voz para um sussurro que só Pippa ouviu.

"Não posso permitir que você fique aqui. Agora, não."

"Estou apenas jogando cartas", ela disse, detestando o modo como as palavras dele a feriram, trazendo lágrimas aos seus olhos. Ela se recusou a olhar para ele. Recusou o risco de deixá-lo perceber como ele a afetava.

Ele suspirou, baixo e irritado – e algo tentador –, e ela sentiu a respiração dele em seu ombro.

"Pippa", ele disse, o nome mais um suspiro que um som. "Por favor."

Havia algo naquela súplica que a deteve. Ela virou o rosto para ele mais uma vez, procurando seus olhos cinzentos, encontrando algo ali – dor. Uma dor que sumiu tão depressa que Pippa quase não teve certeza do que tinha visto. *Quase.* Ela colocou uma mão no braço dele, sentindo os músculos se contraírem sob seu toque.

"Jasper", ela sussurrou em resposta.

Ela não fazia ideia de onde vinha aquele nome; ela não o associava ao nome. Mas pelo resto de sua vida, Pippa lembraria do modo como os lindos olhos cinzentos se arregalaram, e depois fecharam, como se ela tivesse lhe dado um golpe poderoso. Ele recuou, saindo do alcance dela, e Pippa não conseguiu evitar de ir atrás, saindo da cadeira e andando na direção dele, querendo desfazer o que quer que tivesse feito. Porque ela, definitivamente, tinha feito algo. Algo que iria mudar tudo.

"Espere", ela disse, sem se importar que metade de Londres estava ao redor.

Ele parou e colocou as mãos nos ombros dela, mantendo-a à distância.

"Vá para casa. Sua pesquisa terminou."

A dor a atravessou, mesmo ela sabendo que era melhor assim. Ele tinha razão, é claro. Não era pesquisa. Nunca tinha sido. Era medo, pânico, frustração e nervosismo, mas nunca foi pesquisa. E depois se tornou desejo. Tentação. Necessidade. *Mais...* E se não terminasse logo, ela poderia nunca mais ser capaz de encerrar aquilo. Só que ela não queria terminar. Ela queria continuar. Ela queria conversar, rir e compartilhar com ele. Ela queria aprender com Cross. Ensiná-lo. Ela queria estar com ele. *Ela queria o impossível.*

Pippa balançou a cabeça, negando-lhe o pedido.

"Não."

"Sim", ele disse mais uma vez, frio como gelo, antes de se virar e mergulhar na multidão. Deixando-a. Outra vez.

Homem irritante. Deus era testemunha de que ela estava farta daquilo. Pippa o seguiu, acompanhando sua movimentação acima da multidão, seu maravilhoso cabelo ruivo destacando-se do resto de Londres. Onde *ele* se destacava do resto de Londres. Ela empurrou e acotovelou e bateu e se esforçou para alcançá-lo, e quando finalmente conseguiu, estendeu a mão para pegar a dele – e adorou o fato de nenhum dos dois usar luvas, amando o modo como a pele deles se tocou, o modo como o toque dele trouxe um calor maravilhoso em um surto irresistível.

Ele também sentiu... e ela percebeu porque Cross parou no instante em que se tocaram, virou o rosto para ela, os olhos cinzentos incontroláveis como a chuva de Devonshire. Ela percebeu porque ele sussurrou seu nome – dolorida, linda e suavemente, só para ela ouvir.

E ela percebeu porque a mão livre dele subiu, segurou seu queixo e levantou o rosto dela para ele, que se inclinou e tomou seus lábios, seu fôlego e sua consciência em um beijo que em toda sua vida Pippa jamais esqueceria. O beijo foi como alimento e bebida, como sonho, como ar. Ela precisava daquilo como uma necessidade básica, e Pippa não ligou nem um pouco que toda Londres estivesse olhando. Sim, ela estava de máscara, mas não importava. Ela teria ficado de roupa íntima por aquele beijo. Teria ficado nua.

Com os dedos ainda entrelaçados, ele passou os braços por trás de Pippa e a puxou para si, tomando sua boca com lábios, língua e dentes, marcando-a com um beijo longo e saboroso, que continuou até que ela pensou que pudesse morrer de prazer. A mão dela foi parar no cabelo dele, enroscando-se nos fios, adorando aquela promessa sedosa.

Ela estava perdida, possuída, consumida pela intensidade do beijo, e pela primeira vez em sua vida, Pippa se entregou à emoção, despejando cada bocado de seu desejo, sua paixão, seu medo e sua necessidade naquele momento. Naquela carícia. Naquele homem. Aquele homem, que era tudo com que ela jamais se permitiu sonhar. Aquele homem, que a fez acreditar em amizade. Em parceria. *Em amor.*

Chocada por aquele pensamento, ela se afastou, interrompendo o beijo, adorando como a respiração dele veio pesada e apressada contra seu rosto, e uma salva de aplausos e assobios os rodeou. Ela não se importou com os espectadores. Ela se importava apenas com ele. Com seu toque. Com aquele momento. Ela não queria tê-lo interrompido – interrompido o beijo –, mas sabia não ter escolha. Ela queria lhe contar. Imediatamente. E não podia falar enquanto ele a beijava, embora tivesse esperança de voltar a beijá-lo assim que possível.

Ela levou as mãos à máscara, sem pensar em mais nada que não ele.

“Cross...”

Ele agarrou as mãos dela e as segurou firmemente.

“Você vai ficar arruinada.” Ele balançou a cabeça, a urgência lhe escapando em ondas. “Você tem que ir embora. Agora. Antes...”

Ele era a própria confusão – afastando-a enquanto a segurava perto. Ela ia se negar. Ia dizer o que estava sentindo, explicar aquelas emoções estranhas, corajosas, novas. Estava na ponta da língua. *Eu amo você.* Ela iria dizer. *Ela iria dizer que o amava.* E depois de sua confissão, Pippa resolveria o resto.

Mas antes que ela pudesse falar, uma voz sarcástica a interrompeu.

"Parece que *todo mundo* foi convidado para o *Pandemonium* este ano. Lady Em-breve-uma-condessa, que prazer vê-la novamente. E de modo tão escandaloso."

Se a voz não lhe fosse familiar, o horrível apelido pelo qual ele a chamou teria identificado Digger Knight, que apareceu de repente ao lado dela. Pippa fechou a boca e se virou para ele, que também estava com uma bela garota sem máscara, jovem e respeitável demais para ser uma de suas mulheres.

"Sr. Knight", Pippa disse, sem se dar conta de seu movimento, afastando-se do homem e aproximando-se de Cross, que ficou atrás dela – quente, firme e *sério*.

Knight sorriu, um número impressionante de dentes brancos e alinhados em sua boca.

"Você lembra de mim. Estou honrado."

"Imagino que não seja fácil esquecê-lo", disse Pippa com frieza.

Ele ignorou a provocação.

"Você vai ter uma satisfação especial esta noite, Lady Em-breve...", ele parou de falar, deixando Pippa se lembrar do beijo, deixando suas faces corarem. "...você poderá ser a primeira a dar parabéns para o Cross."

"Digger", disse Cross, e Pippa percebeu que ele não tinha falado desde que Knight apareceu. Ela ergueu o rosto para ele, mas Cross evitou seu olhar. "Isto não faz parte."

"Considerando o que metade de Londres acabou de presenciar, Cross, eu acho que faz", disse Knight, o tom seco, sem emoção, enquanto se virava para encarar Pippa.

Ao mesmo tempo, Cross pregou nela os lindos olhos azuis.

"Vá para casa", disse Cross com urgência. "Depressa. Agora."

O olhar dele estava cheio de preocupação – tanta que Pippa quase se dispôs a obedecer, mexendo-se, começando a se movimentar para a saída.

Knight interveio.

"Bobagem. Ela não pode ir embora antes de saber sua novidade."

Pippa olhou, curiosa, para Cross.

"Sua novidade?"

Ele balançou a cabeça, perfeitamente sério, e Pippa sentiu um peso no estômago. Alguma coisa estava errada. Terrivelmente errada. Ela olhou de Cross para Knight e para a garota desanimada que o acompanhava.

"Novidade dele?"

Knight riu, o som alto e irritante, como se tivesse ouvido uma piada que só ele achou engraçada.

"Receio não poder esperar que ele lhe conte. Estou muito empolgado. Não consigo resistir."

Pippa apertou os olhos por trás da máscara e dos óculos, e ela se sentiu grata pela proteção que impedia suas emoções de transparecer.

"Acredito que eu não conseguiria deter você."

Ele arregalou os olhos.

"Ah, como eu gosto de uma mulher com língua afiada." Ele enfiou as mãos nos bolsos de seu colete e se inclinou para trás. "Sabe, querida, você não é a única em-breve-uma-condessa... o Conde aqui pediu minha filha em casamento. Ela concordou, é claro. Eu achei que você gostaria de cumprimentar o casal." Ele indicou Cross e Maggie, nenhum dos dois parecendo querer felicitações. "Você terá a honra de ser a primeira."

Ela abriu a boca de espanto. Não era verdade, claro. Não podia ser. Pippa olhou para Cross, cujos olhos cinzentos focavam qualquer coisa menos nela. Pippa tinha ouvido mal. Era a única explicação. Ele não se casaria com outra. Ele lhe disse... que casamento não fazia parte do seu jogo. Mas ela enxergou a verdade no olhar distante. No modo como ele não se virou para ela. No modo como ele não falou. No modo como não se apressou a negar aquelas palavras – palavras que a machucaram como o pior tipo de acusação.

Em pânico, Pippa olhou para a garota – cabelo preto, olhos azuis, pele de porcelana e belos lábios vermelhos formando um laço perfeito. Ela parecia estar prestes a vomitar. Não tinha nada de noiva. *Ela parece estar se sentindo como você*, *quando lembra que vai se casar com Castleton.* Ela não precisava perguntar, mas não conseguiu se segurar.

"Você vai casar com ele?"

Ela confirmou com a cabeça.

"Oh." Pippa olhou para Cross, sem conseguir encontrar outra palavra. "Oh."

Ele não olhou para ela quando falou, a voz tão suave que ela não teria ouvido se não estivesse prestando atenção nos lábios dele... aqueles lábios que mudaram tudo. Aquele homem que mudou tudo.

"Pippa..."

Casamento não é para mim. Outra mentira. Outra de quantas? Uma dor aguda e quase insuportável a atravessou, e Pippa sentiu um aperto no peito, que dificultou sua respiração. Ele iria se casar com outra. E aquilo *machucava.* Ela levantou uma mão e massageou o ponto mais próximo da dor, como se pudesse fazê-la passar assim. Mas quando olhou o homem que amava e sua futura esposa, ela percebeu que sua dor não seria tão facilmente aplacada. Sua vida toda ela ouviu essa expressão e ria dela.

Achava que era uma metáfora tola. O coração humano, afinal, não era feito de porcelana, mas de carne, sangue e músculo vigoroso, admirável. Mas ali, naquele salão, rodeada por uma seleção risonha, brincalhona e anônima dos piores e melhores de Londres, o conhecimento de anatomia de Pippa aumentou.

Parecia que havia mesmo aquela história de coração partido.

Capítulo Quinze

O coração humano pesa (em média) 300 gramas e bate (aproximadamente) cem mil vezes por dia.

Na Grécia Antiga, a teoria era que, como parte mais poderosa e vital do corpo, o coração agia como uma espécie de cérebro, reunindo informações de todos os outros órgãos através do sistema circulatório. Aristóteles incluiu pensamentos e emoções em suas hipóteses relativas à informação citada anteriormente – um fato que os modernos cientistas consideram excêntrico devido à falta de conhecimento anatômico básico.

Existem relatos de que, muito depois de a pessoa ser declarada morta, e de mente e alma saírem do corpo, sob certas condições o coração pode continuar batendo por horas. Eu fico me perguntando se, nessas circunstâncias, o órgão pode continuar sentindo também. E, em caso positivo, se ele sente mais ou menos a dor do que o meu neste momento.

Diário Científico de Lady Philippa Marbury
31 de março de 1831; cinco dias antes de seu casamento

Naquela noite, Pippa não dormiu. Ela ficou apenas deitada na cama, com o calor de Trotula ao seu lado, observando a luz da vela brincar na cobertura de cetim rosa, enquanto refletia sobre como é que ela tinha interpretado tão erroneamente Cross, ela própria e a situação deles, e como é que ela nunca tinha reparado que odiava cetim rosa. Era uma coisa feminina, horrível – emoção pura.

Uma lágrima solitária deslizou por sua têmpora e entrou na orelha, um incômodo molhado. Ela fungou. Não havia nada de produtivo em emoções. Pippa inspirou profundamente. *Ele ia se casar com outra.* Ela o amava, e ele ia se casar com outra. *Assim como ela.* Mas por algum motivo, era o casamento iminente *dele* que parecia mudar tudo. Que parecia significar mais. Representar mais. *Machucar mais.* Droga de cetim rosa. Droga de coberturas. Não serviam para nada de útil.

Trotula levantou sua cabeça marrom quando outra lágrima escapou. A língua larga e rosa da cachorrinha seguiu o caminho da lágrima, e a silenciosa compreensão canina abriu as comportas dessas coisas salgadas – uma inundação de lágrimas e soluços que Pippa não conseguiu segurar. Ela se virou de lado, as lágrimas turvando a máscara prateada do *Pandemonium*, que estava na mesinha de cabeceira, onde brilhava sob a luz da vela. Ela não deveria ter aceitado o convite para a festa. Não deveria ter acreditado que não haveria um custo – que nada daquilo viria sem pagar um preço por isso.

A chama da vela queimava enquanto Pippa a observava, os tons brancos e alaranjados crepitando pouco acima de um perfeito globo azul. Ela fechou os olhos, a lembrança da chama brilhante ainda lá, e novamente inspirou profundamente, desejando que a dor no seu peito desaparecesse. Desejando que as lembranças dele desaparecessem. Desejando que o sono viesse. Desejando que pudesse voltar àquela manhã, oito dias antes, quando decidiu falar com ele, e se deter. Como uma semana mudou tudo. Mudou Pippa. *Que confusão ela armou.*

Uma tristeza profunda passou por ela como uma tempestade – fria, cerrada e amargamente desagradável. Ela chorou sem saber por quanto tempo – dois minutos. Talvez dez. Talvez uma hora. Tempo bastante para que sentisse pena de si mesma. Não o bastante para se sentir melhor.

Quando abriu os olhos, Pippa voltou sua atenção para a vela, parada e imóvel ainda que queimasse intensamente. E então a chama se moveu, dançando e tremeluzindo com uma corrente de ar inesperada. Uma corrente seguida por um latido alto e um baque, quando Trotula saiu da cama, abanando a cauda feito louca, e se jogou nas portas que levavam ao terraço estreito do quarto de Pippa. Portas que estavam fechadas e se abriram, emoldurando o homem que Pippa amava, imóvel dentro de seu quarto. Alto, sério e maravilhosamente desarrumado.

Enquanto Pippa o observava, ele inspirou fundo e passou as duas mãos pelo volumoso cabelo vermelho, afastando-o do rosto, com as maçãs altas e o nariz firme, iluminados dramaticamente pela vela. Ele estava insuportável de tão belo. Ela nunca, em toda sua vida, quis algo tanto quanto queria Cross. Ele havia prometido lhe ensinar tentação e desejo, e o fez muito bem; o coração dela se acelerou quando ela o viu, e ouviu sua respiração forçada. Mas... ela não sabia o que aconteceria a seguir.

"Você é linda", ele disse.

O que aconteceria a seguir seria qualquer coisa que ele desejasse.

Trotula ficou em pé sobre as patas traseiras e apoiou as dianteiras em Cross, choramingando e suspirando, tremendo de alegria. Ele pegou a cachorra com suas mãos forte, mantendo-a em pé e lhe dando todo o carinho que implorava, encontrando instantaneamente o lugar em sua cabeça que a fazia derreter. Ela gemeu e se encostou nele, completamente apaixonada.

"Como cão de guarda, ela é horrível."

Ele parou ao ouvir isso, e os três permaneceram assim por um longo e silencioso momento.

"Você precisa de proteção contra mim?"

Preciso... Ela não respondeu.

"Trotula, chega", disse Pippa simplesmente. A cachorra voltou a ficar com as quatro patas no chão, mas não parou de encarar seu novo amor com seu olhar arregalado e apaixonado. Pippa não conseguiu recriminar a traição. "Parece que ela gosta de você."

"Eu tenho um talento especial com as mulheres", ele disse em uma voz calorosa e doce, que Pippa ao mesmo tempo adorou e odiou. A imagem de Sally Tasser piscou em sua cabeça. E da prostituta na mesa de vinte e um. E da bela filha de Digger Knight.

Ela tirou as pernas da cama.

"Eu percebi." Cross voltou imediatamente a atenção para ela, mas Pippa mudou a abordagem. "Este quarto fica no terceiro andar."

Outro homem teria hesitado. Não teria compreendido no mesmo instante.

"Eu teria subido ainda mais alto para ver você." Ele fez uma pausa. "Eu tinha que ver você."

A dor voltou.

"Você poderia ter caído. Ter se machucado."

"Antes isso que machucar você."

Ela olhou para baixo, as mãos entrelaçadas sobre o tecido branco de sua camisola.

"Uma vez você me disse", ela sussurrou, "que se Castleton me machucasse, era porque não estava fazendo direito."

"Isso mesmo", ele ficou tenso.

Ela o encarou.

"Você não está fazendo direito."

Ele atravessou o quarto em um instante, e ficou de joelhos ao lado da cama, suas mãos sobre as dela, fazendo correntes de alegria, calor e júbilo percorrerem seu corpo, ainda que Pippa soubesse que devia empurrá-lo e fazê-lo ir embora imediatamente, pela janela por onde tinha vindo, não importando os três andares.

"Eu não devia estar aqui", ele sussurrou. "Eu devia estar em qualquer lugar, menos aqui." Ele baixou a cabeça, a testa descansando nas mãos deles. "Mas eu precisava ver você. Precisava me explicar."

Ela balançou a cabeça.

"Não há nada que explicar", disse. "Você vai se casar com outra." Ela ouviu a dificuldade em sua voz, a ligeira hesitação entre a primeira e a segunda sílaba de *outra*. E odiou isso.

Pippa fechou os olhos, desejando que ele desaparecesse. Não deu certo.

"Você me disse que não se casaria. Outra mentira."

Foi como se ela não tivesse falado. Ele não negou.

"Você andou chorando."

Ela balançou a cabeça.

"Não sem motivo."

Um lado da linda boca de Cross se ergueu, num sorriso torto.

"Não, não pensei que fosse."

Alguma coisa naquelas palavras, suaves e cheias de humor e algo mais, a deixaram repentina e surpreendentemente irritada.

"*Você* me fez chorar", ela acusou.

"Eu sei", ele ficou sério.

"Você vai casar com outra." Ela repetiu as palavras pelo que parecia ser a centésima vez. A milionésima. Como se, caso ela as falasse bastante, perderiam seu significado. Sua capacidade de ferir.

Ele aquiesceu.

"Você também."

Quando eles se conheceram, ela já estava noiva. Mas, de algum modo, o casamento iminente dele era uma traição maior. Aquilo era ilógico, ela sabia, mas a lógica parecia não ter lugar nessa situação. Outra razão para ela não gostar da sensação.

"Eu detesto fazer você chorar", disse ele, os dedos se curvando sobre os dela.

Pippa baixou os olhos para o lugar onde suas mãos se entrelaçavam, adorando as sardas na pele dele, a maciez dos pelos ruivos, entre a segunda e terceira junta. Ela passou o polegar pelo indicador dele, e Pippa observou os fios se mexerem, esticando e dobrando antes de voltarem à posição original, instantaneamente se esquecendo do toque dela.

Ela falou ainda olhando para aqueles fios.

"Quando criança, eu tive um amigo chamado Beavin." Ela fez uma pausa, mas não olhou para Cross. Ele não falou, então Pippa continuou, sem saber exatamente o que estava querendo dizer. "Ele era gentil e bondoso, e me escutava. Eu lhe contava meus segredos – coisas que ninguém mais sabia. Coisas que ninguém mais compreenderia."

Cross apertou as mãos dela, e Pippa o fitou nos olhos.

"Mas Beavin compreendia. Ele explorou a Casa Needham comigo. Ele me ajudou a descobrir meu amor pela ciência. Ele estava lá no dia em que roubei um ganso da cozinha para dissecar. Eu coloquei a culpa nele, e ele nunca se importou com isso."

O olhar de Cross ficou sombrio.

"Percebi que não gosto muito desse companheiro perfeito, Pippa. Onde ele está agora?"

"Ele se foi", ela balançou a cabeça.

Ele juntou as sobrancelhas.

"Para onde?"

"Para onde os amigos imaginários vão", ela sorriu.

Ele soltou o ar ruidosamente, levando uma mão até a têmpora dela, afastando uma mecha de cabelo de seu rosto.

"Ele era imaginário", disse ele.

"Eu nunca entendi por que os outros não conseguiam ver Beavin", sussurrou ela. "Penny fingia que conseguia... fingia interagir com ele, mas nunca acreditou em Beavin. Minha mãe tentou afugentá-lo fazendo com que eu sentisse vergonha." Ela deu de ombros, então disse, "Mas ele era meu amigo."

Cross sorriu.

"Eu gosto da ideia de você e seu amigo imaginário dissecando um ganso."

"Era um monte de penas."

O sorriso virou uma risada.

"Imagino que sim."

"E não havia tanto sangue quanto se poderia imaginar", ela acrescentou. "Embora eu tenha matado uma empregada de susto."

"Em nome da ciência."

Ela sorriu.

"Em nome da ciência."

Ele foi para frente, e ela soube que Cross iria beijá-la. Soube, também, que não poderia permitir. Ela se afastou antes que os lábios se encontrassem, e ele imediatamente recuou, soltando-a e ficando de cócoras.

"Desculpe-me."

Ela levantou, mantendo uma distância entre eles, e Trotula foi ficar ao seu lado, como uma sentinela. Ela acariciou as orelhas macias da cachorra por um longo tempo, incapaz de olhar para Cross. Incapaz de parar de olhar para ele.

"Não sei por que lhe contei isso."

Ele levantou, mas não se aproximou dela.

"Sobre o Beavin?"

Ela olhou para o chão.

"É bobagem, mesmo. Nem sei por que pensei nele. Só que..." A voz dela sumiu.

Ele esperou um bom tempo antes de estimular Pippa a continuar.

"Só que...?", insistiu Cross.

"Eu sempre fui diferente. Nunca tive muitas amigas. Mas... Beavin não ligava. Ele nunca achou que eu fosse estranha. E então ele desapareceu. E eu nunca conheci outra pessoa que parecesse me entender. Eu nunca pensei que conheceria." Ela fez uma pausa e deu de ombros. "Até... você aparecer..."

E agora você também vai sumir. E agora seria mais doloroso que perder um amigo imaginário. Ela não sabia se conseguiria aguentar.

"Eu não posso deixar de pensar", ela começou, então parou. Sabendo que não deveria falar. Sabendo, de algum modo, que isso tornaria tudo mais difícil. "Não consigo evitar de pensar... se apenas eu tivesse..."

Ele sabia, também.

"Não diga."

Mas ela não conseguiu se deter. Pippa ergueu os olhos para ele.

"Se apenas eu tivesse encontrado você antes."

As palavras eram insignificantes e tristes, e Pippa as odiou, ainda que o tenham trazido até ela – as mãos dele em seu rosto, envolvendo sua face, virando-a para ele. Ainda que as aquelas palavras tivessem levado seus lábios até os dela, em um beijo que a roubou de sua força, sua determinação e, enfim, seu pensamento. Os dedos longos de Cross passaram por seu cabelo, e a mantiveram imóvel quando ele retirou os lábios, encarou seus olhos e sussurrou seu nome antes de tomar sua boca novamente, com investidas demoradas e ardentes. Ele fez o mesmo diversas vezes, sussurrando seu nome contra seus lábios, sua face, a veia pulsante no lado do pescoço, pontuando cada palavra com lambidas, mordidas e chupadas que a inflamaram. Se apenas ela soubesse que poderia encontrar alguém como ele.

Alguém que combinasse com ela. *Alguém que ela amasse.* Isso existia. E a prova estava ali, em seu quarto. Em seus braços. Em seu pensamento. *Para sempre.*

Ela fechou os olhos bem apertados com esse pensamento, mesmo quando as lágrimas vieram e ele as sorveu, sussurrando seu nome continuamente, sem parar.

"Pippa... não chore, meu amor... eu não valho a pena... não sou nada."

Ele estava errado, é claro. Ele era tudo. *Tudo que ela não podia ter.*

Ela se afastou ao pensar isso, colocando suas mãos no peito dele, adorando seu calor, sua força. Adorando-o. Ela ergueu o rosto para aqueles olhos cinzentos e descontrolados.

"Na minha vida toda...", ela sussurrou, "...dois mais dois sempre foi igual a quatro."

Ele aquiesceu, absolutamente concentrado nela, e ela o amou mais ainda por prestar atenção... por compreendê-la.

"Mas agora... está tudo errado." Ela balançou a cabeça. "O resultado não é mais quatro. O resultado é você." O olhar dele flamejou, e ele tentou tocá-la de novo, mas Pippa recuou. "E você vai casar com outra", ele sussurrou, "e eu não compreendo." Uma lágrima grande escapou, expulsa pelo medo e pela frustração. "Eu não compreendo... e odeio isso."

Ele enxugou a lágrima com o polegar.

"É minha vez de lhe contar uma história", ele disse, com a voz dolorosamente suave. "Uma que nunca contei para ninguém."

Com o coração na garganta, ela o fitou nos olhos, consciente de que o que Cross estava para lhe contar mudaria tudo. Mas ela nunca teria sonhado com o que ele diria.

"Eu matei meu irmão."

Ele nunca tinha dito aquilo em voz alta, mas de um modo surpreendente, falar isso para Pippa foi mais fácil do que ele imaginava. Dizer isso para ela iria salvá-la. Ela tinha que entender por que os dois não podiam ficar juntos. Ela tinha que enxergar por que ele era absoluta e inteiramente errado para ela. Mesmo que cada pedaço dele doesse exigindo que ele a tomasse para si, para sempre. E a única forma de ele provar isso para ela seria mostrando o que tinha de pior.

Ela congelou ao ouvir a confissão, a respiração parada na garganta enquanto esperava que ele continuasse. Ele quase riu ao se dar conta de que não tinha pensado que ela pudesse não o expulsar de imediato. Ele não tinha pensado que ela pudesse querer alguma explicação. Que ela pudesse acreditar nele. Tão poucos tinham acreditado. Mas lá estava ela, esperando que ele continuasse – a quieta, séria e científica Pippa, esperando pela apresentação de todas as evidências antes de tirar suas conclusões. A *perfeita Pippa*.

O peito dele apertou ao pensar nisso, e ele se afastou dela, imaginando que poderia se afastar da verdade. Cross foi até as portas que havia deixado abertas, fechando-as delicadamente enquanto refletia sobre o que diria a seguir.

"Eu matei meu irmão", ele repetiu.

Outra mulher teria iniciado uma ladainha de perguntas. Pippa apenas o observava, olhos bem abertos, impressionantes, desimpedidos de óculos. E foram os olhos dela sobre ele, sem expressar julgamento, que o fizeram continuar. Ele se encostou na porta dupla, a vidraça fria reconfortante em suas costas.

"Baine era perfeito", ele disse. "O filho perfeito, o herdeiro perfeito, o irmão perfeito. Ele possuía toda a honra e a dignidade que vinha com o fato de ser o futuro Conde Harlow, e nada da vaidade grosseira que parece acompanhar os títulos em outros homens. Ele era um bom irmão e um herdeiro ainda melhor."

As palavras começaram a sair mais facilmente. Ele abriu as mãos e olhou para elas.

"Eu, por outro lado, era o perfeito segundo filho. Eu adorava tudo o que não prestava e detestava responsabilidades. Eu era muito hábil em gastar o dinheiro do meu pai e minha própria mesada, e tinha muito jeito para contar cartas. Eu podia transformar dez libras em mil, e aproveitava qualquer oportunidade para fazer isso. Eu tinha pouco tempo para os amigos, e menos ainda para a família." Ele fez uma pausa. "Nunca me ocorreu que eu poderia, um dia, lamentar essa falta de tempo."

Ela estava perto o bastante para que ele pudesse esticar a mão e a tocar, se assim quisesse, mas ele não o fez – ele não a queria perto dessa história, perto do garoto que ele tinha sido. Ele não deveria querê-la perto do homem que era agora.

Pippa o observava com atenção, fascinada por sua história, e por um momento fugaz, ele se permitiu olhar para ela, admirando seu cabelo solto e seus olhos azuis – cheios de conhecimento e mais compreensão do que ele merecia. Ele não conseguia entender como algum dia a tinha imaginado comum ou sem graça. Ela era deslumbrante. E se a beleza não bastasse, havia a inteligência. Ela era brilhante e perspicaz, tão perfeitamente diferente de todo mundo que ele conhecia. *Dois mais dois é igual a ele.* Na boca de qualquer outra pessoa isso teria sido uma tolice, mas na de Pippa era o conceito mais sedutor que ele já tinha ouvido. Ela era tudo o que ele nunca soube que queria. E ele a queria. O bastante para fazê-lo desejar ser outra pessoa. O bastante para fazê-lo desejar ser mais. Diferente. Melhor. O bastante para fazê-lo desejar não ter aquela história para contar.

"Era o começo da primeira temporada de Lavínia – ela tinha recebido os convites para o Almack's e estava nas nuvens, certa de que seria considerada a joia da sociedade."

"Ela é linda", disse Pippa.

"Com dezoito anos ela era incomparável." A voz dele ficou rouca quando

Cross lembrou da irmã de cabelos de fogo, toda sedutora e sorridente. "Foi a primeira noite dela no Almack's – Lavínia tinha sido apresentada à corte na semana anterior."

Ele parou, estudando as palavras a seguir, mas Pippa interveio.

"Você a acompanhou."

Ele riu amargamente ao lembrar.

"Eu deveria tê-la acompanhado, mas não havia nada que eu quisesse menos do que passar a noite no Almack's. Eu odiava aquele lugar, não queria nada com aquilo."

"Você era um rapaz. É claro que odiava tudo aquilo."

Ele ergueu o rosto e a fitou nos olhos.

"Eu era o irmão dela. Era meu *dever*." Pippa não respondeu. Sabia que não devia. *Garota inteligente.* "Eu me recusei. Disse para Baine que não iria." A voz dele sumiu quando se lembrou daquela tarde, quando riu e provocou o irmão mais velho. "Ela não era problema meu, afinal. Nunca seria. Eu era o filho do meio... o segundo filho. O filho *reserva*, e grato a Deus por isso. Baine ficou furioso – algo raro, mas ele tinha seus planos...", Cross parou de falar. *Uma mulher.* "Havia uma cantora grega de ópera que procurava um novo protetor..."

"Entendo", Pippa aquiesceu.

Mas ela não entendia. De modo algum. *Você vai ter que vê-la outra noite*, disse Cross, rindo. *Eu prometo, algumas horas a mais não vão alterar a habilidade dela... nem a sua como futuro conde. Eu não dou muito crédito às suas promessas*, retrucou Baine. *Você não prometeu à nossa irmã que a acompanharia esta noite? Ninguém espera que eu mantenha minha palavra.* Cross ainda conseguia se lembrar da fúria e da decepção no olhar de Baine. *Você está certo quanto a isso.*

"Nós discutimos, mas eu ganhei – não me importava nem um pouco se Lavínia tinha um acompanhante, mas como importava para Baine, ele não teve escolha senão levá-la. Eles foram para a festa no Almack's. Eu fui para o Cavaleiro."

Ela ficou de boca aberta.

"Para o Cavaleiro?"

"Para o Cavaleiro, e depois..." Ele hesitou antes de confessar... sabendo que aquilo poderia mudar tudo. Sabendo que ele nunca mais poderia desdizer aquilo. Sabendo que ela precisava saber... que aquilo iria salvá-la mais do que qualquer outra coisa que ele pudesse dizer. "E depois fui ver a cantora de ópera do Baine."

Ela fechou os olhos ao ouvir aquela confissão, e Cross odiou a si mesmo de novo, sete anos depois. A distante traição ao irmão agora tinha uma testemunha – Pippa. Mas esse era o objetivo, não era? Afastá-la do Knight – afastá-la dele – e jogá-la nos braços de seu conde? Cada parte dele protestou, mas Cross havia passado anos controlando seu corpo, e não iria parar agora.

"Eu estava nos braços da futura amante dele quando a carruagem perdeu uma roda ao fazer uma curva." As palavras saíram firmes e sem emoção. "Baine, o condutor e um criado morreram no mesmo instante. Um segundo criado morreu no dia seguinte."

"E Lavínia...", Pippa disse em voz baixa.

"Lavínia ficou aleijada, seu futuro brilhante aniquilado." Ele crispou os punhos. "Eu fiz isso com ela. Se eu estivesse lá..."

Pippa foi até ele, suas mãos macias pegando as dele, apertando firmemente.

"Não."

Ele balançou a cabeça.

"Eu o matei, do mesmo modo que teria feito se pusesse uma arma em sua cabeça e puxasse o gatilho. Se eu estivesse lá, ele estaria vivo."

"E você estaria morto!", disse ela bruscamente, atraindo a atenção dele para seu olhar azul, que nadava em lágrimas não derramadas. "E você estaria *morto*."

"Você não vê, Pippa... eu merecia. Eu era o filho mau. O imoral. Era eu que jogava, mentia, trapaceava e roubava. Ele era bom e ela era pura. Eu não era nada daquilo. O Diabo foi me procurar naquela noite, pensando que me acharia naquela carruagem. E quando os encontrou no meu lugar, levou-os."

"Não." Ela balançou a cabeça. "Nada disso foi culpa sua."

Deus, como ele queria acreditar nela."

"Eu não parei nem depois do acidente. Eu continuei... frequentando cassinos... continuei ganhando. Tentei enterrar o pecado com mais do mesmo." Ele nunca tinha contado aquilo para ninguém. E não sabia por que estava contando para ela. Para explicar quem era, talvez. Por que ele era errado para ela. "Não está vendo, Pippa... Deveria ter sido eu."

Uma lágrima escorreu pela face dela.

"Não", Pippa sussurrou, jogando-se nele, deixando que ele a pegasse e envolvesse com seus braços longos, deixando que ele a erguesse, apertasse contra si e a segurasse ali. "Não", ela repetiu, e a angústia em sua voz doeu nele.

"Foi isso que meu pai disse. Ele me odiava." Ela tentou interrompê-lo, mas ele a deteve. "Não. Ele odiava. E depois do acidente... ele não conseguiu olhar para mim. Nem minha mãe. Nós não sabíamos se Lavínia iria sobreviver. Ela tinha quebrado a perna em três lugares e delirava de febre. E eles não me deixavam chegar perto dela. Durante uma semana minha mãe não falou comigo, e meu pai..." Ele hesitou, a dor da lembrança queimando por um instante antes de ele continuar. "Meu pai só repetia as mesmas quatro palavras. Sem parar. *Deveria ter sido você.*"

"Jasper", ela sussurrou seu nome de batismo na escuridão, e uma parte dele, há muito enterrada, reagiu. "Ele estava desolado. Não estava falando a sério. Não podia estar."

Ele ignorou as palavras... a dor que continham.

"Eles não conseguiam olhar para mim, então fui embora."

Cross encarou seus olhos azuis e viu que eles o compreendiam.

"Aonde você foi?", ela perguntou.

"Ao único lugar que eu pude pensar em ir." Ele parou, sabendo que essa era a parte da história que mais importava, refletindo sobre o que ia dizer.

Ele não precisava esconder dela. Pippa já tinha entendido.

"Para o Cavaleiro", ela concluiu.

"Joguei durante dias. Sem parar. Sem dormir. Eu ia das mesas no salão para as camas no andar de cima – tentava me perder em jogos e mulheres." Ele parou, com ódio daquela história. Do jovem que ele tinha sido. "Eu jurei nunca olhar para trás."

"Orfeu...", ela disse.

Um dos lados da boca de Cross subiu.

"Você é inteligente demais para seu próprio bem."

Ela sorriu.

"Isso ajuda quando estou com você."

Aquelas palavras o lembraram do quanto ele gostava daquela mulher. Do quanto não deveria gostar.

"Orfeu ao contrário. Da Terra para o Inferno. Cheio de dor, pecado e todo tipo de vício. Eu não deveria estar vivo para contar a história."

"Mas está."

Ele aquiesceu.

"Eu estou vivo, mas Baine não; eu estou bem, mas Lavínia está sofrendo."

"Não é culpa sua." Ela voltou aos braços dele, enlaçando-o com os seus e repetindo as palavras. "Não é culpa sua."

Ele queria tanto acreditar nela. Mas não era verdade.

"Mas é culpa minha." Ele a apertou nos braços e confessou seus pecados para o lindo cabelo sedoso. "Eu matei meu irmão. Essa é a cruz que eu carrego."

Ela ouviu... e congelou. E ergueu os olhos para ele. Sua brilhante Pippa havia entendido.

"A cruz que você carrega." Seus lábios se contorceram em um sorriso irônico. "Por isso escolheu esse nome? Cross."

"Para lembrar da minha história. Para lembrar dos pecados do passado."

"Eu odiei esse nome."

Ele a soltou.

"Você não vai ficar por perto dele muito tempo, meu amor."

Os lindos olhos azuis ficaram bem abertos e tristes ao ouvir aquilo, e foi ele que odiou... odiou aquela noite, a situação dos dois e a si mesmo. Ele praguejou, uma palavra grosseira à luz da vela.

"Eu não pude salvá-los", ele confessou antes de prometer. "Mas, maldição... eu vou salvar *você*."

Ela estremeceu e recuou.

"Me salvar?"

"Knight sabe quem você é. Ele irá arruiná-la se eu não o deter."

"Deter como?" Ele a encarou, e Pippa compreendeu. Cross percebeu na voz dela. "Detê-lo como?"

"Eu caso com a filha dele e ele guarda seu segredo."

Ela enrijeceu em seus braços e juntou as sobrancelhas.

"Eu não me importo nem um pouco que ele conte meus segredos para todo o mundo."

Ela deveria se importar, é claro, quando Knight plantasse na orelha da aristocracia a notícia de que estiveram juntos. Na orelha de Castleton. Ela se importaria quando isso arruinasse seu casamento, seu futuro e a felicidade das irmãs, ou quando seus pais não conseguissem mais olhá-la nos olhos.

"Você tem que se importar. Você tem uma vida para viver. Você tem que pensar na sua família. Você vai se casar com um conde. Não vou carregar a culpa da sua ruína. Não com todo o resto."

Pippa então se endireitou, sem se importar que não estivesse adequadamente vestida, nem que não estivesse enxergando bem. Não importava, claro. Ela era uma rainha.

"Eu não preciso ser salva. Estou absolutamente bem assim. Para um homem imoral e escandaloso, você está demasiado disposto a assumir o manto da responsabilidade."

"Você é minha responsabilidade." Ela não percebia isso? "Você se tornou minha responsabilidade no momento em que entrou no meu escritório."

Ela era dele desde o início. Ela estreitou os olhos.

"Eu não estava procurando um protetor."

Cross ficou irritado. Ele a pegou pelos ombros e fez sua promessa.

"Bem, você não tem escolha", ele disse. Eu passei anos reparando meus pecados, desesperado para não causar mais destruição do que já causei. Não vou deixar você perto disso. Não vou permitir que você seja tocada pelo mal que eu causo." As palavras saíram em uma corrente de desespero... um pânico que ele não podia negar. "Droga, Pippa, eu tenho que fazer isso. Você não vê?"

"Não." Havia pânico também na voz dela, no modo como seus dedos agarravam nos braços dele. "E eu? E a minha responsabilidade? Você acha que eu não sinto o peso do seu casamento com uma mulher que não conhece devido a alguma noção falsa de honra?"

"Não existe nada de falso nisso", ele disse. "Isto é o que eu posso lhe dar." Ele a pegou e a puxou para perto, desejando que fosse para sempre. "Você não vê, amor? Salvar você... é meu objetivo. Eu tentei tanto..." Ele se interrompeu.

"Tentou o quê?" Como ele demorou para responder, ela acrescentou, "Jasper?"

Talvez fosse o nome dele nos lábios dela que o fez contar a verdade... talvez fosse o questionamento gentil – e algo que ele tinha medo de identificar – nos olhos azuis dela... talvez fosse simplesmente sua presença. Mas ele lhe disse.

"Reparar meus pecados. Se não fosse por mim... Baine estaria vivo e Lavínia bem."

"Lavínia escolheu a vida dela", argumentou Pippa. "Ela tem um marido e seus filhos..."

"Um marido endividado com o Knight. Filhos que vão crescer à sombra de um pai inútil. Um casamento nascido do medo que meu pai tinha de nunca conseguir se livrar da filha aleijada."

Ela balançou a cabeça.

"Isso não é culpa sua."

"É claro que é!", ele irrompeu, afastando-se dela. "É tudo minha culpa. Eu passei os últimos seis anos reescrevendo a história, mas esse é o meu passado. É meu legado. Eu sou o contato das garotas no Anjo... Eu escolhi ser... Eu tento manter as meninas em segurança. No instante que elas querem sair... no momento que escolhem outra vida, eu as ajudo. Elas vêm até mim e eu as tiro dessa vida. Já ajudei dezenas delas... encontrei lugar para elas ficarem, trabalho que podem fazer em pé, em vez de deitadas. Propriedades rurais onde podem ficar em segurança... cada uma das garotas é uma substituta..."

Da irmã que ele não pôde salvar, cuja vida ele destruiu. Do irmão cuja vida tirou como se ele mesmo tivesse destruído a maldita carruagem.

"Não é culpa sua", ela disse outra vez. "Você não tinha como saber."

Ele pensou isso uma centena de vezes. Um milhão. Mas isso nunca o consolou.

"Se Baine fosse o conde... ele teria herdeiros. Ele teria filhos. Ele teria a vida que merecia."

"A vida que você também merece."

As palavras dela vieram com uma visão dessa vida. Daquelas garotinhas loiras, de óculos, e dos garotos risonhos capturando sapos no calor de um verão em Devonshire. Da mãe dessas crianças. *Da sua esposa.*

"É aí que você se engana. Eu não mereço. Eu roubei essa vida dele. Eu a roubei dele enquanto estava nos braços de sua amante."

Ela congelou ao ouvir isso.

"A amante dele... É por isso que você não me tocava. Não me beijava. Por isso você não... com outras mulheres." *Como é que ela sabia disso?* Pippa respondeu antes que ele pudesse perguntar. "A mulher na mesa de vinte e um... e a Srta. Tasser... as duas deram a entender que..."

Droga.

"Deram a entender..." Não foi uma pergunta.

"É verdade?" Pippa pregou seus olhos azuis nele.

Ele poderia mentir. Cross tinha passado meia década convencendo Londres que não havia parado o comportamento libertino. Que ele dedicava sua vida às mulheres. Ele podia mentir, e ela nunca descobriria a verdade. Mas ele não queria mentir para ela. Não sobre isso.

"Faz seis anos."

"Que você deitou com uma mulher?"

Ele não falou e a verdade apareceu no silêncio. Ela insistiu, os olhos arregalados.

"Que você deitou com *qualquer* mulher?"

Ela parecia estar chocada.

"Qualquer mulher."

"Mas... sua reputação. Você é um amante legendário!"

Ele inclinou a cabeça.

"Eu lhe disse que você não devia acreditar em tudo o que ouve nos salões femininos."

"Desculpe, mas se eu me lembro bem, você realmente tirou minhas roupas sem usar as mãos."

A imagem de Pippa em seu escritório, jogada sobre a poltrona, surgiu em sua mente. E foi mais bem-vinda do que ele queria admitir. Ele a fitou nos olhos.

"Sorte."

"Você não acredita nisso."

Ela era incrível. Seu par perfeito.

"Seis anos sem tocar uma mulher", ela disse, assombrada.

Ele esperou para falar.

"Até esta noite."

"Até eu aparecer", ela suspirou.

Ele queria compartilhar daquele suspiro, tocá-la novamente.

"Eu não consigo me segurar com você."

Os lábios dela se curvaram em um sorriso de total satisfação feminina, e Cross ficou no mesmo instante duro, embora tivesse renovado sua promessa de não a possuir. Não se perder nela. Nem mesmo naquele momento em que ela dominava cada centímetro do seu ser inútil.

"Esse é seu castigo, então? Sua penitência? O celibato?"

"Isso." Nos lábios dela parecia uma estupidez. O celibato não tinha lugar perto de Philippa Marbury. Não quando era tão óbvio que ela tinha sido feita para ele.

Quinze minutos na alcova do Anjo não haviam sido suficientes. *Uma vida inteira poderia não ser suficiente.*

"Eu não posso. Não com você, Pippa. Você vai se casar."

Ela hesitou.

"Com outro", ela sussurrou.

As palavras o machucaram.

"Isso. Com outro. "

"Assim como você vai casar com outra."

"Sim." *Sua penitência definitiva.*

Ela ergueu uma mão e aninhou a face dele em sua palma macia. Ele não conseguiu resistir a capturá-la com sua própria mão e manter ali o toque dela. Para saboreá-lo.

"Jasper." Seu verdadeiro nome sussurrado. Ele adorou ouvi-lo nos lábios dela. E queria ouvir de novo, inúmeras vezes, para sempre. Se ele fosse outro homem, poderia ter uma chance de fazer isso acontecer.

Mas ele tinha que deixar Pippa. Ela não era dele, para que a pudesse tocar.

"Jasper", ela sussurrou novamente, aproximando-se com os pés descalços, envolvendo o pescoço dele com a outra mão, colando seu lindo corpo ao dele, com apenas um tecido fino entre suas mãos e a pele macia dela.

Ele não devia. Cada centímetro do corpo dele ansiava por ela – resultado de um tempo muito longo sem Pippa seguido por um tempo muito breve com ela. Ele queria erguê-la nos braços, jogá-la na cama e possuí-la... só uma vez. *Mas nunca seria o bastante.*

"Se você realmente quer me salvar...", ela sussurrou, seus lábios próximos demais.

"Eu quero", ele confessou. "Deus me ajude... eu não suporto a ideia de ver você magoada."

"Mas você me magoou. Está me magoando agora." A voz dela era baixa e suave, com um toque de malícia irresistível que ele não esperava.

As mãos de Cross envolveram sua cintura, adorando o calor dela através da camisola.

"Diga como eu faço para parar de magoar você", ele disse... já sabendo a resposta.

"Me queira", ela respondeu.

"Eu quero." Ele a queria desde o momento em que a conheceu. Desde antes. "Eu quero cada centímetro de Pippa... eu quero sua mente, seu corpo e sua alma." Ele hesitou, as palavras aumentando a tensão no quarto. "Eu nunca quis tanto alguma coisa como quero você."

Os dedos dela entraram no cabelo dele, enrolando-se nos fios.

"Toque em mim."

Ele não podia negar. Ele não conseguia resistir a olhar para trás. *Uma lembrança. Uma noite.* Era tudo o que ele podia ter. Era mais do que ele merecia. Uma noite, e ele a deixaria voltar para seu mundo perfeito, ideal. Uma noite, e ele voltaria para seu Inferno.

"Não vou arruinar sua vida, Pippa. Não vou deixar você ser destruída."

Ela colou seus lábios nos dele, e sua pele macia o enlouqueceu, e Pippa sussurrou em voz tão baixa que ele quase não ouviu.

"Eu amo você."

As palavras ricochetearam dentro dele, e Cross não conseguiu se impedir de erguê-la nos braços e dar para eles dois o que queriam. Que iria mudar tudo e nada ao mesmo tempo. Ele a ergueu, adorando o modo como ela aproveitou sua deixa, e apertou o corpo no dele, e passou sua boca pelo queixo de Cross, incendiando-o. Ela não deveria amá-lo. Ele não merecia isso. Ele não *a* merecia.

"Você é um homem extraordinário", ela disse, os lábios na orelha dele. "Não consigo me controlar."

Uma noite o destruiria.

Mas não era possível resistir a ela. Sua mente brilhante. Seu rosto lindo. Nunca foi possível.

Capítulo Dezesseis

Fazia seis anos que ele não tocava uma mulher. Tinha resistido a todas... até ela aparecer. Até agora. Até aquele momento, quando Cross a ergueu e a carregou até a cama em que ela dormiu a vida toda, onde a deitou, e a seguiu com seu corpo estimulante e pesado, prendendo-a debaixo de si com seus membros longos, músculos tensos e a promessa de um prazer que ela ainda não conhecia.

Oito dias antes ela estava no escritório dele pedindo por uma aula de perdição; em seu quarto, finalmente, começaria a aula que ela não sabia ter pedido. A aula pela qual Pippa estava completa e absolutamente desesperada. Ele a beijou, de forma bastante diferente de quando assolou seu pensamento e seu fôlego mais cedo naquela noite, mas também devastador. Esse beijo foi lento e ardente, reivindicando seus lábios e sua língua de um modo que a deixou presa a ele, ficando, num instante, viciada ao prazer que só Cross podia lhe dar.

Ela manifestou sua satisfação com um suspiro, e ele capturou esse som com outro encontro de lábios e línguas comprido e suculento, depois ergueu a cabeça e aprisionou seu olhar à luz da vela.

"Você é a mulher mais incrível que eu já conheci", ele sussurrou. "Você me faz ter vontade de lhe ensinar todas as coisas imorais e depravadas que eu já fiz... e com que sonhei."

Aquelas palavras eram prazer e calor – passando por Pippa rápida e furiosamente, até ela ter que fechar os olhos devido às sensações. Ele roçou seus lábios em uma das faces dela, e se aproximou de uma orelha.

"Você gostaria disso?"

Ela suspirou, concordando.

"O quarto está girando", ela disse.

Ele curvou os lábios em torno do lóbulo da orelha dela.

"Pensei que só eu tinha notado", sussurrou Cross.

Ela virou o rosto para ele.

"O que causa isso?"

"Minha pequena cientista... se você tem tempo para pensar nisso, não estou fazendo bem o meu trabalho."

Mas ela não ligava se o quarto girava porque o globo estava fora de seu eixo, porque os lábios dele estavam sobre os seus, e as mãos dele tocavam suas pernas, carregando o tecido de sua camisola, e Pippa só queria tocá-lo em todos os lugares que pudesse.

Uma daquelas mãos enormes deslizou por baixo da camisola, pegando o traseiro de Pippa enquanto ele se erguia sobre ela, e então seus dedos curvaram-se em redor das coxas dela e as afastaram. Quando Cross se ajeitou entre elas, com seu calor duro pressionando o núcleo pulsante de Pippa, ela pensou que poderia morrer de prazer. Ela se contorceu de encontro a ele, desesperada para se aproximar mais, sem conseguir pensar em outra coisa que não tocá-lo, e ficar o mais perto que pudesse da pele dele.

Ele desgrudou seus lábios dos de Pippa, suspirando o nome dela. E balançou o corpo de encontro ao dela – uma vez, duas, enviando ondas volumosas de prazer através de seu corpo. Ele pairou sobre ela, que abriu os olhos, sendo no mesmo instante atraída pelo lindo olhar cinzento. Cross colou sua testa à dela.

"Silêncio, querida. Eu vou lhe dar tudo o que você deseja... mas precisa ficar quieta... se o seu pai nos ouvir... você estará arruinada."

"Não me importa", ela sussurrou, procurando outra vez o contato com o corpo dele. E era verdade. A ruína valia a pena. Ela ficaria livre de Castleton e poderia passar o resto de sua vida ali, com Cross. Em seu covil de pecados. Em seus braços. Onde quer que ele quisesse.

Ele nunca permitiria. Aquela voz suave e prática sussurrou dentro dela, e Pippa a ignorou. Tudo era possível naquele momento, naquela noite com ele. Amanhã ela enfrentaria o resto de sua vida. Mas aquela noite... aquela noite era dela. Aquela noite era *deles*. Aquela noite não tinha espaço para nada que fosse prático.

"Me mostre tudo. Tudo o que você sabe. Tudo o que quiser. Tudo o que você deseja."

Ele fechou os olhos, uma onda de algo que podia ser prazer ou dor passando por seu rosto, e ela se apoiou nos cotovelos, pressionando seu corpo contra o dele, adorando a sensação dos seios no peito quente dele, adorando o modo como suas coxas acolhiam os quadris esguios dele, e a grossura pesada e dura que roçava a parte dela que o ansiava tanto.

Ela projetou o quadril para frente, friccionando aquele ponto, testando como era o encaixe, e o movimento fez Cross sibilar, entreabrindo os olhos, o cinza-chumbo cintilando sob a luz de vela.

"Você vai pagar por isso."

Ela sorriu.

"Você não pode me culpar por fazer experiências."

Ele riu baixo.

"Não posso. Afinal, sem essa sua disposição especial, eu não estaria com você aqui. Agora." Ele a beijou de novo, voraz e intenso. Quando os dois ficaram ofegantes, ele ergueu a cabeça outra vez. "De que outra forma posso ajudá-la com sua pesquisa, minha lady?", perguntou ele.

Ela demorou para responder, seu olhar percorrendo o lindo rosto dele. *Fique comigo*, ela queria dizer. *Me deixe ficar com você*. Mas ela sabia que não seria fácil. Então, ela levou as mãos ao peito dele, afastou as lapelas de seu paletó para os lados e colou a palma das mãos no colete.

"Acredito que minha pesquisa teria mais sucesso se você ficasse nu."

Ele ergueu uma sobrancelha ruiva, sem se mover.

"Acredita mesmo?"

Como resposta ela também levantou uma sobrancelha e ele sorriu, depois saiu de cima dela e tirou paletó, colete e camisa antes de voltar para a cama.

"Assim está melhor?"

"Na verdade, meu bom senhor", ela disse, apoiando uma mão na pele macia do tronco dele e adorando como ele ficou rígido com o toque, "está. Mas você não está nu."

Ele beijou seu pescoço, deixando os dentes arranharem a pele delicada, o que fez Pippa estremecer e suspirar.

"Você também não está."

"Mas você não manifestou o desejo de me ver assim."

Ele levantou a cabeça e procurou os olhos dela.

"Não tenha dúvida, minha lady. Eu a quero nua em todos os momentos de todos os dias."

Ela arregalou os olhos.

"Isso tornaria os chás e as festas muito constrangedores."

Os dentes brancos de Cross apareceram e ela o amou ainda mais com aquele sorriso malicioso.

"Nada de chás nem festas. Só isto."

Ele subiu a mão para enfatizar aquele sentimento, e carregou com ela a camisola, arremessando-a do outro lado do quarto, onde aterrissou sobre Trotula, que bufou, assustada. Os dois olharam para a cachorra, e Pippa riu.

"Será que eu devo tirá-la do quarto?"

Ele encarou Pippa, os olhos cinzentos plenos de alegria, e seu sorriso fez um fio de prazer percorrer o corpo dela, puro e descontrolado.

"Talvez seja melhor", ele falou.

Distraída pela tarefa, Pippa levou Trotula até a porta, que abriu apenas o bastante para fazer o animal passar. Quando a fechou, ela se voltou para ele, e admirou a figura comprida e musculosa sobre a cama, olhando para ela. Esperando por ela. *Perfeição.* Ele era perfeito, e Pippa estava nua diante dele, banhada pela luz da vela. Ela ficou constrangida no mesmo instante – de algum modo mais constrangida do que naquela noite no escritório, quando ela se tocou sob a cuidadosa orientação dele. Na ocasião ela estava usando, pelo menos, um espartilho. E meias. Esta noite ela não usava nada. Todos os seus defeitos estavam à mostra, realçados pela perfeição dele. Ele a admirou por um bom tempo antes de estender um braço musculoso, com a palma para cima – um convite irresistível. Ela foi até ele sem hesitar, e Cross ficou de costas e puxou Pippa sobre seu peito lindo e definido, e a ficou observando intensamente. Ela cobriu os seios em uma onda de nervosismo e ansiedade.

"Quando você olha para mim desse jeito... é demais."
Ele não desviou o olhar.
"Como é que eu olho para você?"
"Eu não sei bem como é... mas eu sinto que você pode enxergar dentro de mim. Como se você pudesse, me consumir."
"Isso é desejo, amor. Desejo em uma intensidade que eu nunca senti. Estou abalado com isso. Venha cá." Foi impossível resistir ao pedido, que trazia a promessa de um prazer além de seus sonhos. Ela foi.

Quando Pippa chegou perto o bastante para ser tocada, Cross levantou a mão, e passou seus dedos pelos dela, onde escondiam os seios.

"A necessidade de ter você me faz tremer, Pippa. Por favor, meu amor, me deixe ver você."

O pedido foi dolorido e triste, e ela não conseguiu lhe negar, afastando as mãos lentamente e as colocando sobre o peito dele, os dedos bem abertos sobre os pelos avermelhados que pontuavam sua pele. Ela se distraiu com os pelos, pela forma como se distribuíam sobre o músculo, como afinavam em uma bela linha escura sobre sua barriga lisa.

Ele permaneceu parado enquanto ela o tocava, seus músculos firmes e perfeitos.

"Você é tão lindo", ela sussurrou, seus dedos descendo pelos braços dele e chegando aos pulsos.

"Estou feliz que aprove, minha lady", ele estreitou o olhar sobre ela.
Pippa sorriu.

"Ah, eu aprovo, meu lorde. Você é um espécime notável." Os dentes brancos apareceram novamente enquanto ela criava coragem e refazia o percurso de seu toque, pelos antebraços dele, deliciando-se com as sensações, recitando de memória, "*flexor digitorum superficialis, flexor capri radialis...*", pelos braços, "*bíceps brachii, tricipitis brachii...*", pelos ombros, adorando o modo como os músculos eram tensionados e relaxados sob seus dedos, "*deltoideus...*", e descendo pelo peito, "*subscapularis... pectoralis major...*"

Ela ficou quieta ao passar os dedos pela curva daquele músculo, a paisagem que era o corpo dele... seus vales. Ele inspirou rapidamente quando ela passou os dedos pelos discos planos de seus mamilos, arqueando as costas ao sentir o toque, e ela parou, deleitando-se com seu poder. Ele apreciava o toque dela. Ele o queria. Ela repetiu o gesto, dessa vez com os polegares. Ele sibilou de prazer, levando uma mão ao lado interno do joelho de Pippa, o que fez passar um rio de calor por ela.

"Não pare agora, amor. Essa é a sedução mais eficaz pela qual já passei." Ele deslizou o dedo pelo alto do joelho dela. "Diga-me... o que é isto?"
Ela inspirou.

"É o *vastus medialis*."

"Humm." Os dedos subiram. "E aqui?"

Ela estremeceu.

"*Rectus femoris.*"

Os dedos foram para o lado interno da coxa.

"Garota inteligente... e aqui?"

"*Adductor longus...*"

E subiram.

"*Gracilis...*"

Ela se mexeu, sem respirar, abrindo as pernas para lhe facilitar o acesso, e ele a recompensou, subindo mais, mal a tocando.

"E aqui, amor? O que é isto?"

Ela balançou a cabeça, desesperada por mais. Ela se esforçou para falar.

"Isso não é um músculo."

Ele aumentou a intensidade do toque, só um pouco. O bastante para deixá-la absolutamente enlouquecida.

"Não?"

"Não." Ela suspirou.

O toque se afastou, deixando uma aflição em seu rastro.

"Entendo."

Ela agarrou a mão dele.

"Não pare."

Ele riu, o som baixo e perverso, e então se ergueu, tomando a boca de Pippa em um daqueles beijos longos e enlouquecedores, chupando e beijando e exigindo até ela se perder nele... de encontro a ele. E só então, quando ela estava colada nele mais uma vez, ofegante e quase louca com o desejo intenso e ardente, ele lhe deu o que ela tanto ansiava. Cross tocou sua carne latejante, primeiro com suavidade, depois firmeza, girando e investindo, dando-lhe exatamente o que ela queria. Ela arfou de encontro a seus lábios.

"Jasper", ela exclamou, e ele a recompensou descrevendo um círculo apertado com o polegar onde o prazer dela se acumulava.

Estava vindo outra vez, aquele êxtase secreto, imoral, que ele havia lhe mostrado antes... e ela o queria nos braços dele, junto a seu calor. Com ele. *Com ele.*

"Não." Ela segurou a mão dele, detendo seus movimentos. "Não... não sem você."

Ele a olhou com carinho.

"Minha linda Pippa... eu a quero mais do que você jamais poderá entender... mas não posso possuí-la. Não posso arruinar você. E não vou."

A frustração acompanhou aquelas palavras.

"Não me importo. Eu quero isso."

Ele balançou a cabeça, a mão ainda naquele lugar sombrio, devastador.

"Você não quer. Não vai querer amanhã. Não quando perceber o que fez."

Ela se debruçou de novo sobre ele e colou um beijo suave na curva de seu peito, adorando sentir o gemido provocado pela carícia.

"Eu não vou me arrepender. Eu quero", ela sussurrou para os pelos à sua frente. "Se nós não podemos ter..." *um ao outro.* Ela não disse isso. "Eu quero *esta noite.*" Ela ergueu a cabeça, dolorida de desejo, carência e o pior tipo de amor. "Por favor...", ela implorou, as mãos descendo pelo caminho de pelos até a cintura das calças dele. "Por favor, Jasper."

Ele fechou os olhos, tensionando e esticando os músculos do pescoço.

"Pippa, eu estou tentando fazer o que é certo. Ser honrado."

As palavras vieram em uma onda de compreensão. Uma vez ele a acusou de viver em preto e branco, de pensar que tudo era verdade ou mentira. Mas naquele momento ela compreendeu o cinza. Ela viu que o certo para ele era muito errado. Que a honra de Cross não traria conforto para nenhum dos dois. Amanhã ele poderia ter sua honra. Amanhã tudo poderia retornar para o que era certo e errado. Sim e não. Verdade e mentira. Mas essa noite tudo era diferente.

Ela se abaixou, encostando os seios no peito nu dele, tomando os lábios dele em um beijo longo – que ela aprendeu com Cross –, recusando-se a deixar que ele se afastasse. Recusando-se a liberá-lo para o fantasma de sua honra.

"*Isto* é certo, Jasper", ela disse. "Uma noite com você. Minha primeira noite... minha única noite. Por favor."

A mão dele foi até o seio dela, e Pippa sentiu o conflito se agitando dentro dele – e o amou ainda mais por isso.

"Você vai se arrepender. Você e sua repugnância por desonestidade."

Ela não se arrependeria. Ela sabia disso com certeza absoluta.

"Eu nunca vou me arrepender. Nunca vou me arrepender de você." Foi somente então que ela percebeu que isso era verdade. Que pelo resto de sua vida, fosse como esposa de Castleton ou solteirona arruinada, essa noite seria a melhor de sua vida. Ela saborearia aquele momento para sempre. E Pippa não abriria mão dele.

"É sua primeira noite, também... sua primeira noite em seis anos." Os olhos dele ficaram sombrios, e ela viu ali a promessa de prazer. Viu como aquilo o tentava. "Deixe acontecer, Jasper. Seja meu. Por favor."

Ele mexeu o polegar, acariciando o bico do seio, o que enviou uma corrente de prazer pelo corpo dela, direto para o lugar em que a outra mão dele estava – uma tentação insuportável. Ela arfou, e ele a beijou mais uma vez antes de se afastar.

"Eu tentei resistir a você desde o início. E tenho falhado desde então."

"Não tenha sucesso agora." Ela sussurrou seu pedido. "Eu não conseguiria suportar."

"Eu nunca tive chance", ele respondeu, virando-a em seus braços, abrindo bem suas coxas e a puxando por cima dele até que ela estava montada em sua cintura, o traseiro nu encostado na prova dura de excitação por baixo das calças. Ele estendeu uma mão forte... uma daquelas mãos que ela amava pelo que parecia uma eternidade... e a puxou para baixo, possuindo-a com um beijo – demorado e ardente, fazendo seu corpo todo latejar; os seios, as coxas e o lugar macio entre elas.

Ela se roçou nele, e Cross afastou sua boca com um chiado, jogando a cabeça para trás e assim revelando a musculatura poderosa de seu pescoço, tensa de prazer. Quando voltou seus olhos para os dela, estavam pesados de prazer.

"Eu vou arruinar você, Pippa. Vou lhe mostrar prazer que você não conhece, de um tipo com que nunca sonhou. Uma vez após a outra, até você me implorar para nunca parar."

As palavras a agitaram no escuro, suas partes mais profundas... que ansiavam por ele.

"Já estou implorando. Não pare."

Ele sorriu e tomou seus seios nas mãos, enrolando seus bicos com os dedos até ficarem duros e doloridos.

"Eu nem sonho em parar." Ele a puxou para sua boca, tomando o mamilo com seus lábios, língua e dentes até ela estar fora de si com as sensações.

O corpo humano é mesmo uma coisa magnífica.

"Jasper...", ela sussurrou, fascinação, prazer e desejo carregados nesse nome. Ele a soltou após uma sugada demorada e deliciosa, e substituiu a boca por um dedo que ficou circulando a ponta tesa com uma lentidão angustiante.

"Você está tão dura aqui... ansiando por mim. Pela minha boca."

Aquele era um jogo que ela também podia jogar. Ela se esfregou nele.

"Você também, meu lorde, está duro aqui."

Ele apertou sua dureza contra ela uma vez, duas, até Pippa suspirar seu prazer.

"Você me deixa duro, minha pequena cientista."

Ela não conseguiu resistir.

"Eu gostaria de inspecionar esse acontecimento fascinante, se possível."

Ele pegou as mãos dela e as levou até o fecho de suas calças.

"Longe de mim impedir sua pesquisa."

Ela passou os dedos pela elevação dura no corpo dele, e percebeu que estava desesperada para vê-lo. Para senti-lo. Para estar com ele de todas as formas que pudesse. Mas ela desconhecia o protocolo daquela situação. Tocando um botão, ela procurou seus olhos enlouquecidos.

"Posso...?"

Ele deu uma risada.

"Eu gostaria muito."

Foi o que ela fez, desabotoando suas calças o mais rápido que pôde – e ainda assim, foi lenta demais –, revelando-o, duro, comprido e...

"Minha nossa", ela sussurrou, incapaz de não abrir o tecido e pegá-lo, acariciando aquela extensão longa e firme de Cross, até ele gemer baixinho. E então ela parou, insegura, e olhou para ele.

"Estou..."

"Está incrível", ele sussurrou, pegando as mãos delas e a ensinando como tocá-lo. Ela observou os dedos brincando com a carne e adorou a rigidez suave dele.

"Na primeira vez em que vi você... no meu escritório...", ele ofegava as palavras enquanto ela tocava a extensão de sua dureza. "Eu quis seus dedos em mim. Eu não conseguia parar de olhar para eles. Fiquei obcecado por eles."

Pippa procurou os olhos dele, e viu o desejo ali.

"Eles são tortos."

Cross a beijou, apaixonado e aflito.

"Eles são perfeitos. Eu nunca me senti mais perto do paraíso." Ele moveu uma das mãos, chegando ao centro do prazer dela, e seus dedos deslizaram para dentro com uma facilidade chocante. "A não ser aqui." Ele mexeu o polegar, encontrando aquele lugar maravilhoso. "Aqui é mais perto do paraíso." E ele fez e refez círculos naquele ponto. "Aqui pode *ser* o paraíso."

Ela se ergueu para lhe permitir melhor acesso, para permitir que os dedos dele fossem mais fundo, e Pippa concordou, com sua respiração acelerando, o prazer borbulhando através de seu corpo em onda após onda de sensações, até ela perder a força e suas mãos caírem, apoiando-se no peito dele enquanto ela se entregava a tudo aquilo.

"Você é tão linda", ele disse, "tão macia, lisa e absolutamente perfeita."

Ela não conseguiu sufocar as exclamações que ele extraía dela, os movimentos de seus quadris, o modo como se esfregava nele, implorando pelo prazer que Cross havia lhe mostrado antes... o prazer que ele lhe ensinou a encontrar e exigir. Ele deslizou mais um dedo para dentro dela, e Pippa arqueou as costas, adorando a sensação.

"Tão apertada. Tão molhadinha", ele elogiou, e a devassidão de suas palavras a deixou mais excitada, mais desesperada. "Eu quero estar aí dentro, quando você gozar."

Quando Pippa ouviu aquilo, o vocabulário estranho e imoral que nunca tinha ouvido, ela percebeu que também queria.

"Por favor...", ela implorou, olhando para ele.

"Por favor o quê, meu amor?", ele estreitou os olhos.

Ela teria ficado constrangida, mas o queria demais.

"Por favor... me possua."

Ele praguejou baixinho.

"Não posso esperar mais."

Ela pensou que ele a viraria de lado e ficaria por cima, então fez menção de sair de cima dele, para facilitar a mudança de posição, mas Cross a deteve e a levantou. Confusa, ela olhou para ele.

"Nós não deveríamos..."

"Não."

Pippa podia ser inexperiente, mas conhecia a mecânica do ato. Ela colocou as mãos no peito dele, sentindo o batimento cardíaco acelerar debaixo de suas palmas.

"Tem certeza? Eu nunca li nada a respeito... quer dizer, pelo que eu sei, eu deveria ficar por baixo..."

"Quem de nós já fez isto antes?"

Cross penetrou ainda mais os dedos habilidosos, e Pippa suspirou, rendendo-se completamente com o movimento profundo e delicioso. Quando ele parou, deixando-a carente de suas carícias, e ainda mais desejosa, a lógica reassumiu o controle.

"Bem, faz um bocado de tempo para você", ela lembrou.

Ele bufou uma risadinha, o som suave, tenso e maravilhoso.

"Acredite em mim, minha brilhante lady." Ele ajeitou os quadris e seu membro começou a penetrá-la, desencadeando uma onda de prazer quase insuportável. "Eu lembro do básico."

Então continuou a penetrá-la com lentidão, plenamente controlado, e Pippa achou que iria morrer com a onda de calor que a invadia, provocada pelo membro duro e pulsante que a preenchia e despertava todos os seus sentidos – num misto de dor e estranheza, mas absolutamente prazeroso. Ela arregalou os olhos quando o recebeu por completo dentro de si, e ele parou, a preocupação estampada no olhar. Ele pôs as mãos nos quadris dela.

"Pippa? Está doendo, amor? Quer parar?"

Ela seria capaz de matá-lo se ele parasse. Aquela era a coisa mais espantosa que ela já tinha experimentado. Todo o medo, as dúvidas e preocupações que tinha a respeito desse ato, desse momento... era tudo infundado. Ela compreendeu naquele momento os suspiros, os rubores e os sorrisos de entendimento que tinha visto nas irmãs e nas mulheres em toda Londres. E ela queria tudo aquilo... cada porção da experiência.

"Não ouse parar", ela sussurrou. "É extraordinário!"

Ela ergueu um pouquinho o quadril, testando a sensação de tê-lo dentro de si, e Cross soltou uma meia imprecação.

"É mesmo, não é?", ele concordou, e acrescentou, "Você é extraordinária." E com as mãos ele conduziu o movimento, levantando-a, fazendo com que subisse e descesse por toda a extensão dura e quente de seu membro. "Oh, Pippa... que sensação... você é..." Ele a ergueu novamente e os dois gemeram quando ela desceu até embaixo, a dor indo embora, afugentada por um prazer insustentável. "Está tudo bem, querida?"

Ela o amou ainda mais por se preocupar com seu conforto, seu prazer. Ela se ergueu novamente, experimentando, repetindo o movimento sozinha, com as mãos apoiadas no peito dele enquanto o cavalgava.

"Está... está tudo perfeito", ela disse com reverência. "É esplêndido." Ela se balançou nele, olhos nos olhos, e então ele começou a se deleitar com a visão do corpo dela nu, acompanhando com as mãos os movimentos que ela ainda não conseguia controlar.

"É assim, amor...", ele suspirou, orientando-a quando Pippa encontrou seu ritmo. "Não faça nada que não seja gostoso. Que não a faça querer e desejar. Encontre seu prazer, minha garota linda..." O sussurro de encorajamento foi pontuado pelo toque caloroso das mãos dele, que exploravam os contornos dos seios e as curvas do corpo, os segredos macios das coxas e daquele lugar entre elas que ele estava descobrindo. Que *ela* estava descobrindo. Onde ele havia liberado poder e controle, e proporcionado a ela uma chance de encontrar seu próprio prazer.

Cross era devastador, de tão sedutor, o modo como falava com ela, como a observava, com os olhos semicerrados, aquelas mãos que a acariciavam de acordo com o ritmo dela – um ritmo que logo levou os dois ao limite. Ela não conseguiu impedir que as palavras saíssem, mesmo sabendo que não deveria pronunciá-las.

"Eu amo você", ela sussurrou, olhando nos olhos dele, sentindo-se eufórica e majestosa, como nunca tinha se sentido.

Sentindo como se estivesse finalmente, finalmente, agindo corretamente. Mesmo que estivesse fazendo a coisa menos correta que já havia feito em sua vida.

Cross começou a se movimentar debaixo dela, empurrando o quadril para cima quando ela descia, e Pippa adorou senti-lo embaixo de si, de encontro a ela, dentro dela... indo e vindo com força e rapidez, e então ele levou os dedos, de novo à fenda umedecida entre as coxas dela, e ele sabia exatamente como tocá-la, como possuí-la, como destruí-la. Ele movia o polegar em círculos rápidos e firmes enquanto ela buscava seu prazer – e o dele.

"É isso amor... por você mesma... e por mim."

"Eu quero", ela gemeu, com desejo honesto, quente e desenfreado. "Eu quero por sua causa."

"Eu sei." Ele se ergueu e começou a chupar o bico do seio, mordiscando-o, e a sensação foi demais para ela – surpresa e paixão a arrebataram, e ela perdeu as forças, tremendo com a intensidade do momento. Ela apoiou as mãos nos ombros dele, cravando seu olhos nos dele, azul no cinza.

"Eu amo você", ela disse, as palavras de novo transbordando dela.

A confissão pareceu eliminar o último vestígio de controle que ele tinha. Cross agarrou os quadris dela, colando-os aos seus, estocando com força; e Pippa arqueava as costas, sentindo seu corpo e sua mente serem mais uma vez possuídos por uma tempestade de paixão.

"Pippa!", ele gritou, e o som do nome dela, quente e rasgado nos lábios dele, foi suficiente para fazê-la se render mais uma vez, num instante, mergulhando em um oceano de prazer. Ele a acompanhou dessa vez, forte e firme.

Perfeição. Ela caiu no peito dele, e Cross a abraçou, mantendo-a bem perto de si.

"Pippa", ele sussurrou junto à testa dela, seu coração batendo rápido sob a orelha dela. "Philippa."

A reverência na voz dele fez Pippa ofegar, e ela o sentiu se afastar embora ainda estivesse dentro dela, mais próximo do que qualquer pessoa tinha estado. Mais importante do que qualquer outro. Ela o amava. Mas ele ia se casar com outra. Por ela.

Pippa não podia permitir aquilo. Tinha que haver outro jeito. Uma solução que deixasse os dois felizes. Ela fechou os olhos, adorando a sensação do calor dele em sua face, e por um momento fugaz, ela imaginou como seria experimentar a felicidade com ele. Ser sua esposa. Sua mulher. Sua companheira. *Seu amor.* Não era mais um mito aquela emoção misteriosa – não mais uma dúvida. Era real, e possuía um poder que Pippa jamais imaginara. Um poder que ela não podia negar.

Ele estava sussurrando junto ao cabelo dela, as palavras mais respiração do que som.

"Você é incrível. Eu poderia ficar aqui para sempre, com você nos meus braços e o resto do mundo lá fora. Eu te desejo, meu amor... mesmo agora. Eu acho que vou te desejar para sempre."

Ela ergueu a cabeça, procurando o olhar cinzento.

"Você não precisa."

Ele desviou o olhar.

"Preciso. Você é minha obra-prima, Pippa. Você é quem eu posso salvar. Eu posso garantir sua felicidade. E é o que vou fazer. E isso vai ser o bastante."

Ela odiou aquelas palavras.

"O bastante para quem?"

Algo faiscou nos olhos dele. Dor? Arrependimento?

"O bastante para nós dois."

Não seria. Não para ela. Pippa não tinha dúvida quanto a isso.

"Não", ela murmurou. "Não vai ser."

Ele passou a mão pelas costas nuas dela, fazendo seu corpo estremecer.

"Vai ter que ser", disse ele.

"Você não precisa se casar com ela", Pippa argumentou, a voz baixa, percebendo o apelo em suas palavras. E odiando.

"Mas eu preciso, querida", ele respondeu com palavras suaves, porém firmes. "Você vai ser destruída se eu não casar. E eu não aceitarei isso."

"Eu não me importo. Você pode casar comigo. Se eu puder escolher o conde com quem vou casar, então..."

"Não." Ele tentou interrompê-la. Mas Pippa insistiu.

"...eu escolho você", ela disse, a voz falhando.

Ele a segurou perto de si e beijou sua testa, suspirando seu nome antes de continuar.

"Não, você não pode. Você não pode me escolher."

Mas ela já o havia escolhido.

"Por que não?"

"Porque você escolheu Castleton."

De algum modo aquilo era verdade e mentira, tudo ao mesmo tempo.

"Assim como você escolheu a filha do Knight?"

Ainda que esteja deitado comigo? As mãos dele pararam sobre sua pele.

"Sim."

"Mas você não a conhece."

"Não."

"Você não a ama."

"Não."

Você me ama? Ela não podia fazer essa pergunta. Não suportaria a resposta. Mas ainda assim ele pareceu ouvir essa pergunta, e a mão subiu até seu queixo, erguendo-o para encontrar seus olhos... seus lábios. *Sim*, ela imaginou que ele queria dizer.

Ele a virou com delicadeza para o lado, deitando-a de costas na cama, enquanto continuavam unidos, e se ajeitou entre as coxas de Pippa, fazendo amor com sua mente, sua alma e seu corpo com tudo o que tinha, movendo-se dentro dela com uma certeza tranquila, sustentando o olhar dela com uma intensidade inegável. Cross beijou os seios e a lateral do pescoço, mordiscou a orelha, e sussurrou o nome dela demorada e apaixonadamente.

Não havia nada de bestial nisso. Nada de selvagem. Ao contrário, era vagaroso e sedutor, e ele ficou pelo que pareceram horas, dias, uma eternidade, aprendendo tudo sobre ela, tocando e explorando, beijando e acariciando. E o prazer a arrebatou em ondas ardentes, fazendo-a estremecer de êxtase, até Pippa não aguentar mais, ela começou a gritar de satisfação, mas Cross a silenciou com beijos ardorosos, até chegar também ao limite do prazer, profunda completamente – magnífico –, antes de conseguir falar novamente, sussurrando o nome dela várias vezes, até que Pippa não ouviu mais a palavra, mas apenas o significado. A *despedida*.

Eles ficaram deitados juntos por longos minutos, até a respiração estabilizar novamente e o mundo retornar, incapaz de ser rejeitado ou ignorado, com a aurora em grandes riscos vermelhos no céu escuro, além do horizonte.

Ele beijou seu cabelo.

"Você deveria dormir."

Ela deu as costas ao tempo e sua marcha, aninhando-se no calor dele.

"Eu não quero dormir. Eu não quero que isto acabe. Eu não quero que você vá embora. Nunca."

Ele não respondeu, apenas a aninhou em seus braços, apertando-a até não poder mais sentir o limite de seus corpos, até não mais distinguir a respiração um do outro.

"Eu não quero dormir", ela repetiu, com a ameaça do sono à sua volta. "Não me deixe dormir. Uma noite não é suficiente."

"Calma, amor", ele disse, acariciando as costas dela. "Estou aqui. Vou mantê-la em segurança."

Diga que me ama, ela desejou em silêncio, sabendo que ele não o faria, mas desesperada para ouvir aquela declaração mesmo assim. Desejando que, ainda que não pudesse ter Cross para si, pelo menos pudesse ter seu coração. *Ter seu coração.* Como se fosse possível ele arrancar o órgão de dentro do peito e deixá-lo sob a guarda dela. É claro que ele não podia. Ainda que ela sentisse ter feito exatamente isso. Ainda que ela soubesse que seu coração não estava bem guardado com ele. *Não podia estar.*

Ele esperou muito tempo antes de falar outra vez, até ela adormecer.

"Uma noite é tudo o que teremos."

Quando Pippa acordou, ele tinha ido embora.

Capítulo Dezessete

Existem momentos para experiências que produzem resultados confusos, inesperados, e existem momentos para aquelas que são conduzidas pela mão do cientista.

~~Cross Jasper~~ *Um grande homem uma vez me disse que não existe essa coisa de sorte. Após entender seu modo de pensar, percebi que não estou mais disposta a deixar meu trabalho à mercê da sorte.*

Nem minha vida.

Diário Científico de Lady Philippa Marbury
2 de abril de 1931; três dias antes de seu casamento

Pippa e Trotula caminharam até a bela casa de Castleton na cidade, em Berkeley Square, dois dias depois, como se fosse algo absolutamente comum, para uma mulher, aparecer à porta da casa de seu noivo com apenas uma cachorra como acompanhante. Ela ignorou os olhares curiosos em sua direção enquanto se dirigia à casa, assim como ignorou a surpresa no rosto do mordomo quando ele abriu a porta e Trotula invadiu o saguão, sem ser convidada, enquanto Pippa ainda se apresentava. Em seguida, ela e a cachorra foram levadas a uma bela sala de visitas amarela.

Aproximando-se das janelas, Pippa olhou para a praça, admirando as fachadas que rodeavam o jardim perfeito, e imaginou a vida dela ali como Condessa de Castleton. Cada uma daquelas casas era ocupada pelos membros mais importantes da aristocracia – Lady Jersey morava ao lado, pelo amor de Deus. Pippa não conseguia imaginar a madrinha do Almack's com tempo ou disposição para visitar sua nova vizinha ou apoiar os estranhos interesses de Pippa. Não havia espaço para anatomia ou horticultura naquela casa imensa e enfeitada.

A Viscondessa Tottenham passou de carruagem, orgulhosa como sempre, a cabeça erguida pela emoção de ser a mãe de um dos homens mais poderosos da Grã-Bretanha, futuro primeiro-ministro e que estava a três dias de casar com Olivia, a favorita dentre as irmãs Marbury.

Ocorreu a Pippa que aquela sala, iluminada e repleta de móveis e objetos suntuosos, na praça mais extravagante de Londres, era a casa ideal para Olivia, e isso era bom, pois sua irmã em breve viveria essa vida. Feliz. Mas não havia nada naquele lugar que faria dele a casal ideal para Pippa. Nada em seu dono que o tornaria o marido ideal para Pippa. Nada mesmo a recomendava para aquele lugar. *Não havia um Cross ali.*

Não... Cross parecia viver em um escritório atravancado no andar principal de um antro de jogatina, rodeado por papéis e uma desordem estranha, globos, ábacos, pinturas a óleo ameaçadoras e mais livros do que ela julgava possível um homem ter em uma única sala. Mal havia espaço para se mexer nos aposentos de Cross, e ainda assim, de algum modo, ela se sentia mais à vontade lá do que naquela sala... *Ela viveria feliz para sempre lá, com ele.*

A cachorra sentou e suspirou, chamando a atenção de Pippa, que a acariciou atrás da orelha e recebeu um aceno de cauda como reconhecimento. Ela imaginou que Trotula viveria lá com ele, também. *Só que elas não foram convidadas.* Ele desapareceu de sua cama na noite do *Pandemonium*, depois de possuir seu corpo e sua alma, e garantir que ela o amava desesperadamente. Por dois dias ela esperou que ele voltasse; por duas noites ela ficou na cama, assustando-se com qualquer barulho, certa de que ele mais uma vez escalaria sua casa para chegar até ela. Certa de que ele não a abandonaria. Certa de que ele tinha mudado de ideia. Mas ele não mudou. Cross a deixou pensando em seu próprio futuro. Suas próprias escolhas. Seu próprio coração. Ele deixou que Pippa chegasse à conclusão clara e inegável que não era ela que precisava ser salva.

"Duas garotas lindas!" A exclamação feliz de Castleton interrompeu os pensamentos de Pippa e ela se voltou para seu belo e sorridente noivo, enquanto Trotula corria até ele, junto ao chão, ansiosa pelo carinho.

Era difícil alguém passar algum tempo com Castleton sem abrir um sorriso. Ele era um homem bom e gentil. Bonito, muito rico e com título de nobreza. O sonho de uma mãe aristocrata. De fato, havia pouco mais que uma jovem podia desejar. *A não ser amor.* E de repente, aquela palavra estranha, indefinível e vaga significava tudo. Muito mais que todo o resto. Como ela tinha ficado tão boba? Ela, que nunca acreditou nessa emoção... que sempre pensou que o etéreo era menos valioso, menos *real* do que o concreto... que sempre ignorou o sentimento – como é que ela estava ali, naquele instante, na sala de visitas daquela que seria sua futura residência, com o homem que seria seu futuro marido, pensando em amor? *Cross a tinha mudado.* Sem sequer tentar.

"Meu lorde", ela disse, atravessando a sala para o cumprimentar. "Desculpe-me por aparecer sem avisar."

Ele ergueu os olhos de onde estava, agachado junto a Trotula.

"Não precisa avisar", ele disse. "Afinal, em menos de uma semana esta será sua casa, e eu não vou receber nenhum aviso!" Ele parou para pensar. "Embora eu imagine que este é o aviso... o noivado!"

Lá estava a deixa dela. Pippa tinha considerado várias formas de começar aquela conversa. Gentil, diplomática, evasiva. Mas como ela era Philippa Marbury, decidiu a abordagem honesta.

"Meu lorde, não posso me casar com você."

As mãos dele não pararam de acariciar o pelo de Trotula e, por um instante, Pippa pensou que ele não a tivesse escutado. Depois de vários segundos ele se levantou e se inclinou para trás, enfiando as mãos nos bolsos do colete. Eles ficaram assim pelo que pareceu uma eternidade, Pippa se recusando a esconder dele, aquele homem gentil que a havia pedido em casamento, mesmo podendo escolher melhor. Uma mulher mais normal. Aquele homem bom que a cortejou mesmo quando ela era a mulher mais estranha de Londres.

"Sinto muito", ela acrescentou.

"Você acha que não formamos um bom casal", ele disse.

"Eu acho que nós formaríamos um casal muito bom", ela respondeu. "mas tudo ficou com formato de pera."

"Formato de pera?", ele ergueu as sobrancelhas.

Pippa inspirou profundamente.

"Eu achei que pudesse..." Ela parou. "Eu pensei que pudesse..."

Eu pensei que simplesmente poderia pesquisar o que é o casamento. Investigar o prazer. Eu pensei que não sofreria as consequências.

"Você precisa de mais tempo? Para refletir? Não precisamos nos casar tão cedo."

Ela teve mais de um ano. Ela analisou Castleton de todos os ângulos. Ela planejou sua vida com ele. Ela estava pronta. E em uma semana... um dia... um minuto, pareceu que... tudo tinha mudado.

Ela balançou a cabeça.

"Não preciso de mais tempo."

"Eu compreendo", ele aquiesceu.

Ela estava disposta a apostar que ele não tinha compreendido nada.

"Eu acredito que nós podemos aprender a nos amar", ele continuou. "Eu acredito que posso aprender a amar você."

Era algo gentil de se dizer. Ele era um bom homem. Antes, isso era suficiente. Ele era suficiente. Mais do que isso. Ele estava disposto a ser seu companheiro, a deixá-la viver a vida que desejasse. A lhe dar casamento, filhos, segurança e todas as coisas que uma jovem de 1831 precisava. *Antes...* Antes de ela decidir que precisava de *mais*.

Ela procurou seus calorosos olhos castanhos.

"Infelizmente, eu não posso aprender a amar você." Ele arregalou os olhos, e ela percebeu que o havia magoado com suas palavras descuidadas. Ela correu para se emendar. "Não... eu não quero dizer isso. É que..."

Ela não sabia o que dizer. Como consertar o que havia dito. Ela parou, odiando aquela sensação, o modo como todos os machos da espécie a faziam se sentir recentemente.

Então ela falou a verdade. De novo.

"Sinto muito, meu lorde", e ela sentia. "Mas os votos... eu não posso dizê-los. Não para você."

"Os votos?", ele levantou as sobrancelhas.

Aquela cerimônia boba, que tinha começado tudo aquilo.

"Obediência e servidão, honra, doença e saúde... eu sinto que conseguiria fazer tudo isso."

A compreensão surgiu nos olhos dele.

"Eu concordo com isso tudo." Um pequeno sorriso brincou nos lábios dele. "Eu imagino que a parte do amor é o problema?"

"*Renunciando a todos os outros*", ela disse. Pippa não podia renunciar a todos os outros. Ela não sabia se poderia, algum dia, renunciar ao único que importava. Ela inspirou fundo, sentindo um aperto no peito. "Meu lorde, receio ter me apaixonado – por acaso, e não que isso tenha me deixado feliz. Por outro homem."

O rosto dele se suavizou.

"Entendo", ele disse. "Bem, isso muda as coisas."

"Muda", ela concordou antes que mudasse de ideia. "Na verdade, não muda. Ele..." Ela hesitou. *Vai se casar com outra.* "...o sentimento não é recíproco."

Castleton enrugou a testa.

"Como isso é possível?"

"Você não deveria sair tão rápido em minha defesa, sabe. Afinal, eu acabei de terminar nosso noivado. Você deveria me detestar imensamente agora."

"Mas eu não a detesto. E não detestarei. É o risco que corremos neste mundo moderno." Ele parou, acariciando Trotula, que se encostou em sua perna. "Se os casamentos ainda fossem arranjados no nascimento."

"Nós lamentamos o passado." Ela sorriu.

"Eu teria gostado de um reduto medieval", ele disse, alegre, "e eu acho que você seria uma excelente senhora do castelo, rodeada por cachorros, cavalgando com uma espada na cintura."

Ela riu ao pensar naquela imagem ridícula.

"Obrigada, meu lorde, embora eu me pergunte se as melhores senhoras do castelo eram tão cegas quanto eu."

Ele acenou para um divã.

"Você gostaria de sentar? Devo mandar vir algo da cozinha?" Ele hesitou,

obviamente considerando o que se oferecia a uma ex-noiva nessa situação. "Chá? Limonada?"

Ela sentou.

"Não, obrigada."

Ele olhou para uma garrafa de cristal do outro lado da sala.

"Scotch?"

Ela acompanhou seu olhar.

"Eu acredito que uma lady não deva beber scotch antes das onze da manhã."

"Eu não vou contar para ninguém." Ele hesitou. "Na verdade, acho que vou acompanhar você."

"É claro, meu lorde... eu nem sonharia em proibi-lo de tomar sua bebida."

Foi o que ele fez, servindo um dedo do líquido âmbar em um copo e se sentando ao lado dela.

"Nossas mães vão ficar malucas quando souberem."

Ela aquiesceu, notando que aquela era a primeira vez que eles conversavam sobre algo sério. Algo diferente de cachorros, clima e propriedades rurais.

"A minha mais que a sua, eu diria."

"Você ficará arruinada", ele disse.

Ela aquiesceu.

"Eu pensei nisso."

Reputação nunca tinha importado muito para ela. Para alguém que com frequência era descrita como esquisita, estranha, e tinha pouco em comum com outras mulheres da sua idade, reputação não parecia valer muita coisa. Isso não lhe conseguia amigas, convites nem respeito. Então não era algo de suprema importância.

"Lady Philippa", ele começou, depois de um longo momento de silêncio, "se você... *ahn*... quero dizer... se você precisar de... *aham*."

Ela o observou atentamente, e notou que seu rosto ficava vermelho enquanto ele tropeçava nas palavras.

"Meu lorde?", ela perguntou quando ficou claro que ele talvez não concluísse o pensamento.

Castleton pigarreou e tentou de novo.

"Se você está com algum problema", ele soltou, abanando a mão em direção a sua barriga.

Oh, céus!

"Não estou."

Ela imaginou que pudesse estar, mas esse era um problema que enfrentaria mais tarde, se necessário. Sem Castleton.

Ele pareceu imensamente aliviado.

"Fico feliz em saber." Então, após um momento que os dois usaram para se acalmar, ele acrescentou, "Eu me casaria com você de qualquer modo, sabe."

Ela o fitou nos olhos, surpresa.

"Casaria?"

"Sim." Ele aquiesceu.

Ela não conseguiu se segurar.

"Por quê?"

"A maioria das pessoas pensa que eu sou um idiota."

Ela não fingiu se espantar.

"A maioria dessas pessoas é idiota", ela disse, sentindo-se, de repente, com vontade de proteger aquele homem que deveria tê-la jogado alegremente para fora de casa, mas que lhe ofereceu uma bebida e uma conversa.

Ele inclinou a cabeça.

"A maioria das pessoas acha que você é esquisita."

Ela sorriu.

"*Nisso* a maioria das pessoas têm razão."

"Sabe, eu costumava concordar com elas. Você é brilhante e tem uma paixão por animais e flores estranhas, e sempre esteve mais interessada na rotação de culturas da minha fazenda do que na decoração da minha casa na cidade. Eu nunca conheci uma mulher como você. Mas, mesmo eu sabendo que você era mais inteligente, e mesmo eu sabendo que *você* sabia ser mais inteligente que eu... você nunca demonstrou. Você nunca me deu qualquer motivo para acreditar que você me achava simples. Você sempre se esforçou para me lembrar das coisas que nós temos em comum. Nós dois preferimos o interior. Nós dois gostamos de animais." Ele encolheu um ombro. "Eu estava feliz pensando que um dia você seria minha esposa."

"Eu não acho que você seja simples", ela disse, querendo que ele soubesse isso. Querendo que Castleton entendesse que a confusão que ela estava fazendo não tinha nada que ver com ele. Não era culpa dele. "Eu acho que você vai tornar alguma moça muito feliz."

"Mas não você", ele disse, apenas.

Ela balançou a cabeça.

"Não eu."

Houve um tempo em que poderia ter sido eu. Era verdade. Ela teria sido feliz passando seus dias em um idílio rural, falando de rotação de culturas e cruzamento de animais e conversando com os homens e mulheres que vivem na terra dos Castleton. *Houve um tempo em que eu poderia ter me contentado com você.*

"Se você mudar de ideia...", ele disse. "Se você acordar na manhã de domingo com vontade de se casar... eu estarei pronto", ele concluiu, tão generoso. Tão merecedor de amor.

Ela aquiesceu, séria.

"Obrigada, meu lorde."

Ele pigarreou.

"E agora?"

Essa pergunta a assombrava em todos os seus momentos de todos os dias desde a manhã em que Cross a deixou dormindo em sua cama, depois de tornar impossível para ela se casar com Castleton. Depois de tornar impossível que ela fizesse qualquer coisa além de gostar dele... mais do que ela jamais havia gostado de qualquer outro. *E agora?* O que aconteceria então?

Ela abordou o problema do mesmo modo que sempre abordou qualquer aspecto de sua vida. Ela o considerou de todos os ângulos, criou hipóteses, formulou respostas. E, enfim, chegou a uma conclusão – a única que tinha qualquer chance de resultar no que ela desejava. Pelo qual Pippa ansiava.

Assim, naquela manhã ela levantou cedo, vestiu-se e foi até Berkeley Square. Ela bateu na porta, falou com seu noivo – que parecia ser mais inteligente do que lhe davam crédito em toda a Grã-Bretanha – e terminou seu noivado. E o que viria a seguir seria a experiência mais importante de sua vida.

"Eu admito estar feliz por você ter perguntado." Ela inspirou fundo, encontrou o olhar de Castleton e respondeu à pergunta. "Sabe, eu preciso da sua ajuda para o que vem agora."

Duas horas depois, Pippa e Trotula aguardavam junto à entrada dos fundos do Anjo Caído que alguém lhes abrisse a porta. Quando ninguém respondeu às várias batidas na grande porta de aço, Pippa perdeu a paciência e foi até a entrada da cozinha do clube. Bater lá surtiu algum efeito – um garoto de rosto vermelho que ficou ao mesmo tempo entusiasmado de ver um cachorro na porta do clube e perplexo pela presença da dona do cachorro.

"Didier!", ele chamou, "tem uma lady na porta! Uma lady de verdade! E um cachorro!"

"Estou cansada das piadas que você tenta fazer comigo, Henri", um vozeirão conhecido veio lá de dentro. "Agora venha aqui antes que o bechamel seja arruinado pela sua preguiça."

"Mas Didier!", ele exclamou, sem tirar os olhos de Pippa. "É uma lady! A que vem ver o Cross!"

Pippa ficou de boca aberta ao ser identificada. Como o garoto sabia de seus encontros com Jasper? Antes que ela pudesse perguntar, a cozinheira francesa empurrou o garoto de lado e encarou Pippa com um sorriso amplo.

"Veio pegar mais um dos meus sanduíches?"

Pippa sorriu.

"Ninguém atendeu na porta dos fundos do clube."

Didier recuou, deixando Pippa entrar na cozinha abafada.

"É porque os porteiros estão todos me incomodando." Ela deu um olhar cético para Trotula. "A cachorra pode entrar, mas quero ela longe da minha comida."

Pippa entrou e levou a cachorra até um canto enquanto registrava os olhares de uma diversificada coleção de empregados reunidos ao redor da grande mesa no centro da cozinha do Anjo. Insegura e um bocado constrangida, ela fez uma pequena mesura, que fez todos olharem para o teto.

"Sou Lady Philippa Marbury."

O porteiro que Pippa conheceu na noite em que veio acompanhada de Cross se levantou, enorme e impressionante.

"Nós sabemos quem você é."

Ela aquiesceu.

"Excelente! Então você não vai se importar de dizer ao seu patrão que estou aqui." Houve uma hesitação, e vários rostos estamparam certa confusão antes de ela esclarecer. "Eu acredito que vocês o chamam de Temple."

O garoto que atendeu a porta foi o primeiro a falar.

"Mas você é a mulher do Cross", ele disse, como se fosse tudo o que precisava ser dito.

A mulher do Cross. Aquelas palavras a animaram. Mesmo que não fosse verdade.

"Hoje eu preciso do Temple."

E Temple a ajudaria a conseguir o restante.

Quando chegaram à casa naquela noite, Pippa e Trotula tinham percorrido uma grande extensão de Londres, e tanto a cachorra como sua dona estavam exaustas. Ignorando os avisos da mãe de que *condessas não devem sair de casa apenas com seus cachorros como companhia*, e que *Pippa ficaria arrasada se acordasse no dia de seu casamento com um resfriado*, e que *ela simplesmente tinha que comer alguma coisa*, ela pulou a refeição com a família e foi direto para a cama, onde entrou entre os lençóis de algodão que, ela achava, cheiravam ao homem em quem ela havia pensado o dia todo. A semana toda. O que parecia uma eternidade. Ela deveria dormir, mas ficou repassando sem parar seu plano. As peças móveis, as variáveis – fixas e não fixas – o processo, os participantes.

Acariciando a cabeça de Trotula, Pippa se deitou na cama, pensando em Jasper Arlesey, Conde Harlow. Tantas coisas ela ouviu a respeito daquele nobre estranho, evasivo. Ela soube que ele não assumiu seu lugar no Parlamento. Ela soube que ele não comparecia a festas, jantares ou mesmo ao teatro. De fato, parecia que ele não fazia nada para entrar em contato com a sociedade... nada a não ser administrar o cassino mais exclusivo de Londres.

E Pippa sabia que ele estava sendo um completo cabeçudo, prestes a jogar sua vida fora por uma crença maluca de que a estava salvando.

O mais importante era que ela sabia que ele estava errado. Não era ela que precisava ser salva.

Era ele.

E ela era a mulher que o salvaria.

Capítulo Dezoito

A hora de observar passou.
Agora é hora de ação.

Diário Científico de Lady Philippa Marbury
3 de abril de 1831; um dia antes de seu casamento

Ela iria se casar no dia seguinte. Com outro homem.

E em vez de estar na Casa Dolby, no quarto dela, nos braços dela – brindando os dois com o último gosto de prazer mútuo –, ele estava ali, em uma das esquinas mais escuras de Londres, agora iluminada, em uma celebração brilhante de seu próprio casamento iminente.

Knight não conseguiu resistir a glorificar seu triunfo paterno. Cross iria se casar com Meghan Margaret Knight e assim nasceria a realeza dos antros de jogatina. Se isso não pedia uma noite de pecado e devassidão, nada mais pedia.

Um grupo de homens em uma mesa de dados próxima gritou de empolgação quando a jogada saiu a seu favor, e Cross se virou para olhar quando os pequenos dados de marfim eram recolhidos e devolvidos à cabeceira da mesa, onde o Visconde Densmore beijou os cubos e os arremessou outra vez ao campo de jogo. *Três. Quatro.* A mesa inteira gemeu sua decepção com a perda, e Cross extraiu um prazer perverso do som. Ninguém deveria ser feliz naquela noite, se ele não podia ser.

Fazia quatro dias que ele havia tocado a felicidade – um instante fugaz. Quatro dias desde que ele roçou no prazer, feito de pele macia e palavras ofegantes. Quatro dias desde que ele teve Pippa em uma noite perfeita e devastadora. Quatro dias que se arrastavam como uma eternidade, cada momento o provocando, tentando-o a ir procurá-la. A roubá-la e protegê-la de palavras cruéis e olhos críticos.

Ele possuía dez mil hectares em Devonshire, onde ninguém precisaria ver os dois, por onde ela e Trotula poderiam passear. Ele lhe construiria uma casa para suas pesquisas científicas. Ele lhe daria tudo o que ela precisasse. Tudo o que desejasse. E ele passearia com as duas, seguido por seu bando de filhos pois, em sua experiência, a vida rural tendia a facilitar a procriação. Ele faria todo o possível para mantê-la feliz.

Isso não seria o bastante. Nunca seria o bastante. Ele nunca seria o bastante para ela, assim como não foi para Baine ou Lavínia. Ela merecia mais. Uma dor perversa se alojou em seu peito quando Cross pensou isso. Castleton não era algo *mais.* Ele não a desafiaria. Ele não a tentaria. *Ele não a amaria.*

Ao lado, Christopher Lowe se debruçou sobre a roda da roleta e exclamou seu triunfo quando a bolinha branca se alojou no quadrado vermelho da superfície giratória.

Cross sussurrou seu descontentamento. Roleta era o pior tipo de jogo – dependia completamente da sorte, não valia a aposta, nem mesmo quando resultava em ganho. Era um jogo para idiotas. Ele se virou para ver o grupo de homens dando tapinhas nas costas de Lowe e depositando suas apostas na mesa.

"A roleta está quente agora!", um deles falou.

Cross lhes deu as costas, irritado. O mundo todo – cada jogo projetado para tentar e tomar – foi projetado para idiotas.

"Cross."

Ele se virou para encarar Sally Tasser, parada há alguns metros de distância.

"Eu devia matar você pelo que fez", ele rosnou. "Se você fosse homem, eu mataria."

Ela o havia vendido para Knight, forçando-o a um casamento que não queria, a uma vida que nunca teria aceitado. Naquele mundo em que viviam e respiravam poder e pecado, prazer e punição, traições eram sempre uma possibilidade. Perdas aconteciam. Mas os atos de Sally não tinham simplesmente acertado Cross; elas colocaram Pippa em risco. E isso ele nunca perdoaria.

A fúria tomou conta dele e o fez avançar sobre a prostituta, abalando-a, fazendo-a recuar em meio à multidão de convivas, entre mesas de carteado e dados, até os dois chegarem à lateral do salão, mais sombrio e menos acolhedor que o piso principal do Anjo.

"Diga-me, o que meu futuro valeu para você? Algumas libras? Um vestido novo? Uma joia nova? Depois de tudo o que fiz por você? Por suas garotas? E você me paga assim. Ameaçando a única coisa que me é cara?"

Ela balançou a cabeça, os olhos castanhos faiscando.

"É tão fácil para você me julgar, não é?", ela retrucou.

"Você a colocou em perigo", ele vociferou, com vontade de atravessar a parede com um soco. Em seis anos ele nunca se sentiu tão sem controle. Tão desequilibrado. A ideia de colocar Pippa em perigo fazia com que ele tremesse de medo, raiva e meia dúzia de outras emoções aterrorizantemente poderosas.

O que ele faria quando ela estivesse casada?

Sally o salvou de ter que responder à pergunta.

"Você, com sua vida perfeita e suas pilhas de dinheiro, sem nunca ter que ficar de joelhos para ganhar sua próxima refeição, e continuar assim para agradecer a algum estranho por uma moeda... Se o seu plano tivesse dado errado..."

"Se tivesse dado errado, eu manteria você em segurança."

"Em segurança", ela zombou. "Você teria me mandado viver no interior – uma égua velha pastando? Isso pode até ser seguro, mas não dá satisfação."

"Muitas não concordam com você."

"Bem, eu não sou assim", ela disse. "Se o plano tivesse fracassado, e o Knight descobrisse o papel que eu tive nele, teria me jogado para fora, e eu acabaria trabalhando na rua." Ela parou por um instante. "Eu tenho uma vida boa, Cross, e a protegi. Você teria feito a mesma coisa."

Só que ele não tinha feito o mesmo. Proteger sua vida significaria jogar Pippa para o Knight e recusar a exigência dele. Recusar o casamento com Maggie. Mas Pippa vinha em primeiro lugar. *Ela sempre viria.*

"Se você pensar bem, eu lhe fiz um favor. Você arrumou uma esposa. E logo terá um herdeiro. Não vai ser ruim para você."

A esposa errada. O herdeiro errado.

"Eu vou lamentar cada minuto", ele respondeu.

"Cross..." Sally começou. "Eu sinto muito, você sabe. Pela garota."

Ele ficou rígido.

"Lady Philippa foi boa comigo. Melhor do que qualquer lady aristocrata jamais foi. E eu soube, no momento em que contei para o Knight sobre ela, que me arrependeria."

"Você não é digna de dizer o nome dela." Pippa era melhor que aquele lugar e todo aquele pessoal junto.

"Provavelmente não. Mas não é você quem determina isso."

"Deveria ser."

Sally esboçou um sorriso.

"Não duvide, nem por um instante, que o que foi feito, foi feito por ela. Não por você."

Querendo dizer que Pippa ficaria melhor sem ele – que Pippa merecia mais do que ele poderia lhe dar. *Verdade.*

"Atenção!" A voz poderosa e trovejante do Knight chamou a atenção dos dois, que se viraram para ver o homem, com o chapéu de faixa escarlate inclinado, em pé sobre uma mesa de dados no centro do cassino. "Atenção!", ele trovejou novamente, batendo com força sua bengala com ponta de prata no feltro gasto, interrompendo a música animada e a conversa dos bêbados. "Eu tenho uma coisa para dizer, seus vermes malcriados!"

Knight abriu um sorriso largo e uma risadinha percorreu o salão. Cross cerrou os dentes, sabendo o que iria acontecer.

"Eu ainda estou bravo com a maioria de vocês por gastarem seu tempo nas mesas do Anjo, naquela festinha pretensiosa que chamam de *Pandemonium* – tomando seu chá e comendo bolinhos com uma cambada de nobres que não sabem a diferença entre um ás e o próprio rabo. Mas estou com muito bom humor esta noite, queridos... em parte porque, bem...", ele virou seu olhar cintilante para Cross, "pelo menos um daqueles cavalheiros vai entrar para a família!"

O anúncio foi saudado por uma comemoração estridente, quase ensurdecedora, e todas as cabeças se voltaram para Cross, que não comemorou. Não sorriu. Não se mexeu.

Knight ergueu uma sobrancelha e estendeu a mão para seu futuro genro.

"Cross! Venha até aqui para dar uma palavra!"

A algazarra recomeçou, irritando cada nervo de Cross, que desejou partir para a violência contra todos os homens presentes. Ele cruzou os braços diante do peito e se negou com a cabeça, sem se mover, e o olhar de Knight ficou sombrio.

"Ah... ele não quer roubar o meu momento! Não se preocupe, meu garoto. As *pipas*..." Ele fez uma pausa, deixando a palavra pairar entre os dois. "As pipas estão cheias de vinho, vamos comemorar!"

E com aquela única palavra, evocando a mulher que consumia seus pensamentos, Knight mostrou para Cross que era impossível ele recusar. Ele atravessou o salão com lentidão proposital, apesar do desejo de puxar Knight da mesa e lhe arrancar membro por membro, e subiu para se juntar ao homem que o havia derrotado. Finalmente.

Knight lhe deu um tapinha nas costas.

"Amanhã ela casa", Cross falou, a voz baixa, "e você perde o pouco controle que tem."

"Bobagem", Knight falou por entre os dentes expostos. "Eu posso arruinar o casamento dela e a reputação dos filhos com uma palavra bem colocada." Ele se virou para o salão, como um rei falando aos súditos. "E agora, a linda mulher que lhe fisgou o coração! As proclamas serão lidas amanhã, e dentro de três semanas minha garota será dele!"

Maggie foi colocada sobre a mesa, e Cross teve que dar crédito à moça. Nenhum pai decente permitiria que sua filha chegasse perto de um lugar daqueles. Nenhum homem permitiria que qualquer mulher que prezasse ficasse ali. Mas aquela moça, vestindo malva e resignação, ficou ereta e imóvel, sem se remexer, sem corar. Ela olhou para Cross, com honestidade no olhar.

"Meu lorde." Ela fez uma mesura, a mais graciosa e educada que alguém poderia ser no alto de uma mesa de dados.

Cross inclinou a cabeça, procurando se lembrar que ela era um peão naquele jogo. Era Maggie quem perderia mais. Ela iria ganhar um título e uma fortuna além da imaginação, mas nunca seria amada pelo marido. Seu marido sempre amaria outra mulher.

"Ela é uma beleza, Cross!", alguém gritou na multidão.

"Eu quero pegar nessas pernas!", um homem estendeu as mãos até os pés dela, conseguindo lhe tocar os dedos antes de ela exclamar e recuar, encostando em Cross.

Ele não queria casar com ela, mas a moça não merecia aquilo. Cross desceu a bota sobre o pulso do homem, forte o bastante para prender sua mão à mesa.

"Vai perder os dedos se encostar nela."

Knight riu.

"Você estão vendo como ele já a está protegendo? Esse Cross não consegue ficar com as mãos longe dela! Isso vai me garantir belos netos! Aposto que o Visconde Baine chega antes de o ano acabar!"

O som do nome Baine nos lábios de Knight fez uma onda de calor percorrer Cross.

"Eu aposto vinte libras que ele já está a caminho!", alguém gritou na multidão.

Risadas e vivas exaltados pipocaram no cassino, pontuados por um *Beije a moça!*, mais alto.

"Isso, dê um bom beijo na garota, Cross!"

"Eu não tenho qualquer problema com isso!", Knight riu.

"Claro que não, seu bastardo", Cross sibilou por baixo dos gritos dos bêbados. "Ela é sua filha, vai ser uma condessa, e você a quer ver arruinada em um antro de jogatina?"

"Ela é minha filha e *sua* futura condessa", respondeu Knight por cima dos gritos de incentivo. "Acho que um beijo em um antro de jogatina é algo esperado. E eu sou um ótimo anfitrião; ela não vai sair desta mesa até eles terem o que estão pedindo."

As faces de Maggie ficaram vermelhas, e ela olhou para Cross através de seus cílios pretos.

"Meu lorde", ela sussurrou, "por favor. Vamos acabar logo com isso, sim?"

Ele ficou com pena da garota.

"Sinto que isto tenha que acontecer aqui."

Mas Maggie também estava com pena dele.

"Sinto que tenha que ser comigo", ela disse, compassiva.

Ela também merecia coisa melhor. Ele soltou uma risada sem graça.

"Parece que estou destinado a decepcionar as mulheres."

Ela não respondeu, e ele se inclinou para beijá-la, brevemente, mas o carinho não foi o bastante para acalmar a turba, que não reparou que o beijo era desprovido de emoção. *Mentira.* Havia emoção. Culpa. Autodesprezo. Traição. Uma sensação sombria, devastadora, de estar fazendo algo errado. Ela não era Pippa. Ela não era dele. E nunca seria. Maggie viveria à sombra de seu amor brilhante, de óculos, uma prisioneira do seu desejo de fazer o que era certo para uma mulher, ainda que isso destruísse o futuro de outra. Maldição!

"E agora...", Knight bateu mais uma vez a bengala na mesa, e as pancadas devolveram Cross ao presente, "...voltem a perder dinheiro!"

Até isso foi recebido com vivas naquela noite em que o uísque fluía à vontade e as mesas chamavam, e todos os membros do Cavaleiro comemoravam o grande triunfo de seu líder.

Cross ficou um longo momento sobre a mesa, enquanto esperava que Maggie e Knight descessem, observando o cassino, até que o assistente bexiguento de Knight o puxou para o escritório nos fundos, para tratarem de negócios. Cross ficou feliz por se ver livre do sogro, e observou calmamente o modo como a roleta recomeçou a rodar, as cartas a voar pelo feltro e os dados a rolar pelas mesas; Knight comandava um cassino da mesma forma que Wellington comandava um batalhão – dinheiro precisava ser ganho, e isso devia acontecer com rapidez e eficiência.

Foi a mesa de vinte e um que primeiro chamou sua atenção, com cinco jogadores sentados de frente para o crupiê, cada um com um ás ou uma figura virada para cima, e o crupiê com um dois. O jogo foi rápido; ninguém pediu mais cartas. Com a virada, cada jogador tinha vinte ou mais. Quase uma impossibilidade matemática. Esse pensamento foi afastado por uma comemoração à sua esquerda, em que uma mesa de dados comemorava uma jogada bem-sucedida. Os cubos foram recolhidos e devolvidos ao jogador. Cross observou o próximo arremesso. *Seis. Três.*

"Nove outra vez!", avisou o crupiê.

Seu coração começou a acelerar. Ele desceu da mesa, distraído pelo jogo, incapaz de não assistir ao próximo lance. *Seis. Três.*

"Viva!", gritaram aqueles que assistiam.

"Que sorte!", gritou o jogador com os dados, virando seu rosto, que Cross não conseguiu ver, para a multidão que se reunia. "Eu nunca tive tanta sorte!"

"Quem é?", perguntou uma voz junto ao seu ombro.

"Acredite se quiser", veio a resposta, "mas é Castleton."

"Maldito sortudo!"

"Bem, ele vai se casar amanhã... então acho que ele merece uma despedida de solteiro, não acha?"

Castleton. Vai se casar amanhã. Por um instante Cross se esqueceu do motivo que o atraiu para o jogo, distraído pela lembrança de que Pippa se casaria no dia seguinte, com aquele homem que estava na mesa de dados. *Seis. Três.* Ganhando. Alguma coisa estava errada...

Ele levantou a cabeça, vasculhando a multidão, e sua atenção foi chamada para a porta que dava acesso às salas de trás, onde um homem alto, imenso, elevava-se acima dos outros. As sobrancelhas unidas. Que diabos Temple estava fazendo ali?

"Duzentas e cinquenta libras no número vinte e três!" Christopher Lowe fez uma aposta exorbitante na roleta à direita de Cross, e este não conseguiu evitar de se virar para ver a bola ser jogada, correndo e correndo até parar em um entalhe vermelho.

Vinte e três. A mesa toda comemorou; Lowe tinha arriscado uma fortuna, e ganhou quase nove mil libras. Lowe, que nunca havia ganho nada na vida.

"O que foi que eu disse?", vangloriou-se o jovem. "Estou com sorte esta noite, rapazes!"

Alguma coisa estava errada...

Ele abriu caminho pela multidão, e cada pessoa com quem Cross tinha contato ficava cada vez mais exultante com a vitória, com a empolgante virada de um ás, os dados parando em um seis, a roleta girando, e parecendo presa no vermelho... todos o ignoravam enquanto ele passava pelas massas até que finalmente se afastaram e Cross viu Temple, a vários metros de distância.

O imenso sócio do Anjo Caído não estava só. Ao seu lado, um homem magro, mais novo, em um terno que parecia grande demais para seus ombros. Esse jovem usava um chapéu com a aba puxada sobre a testa, o que tornava impossível para Cross ver seu rosto... havia algo de familiar na forma como ele se movia. Algo perturbador.

Foi apenas quando o estranho se virou para dizer algo junto à orelha de uma das garotas do Cavaleiro, e lhe entregar uma bolsinha, que Cross viu o brilho dourando na têmpora dele. Óculos. Na têmpora *dela*. *Philippa*.

Ela se virou como se Cross tivesse dito seu nome em voz alta, e abriu um sorriso enorme e brilhante – que fez seu coração doer e o sangue esquentar. Como ele podia ter achado que ela era um homem? Ela estava linda, escandalosa e absolutamente devastadora, e Cross teve um desejo repentino e desesperado de ir até ela. De tocá-la. Beijá-la. Mantê-la em segurança. Não que isso tivesse diminuído sua vontade de matá-la.

Por instinto, ele estendeu as mãos na direção dela, mas Temple entrou na frente, colocando suas mãos enormes no peito de Cross.

"Agora não", ele disse. "Se você tocar nela, todo mundo vai desconfiar."

Cross não se importava. Ele a queria em segurança. Mas Temple tinha tanto razão quanto força.

"Eu vou querer algum tempo no ringue com você por causa disso", ele disse, depois de um momento de hesitação.

"Com prazer", Temple sorriu. "Mas se ela conseguir, acho que você vai querer me agradecer."

Cross juntou as sobrancelhas.

"Conseguir?" Ele se virou para Pippa. "O que você está fazendo?"

Ela sorriu como se estivessem tomando chá, ou assistindo a uma corrida de cavalos, ou ainda caminhando no parque. Completamente calma, segura de si e de suas ações.

"Não consegue ver, seu bobo? Estou salvando você."

Àquela altura era impossível ignorar os gritos dos jogadores à volta deles; a empolgação com a vitória era ensurdecedora. Ele não precisava olhar para entender o que ela tinha feito.

"Você viciou as mesas?"

"Bobagem." Pippa sorriu. "Com o que eu conheço do Digger Knight, apostaria tudo o que você tem, que essas mesas já eram viciadas. Eu as *des*viciei."

Ela era louca. E ele estava adorando.

"Tudo o que *eu* tenho?", ele ergueu as sobrancelhas.

Ela deu de ombros.

"Eu mesma não tenho muita coisa."

Ela estava enganada, é claro. Pippa possuía mais do que sabia. Mais do que ele havia sonhado. E se ela pedisse, ele a deixaria apostar tudo o que tinha. *Deus, como ele a queria.*

Ele olhou ao redor, registrando os rostos corados e animados dos jogadores próximos, nenhum deles interessado no trio parado ao lado. Quem não estava jogando não merecia atenção. Não quanto tantos ganhavam tanto.

Pippa comandava as mesas de um dos cassinos mais bem-sucedidos de Londres. Ele se virou para ela.

"Como foi que você..."

Ela sorriu.

"Foi você que me ensinou sobre dados com peso, Jasper."

Ouvir seu nome o aqueceu.

"Eu não lhe ensinei a preparar um baralho."

Ela fingiu se ofender.

"Meu lorde, sua falta de confiança na minha inteligência me magoa. Você acha que eu não consigo deduzir sozinha como preparar um baralho?"

Ele ignorou o gracejo. Knight os mataria quando descobrisse aquilo.

"E a roleta?"

"Ímãs têm usos notáveis." Ela sorriu.

Pippa era inteligente demais para seu próprio bem. Ele se voltou para Temple.

"Você permitiu isso?"

O sócio ergueu um dos ombros.

"Esta lady sabe ser muito... persuasiva."

Deus sabia que isso era verdade.

"Ela sabia o que queria", acrescentou o homenzarrão, "e nós também queríamos o mesmo."

"Temple foi muito amável. Assim como a Srta. Tasser", acrescentou Pippa.

A cabeça de Cross girava. *Srta. Tasser.* Sally tinha ajudado. *Não duvide, nem por um instante, que o que foi feito, foi feito por ela. Não por você.* Era isso a que Sally se referia. Ao ataque ao Cavaleiro, não ao noivado de Cross. *O plano maluco de Pippa.* Mas eles não tinham pensado em tudo. Eles não pensaram no que aconteceria quando ela fosse descoberta. Quando Knight voltasse ao salão e entendesse o que eles fizeram.

"Você tem que ir embora antes que o Knight descubra e isso vire um inferno. Antes que ele descubra *você*. Pippa, você será destruída, e tudo pelo que eu me esforcei..." Crescia nele um pânico gerado pela ideia de que ela poderia ser machucada. Que Knight pudesse reagir com violência.

"Eu não vou embora." Ela balançou a cabeça. "Tenho que acompanhar isso até o final!"

"Não haverá final, Pippa." Ele foi de novo na direção dela, desesperado para tocá-la, e Temple o impediu mais uma vez. Cross parou e se recompôs. "Maldição. Knight é o melhor do ramo."

"Não é melhor que você", ela disse.

"É sim, melhor que eu", ele a corrigiu. "Não existe nada com que ele se importe mais do que este lugar. Do que seu sucesso. E tudo que me importa..." Ele perdeu a voz, sabendo que não deveria dizer. Sabendo que não conseguiria se segurar. "Tudo o que me importa é você, sua maluca."

Ela sorriu, seus lindos olhos azuis se suavizando por trás das lentes.

"Não consegue ver, Jasper? Você também é tudo o que me importa."

Ele não deveria gostar de ouvir aquilo. Não deveria desejar ouvir aquilo. Mas ele gostou e desejou, claro.

Ela foi na direção dele, e Cross teria aberto seus braços e feito amor com ela ali mesmo se Temple não interviesse, olhando para qualquer lugar menos para eles.

"Vocês dois não podem ter seus momentos de intimidade sozinhos? Sem eu estar por perto?"

Aquilo serviu de lembrete de onde eles estavam. Do perigo que ela corria. Ele se virou para olhar o salão, em busca de Knight e o encontrou, vendo a fúria em seu olhar enquanto ele observava as mesas de jogo, sentindo, com a percepção de alguém que passou a vida inteira fazendo aquilo, que algo estava errado. Havia alegria demais no salão. Muita gente ganhando.

Seu olhar pousou em Cross no meio da multidão e o entendimento faiscou nos olhos do homem mais velho. Ele se virou e passou instruções para seu coordenador das mesas, que saiu correndo – provavelmente em busca de dados e baralhos novos. Depois Knight começou a ir na direção deles, os passos carregados de determinação. Cross olhou para Pippa.

"Você precisa ir", ele disse. "Não pode ser pega. Você vai se casar amanhã. Eu cuido disso."

Ela negou com a cabeça.

"Absolutamente não. Este é o meu plano... que fiz por você. Por Lavínia. Para garantir que Knight nunca mais faça estrago. E eu vou concluí-lo."

Ele ficou irritado.

"Pippa, isto é maior do que qualquer coisa que você possa imaginar. Você não planejou uma saída. Knight não está preocupado. Ele sabe que vai colocar as mesas em ordem esta noite, e todas essas pessoas vão continuar aqui e perder o que ganharam. Os jogadores não param quando estão ganhando."

Ela sorriu.

"Você acha que eu não sei disso? Preciso lembrar a você que aprendi sobre tentação com um professor muito talentoso?"

Aquele não era o momento de pensar naquelas aulas. Ele resistiu à lembrança da pele dela e suspirou.

"Eu acho que você não se preparou para isso. Eu acho que, a menos que este lugar pegue fogo, não existe planejamento suficiente que possa convencer quinhentos jogadores viciados a abandonarem as mesas enquanto estão ganhando." Ele se virou para Knight, registrando o avanço do velho, agora mais perto... "E eu acho que esta conversa acabou para mim. Você vai voltar para casa com o Temple, e vai se casar amanhã, e vai viver a vida que merece."

"Eu não quero isso para mim", ela disse.

"Você não tem escolha", ele respondeu. "Esta é a última coisa que eu posso te dar. E esta é a única coisa que jamais pedirei a você."

Ela balançou a cabeça.

"Você não sabe o que está pedindo!"

"Eu sei exatamente o que estou pedindo."

Estou pedindo que você vá embora antes que eu não consiga mais ficar longe de você. Ele receava que fosse tarde demais para isso, e era.

"Vá embora, Pippa." As palavras foram uma súplica, e vieram em uma onda de pânico que ele não gostou. Aquela mulher tinha acabado com seu autocontrole, o que ele odiava. *Mentira!* "Eu vou cuidar disto."

Ela balançou a cabeça.

"Você uma vez prometeu que, quando apostássemos nas *minhas* mesas, jogaríamos de acordo com as *minhas* regras."

Ele teve vontade de sacudi-la.

"Estas não são as *suas* mesas!"

"Mas são minhas regras, de qualquer modo." Ela sorriu e se virou para Temple. "Senhor? Pode fazer as honras?"

Temple levou um dedo a seu nariz quebrado três vezes e coçou a ponta. De uma mesa de dados próxima, elevou-se um grito inocente.

"Minha nossa! Tem muita gente ganhando!"

Castleton. O estúpido e simples Castleton fazia parte do plano... será que todos tinham enlouquecido?

Cross olhou para Temple, que sorriu e levantou um dos ombros.

"Lady Philippa providenciou tudo."

"Essa lady merece uma boa surra."

"Você não está falando a sério", Pippa respondeu sem olhar para ele.

Ele não estava, mas essa não era a questão.

Castleton continuou a falar.

"Ouvi dizer que Knight não guarda muito dinheiro aqui. Espero que ele tenha o suficiente para me pagar!"

Houve um silêncio na mesa quando suas palavras foram assimiladas, e então começou uma correria desenfreada, com todos os jogadores pegando suas notas e ganhos e se dirigindo aos caixas. Em poucos segundos, gritos ecoavam pelo salão.

"O Knight não pode cobrir os ganhos!"

"Retirem o dinheiro agora, antes que seja tarde demais!"

"Não fiquem com as notas do cassino!"

"Vocês vão perder tudo se não correrem!"

E dessa forma as mesas ficaram vazias... todos correram para os caixas, onde duas atendentes estarrecidas hesitaram, sem saber como proceder.

Ela tinha pensado em uma saída. Ele deveria saber, é claro. Deveria saber que Philippa Marbury faria guerra do mesmo modo que fazia tudo o mais... com brilhantismo. De olhos arregalados, ele olhou primeiro para Pippa, depois para Temple, que sorriu com ironia, cruzou os braços e não disse nada. Foi extraordinário! *Ela conseguiu. Ela* era extraordinária!

Cross encarou o olhar de Knight, arregalado, chocado, antes que ele reparasse em Pippa e a fuzilasse, quando a reconheceu.

Mas o dono do clube não podia agir motivado por aquela raiva... no momento em que estava perto de perder tudo o que havia construído. Ele subiu em uma mesa outra vez, e falou alto, mas afável.

"Cavalheiros! Cavalheiros! Estamos no Cavaleiro! Esta não é uma organização qualquer! Somos totalmente capazes de pagar nossas dívidas! Voltem para as mesas! Podem jogar à vontade!"

Seu grande sorriso era pecaminosamente tentador. Houve uma pausa quando as ovelhas se voltaram para seu pastor, e por um instante Cross pensou que o desejo de vencer levaria todos de volta às mesas. Até que Castleton os salvou, quando a voz alta e clara do conde se elevou mais uma vez sobre a multidão.

"Eu prefiro receber este dinheiro agora, Knight... e aí vou saber que você pode pagar!"

E a corrida aos caixas foi renovada, com homens gritando e empurrando até quase iniciarem um tumulto. Knight não seria capaz de cobrir aqueles ganhos. Eles o tinham depauperado. Pippa o tinha depauperado. Porque ela amava Cross. Porque ela se importava com o futuro dele. *Seu* futuro, que não tinha vida sem ela.

Ele não conseguiu ficar pensando muito tempo nisso, pois foram empurrados por uma parede de jogadores que se dirigiam, furiosos, para os caixas, desesperados para receber seu dinheiro. Pippa foi carregada vários metros pela onda de corpos. Cross estendeu a mão para ela, tentando segurá-la e puxá-la de volta, os dedos deslizando enquanto ela caía, engolida pela multidão furiosa.

"Pippa!", ele gritou e se jogou na confusão, puxando os homens do último lugar em que a tinha visto, empurrando-os de lado até encontrá-la, encolhida com as mãos em volta da cabeça, com um pé enorme sobre ela.

Ele rugiu furioso, agarrou o agressor involuntário pelo colarinho e deu um murro no rosto do homem uma, duas vezes, até ser contido por Temple.

"Deixe ele comigo", disse Temple. "Cuide da sua mulher."

Sua mulher. Ela era dele. Seria para sempre. Ele deixou o homem aos cuidados de Temple sem pensar duas vezes e se agachou para descobrir o rosto de Pippa, onde uma lente dos óculos tinha sido quebrada, deixando um fio vermelho no alto da bochecha. Controlando sua fúria, ele passou com cuidado os dedos pelo lugar em que ela tinha claramente sido golpeada.

"Consegue se mexer?"

Ela aquiesceu, trêmula, e ele a pegou nos braços – sem se preocupar em revelar que ela era algo além de um homem estranho, magro, em um terno mal ajustado – para protegê-la. Ela encostou o rosto no pescoço dele.

"Meu chapéu..."

Tinha sido perdido na confusão, e o cabelo loiro dela estava caído pelos ombros.

"Tarde demais para isso", ele disse, desesperado para fugir.

Mas não havia para onde ir. Para todo lado que ele olhava, via turbas furiosas de jogadores, desesperados por seu dinheiro. Frustração, ganância e os ataques dele e de Temple os estavam transformando em uma horda aterrorizante e furiosa. Movendo-se o mais rápido que pôde, ele se agachou e empurrou Pippa debaixo da mesa de dados onde Castleton tinha iniciado a confusão, e levou um chute nas costelas antes de se enfiar naquele espaço com ela, cobrindo-a com seu corpo e envolvendo sua cabeça com os braços para protegê-la de golpes perdidos.

"O Temple...", ela disse, debatendo-se embaixo dele.

"Ele vai ficar bem", Cross lhe garantiu, adorando o modo como ela se preocupava com seu amigo. "Ele é um lutador profissional e está adorando cada minuto dessa confusão. Pelo menos até eu o despedaçar por permitir que você levasse adiante esse plano absolutamente insano." Ele afastou o cabelo dela para trás. "Deixe-me ver."

"Não é insano!", ela protestou, mostrando o ferimento para ele, que levou uma mão para verificar o inchaço no olho. "Ai."

Ele passou os dedos pelo vergão vermelho mais uma vez, não gostando do modo como ela estremeceu.

"Garota linda...", ele sussurrou, tirando-lhe os óculos e dando um beijo em sua testa, no canto dos lábios, na pele macia na lateral do pescoço. Ela estava em segurança. Ele soltou uma respiração forçada. "Eu devia bater em você."

"Por quê?", ela perguntou, com os olhos arregalados.

Ele olhou para os pés que passavam, agitados, diante da mesa.

"Você começou esse tumulto."

"Não foi de propósito", ela se defendeu, virando para observar. "Minha hipótese era que eles iriam *embora*, não atacar."

Em outro momento, quando estivesse menos preocupado com a segurança dela, talvez Cross risse daquelas palavras. Mas não naquele instante.

"Bem, sua hipótese estava incorreta."

"Vejo isso agora." Ela fez uma pausa. "E, tecnicamente, *você* começou o tumulto."

"Eu pensei que você..." Ele parou e sentiu que um calafrio o percorria. "Pippa, se alguma coisa acontecesse com você... Você podia ter sido morta", ele rugiu, seus músculos tremendo entre a tensão da sua preocupação e seu desejo de fazer algo – voltar para a confusão e lutar até o pior passar, até ela estar em segurança.

"Eu estava com Temple", ela sussurrou.

"O Temple não basta. Ele não pode manter você em segurança", ele disse com os lábios colados em seu cabelo, permitindo-se sentir gratidão por ter encontrado Pippa antes de tudo aquilo acontecer, antes que Knight ou qualquer outro personagem nefasto a descobrisse. "Temple não ama você", ele disse.

Ela ficou imóvel debaixo dele, e ergueu uma mão até sua face.

"E você ama?", ela perguntou.

Ele não queria falar. Não queria nem mesmo pensar nisso. Só tornaria as coisas piores. Piores do que estar preso no meio de um tumulto, debaixo de uma mesa de dados, só Deus sabe por quanto tempo, a sós com a mulher mais irresistível da Grã-Bretanha. Da Europa. Da Terra. *Sim. Sim, eu amo você. Sim, eu quero você.*

"Você é uma mulher complicada."

Quando ele abriu os olhos, ela o admirava.

"Eu sempre fui."

Antes que ele pudesse responder, Maggie caiu de joelhos a vários metros de distância, empurrada pelo que parecia ser outro batalhão de jogadores. Ela ficou de quatro e Pippa gritou, e embora soubesse que devia ir ajudar a garota, Cross hesitou, pois não queria deixar Pippa sozinha.

"Ela vai ser pisoteada!", exclamou ela. Cross começou a se mexer quando outro homem apareceu para ajudar Maggie, protegendo-a com seus braços fortes e conduzindo-a para baixo de outra mesa próxima.

Era Castleton. Cross ergueu uma sobrancelha.

"Parece que seu noivo é melhor do que nós imaginávamos."

Pippa sorriu para o ex-noivo, o que fez Cross sentir desagradáveis reviravoltas no estômago.

"Ele é um homem bom", disse ela.

Eu sou melhor. Como ele queria dizer aquilo, mas não era verdade. Ele não era melhor, e agora Castleton provava isso com seu heroísmo. *Ela estaria em segurança com ele.*

Pippa virou seus olhos azuis para ele.

"Você a beijou."

"Beijei."

Ela apertou os olhos.

"Eu não gostei disso."

"Eu tive que beijar."

Ela aquiesceu.

"Eu sei. Mas ainda assim não gostei." E com isso ela virou o rosto para cima e o beijou, encostando seus lábios macios e cor-de-rosa nos dele, passando sua língua por seu firme lábio interior até ele gemer, inclinar a cabeça e tomar o controle da carícia. Um último momento. Um último beijo. Um último gosto de Pippa antes de ele viver o resto de seus dias sem ela.

Ela se afastou quando os dois ficaram ofegantes.

"Eu amo você, Jasper", ela sussurrou de encontro aos lábios dele, e as palavras foram armas contra a determinação férrea dele.

"Não ame", ele sussurrou. "Eu não sirvo para você. Minha vida, minha história, meu mundo... nada disso serve para você. Me amar só vai lhe trazer ruína."

Cross já devia saber que aquele apelo exaltado não mudaria nada. Pippa simplesmente revirou os olhos ao ouvi-lo.

"Seu homem burro", disse ela. "Já estou arruinada. Você me arruinou para todos os outros naquela manhã em seu escritório. Não vou me casar com o Castleton; vou casar com você."

Sim. Cada fibra dele queria gritar que queria o mesmo. Cada fibra, menos aquele fiapo de decência que ele descobriu escondido no seu núcleo.

"Para uma mulher com bom senso fabuloso, você parece estar com grandes dificuldades para encontrar um pouco de sensatez. Não consegue ver que eu seria um marido terrível? Pior do que Castleton jamais seria."

"Não me importa.", ela disse, firme e cheia daquelas convicções que ele adorava. "Eu amo você."

Ele fechou os olhos ao ouvir aquelas palavras, ao perceber como ressoavam dentro dele, honestas e promissoras. E perfeitas.

"Não, você não ama", ele disse, embora parte dele ansiasse por pegar Pippa nos braços e retribuir aquele amor sem parar, para sempre. Ele viveria ali, debaixo da mesa de dados, se houvesse garantia de que ela ficaria com ele.

Mas e o que ele havia feito com ela? Pippa estava ali. Em um antro de jogatina – um antro de segunda linha, para pessoas e coisas muito mais baixas do que qualquer coisa com a qual ela havia sonhado. Ele odiava que Pippa estivesse ali – e apenas um pouco menos do que detestava a si mesmo por ele ser a razão pela qual ela estava lá. Ela assumiu o controle das mesas de um dos mais antigos cassinos da cidade, como se fosse uma trapaceira e vigarista de nascença. E ele a amava ainda mais por isso. Mas *ele* a havia transformado naquilo, e chegaria o dia em que Pippa odiaria isso. E odiaria Cross por tê-la levado a isso. E no dia em que ela percebesse o que tinha acontecido, ele estaria apaixonado demais por ela e sofreria.

"Esta é a coisa mais desonesta que você já fez", ele disse. "Você orquestrou um ataque a um cassino; roubou um homem; e provocou um tumulto de grandes proporções, pelo amor de Deus. Uma vez você me disse que não gostava de desonestidade... olhe em que eu transformei você. Veja como eu arruinei você."

"Você não fez nada disso. Você provou para mim que preto e branco não são as únicas opções. Você me fez perceber que há mais que honesto e desonesto, verdade e mentira. O que ele fez... tentar roubar sua vida, chantagear você, forçar um futuro que você não quer... tudo *isso* é desonesto. Honesto é meu amor por você. E o sentimento de que eu devo fazer tudo para não deixar que você seja forçado a uma vida que irá odiar. Eu faria tudo isso de novo, tantas vezes quantas fossem necessárias, sem me arrepender nem um pouco."

"Você não está falando sério."

"Pare de querer me dizer o que eu estou falando!", ela disse, firme como aço, as mãos no peito de Cross. "Pare de querer me dizer o que é melhor para mim. O que vai me fazer feliz... eu sei o que vai me fazer feliz... *você*.

E você vem com essa vida... essa vida magnífica, fascinante. E isso vai me fazer feliz, Jasper. Vai me fazer feliz porque é a *sua* vida."

"Duas semanas atrás você não teria dito isso. Você nem teria sonhado em comandar as mesas de um cassino, de forjar vitórias, de arruinar um homem."

"Duas semanas atrás eu era uma mulher diferente", ela disse. "Tão simples!"

Ele nunca havia pensado nela como simples.

"E você é um homem diferente", ela acrescentou.

Verdade. Ela o transformara em um homem infinitamente melhor. Mas ele continuava a ser infinitamente pior do que ela merecia. Ela merecia mais do que ele. Muito mais.

"Não", ele mentiu, desejando conseguir se afastar dela. Desejando que não estivesse encostado nela, desesperado por ela. "Eu sou o mesmo, Pippa. Eu não mudei."

Ela arregalou os olhos ao ouvir aquilo – e sentir o golpe que eram –, e antes que pudesse se desculpar, Cross viu a mudança naqueles olhos. Como ela acreditou nele. Em sua mentira. A maior que ele havia contado. Ela falou depois de um longo momento, e as palavras pareciam grudar em sua garganta, difíceis de sair.

"Roubar sua vida. Forçar você a um futuro que não deseja, é o que estou fazendo, não é? É o que estou fazendo com você. O que eu estaria fazendo se o forçasse a se casar comigo? Eu não seria melhor que o Knight."

Ele queria lhe dizer a verdade – que ela não tinha roubado sua vida, mas a tornado muito melhor. Que ela não o tinha forçado a nada, a não ser a se apaixonar por ela, uma mulher linda e brilhante. Mas ele tinha consciência, e sabia que ela merecia alguém com algo mais a oferecer do que um cassino e um título manchado. Ela merecia alguém que fosse correto e honrado, que pudesse lhe dar tudo o que merecia. Tudo o que ela precisava. *Tudo menos amor.* Ninguém a amaria do modo que ele amava. Ninguém a louvaria como ele. Ninguém a reverenciaria como ele. *Ele a reverenciava.* E por causa disso, ele fez o que sabia ser o correto, em vez de fazer aquilo que estava desesperado para fazer. Em vez de pegar Pippa para si, jogando-a por sobre o ombro e tomando-a para sempre... ele lhe devolveu a vida que ela merecia.

"Foi o que você fez", e as palavras soaram mais amargas do que ele imaginava. "Eu lhe disse uma vez que casamento não era para mim. Que amor não era para mim. E eu não quero nada disso."

O rosto de Pippa foi parar no chão, e ele se odiou por magoá-la, ainda que procurasse se lembrar que ela era sua maior obra. Que isso iria salvá-la.

Que isso lhe daria a vida que ela merecia. Seria a única coisa da qual ele poderia se orgulhar. *Ainda que doesse demais.*

"Castleton vai casar com você amanhã", ele disse, talvez para ela... talvez para si mesmo. "Ele irá proteger você." Seu olhar buscou o conde, escondido debaixo de uma mesa próxima com Maggie, envolvendo a cabeça dela com os braços. "Ele protegeu você esta noite, não foi?"

Ela abriu a boca para dizer algo, então parou e balançou a cabeça, a tristeza expressa em seus olhos azuis.

"Eu não quero o Castleton", ela sussurrou. "Eu quero você."

A confissão foi franca e sofrida e, por um momento, ele pensou que isso pudesse inundá-lo com desejo e vontade e amor. Mas ele havia passado seis anos dominando seus próprios desejos, seis anos que serviram para alguma coisa quando ele balançou a cabeça e enterrou a faca, sem saber ao certo de quem era o coração que estava rasgando. *Eu amo tanto você, Pippa. Tanto, tanto. Mas não sou merecedor de você. Você merece tão mais. Algo tão melhor.*

"Eu não sou uma opção."

Ela ficou quieta por um longo momento, e lágrimas encheram aqueles lindos olhos azuis – lágrimas que não caíram. Lágrimas que ela não deixaria cair. E então Pippa disse exatamente o que Cross esperava que dissesse. O que ele esperava que ela *não* dissesse.

"Assim seja."

Capítulo Dezenove

Descoberta:
A lógica nem sempre vence.

Diário Científico de Lady Philippa Marbury
4 de abril de 1831; manhã de seu casamento

Cross estava parado junto à janela da suíte dos proprietários do Anjo, na manhã seguinte, observando as arrumadeiras apagarem as velas por todo o salão do cassino, mergulhando o ambiente na escuridão. Ele gostava de assistir àquele trabalho, o processo organizado, o modo como os grandes lustres eram baixados até o chão, suas chamas apagadas, e a cera substituída, preparando para a noite. Havia ordem naquilo. A escuridão seguia a luz dentro do antro, assim como a luz seguia a escuridão no mundo lá fora. Verdades fundamentais.

Ele apoiou uma mão aberta contra o vitral, enquanto agitava o scotch no copo de cristal com a outra. Cross havia servido a bebida uma hora antes, depois de tirar Pippa do Cavaleiro e a deixar sob a guarda de Temple, confiando em seu amigo para levar a moça até sua casa. Pois sabia que ele próprio não seria capaz de fazer isso.

Ele encostou a testa no vidro frio e ficou observando o salão, vendo Justin arrumar os dados em fileiras bem organizadas na borda de uma mesa de jogo.

Ela o salvou na noite anterior – uma autêntica *Boadicea*, a heroína bretã –, com sua mente afiada e seus dados viciados, o baralho preparado e a roleta magnetizada. Como se fosse um mero experimento científico, ela controlou as mesas do Cavaleiro com a tranquilidade e a facilidade de um jogador experiente. E ela fez tudo aquilo por ele. *Ela o amava.* Mas não tanto quanto *ele* a amava, pensou Cross.

Ele fechou os olhos e alguém bateu na porta da suíte. Quando se virou para trás, viu Chase e embora não conseguisse enxergar seus olhos, pôde sentir a censura que havia neles.

"Você é um idiota."

Ele se recostou no vitral.

"Parece que sim. Que horas são?"

"Sete e meia."

Ela iria se casar em menos de duas horas. Um aperto tomou seu peito.

"Temple voltou."

Cross andou na direção de Chase, incapaz de se conter.

"Ela..."

"Está se preparando para o casamento com o noivo errado, eu imagino."

Cross se virou para o outro lado.

"Ela vai ficar melhor com o Castleton."

"Isso é bobagem, e você sabe." Como Cross não respondeu, Chase continuou. "Mas é irrelevante. Relevante é que Lady Philippa nos ganhou um cassino novo na noite passada."

Não havia nada de relevante no cassino. Cross não ligava nem um pouco para aquilo. Ou para a quantia exorbitante que pagou por ele.

"Eu tinha que tirar Lady Philippa de lá. Ela poderia ter se machucado. Ou coisa pior."

"E então você comprou as dívidas do Knight." Chase ergueu a sobrancelha. "Trezentas mil libras parece dinheiro demais para gastar em um cassino de segunda linha... e uma mulher."

Ele teria pago cinco vezes mais. Dez vezes.

"Não vai ser de segunda linha por muito tempo. Não nas nossas mãos."

"Nós poderíamos dar o Cavaleiro como presente de casamento para Lady Philippa", disse Chase, com ar de pouco caso. "Ela parece ter jeito para controlar as mesas."

Aquelas palavras evocaram lembranças, e Cross se voltou outra vez para o salão do cassino.

"É por isso mesmo que ela vai ficar melhor com o Castleton. Eu a transformei em algo sombrio. Algo de que ela vai se arrepender."

"Lady Philippa não me parece ser uma pessoa que toma decisões sem pensar nas consequências."

Cross queria que Chase o deixasse em paz. Ele bebeu o scotch em um gole só, finalmente.

"Ela é exatamente esse tipo de pessoa."

"E você não acredita que pudesse fazê-la feliz?"

As palavras dela, faladas por cima da algazarra do tumulto da noite anterior, ecoou em suas orelhas. *Eu sei o que vai me fazer feliz... você.* Não podia ser verdade. Nunca, em sua vida, Cross havia feito alguém feliz. Ele sempre foi apenas uma decepção.

"Não."

Houve uma longa pausa, longa o bastante para Cross se perguntar se estava sozinho. Quando ele se virou para olhar, encontrou Chase em uma poltrona próxima.

"É por isso que você é um idiota."

"Quem é um idiota?" Temple tinha chegado. *Que ótimo.*

"Cross", disse Chase, alegre.

"Maldição, claro que ele é. Depois da noite passada, eu mesmo estou meio apaixonado pela Pippa."

Cross girou na direção de Temple.

"É Lady Philippa para você, e vou quebrar qualquer parte sua que encostar nela."

Temple se empertigou.

"Se você sente isso, com essa intensidade, Cross, então tenho certeza de que você é mesmo um idiota."

"Ela está bem?"

"Ela vai desfilar de olho roxo... o que não é dos acessórios mais convencionais para uma noiva."

Ainda assim estaria linda.

"Não estou falando do olho. Eu quero dizer..."

Do que ele estava falando?

"Você quer saber se ela foi chorando e soluçando o caminho todo até a casa?"

Oh, Deus. Ela chorou? Ele se sentiu péssimo.

Temple ficou com pena dele.

"Não. Na verdade, ela permaneceu dura como granito. Não falou nada."

Temple não tinha como saber, mas essa foi a pior coisa que poderia ter dito. Pensar que Pippa, sempre falante e questionadora, ficou sem palavras fez Cross sofrer.

"Nada mesmo?", ele perguntou.

Temple o encarou.

"Nem uma palavra."

Ele a tinha magoado. Ela implorou que ele ficasse. Que a amasse. Que ficasse com ela. E ele recusou, sabendo que não servia para ela. Sabendo que outra pessoa a faria feliz. Que ela superaria aquilo. Tinha que superar.

"Ela vai ficar bem", ele disse, como se falar em voz alta pudesse transformar as palavras em realidade.

Ela ficaria bem e seria feliz. E isso seria o bastante para ele. *Não seria?*

Chase interrompeu o silêncio.

"Ela pode ficar bem... mas e você?"

Cross ergueu a cabeça e procurou o olhar de Chase, depois o de Temple. E pela primeira vez em uma eternidade, ele disse a verdade.

"Não."

Ele tinha mesmo pensado que poderia resistir à atração dela. Ele se lembrou daquela primeira manhã em seu escritório, quando discutiram o par de pêndulos, as bolas de aço que se afastavam, depois aproximavam, juntas para sempre. Ele a queria. Para sempre. Ele se encaminhou à porta. Chase e Temple observaram Cross sair da sala, impulsionado pelo desespero, antes que fosse tarde demais, na direção da mulher que amava. Chase serviu dois copos de scotch e passou um para Temple.

"Ao amor?"

Temple ficou encarando a porta por um longo momento, e então bebeu sem falar.

"Não quer brindar?"

"Não ao amor", disse, incomodado. "Mulheres podem ser quentes e agradáveis... mas não podemos confiar nelas."

"Agora que você falou isso, sabe o que significa." Temple ergueu uma sobrancelha preta enquanto Chase o brindava com um sorriso irônico. "Você é o próximo."

Cross atravessou meia Londres naquela manhã, indo diretamente para a Casa Dolby depois de deixar o Anjo, pensando que poderia encontrar Pippa antes que ela saísse para a cerimônia. Antes que ela cometesse o maior erro de sua vida. Quando chegou lá, um mordomo muito austero pronunciou que a família toda *não estava em casa*. Não disse que estavam todos *celebrando o casamento das moças da casa*. Nem que *estavam na igreja*. Simplesmente não estavam em casa.

Se Cross não estivesse tão apavorado com a ideia de a perder, teria rido daquele momento ridículo – absolutamente aristocrático em sua economia de informações. Em vez disso, ele voltou para seu cabriolé com um único objetivo. Chegar à igreja. Imediatamente.

Imediatamente, em uma manhã londrina, é algo mais fácil de falar do que fazer, e quando ele chegou a Piccadilly, no que parecia ser um congestionamento interminável, ele estava farto. Será que ninguém naquela cidade inteira compreendia que a mulher que ele amava iria se casar com outro? Então ele fez o que qualquer cavalheiro que se preze faria: Cross deixou seu maldito veículo no meio da rua e saiu correndo como louco.

Graças a Deus pela locomoção bípede. Instantes depois, ele dobrou a esquina em meio ao repique de sinos da igreja, que chamavam para a missa em St. George. Ele desabalou na direção da igreja, parando o tráfego com seu porte e sua determinação, e provavelmente também porque pouca gente era vista correndo em Mayfair. E menos gente ainda tinha um lugar tão importante para estar. E menos ainda tinha alguém tão importante para amar.

Ele escalou dois degraus de pedra por vez, na entrada da igreja, repentinamente desesperado para chegar logo e não perder aquela parte em que deveria *falar agora ou se calar para sempre*. Não que ele se calaria para sempre caso chegasse tarde demais. De fato, ele não sairia daquela igreja até que pudesse ter Philippa Marbury para sempre – e que logo seria Philippa Arlesey, Condessa Harlow, se ele pudesse fazer algo a respeito.

Suas mãos chegaram ao puxador de metal e, inspirando profundamente, ele abriu a porta, revelando a voz baixa do sacerdote. *O casamento havia começado.*

"Maldição", ele disse, retesando os músculos, pronto para percorrer o corredor central e chegar nos braços de Pippa, dane-se Castleton, dane-se a congregação, dane-se o ministro – se alguém quisesse impedi-lo.

"Você não deveria xingar dentro da igreja."

Ele congelou ao ouvir aquilo, o som vindo de trás dele. Ela estava a vários passos de distância, junto a uma das grandes colunas de pedra que marcavam a galeria externa da igreja. Ela não estava lá dentro. Não no altar. *Não se casando com Castleton.*

A porta foi fechada novamente, deixando os dois no silêncio cinzento e frio, e Cross não conseguiu se segurar. Ele foi até ela e a puxou para si, erguendo-a do chão, segurando-a perto o bastante para sentir o calor de seu corpo através de meia dúzia de camadas de roupa, perto o bastante para se deliciar em seu cheiro e sua forma e no modo como ela se entregava sempre que ele a tocava. E ali, nos degraus de St. George, em plena vista de Deus e Londres, Cross a beijou, adorando os pequenos suspiros que ela soltava, e os dedos que ela passava por seu cabelo esquecendo que a cidade inteira podia vê-los.

Ele interrompeu o beijo antes que os dois fossem consumidos em seu fogo e se afastou, segurando o rosto dela em suas mãos.

"Eu amo você." Ela inspirou profundamente ao ouvir essas palavras, e ele passou o polegar com delicadeza pelo hematoma que rodeava um dos enormes olhos azuis. "Meu Deus", ele sussurrou, tomado pela emoção, antes de repetir, "Eu amo tanto você."

Ela balançou a cabeça, com os olhos cheios de lágrimas.

"Você nunca me falou isso."

"Eu sou um idiota", Cross disse.

"É mesmo."

Ele riu baixinho e a beijou outra vez, delicadamente, e ficou nos seus lábios, desejando que estivessem em qualquer outro lugar que não ali, no ponto mais público de Mayfair.

"Eu nunca acreditei que merecia você", ele disse, colocando um dedo sobre os lábios dela quando Pippa começou a falar, para o corrigir. "Eu nunca acreditei que merecia minha família... minha irmã... felicidade. E então você apareceu e me fez perceber que eu absoluta e completamente *não* mereço você."

Ela pegou o dedo dele e o tirou de seus lábios.

"Você está enganado."

Ele sorriu.

"Não estou. Há uma centena de homens – muitos deles dentro desta igreja agora mesmo – que merecem você mais do que eu. Mas isso não me importa. Eu sou um maldito ganancioso, e quero você para mim. Não consigo imaginar uma vida sem você e sua lógica perturbadora, sem sua mente brilhante e sua cachorra com aquele nome horrível."

Ela sorriu e ele conseguiu respirar novamente, pensando por um instante que poderia conquistá-la. Que poderia ter sucesso. E esse pensamento o impulsionou.

"E não me importa que eu não mereça você, o que talvez me torne o pior dos homens... exatamente o tipo de homem com quem você não deveria casar. Mas eu juro, aqui e agora, que vou fazer todo o possível para ser merecedor de você. De sua honestidade, sua bondade e seu amor."

Ele parou e ela não falou... ficou apenas encarando-o, os olhos enormes atrás dos óculos. Sua salvação. Sua esperança. Seu amor.

"Eu preciso de você, Pippa...", ele disse, as palavras suaves e entrecortadas. "Eu preciso que você seja meu Orfeu. Eu preciso que você me tire do inferno."

Os olhos dela se encheram de lágrimas, e ela se jogou nos braços de Cross. Ele a agarrou em seus braços e Pippa sussurrou em sua orelha.

"Você não consegue ver?", ela começou. "Eu também preciso de você. Por duas semanas eu tenho lutado sob o peso do que você faz comigo... de como faz eu me sentir. De como é dono do meu corpo e da minha alma." Ela se afastou e o fitou. "Eu preciso de você, Cross, Jasper, Harlow, ou seja, quem você for. Eu preciso que você me ame."

E ele a amaria. Para sempre. Ele a beijou novamente, preenchendo a carícia com tudo o que sentia, com tudo o que acreditava, com tudo o que podia jurar. Quando o beijo terminou, os dois estavam ofegantes, e ele encostou mais uma vez sua testa na dela.

"Você não casou com ele."

"Eu lhe disse que não podia." Ela parou para pensar, e depois continuou, "O que você ia fazer?"

Ele a envolveu novamente nos braços, preocupado apenas em estar com ela. Em mantê-la perto.

"O que fosse preciso."

"Você iria interromper o casamento da Olivia?", Pippa pareceu chocada.

"Você acha que ela me perdoaria?"

Pippa sorriu.

"Claro que não."

"E *você*, conseguiria me perdoar?"

"Claro que sim. Mas eu já tinha interrompido o casamento." Ela fez uma careta para a porta da igreja. "A fofoca vai ser feroz quando todo mundo se der conta do que aconteceu... mas pelo menos, quando isso acontecer, Olivia já será uma viscondessa."

Cross iria consertar aquilo. Ele faria Tottenham primeiro-ministro e Olivia a mulher mais poderosa da Inglaterra. E ele faria de Pippa uma condessa memorável.

"Você não casaria com ele", disse Cross, embalado pela gratidão ao poder supremo que a conservou para ele. Que não deixou que ela casasse com o homem errado.

"Eu lhe disse uma vez que não gosto de desonestidade", disse Pippa. "E não existiria nada mais desonesto, na minha opinião, do que prometer meu amor para um homem quando já entreguei meu coração para outro."

Ela o amava.

"Parece impossível", ele sussurrou, "que você possa me amar."

Ela ficou na ponta dos pés e colocou um beijo no queixo dele. Ninguém o havia beijado ali antes. Ninguém o havia amado como ela.

"Que estranho", Pippa disse. "Pois parece impossível que eu possa *não* amar você."

Eles se beijaram outra vez, longa e apaixonadamente, até que as opções de Cross eram terminar a carícia ou jogar Pippa nos grandes degraus de pedra a igreja de Mayfair e fazer o que quisesse com ela. Lamentando-se, ele escolheu a primeira opção e interrompeu o beijo. Os olhos dela continuaram fechados por um bom tempo, e Cross ficou admirando aquela mulher linda, brilhante, que seria dele para sempre. Uma satisfação que ele nunca conheceu começou a se espalhar por ele, calorosa e bem-vinda.

"Eu amo você, Philippa Marbury", ele sussurrou.

Ela suspirou, sorriu e abriu os olhos.

"Sabe, eu sempre ouvi as pessoas dizerem que ouvem sinos repicando quando estão muito felizes... mas sempre considerei isso uma impossibilidade auditiva. Mas parece que... agora..."

Ele aquiesceu, amando-a por completo, sua linda e estranha cientista.

"Eu também estou ouvindo", Cross disse antes de beijá-la.

O casal mais inteligente de Londres realmente estava ouvindo sinos – uma cacofonia alegre que celebrava o fim da cerimônia de casamento unindo o Visconde e a nova Viscondessa Tottenham... uma cerimônia que tanto Pippa quanto Cross pareciam ter esquecido.

Eles foram forçados a se lembrar, contudo, quando as portas da igreja foram abertas e metade da aristocracia saiu lá de dentro para a manhã cinzenta de abril, desesperada para finalmente poder fofocar sobre a parte mais importante do casamento duplo – a noiva desaparecida –, apenas para descobrir que a noiva em questão não estava sumida. Na verdade, ela estava do lado de fora da igreja. Nos braços de um homem de quem não era noiva.

Ignorando o choque coletivo da plateia, Cross beijou a ponta do nariz de Pippa e corrigiu a situação. Jasper Arlesey, Conde Harlow, ficou de joelho e – na frente de todo mundo – pediu em casamento aquela intelectual brilhante de óculos.

Epílogo

Se o meu trabalho me ensinou algo, foi isto: enquanto muitas curiosidades podem ser explicadas com o uso de pesquisa científica e lógica, há um punhado delas que resistem a essa abordagem simples. Esses mistérios tendem a ser os mais humanos. Os mais importantes.

O principal dentre eles é o amor.

Dito isso, as verdades científicas permanecem...

Diário Científico de Lady Philippa Marbury
10 de agosto de 1831; quatro meses após seu casamento

Cross acordou na exuberante cama da casa que era habitada há gerações pelos Condes Harlow e logo estendeu o braço à procura da mulher. Como não encontrou nada além de uma vasta extensão de lençóis brancos, ele não hesitou em se levantar, vestir o robe de seda com que ela o presenteou em sua noite de núpcias e sair à procura dela. Ele não precisou ir longe; quando os dois foram morar ali, Philippa expulsou de vez os demônios que se escondiam nos cantos mais escuros, lembrando Cross, sem parar, que ele era merecedor dela, de seu amor, desse lugar, de sua *vida*. Como parte do exorcismo, Pippa transformou o conjunto de quartos que haviam pertencido a Baine em um pequeno jardim de inverno – um Éden verde e luxuriante escondido na ala íntima, cheirando a terra, luz do sol e vida.

Quando ele entrou nesse ambiente, ela estava ainda de camisola, debruçada sobre sua bancada de trabalho, o cabelo preso em um coque casual, rodeada por rosas. Ele se aproximou em silêncio, aproveitando o som da caneta sobre o papel, percebido apenas por Trotula, que guardava sua dona com a comprida língua cor-de-rosa pendurada alegremente no canto da boca. Ele passou o braço comprido ao redor da cintura da esposa e a puxou para si, adorando o pequeno guincho de surpresa que virou um suspiro quando ele colou seus lábios na pele macia do pescoço dela.

"Bom dia", ela sussurrou, erguendo uma mão, cujos dedos enfiou no cabelo dele.

Deus, como ele adorava o toque dela. Com a língua, ele a recompensou fazendo um rodopio no lugar em que o pescoço encontrava o ombro, e Cross sorriu de encontro ao calor dela, deleitando-se com o fato de a pulsação da esposa acelerar por ele.

"Bom dia para você, condessa." Ele olhou por sobre o ombro dela para o diário e a pilha de correspondência em cima da bancada. "Começou a trabalhar cedo."

Ela se virou nos braços dele, levantando seus lábios para os dele e assim conseguir um beijo de verdade, que ele ficou feliz em lhe dar. Depois de várias carícias longas e inebriantes, ela se afastou com um sorriso.

"Eu não conseguia dormir."

Ele a ergueu e a colocou sentada em um banco, passando uma mão pela lateral do corpo dela, adorando suas formas, deleitando-se com a sensação que ela oferecia – e com o fato quase inacreditável de que Pippa era dele.

"Você sabe", ele disse, encostando a testa na dela, "eu estou sempre disposto a ajudar você com esse problema se estiver disposta a continuar na cama."

Ela riu, o som caloroso e bem-vindo.

"Ou fora da cama, eu notei."

"Eu só tento ser o melhor colega de pesquisa possível", disse ele, descendo a mão até a barra da camisola, passando pelo tornozelo suave e fino. "Em que você está trabalhando?"

Por um instante ela pareceu perdida, e ele adorou ter o poder de desnortear sua cientista. Adorou, também, que em vez de pensar muito na resposta para sua pergunta, ela o beijou. Apaixonadamente, até ele também não conseguir pensar. Foi por isso que, quando ela ergueu a cabeça do beijo e disse "As rosas!", ele demorou um instante para entender. Ela se virou para pegar um pedaço de jornal jogado sobre a bancada.

"A Sociedade de Horticultura Real avaliou minha pesquisa e, de acordo com seus registros, ninguém havia ainda cultivado uma nova espécie de rosas. Eles me convidaram para comparecer à reunião da Sociedade no mês que vem e apresentar meu trabalho. E eles me pedem", ela continuou lendo, "para informar o nome que selecionei para minha rosa assim que for possível."

Ela sorriu para ele, que sentiu ao mesmo tempo admiração e orgulho.

"Isso não me deixa nem um pouco surpreso, minha linda cientista. Na verdade, eu não esperava outra coisa." Ele fez uma pausa, então continuou. "Mas eles sabem que você é terrível ao dar nome para as coisas?" Ele olhou para Trotula, deitada sob a sombra de uma grande samambaia.

"Não é verdade!", ela riu e acompanhou seu olhar até a cachorra.

"É totalmente verdade. A cachorra de Castleton nunca teve tanta sorte como no dia em que Meghan Knight escolheu o nome dela."

A noite em que Pippa dominou as mesas do Cavaleiro deu início à corte do Conde de Castleton por sua nova pretendida; Digger Knight conseguiu um título, embora tenha perdido o clube.

"Trotula, ele está falando mal de você", disse Pippa, e a cachorra começou no mesmo instante a abanar a cauda.

Cross olhou para a cachorra.

"Ela poderia ter dado qualquer nome para você. Margarida. Antonieta. Ou Chrysanthemum."

"Chrysanthemum?", Pippa olhou de lado para ele.

Cross ergueu a sobrancelha.

"É melhor que Trotula."

"Não é." Eles sorriram, apaixonados. Adorando o modo como combinavam. "Seja como for, eu já escolhi o nome da rosa. Pensei em chamá-la de *Baine*."

Ele perdeu o fôlego pela certeza tranquila nas palavras dela, pela forma como Pippa o conhecia e lhe deu o presente mais simples e perfeito que poderia.

"Pippa", ele disse, balançando a cabeça. "Eu não sei... amor... eu não sei o que dizer."

Ela sorriu.

"Você não precisa dizer nada; acredito que seja um memorial adequado para seu irmão."

Ele sentiu um repentino nó na garganta.

"Concordo."

"E um excelente legado para nosso filho."

E uma repentina dificuldade de respirar.

"Nosso... filho?"

Ela sorriu e levou a mão até a dele, que conduziu até a barriga macia e perfeita.

"Pode ser uma filha...", ela disse, como se estivessem conversando sobre o clima, "mas eu gosto de pensar que é um menino. Um garoto bonito de cabelo ruivo."

Ele olhou para o ponto em que a tocava, sua mão parecendo pertencer a outra pessoa. A duas outras. Não era possível que aquele fosse... que ela fosse... que aquela vida era a dele. Ele encontrou o olhar dela.

"Tem certeza?"

Ela sorriu.

"Existem verdades científicas, meu lorde. Uma delas é que essa pesquisa que realizamos nos conduziu a um resultado muito específico." Ela se aproximou e sussurrou junto a sua orelha. "Isso não quer dizer que encerrei nossa pesquisa."

Ele voltou sua atenção para ela.

"Fico feliz em saber disso."

Ela enroscou a perna na coxa dele, puxando-o para si, e ergueu seus lábios para ele. Os dois se beijaram por um longo tempo, e se separaram apenas quando ficaram sem fôlego.

"Está feliz?"

Ele pegou o rosto dela nas mãos e lhe disse a verdade.

"Eu nunca fui mais feliz na minha vida. Eu sinto como se estivesse com a maior sequência de boa sorte que existe."

"Pensei que você não acreditasse em sorte."

Ele balançou a cabeça.

"Nem *eu* sou tão bom assim para viciar uma mesa." Ele estava com as mãos nos tornozelos dela, e então subiu os dedos pelas pernas de Pippa, que se abriu ao carinho. "Falando de mesas, o que você acha que vai acontecer caso se deite nesta?"

Ela riu.

"Eu imagino que não vou conseguir terminar minha carta para a Sociedade de Horticultura Real tão cedo."

"Eu não ousaria discordar", ele brincou, mordiscando o lóbulo de uma orelha. "Afinal, você é uma das maiores mentes científicas do nosso tempo."

"É um campo complexo de pesquisa...", ela suspirou quando os dedos dele subiram, ao longo da pele de suas coxas, "...mas tão recompensador."

Ele a beijou de novo, longa e apaixonadamente, e empurrou a camisola acima das coxas e se ajeitou entre elas, bem próximo de Pippa. Ela perdeu o fôlego quando ele pressionou o corpo contra ela, e levou as mãos até o cinto do robe, que abriu para afastar o tecido e finalmente, *finalmente* poder tocá-lo. Ele soltou um suspiro longo, trêmulo, e procurou seus lindos olhos azuis.

"Seu toque ainda acaba comigo, sabia?"

Ela sorriu, passando as mãos pelo tronco dele, uma deliciosa promessa em movimento.

"Não se preocupe, meu lorde, você tem anos para se acostumar com ele. É muito possível que, algum dia, você nem ligue para isso."

"Nunca vai acontecer." Ele pegou a mão dela na sua, levando os dedos perfeitos até os lábios e beijando suas pontas antes de deitar Pippa na mesa. "Mas, se você quiser, eu ficaria feliz de continuar a pesquisar essa teoria."

Ela riu e passou os dedos pelo cabelo de Cross.

"Em nome da ciência, claro."

Ele balançou a cabeça.

"Dane-se a ciência", ele disse, os olhos cinzentos cintilando de paixão, promessa e algo muito maior. "Isso é amor."

Observação da autora

Eu fiz meu melhor para garantir que a ciência que aparece no livro esteja de acordo com o conhecimento científico da era pré-vitoriana, com uma exceção notável – as rosas de Pippa. Acredita-se que primeira rosa híbrida seja *La France,* uma linda flor cor-de-rosa cultivada a partir de uma roseira vermelha em 1867 pelo francês Jean-Baptiste Guillot. Com minhas desculpas ao Sr. Guillot, Pippa está muito à frente de seu tempo em horticultura; a *Baine* é muito semelhante à *La France.*

Se a queda do Cavaleiro parece familiar, é porque o plano de Pippa é inspirado por um golpe em cassino muito mais moderno – do filme *Treze Homens e Um Novo Segredo.* Eu seria omissa se não agradecesse a Danny Ocean, que inspirou o Anjo e seus proprietários caídos, e os homens que deram vida a ele (e à sua equipe) em 1960 e 2001, incluindo Lewis Milestone, Frank Sinatra, Stephen Soderbergh e George Clooney. Eu gostaria de acreditar que Pippa seria uma grande adição ao grupo original de onze homens.

Outros que eu gostaria de ter como comparsas em um golpe desses seriam Carrie Feron, minha brilhante editora (que poderia facilmente ser a cabeça por trás disso tudo), a fabulosa Tessa Woodward e o resto da equipe Avon Books, incluindo Pam Spengler-Jaffee, Meredith Burks, Jessie Edwards, Seale Ballenger, Tom Egner, Gail Dubov, Shawn Nicholls, Carla Parker, Brian Grogan e Sara Schwager. Acrescente minha agente, Alyssa Eisner-Henkin, e terei reunido uma equipe que não vai descansar até estarmos a salvo em alguma ilha distante, bebendo coquetéis de frutas, longe da prisão.

Obrigada a Sabrina Darby, Sophie Jordan e Carrie Ryan pelas primeiras leituras, centenas de mensagens, horas de telefonemas, pelo vinho excelente e pela amizade inabalável. Obrigada a Scott Falagan pela anatomia do ganso, ao Dr. Dan Medel por longas conversas sobre história médica e a Meghan Tierney por me emprestar Beavin.

À minha família – que dá o melhor de si para não ficar aborrecida quando desapareço durante meses para escrever –, obrigada por sempre perdoar minha ausência. Vocês são prova de que o Cross está errado; existe uma coisa chamada sorte.

Eric, obrigada por me compartilhar com Brad e George em nome da "pesquisa". Você não deve nada para eles.

E para você, querido leitor, obrigada por amar meus canalhas tanto quanto eu; espero que possa continuar comigo no próximo livro da série, acompanhando a história do Temple.

LEIA TAMBÉM

Entre o amor e a vingança
Sarah MacLean
Tradução de Cássia Zanon

Entre a ruína e a paixão
Sarah MacLean
Tradução de A C Reis

Nunca julgue uma dama pela aparência
Sarah MacLean
Tradução de A C Reis

Este livro foi composto com tipografia Electra Std e impresso
em papel Off-White 70 g/m² na gráfica Rede.